千年医師物語 II

シャーマンの教え（上）

ノア・ゴードン
竹内さなみ=訳

角川文庫　12181

SHAMAN
by
Noah Gordon

Translated by Sanami Takeuchi
Published in Japan
by
Kadokawa Shoten Publishing Co., Ltd.

妻ロレイン・ゴードン、アーヴィング・クーパー、
シスとエド・プロトキン、チャーリー・リッツ、
そしてイザ・リッツの素晴らしい想い出に、
愛を込めて。

目次

《第一部》帰　郷

《第二部》真っ白なキャンバス、新たな絵

《第三部》　ホールデンズ・クロッシング

《第四部》　耳の聞こえない少年

＊主な登場人物＊

ロバート・ジャドソン・コール（ロブ・J・コール）……コール家の長男、ロバート・ジェレミー・コール（初代ロブ・J・コール）の孫に当たる。医師
ロバート・ジェファソン・コール（シャーマン）……ロブ・Jとサラの息子
アレックス……シャーマンの兄、サラの連れ子
マクワ・イクワ……ソーク族のインディアンの呪医。〝熊の女《ベアウーマン》〟
オールデン・キンボール……元モルモン教徒の大工。コール家の使用人となる
ジェイソン（ジェイ）・マクスウェル・ガイガー……ロブ・Jの古き友人、ユダヤ人の薬剤師
リリアン・ガイガー……ジェイソンの妻
レイチェル・ガイガー……ガイガー家の一人娘、シャーマンとアレックスの同級生
サラ・コール（サラ・ブレッドソー）……ロブ・J・コールの妻、シャーマンの母
デビッド・ハンフリーズ・ストーラ……産科医院の若い医師
ウィリアム・ファーガソン……エジンバラの外科医、ロブの師匠
チャールズ・K・ウィルソン……ボストン施療院の事務所長
ウォルター・オールドリッチ……マサチューセッツ州の内科医
オリバー・ウェンデル・ホームズ博士……トレモント医学校の病理学の教授
マーガレット（メグ）・ホランド……下宿屋のメイド

ハリー・ルーミス……トレモント医学校の学生
レム・ラスキン……下宿先の隣人
リディア・パークマン……パーティで知り合った女性
ハーバート……ロブ・J・コールの弟
アンドリュー・ジェロールド……トレモント医学校の学生、ロブの友人

ニコラス（ニック）・ホールデン……イリノイの渡し守
シュローダー夫妻……サラが住んでいた農場の夫婦
ウィル・モスビー……アレックスの実の父親
フランク・モスビー……ウィルの弟

ツースカイ……マクワ・イクワの愛称
グリーンバッファロー……ツースカイ（マクワ・イクワ）の父親、ベアー氏族
トールウーマン（メシ・イクワワ）……ツースカイの姉
ショートホーン……ツースカイの叔父
マタプヤ……ショートホーンの母親
ホーキンス……ツースカイ一家の隣に越してきたムーカモニク（白人）
ジョージ・ダヴェンポート……グリーンバッファローの友人であるムーカモニク
ブラックホーク……ソーク族の老人
ジョン・レイノルズ……イリノイ州知事

キーオカック……ソーク族の酋長
ホワイトクラウド……ソーク族とウィネベーゴ族の間に生まれた偉大なる預言者（シャーマン）
ムーン／イエローバード……ツースカイと共に生き延びたソーク族の少女
カムズシンギング……ムーンの夫

モート・ロンドン……オールデンがコール家に雇った大工
ジュリアン・ハワード……ホールデンズ・クロッシングの新しい入植者
トーマス（トム）・ベッカーマン……ホールデンズ・クロッシングの新参医師
トビアス・バー……同医師
サミュエル・T・シングルトン……合衆国下院議員、イリノイ州の市長
スティーブン・ヒューム……合衆国下院議員
エルウッド・R・パターソン……訪問説教師
マーシャル・バイヤーズ……シャーマンとアレックスの学校の新任教師
マザー＝ミリアム・フェロシア……フランシスコ修道院の院長
ルーカス（ルーク）・ステッビンス……シャーマンとアレックスの同級生
ドロシー・バーナム（ミス・バーナム）……後任教師
ジョージ・クライバーン……クエーカー教徒の穀物商
ゴールドヴァッサー一家……織物商をいとなむユダヤ人一家
クララ／ローズ……ゴールドヴァッサー家の二人娘、レイチェルの幼なじみ

《第一部》帰郷

一八六四年、四月二十二日

第一章　ほんにお疲れさん

スピリット・オブ・デモイン号は、夜明けの冷気に包まれたシンシナティ駅に近づいてくると汽笛を鳴らした。木造のプラットホームにいたシャーマンには、最初、ほとんどわからないくらいの微《かす》かな震えが伝わってきた。それからはっきりとした揺れを感じると、大きな震動へと変わった。油じみた熱い金属と蒸気の匂《にお》いを漂わせながら、怪物はたちまち姿をあらわした。真っ黒な大蛇のような車体に真鍮《しんちゅう》の部品をきらめかせ、巨大な腕をピストン運動させながら、陰鬱《いんうつ》なうす明かりをぬけて彼の方へと突進してきた。機関車は、鯨の潮吹きのように青白い煙を空に吹き上げながら、もやもやと散っていく煙を引きずるようにたなびかせて、停車場にすべりこんできた。

三両目に乗ると、硬い木製の座席はほとんど満席だった。シャーマンが空席を見つけて腰をおろすと同時に、汽車は身震いしてふたたび動きはじめた。汽車はまだ目新しい乗り物だったが、いっぺんに大量の人々を運びすぎていた。彼はもの思いに耽《ふけ》りながら、馬に乗って一人で旅する方が好きだった。長い客車は兵士やセールスマンや農夫、それに幼子を連れたりした様々な身分の女性たちでごった返していた。もちろん、子供たちの泣き声はちっとも気にならなかったが、車両にはムッと悪臭を放つ靴下や汚れたおしめ、げっぷ、汗くさい不潔な体臭、葉巻やパイプの臭いなどがこもっていた。窓のたてつけは悪そうだったが、彼は大きくて力が強いのに物をいわせて、なんとか持ち上げて開けた。だがすぐに、間違いをしでかしたのがわかった。三両前で、機関車の背の高い煙突が、煤《すす》やら火の粉やら燃え殻やら灰が混じった煙を吐き出していて、それが汽車の速度でうしろに吹き流され、開け放った窓から流れこんできたのだ。シャーマンの新しいコートは、あっというまに燃えさしで燻《いぶ》されてしまった。咳《せ》きこんで不平をたれながら窓をぴしゃりと閉めると、彼はコートをたたいて火の粉を消した。

通路をはさんで座っていた女性が、彼の方をちらりと見て微笑《ほほえ》んだ。彼より十歳くらい年上で、ハイカラではあるが旅に適したグレーのウールのドレスに身を包み、骨の入っていないスカートは金髪を引き立たせるような青い亜麻糸で縁取られていた。ちょっとのあいだ二人は視線をあわせたが、彼女は膝《ひざ》に置いたタッチング・レースの編み機に目を戻した。シャーマンは甘んじて彼女から視線をそらした。朝は、男と女のかけひきを楽しむような時間ではない。

彼は車内で読もうと、おもしろそうな新しい本を携えてきていたが、いくら本に没頭しようとしても、ついパパのことを考えてしまうのだった。

車掌が検札しながら彼の背後まで通路を進んできていたが、シャーマンは肩を触られるまで車掌に気づかなかった。彼はびっくりして、その赤ら顔を見あげた。車掌は白髪になりつつある赤毛の顎髭《あごひげ》をたくわえていたが、口髭は両端をロウでピンと固めてあり、口元がはっきり見えてシャーマンには都合が良かった。

「つんぼにでもなっちまったんですかい！」と男は陽気に言った。「切符を拝見って三回も声をかけたんですよ、お客さん」

　これまでの人生で、幾度となく遭遇してきた情況だったので、シャーマンは心乱すことなく車掌に微笑みかけた。

「そうなんだ。耳が聞こえないんだ」と彼は言うと、切符を手渡した。

＊

　彼は窓の外に広がる大草原《プレーリー》を眺めたが、いつまでも彼の気をひくような代物ではなかった。単調な地形のうえに、列車はあっという間にいろいろな物を通り過ぎてしまい、ほとんど彼の意識に刻まれないうちに見えなくなってしまうのだ。旅をする最良の手段は徒歩か馬だ。ある場所に来て、ちょうど腹が減ったり用を足したくなったら、ただ足を止めて欲求を満たせばよい。汽車では、そういう場所にやってきても、瞬時にぼやけた点となって消え去ってしまう。

彼が持ってきたのは、オルコットというマサチューセッツ州の女性が書いた『病院風景』という本だった。彼女は南北戦争が始まって以来、負傷兵の看護にあたっており、軍病院での死闘と劣悪な情況の描写が医学界に波紋を巻き起こしていた。この本を読むと事態はさらに悪くなった。南軍の斥候として任務を遂行中に行方不明になったままの兄、ビガーが直面しているかもしれない受難を想像させられてしまうのだ。いや、はたしてビガーは、本当に名もない死者になっていないと言い切れるのだろうか、と彼は考えた。そんなことに思いをめぐらせていると、すぐにむせぶような深い悲しみとともにパパのことに頭が引き戻されてしまい、彼はやけになってあたりを見まわした。

車両の最前列付近で、やせこけた幼い少年が嘔吐《おうと》しだした。すると、他に小さな子供三人をつれ、真っ青な顔をして荷物の山に埋もれるように座っていた母親が、とっさに立ちあがって、自分たちの持ち物が汚されないように少年の額を支えた。シャーマンがたどり着いた時には、彼女はすでに不快なあとかたづけに入っていた。

「診てあげましょうか？　僕は医者です」

「払うお金、ありませんから」

彼はそれをいなした。男の子は吐いたあとで汗ばんでいたが、触ると冷たかった。リンパ腺《せん》は腫《は》れておらず、瞳《ひとみ》も十分に輝いているようだ。

自分はジョナサン・スパーバー夫人だと、彼女は質問に答えて言った。オハイオ州リマの出身。ダヴェンポートから西に五十マイル離れたスプリングデールまで、他のクエーカー教徒たちと入植している夫のもとへ行くところだという。患者はレスター、八歳。青ざめてはいるものの、血色も戻りつつあり、深刻な病気には見えなかった。

「坊やは何を食べてたんです？」

彼女は油染みた麻袋から、気の進まない手つきで自家製ソーセージを取りだした。ソーセージは緑色で、彼の鼻も目で見た通りの事実を嗅《か》ぎわけていた。何てことだ。

「ええと……全員にこれを与えたんですか？」

彼女がうなずくと、シャーマンはそのたくましい消化力に尊敬の念をこめて、残りの幼い子供たちを見つめた。

「でも、もうあげちゃだめですよ。傷みすぎてますから」

彼女はむきになって反論した。

「そんなに傷んじゃいませんよ。よく塩がしてあるんだから。もっとひどいのだって食べたことあるわ。もし、そんなに傷んでるんなら、他の子も私も気分が悪くなるはずだわ」

彼は入植者というものをよく知っていた。伝え聞くクエーカー教徒の質素な宗教的信念とは関係なく、彼女が本当に言いたいのはこういうことだ。このソーセージしかないのよ。つまり、腐ったソーセージを食べるしか手がないのだ。彼はうなずくと自分の座席に戻った。シャーマンの弁当はシンシナティ・コマーシャル紙を何枚かねじった円錐《えんすい》形の紙袋で包んであった。黒パンにビーフをはさんだ分厚いサンドイッチが三切れと、ストロベリージャムのタルトにリンゴが二個。彼はリンゴをちょっとのあいだ投げ物《ジャグリング》してみせて、子供たちを笑わせた。スパーバー夫人に弁当を渡すと、彼女は抗議するかのように口を開いたが、すぐにつぐんだ。入植者の妻には、現実的な処方箋《しょほうせん》がたっぷり必要なのだ。

「ご親切に感謝しますわ」と彼女は言った。

通路をはさんで、例のブロンド女性がじっと見ていたが、シャーマンはふたたび本を読もうとつとめた。その時、車掌が戻ってきた。

「ねえ、あんたをおぼえてますよ、やっと思い出した。コール先生の坊ちゃんだね。ホールデンズ・クロッシングを渡ったところにいた。でしょ？」

「ええ」

耳が聞こえないので自分だと気づいたのだろう、とシャーマンは推察した。

「私をおぼえてませんかね。フランク・フレッチャーってえんですが？　前はフープホール通りのところでトウモロコシを育ててたんですがね？　鉄道会社に入って、田畑を売っぱらってイーストモリーンに引っ越すまで、六年以上、あんたの親父《おやじ》さんに一家七人で診てもらってたんです。まだおチビさんだった頃、時々あんたも一緒について来てねぇ。馬のうしろで、親父さんに必死にしがみついてた姿をおぼえてますよ」

父親と過ごせる唯一のひと時だったので、息子たちは一緒に往診するのが大好きだったのだ。

「いま思い出しましたよ」と彼はフレッチャーに告げた。「あなたの家もね。白い木造家屋で、ブリキの屋根がついた赤い納屋があった。もともとの芝土の家は貯蔵庫として使っていたんですよね」

「それですよ、たしかに。往診はあんたが一緒の時もあれば、兄さんの時もあった。何て名前でしたっけ？」

ビガーのことだ。「アレックス。兄のアレックスです」

「そうそう。兄さんは今どこに？」

「軍隊です」だが、どちらの軍かは言うのを控えた。

「でしょうね。あんたは牧師さんになる勉強をしてるんですかい？」と車掌が、二十四時間前にはシンシナティの『セリグマンの店』につるされていた黒いスーツに目を留めて言った。

「いいえ。僕も医者なんです」

「ほお。そんな歳には見えませんがね」

シャーマンは唇がこわばるのを感じた。耳が聞こえないことよりも、自分の年齢のことの方が対処しづらかった。

「もう立派な歳ですよ。オハイオの病院でずっと働いてます。フレッチャーさん……父は木曜に亡くなったんです」

彼の微笑《ほほえ》みは本当にゆっくりと、徹底的に消え去っていき、悲しみが嘘《うそ》でないことはたしかだった。「ああ。善い人に限って死んじまうんだね。戦争で？」

「家でです。電報には腸チフスだと書いてありました」

車掌は頭をふった。「どうぞお母さんに、たくさんの人間がご冥福《めいふく》をお祈りしているとお伝え下さい」

シャーマンは礼を言い、母も感謝するだろうと伝えた。「……ところで、これから先のどこかの駅で、弁当売りは乗ってきますか？」

「いいえ。みなさん弁当持参ですよ」車掌は心配そうに彼を見つめた。「カンカキー駅で乗り換えるまで、何一つ買う機会はありませんや。まいったな、切符を買った時に係がお教えしませんでしたか？」

「もちろん。いえ、別に何でもないんです。ちょっと聞いてみただけですよ」

車掌は帽子の縁に手をやって立ち去った。やがて、通路の向かいの女性が、胸から腿《もも》にかけての魅力的な線をあらわにしながら網棚に伸びあがり、かなり大きなオーク材のバスケットをおろそうとしたので、シャーマンは通路を渡っていって荷物をおろしてやった。

彼女は微笑みかけ、「私のを一緒に食べなさいな」と有無を言わさぬ調子で言った。「ご覧のように、どんな大部隊でもまにあうくらい持ってきてますから！」

彼にはそうは思えなかったが、小隊分くらいはあるだろうと見込んだ。まもなく、彼は焼いたチキンや、カボチャの種なしパンや、ポテトパイを頬張《ほおば》っていた。フレッチャー車掌は、シャーマンのためにどこからともなくバターつきのハムサンドイッチを一切れ調達して戻ってくると、ニヤッと笑いながら断言した。物資徴発にかけちゃあコール先生はポトマック軍よりすご腕ですなぁ。そして、しめしめサンドイッチは自分で頂こうという表情を見せながら、ふたたび立ち去った。

シャーマンは悲しみを物ともしない自分の空腹感に驚き、うしろめたく感じながらも、しゃべるよりも食べることにいそしんだ。彼女の方は、食べるよりもおしゃべりに夢中だった。彼女の名はマーサ・マクドナルド。夫のライマンはロックアイランド市で『アメリカ農具会社』のセールスマンをしている。彼女はシャーマンの父の死に哀悼の意を表した。マーサが彼に食べ物を取りわけてくれる拍子に、それとなく二人の膝《ひざ》がこすれあった。ちょっと意味深な接触。彼は長いこと、耳が聞こえないということに対して、多くの女性が反感を抱くか興奮するか、どちらかの反応を示すのに気づいていた。後者のタイプの女性は、じいっと見つめられることでポッとなってしまうのだ。話しているあいだ、彼の視線が決して自分の顔からそらされないからだ。彼にしてみれば、唇を読むために必然的なことなのだが。

シャーマンは自分の容貌《ようぼう》について勘違いしてはいなかった。しかし、ハンサムではないにしても、上背があるわりにでくのぼうにはならず、はつらつと健康的な若い男性のエネルギーを発散させているうえ、父親譲りの均整のとれた顔立ちと鋭い青い瞳《ひとみ》だけでも十分魅力的だった。彼どちらにしてもそんなことは、マクドナルド夫人に関するかぎり重要な問題ではなかった。彼は手術の前後に必ず手を洗うのと同じくらい犯すべからざることとして、既婚女性には絶対にかかわらないことにしていた。相手を侮辱しないようにやんわりかわすと、彼はおいしい昼食の礼を言って、通路の向かい側に戻った。

午後の大部分を読書でつぶした。ルイザ・オルコットは、切開の痛みを消す薬品を投与せずにおこなわれた手術の数々や、腐敗と膿《うみ》の悪臭のたちこめた病院で傷口が化膿《かのう》して死んでいく男たちについて記していた。死と苦悶《くもん》にはいつも悲しい気分にさせられるが、不必要な苦痛と死には猛烈に腹がたった。午後遅く、フレッチャー車掌がやってきて、この汽車は時速四十五マイル、つまり走っている馬の三倍の速度で走行しているうえに疲れ知らずなんですぜ！　と教えていった。父の死の知らせは翌朝には電報でシャーマンのもとに届いた。世界は迅速な輸送とより速い伝達手段の時代へ、新しい病院と治療方法の時代へ、激しい苦痛をともなわない手術の時代へと、ものすごい勢いで突入しているのだと彼は不思議な気分で考えた。そうした壮大な考察に飽きると、彼はまなざしで秘《ひそ》かにマーサ・マクドナルドを裸にして、そそられるような想像上の健康診断をほどこし、愉快にして卑怯《ひきょう》な三十分を過ごした。最も安全かつ害のない〝ヒッポクラテスの誓い〟違反だ。

気晴らしも長くは続かなかった。パパ！　故郷に近づけば近づくほど、現実を静観するのが難しくなってきた。涙がまぶたの裏にこみあげてきたが、二十一歳の医者が公衆の面前で泣くわけにはいかない。パパ……。カンカキー駅で乗り換える数時間前に夜の帳《とばり》が黒々と落ちた。そしてついにと言うべきか、あまりにも速くと言うべきか、シンシナティを発《た》ってから十一時間そこそこで、フレッチャー車掌がアナウンスした。

「ロークアーイランド駅！」

停車場は光のオアシスだった。汽車を降りると、シャーマンはすぐに一本のガス灯の下で自分を待っている下男のオールデンの姿を見つけた。オールデンは彼の腕をたたき、悲しげな微笑みを向けながらうちとけた挨拶《あいさつ》をよこした。

「よう帰《けえ》った、よう帰った、ほんにお疲れさん」

「やあ、オールデン」

二人は話すために、しばらく光の下でたたずんだ。

「母さんはどうしてる？」とシャーマンがたずねた。

「そりゃ、ねえ。例によって。まったく。まだ本当にはこたえちゃいない。一人っきりになる機会がほとんどないからね。教会連中やブラックマー師やらが一日中、家に入りびたってってな」

シャーマンはうなずいた。母親の融通のきかない信心は、家族全員にとって悩みの種だったが、今回の件でファースト・バプテスト教会が手を貸してくれるのはありがたい。

オールデンはシャーマンがバッグを一つしか持ってこないことを正確に見こして、バネのない四輪馬車ではなく、バネのきいた二輪馬車の方をひいてきていた。馬の名はボス。父親の大のお気に入りだった灰色の去勢馬だ。シャーマンは座席にのぼる前に、その鼻面をなでた。いったん馬を走らせだすと会話は不可能になった。暗闇《くらやみ》ではオールデンの顔が見えないからだ。オールデンは以前と変わらぬ、干し草と煙草と羊毛とウイスキーの匂《にお》いがした。彼らはロッキー川の木橋を渡ると、北東へと速足で馬を進めた。両側の土地は見えなかったが、彼はすべての木と岩を知っていた。雪がほとんど溶けて道がぬかるんでいるため、何ヶ所かで難儀した。一時間ほど揺られたあと、オールデンがいつもの場所で馬を休ませるために馬車を止めると、二人は降りてハンス・バックマンの低く湿った牧草地で小便をしてから、数分歩いてこった筋肉をほぐした。やがて、自分たちの敷地内にある川に架かったせまい橋を渡ると、家と納屋がぼんやりと視界に入ってきて、シャーマンにとって一番恐ろしい瞬間がおとずれた。今までのところ、いつもどおりオールデンがロックアイランド駅で彼を拾って家に送り、何ら変わったところはなかった。だが家に着いても、パパはそこにいないのだ。これから先、永遠に。

　シャーマンはまっすぐに家には入らなかった。オールデンが馬装を解くのを手伝ってから納屋についていき、しゃべれるようにランタンに火を灯《とも》した。オールデンは干し草のなかに手をつっこんで、まだ三分の一ほど入った瓶を取りだしたが、シャーマンは頭をふった。

「オハイオで禁酒主義者になりなすったかい？」

「違うよ」こみ入った問題だ。彼はすべてのコール家の人間と同じように酒が弱かったが、それにも増して、ずっと昔、アルコールは〝贈り物〟を追い払ってしまうと父親に教えられていたからだった。「たくさんは飲まないだけさ」

「ああ、あんた親父《おやじ》さんに似てっから。でも今夜は飲んどきって」

「母さんに匂いを嗅《か》ぎつけられたくないんだ。そのことで言い争うまでもなく、母さんとのあいだには問題をたくさん抱えてるんでね。でも、残しておいてくれるかい？　母さんが寝たあとで、屋外便所にくるついでに貰《もら》っていくから」

　オールデンはうなずいた。「おっ母《か》さんには、もすこし寛大にな」と彼はとまどいがちに言った。「あの人がつらくあたりがちなのは知ってるが、でもな……」

彼はシャーマンが近づいてきて両腕をまわしたので、びっくりして立ちすくんだ。それは二人の関係を逸脱したふるまいだった。男は男を抱きしめたりしないものだ。下男のオールデンは照れくさそうにシャーマンの肩をたたいた。シャーマンは一瞬だけ彼に慈しみの視線を投げかけると、ランタンを吹き消して真っ暗な中庭を台所へと向かった。他にはもう誰もいない、母親一人が待つ台所へ。

第二章　遺産相続

翌朝、オールデンの瓶の茶色い液体は数インチしか減っていなかったが、シャーマンの頭はズキズキしていた。古い縄のマットレスは、もう何年もきつく結びなおしていなかったので、よく眠れなかった。髭《ひげ》を剃《そ》りながら顎《あご》まで切ってしまった。だが午前中なかばになると、そんなことを気にしている場合ではなかった。父親は腸チフスで亡くなったので即座に埋葬されていたが、葬式はシャーマンが戻るまで延期されていたのだ。小さなファーストバプテスト教会は、父親がとりあげ、病気や銃痕《じゅうこん》や刺し傷、鼠蹊《そけい》部のできものから骨折までを治療した三世代にまたがる患者たちと、誰とも知れない人々でぎっしりだった。ルシアン・ブラックマー師が頌徳《しょうとく》の言葉を捧げた。だがそれは、参列者の悪意をあおらない程度のあたたかみはあったものの、心がこもっているというわけでもなく、唯一の正しい教会に加わる良識に欠ける者は、ロバート・ジャドソン・コール医師のように亡くなっても仕方がないと受けとれるような内容だった。シャーマンの母親は、ブラックマー師が自分をたてて、教会墓地に夫を埋葬するのを許してくれたことを、幾度となく感謝した。

午後中、コール家は人であふれた。大半が焼き肉や詰め肉やプディングやパイ料理を携えてきたので、あまりの食べ物の多さに、ほとんど祭のような様相を呈していた。シャーマンでさえ、気づけば好物の焼いた肝の薄切りを囓《かじ》っていた。肝を好むようになったのはマクワ・イクワのおかげだった。煮た犬や内臓ごと調理したリスと一緒で、肝もインディアン特有のごちそうだと思いこんでいたので、白人のご近所たちの多くも牛や鹿を殺したあとに肝を料理するのだと知った時は嬉《うれ》しかった。さらにひと切れ取って見あげると、リリアン・ガイガーが母親の方へまっすぐに部屋を横切っていくのが見えた。彼女は歳をとり、くたびれてきていたが、まだ十分に魅力的だった。レイチェルの容貌《ようぼう》はこの母親譲りだった。リリアンはいちばん上等な黒のサテンのドレスに、黒い麻のオーバードレスと折り返した白いショールを重ね、見事な胸元には鎖につるした小さな銀の〝ダビデの星〟が揺れていた。彼女が挨拶する相手を慎重に選んでいるのが見てとれた。ユダヤ女にはしぶしぶ丁寧な挨拶を返す者はいても、南部に加担する北部人に挨拶を返す者は絶対にいないのだ。リリアンは、南部連合国の州長官ユダ・ベンジャミンのいとこであり、夫のジェイソンは南北戦争が始まるや、三人の兄弟のうち二人とともに生まれ故郷のサウスカロライナに旅立っていた。

リリアンがシャーマンの所へやって来た頃には、彼女の微笑《ほほえ》みはこわばっていた。

「リリアンおばさん」と彼は言った。本当の叔母《おば》ではないが、ガイガー家とコール家は親戚《しんせき》のようにつきあっており、そのなかで育った彼は、いつもそう呼んでいたのだ。彼女の目つきがやわらいだ。

「こんにちは、ロブ・J」と彼女は懐かしい優しい口調で言った。他の人は誰も彼をロブ・Jと呼ばないが——それは彼の父親の呼び名なのだ——、リリアンが彼をシャーマンと呼んだことはほとんどなかった。彼女は頰《ほお》にキスしたが、あえてお悔やみは言わなかった。戦線を越えなければならないため滅多に届かないのだが、ジェイソンからの頼りによると、夫は健康で危険にさらされてはいないらしいと彼女は言った。彼は薬剤師なので、入隊するとジョージア州の小さな軍病院の下士官に任命され、現在はバージニア州のジェームズ川岸にあるもっと大きな病院の司令官をしていた。最新の手紙には、一家の他の男性と同様に薬剤師をしていたのに騎兵に転じた兄のヨセフ・ルーベン・ガイガーが、スチュアート将軍指揮下の戦闘で亡くなったという知らせが記されていたと言う。

シャーマンは落ちついてうなずき、自身もまた、人々が当然のように思っているありきたりの哀惜の言葉を口にしなかった。

それで、彼女の子供たちはどうしているんだろう？

「元気も元気よ。息子たちはすごく大きくなったわ。ジェイが見てもわからないかも！　まるで虎みたいに食べてるわ」

「で、レイチェルは？」

「去年の六月に夫のジョー・レーゲンスバーグを失ったの。あなたのお父様と同じ、腸チフス熱で亡くなったのよ」

「ああ」と彼は重苦しい口調で言った。「去年の夏、シカゴで腸チフス熱が流行《はや》ったって聞いた。彼女は大丈夫なの？」

「ええ、もちろん。レイチェルはとても元気よ。子供たちもね。息子と娘がいるの」リリアンは躊躇《ちゅうちょ》した。「あの娘、別の男性とつきあっているの。ジョーのいとこよ。一年の喪が明けたら、二人の婚約を発表するつもりよ」

ああ。いまだにこんなに気にかかるなんて驚きだ。こんなにも深く心がしめつけられるなんて。

「それで、おばあさんになった気分は？」

「とても気に入ってるわ」と彼女は言った。そして彼から離れると、ガイガー家の地所と隣接するプラット夫人と静かにおしゃべりをはじめた。

晩近く、シャーマンは皿に食べ物を山盛りにして、いつも木を焚《た》いた煙の臭いがこもっている、風通しの悪いオールデン・キンボールの小屋に持っていった。下男オールデンは下着姿で寝台に座って、酒瓶をあおっていた。足は洗いたてだった。葬式のために入浴したのだ。白というよりも灰色に近いもう一着の下着は、梁《はり》の釘《くぎ》と桁《けた》の間に渡したひもで、小屋のまんなかにつるされていた。

酒瓶をすすめられると、シャーマンは頭をふった。彼はたった一脚しかない木の椅子《いす》に座って、オールデンが食べるのを眺めた。

「僕だったら、うちの敷地の川を見渡す場所に父さんを埋葬したのに」

オールデンは頭をふった。

「そいつは、おっ母さんが許さんでさ。あのインディアン女の墓に近すぎらぁね。彼女が……殺される前……」と彼は注意深く言った。「連中は嫌というほど二人のことを噂《うわさ》しとった。あんたの母さんは、そりゃもう嫉妬《しっと》しなすってたから」

シャーマンはマクワと父と母との関係について、たずねたくてうずうずしたが、オールデンと自分の両親のゴシップ話をしてはいけない気がした。そのかわり、彼は手をふって立ち去った。川の方へ向かって、マクワ・イクワの共同住宅《ヘドノソテ》の廃墟《はいきょ》へと歩いていく頃には、夕暮れになっていた。共同住宅の一方の端は無傷のままだったが、反対側は丸太や枝が朽ちて崩れ落ち、蛇や鼠のかっこうの住みかになっていた。

「帰ったよ」と彼は言った。

彼はマクワの存在を感じた。彼女が死んでもうずいぶんになる。いまではもう、父親に対する哀惜の念の前に色あせて見える悲しみしか感じなかった。彼は慰めが欲しかったが、ただただ彼女の激しい怒りしか感じられず、あまりにも鬼気迫る感覚に鳥肌がたった。ほど遠くない場所に、入念に手入れされた彼女の墓があった。墓標はないが草が刈られて、近くの川岸から植え替えられた黄色い野生のワスレグサがまわりを囲んでいる。すでに緑の茎が、濡《ぬ》れた土から顔を出していた。墓を守ってきたのは父親に違いない。彼は膝《ひざ》をついて、花のあいだから雑草を何本か引きぬいた。

ほとんど日が落ちていた。なんとなく、マクワが自分に何かを伝えようとしている気がした。前にもそんなことがあった。彼女は自分を殺した犯人を教えたいのに教えられず、その怒りが伝わってくるのだと、彼はなかば確信していた。パパが亡くなったいま、自分は次にどうすべきなのか彼女にたずねたかった。風が川面にさざ波をおこした。ぼんやりと最初の星があらわれ、彼は身震いした。まだまだ冬の寒さが残ってるんだな、と彼は家路をたどりながら思った。

＊

翌日、遅れてくる弔問客にそなえて、家でブラブラしているべきだとはわかっていたが、どうにもできなかった。彼は作業着を着こんで、朝のあいだオールデンと羊を洗って過ごした。新しい子羊たちの中の雄を去勢すると、とった睾丸《こうがん》は卵と一緒に揚げて自分の夕飯にするんだ、とオールデンが持っていった。

午後になると、シャーマンは風呂《ふろ》をあびてふたたび黒いスーツを着て、居間で母親と膝をつきあわせた。

「お父さんの身のまわり品を調べて、誰にどれをわけるか決めないと」と彼女は言った。

ブロンドの髪がほとんど白髪になったとはいえ、美しく長い鼻に神経質そうな口元をした彼の母親は、これまで会った誰よりも興味深い女性だった。どんな時でも二人のあいだを阻んできた雰囲気が、やはり漂っていたが、彼女は息子がのり気でないのを察した。

「遅かれ早かれ、しなければいけないことよ、ロバート」と彼女は言った。

母親は、空になった皿や食器を教会にもっていく準備をしていた。葬式に食べ物を持ってきた弔問客が教会に取りに来るのだ。彼は代わりに自分が行こうかと申し出たが、母親はブラックマー師に会いにいきたがった。

「あなたもいらっしゃい」と彼女は言ったが、彼は頭をふった。君も聖霊を受け入れなければいけないよと、長々と説教して聴かされるのが目に見えていたからだ。常々、母親が天国と地獄を文字通り信じていることには驚かされていた。これまで父親とかわしてきた論争からかんがみて、母親はいま特に苦悩しているに違いない。洗礼を拒否した夫は天国で自分を待っていてはくれないだろうと、いつも気に病んでいたのだから。

彼女は手をあげて、開け放たれた窓を指さした。

「誰か馬でやってくるわ」

彼女はしばらく耳を傾けると苦笑いした。

「女の人が先生はいるかってオールデンに聞いてるわ。主人が怪我《けが》をしたんで家に来て欲しいって。オールデンは先生は亡くなっちまったって言ってる。『若先生がですか?』って彼女が聞いてるわ。オールデンは『ああ、彼ね、いや、彼ならいるよ』ですって」

おかしなやりとりだとシャーマンも思った。母はとっくに、ドアの横のいつもの場所に準備してあるロブ・Jの診察カバンのところへ行っていて、それを息子に手渡した。

「荷馬車を使いなさい。すっかり装備してあるから。教会へはあとで行くわ」

＊

女性はリディー・ギーチャーといった。彼女と夫のヘンリーは、シャーマンが土地をはなれているあいだにブキャナンの家を買っていた。彼は道をよく知っていた。ほんの数マイルのところだ。ギーチャーは干し草棚から落ちてしまったらしい。彼が落ちた場所にそのまま横たわり、弱々しく息をしながら、痛そうに喘《あえ》いでいる姿を見つけた。服を脱がせようとするとうめき声をあげたので、シャーマンはギーチャー夫人がふたたび服を縫いあわせられるように、注意深く縫い目から洋服を切った。出血はしておらず、ひどい打撲傷で片方の足首が腫《は》れあがっているだけだった。シャーマンは鞄から父の聴診器を取りだした。

「こちらへ来て下さい。どんな風に聞こえるか教えて下さい」と彼は夫人に言って、彼女の耳に聴診器のイヤーピースをさし入れた。主人の胸に聴診器の先を当てると、ギーチャー夫人は目を見開いた。彼は左手で聴診器の先を持ち、右手の指先で男の脈をとりながら、彼女に時間をかけて音を聴かせた。

「ドキドキドキドキドキドキ!」と彼女はささやいた。

シャーマンは微笑《ほほえ》んだ。ヘンリー・ギーチャーの脈は速いが、無理もないことだ。

「他に何が聞こえます？　ゆっくり聞いて」

彼女は長いこと耳を傾《かたむ》けた。

「柔らかなパリパリいう音はしませんか、誰かが乾いた藁《わら》をくしゃくしゃにしているみたいな？」

彼女は頭をふった。「ドキドキドキだけ」

よかった。骨が折れて肺に刺さってはいない。彼女を聴診器から解放してやると、彼はギーチャーの身体の上にくまなく両手をはわせた。耳が聞こえない分、彼はたいていの医者よりも、注意深く、あらゆる感覚を研ぎ澄ましていなければならない。男の両手を握ると、彼は〝贈り物〟が自分に告げる内容に満足げにうなずいた。ギーチャーは幸運だった。たっぷりとした量の古い干し草の上に落ちたのが良かったのだ。肋骨《ろっこつ》を傷めていたが、複雑骨折の徴候は見当たらなかった。五番目から八番目の肋骨、ことによっては九番目にもひびが入っているかもしれない、と彼は思った。肋骨のまわりに包帯を巻くと、ギーチャーはもっと楽に呼吸できるようになった。シャーマンは足首をテーピングしてから、アルコールにモルヒネと薬草を少し加えた、父の痛み止めの瓶を取りだした。

「これから痛んでくるでしょう。一時間ごとにスプーンに二杯ですよ」

往診料が一ドル、包帯代が五十セント、薬代が五十セント。だが仕事はまだ終わっていなかった。ギーチャー家に一番近い隣人は馬で十分ほど離れているライスマン家だ。シャーマンはそこへ行ってトッド・ライスマンと息子のデイブにかけあい、向こう一週間かそこら、ヘンリーが回復するまでギーチャーの畑の面倒をみるために力を貸してくれるよう、承諾してもらった。

帰途、彼は春を味わいながら、ゆっくりとボスを進めた。黒い大地は耕すにはまだ湿りすぎていた。その朝、コール家の牧草地で、背の低い花々が咲きはじめているのを目にしていた。紫のスミレ、オレンジのキンポウゲ、ピンクのクサキョウチクトウ。そして数週間もすれば、草原は色めきだち、もっと背の高い花々が顔を見せて活気に満ちるだろう。彼は嬉《うれ》しそうに、肥料をまいた畑の懐かしい重厚な芳香を吸いこんだ。

戻ると家は空っぽだった。フックに卵用のバスケットが見当たらず、母親が鶏小屋にいることを物語っていた。彼は母を探さなかった。彼は診察カバンをドアのそばのもとの場所に返す前に、まるで初めて見るかのように、じっくりと眺めた。くたびれているが上質の牛革で、いつまでも長持ちしそうだ。なかには、父親が自らの手でととのえたとおりに、器具と包帯と医薬品が、すぐに役に立つようにきちんと順序よく入っていた。

シャーマンは書斎に行くと、父親の持ち物を順序よく調べあげはじめ、机の引き出しをくまなく探し、革の書類箱を開け、持ち物を三つに分類した。母親用としてまず、思い出がつまっているだろう小物類すべてを選りわけた。兄さんのビガー用としては、寒い夜の往診で冷えないようにと、サラ・コールが自分の家でとれた羊毛で編んだ半ダースものセーターと、釣りと猟の道具、そしてシャーマンも初めて目にした新しい秘蔵品、黒クルミのグリップに施条つき九インチ銃身のテキサス海軍仕様、コルト社の四十四口径リボルバーだ。銃にはびっくりした。平和主義者の父親は、最終的には北軍を診るのを承諾したものの、本人は非戦闘員であり、武装するつもりはないという立場を常にはっきりさせていた。じゃあ、なぜ、あきらかに値が張るこんな武器を買ったりしたんだろう?

医学書と顕微鏡、診察カバン、薬草などの薬物類はシャーマンがもらうことにした。顕微鏡の下の収納箱の中は、台帳をつづった何冊もの本の山だった。

ざっと見てみると、それらは父親の生涯にわたる日記だった。

無作為に拾い上げた一冊は、一八四二年に書かれていた。パラパラめくると、医学的なメモや薬学知識や個人的な気持ちを、思いおもいにつづった内容の濃い日記だった。日記にはところどころにスケッチがちりばめられていた。顔や、解剖図に、女性の全身ヌード。それは母親の姿だと彼は悟った。彼はその若々しい顔をじっと見つめ、紛れもなく妊娠したお腹の中には、のちに自分となるはずの胎児がいることに気づいて、魅入られたように禁断の肉体を凝視した。

彼は、それよりもっと前、ロバート・ジャドソン・コールがまだスコットランドからの船をおりたばかりの、ボストンでの青年時代に書かれた別の日記を開いた。そこにも女性の裸体が描かれていたが、こちらはシャーマンが知らない顔で、顔立ちは不明瞭《ふめいりょう》だが外陰部はありのまま詳細に描かれており、知らず知らず、父親と下宿の女性との性交渉について読んでいた。

記述を読みすすむうちに、彼は子供に返っていった。年月がこぼれ落ち、身体は退行し、地球が逆回転して、思春期の壊れやすい謎《なぞ》と苦悩がよみがえった。彼は、禁じられた本を盗み見している少年に戻っていた。男と女がいとなむ、卑猥《ひわい》だが、おそらくはこれ以上素晴らしいものはない事柄の秘密をひとつ残らず暴いてくれる言葉や絵を探す——、彼は、いまにも父親がドアからあらわれて見つかりやしまいかと、気を揉《も》んだ。

その時、母親が卵をたずさえて戻ってきたらしく、裏戸がしっかりと閉まる震動を感じた彼は本を閉じてもとの収納箱に押しこんだ。

夕食の時、父親の持ち物を調べはじめたこと、兄の分は屋根裏から空箱を持ってきてしまっておくつもりであることを母親に告げた。

はたしてアレックスは生きて戻ってきて、それらを使うことがあるのだろうか。二人のあいだに言葉にできない想いが漂ったが、サラは意を決してうなずいた。

「よかったわ」彼女は、あきらかに息子が懸案に着手したことにホッとして言った。

その夜、眠れないまま、彼は自分に言い聞かせた。日記を読めば両親の人生、もしかすると二人の寝室にさえ土足で踏みこむのぞき魔になってしまうんだ、本は焼くべきなのだ。しかし、論理的に考えれば、父親は自らの人生の核心を記録に残しておくために日記を書いたはずだ。シャーマンはたわんだベッドに横たわりながら、マクワ・イクワの生死にまつわる真実は本当のところどうだったのか、もしかすると真実は悲しい危険をはらんでいるのではないか、と気になって仕方がなくなった。

とうとう、彼は起きあがるとランプを灯《とも》し、それを持って、母親を起こさないようにこっそり廊下に出ていった。

ランプの芯《しん》を切りそろえて、できるかぎり炎を強くすると、かろうじて本が読めるぐらいの光が照らした。夜のこの時間ともなると、書斎は嫌になるほど寒かったが、シャーマンは最初の本を手にとって読みはじめた。やがて、父親と自分自身について、これまで知りたいと望んでいた以上に多くのことが解き明かされていくにつれ、暗さも寒さも感じなくなっていった。

《第二部》真っ白なキャンバス、新たな絵

一八三九年、三月十一日

第三章　移　民

ロブ・J・コールがはじめて新世界を目にしたのは、ある靄《もや》のかかった春の日だった。ずんぐりした三本マストに縦帆《ミズンスル》をはった、不格好ながらブラック・ボール社でいちばん上等な定期船〝鵜《う》号〟が、あげ潮で広い港に吸いこまれ、うねる波に錨《いかり》をおろした。イースト・ボストンは粗悪な木の家がわずかに立ちならぶ、たいしたことのない町だったが、桟橋から三ペンスで小さな汽船のフェリーに乗り、おびただしい数の船舶のあいだを縫うようにして、水辺の中心地区へ渡っていくと、ごちゃごちゃ集まった家屋や、腐った魚の臭いを威勢よくはなつ店々や、ビルジや、タールを塗ったロープといった、スコットランドのどの港でもおなじみの光景が広がった。

　彼は背が高く、体格もよくて、たいていの人間より大きかったが、航海でへとへとに疲れていたので、ゆがんだ玉石の道を歩いていくのは大変だった。左肩には重いトランクをかつぎ、右腕の下には、まるで女性のウエストをはさんで運んでいるみたいに、大きな大きな弦楽器をかかえていた。彼は肌でアメリカの空気を吸収していった。かろうじて四輪馬車が通れる幅し

かない細長い街路。ほとんど木造か、赤味がすごく強い煉瓦《れんが》でできた建物。品ぞろえがよく、派手な金文字の看板をひけらかしている店々。彼は、女性の匂《にお》いを嗅《か》ぎたいという、ほとんど理性をこえた強い衝動をおぼえたが、極力店を出入りする女性たちをジロジロ見ないようにした。

〝アメリカンハウス〟という宿屋をちらっとのぞいてみたが、威圧的なシャンデリアやトルコ絨毯《じゅうたん》が見えたので、ここの料金は高すぎると判断した。ユニオンストリートの安食堂に入ると、魚のスープを頼み、どこか安くて清潔な下宿屋はないかとウェイターの二人にたずねた。

「あきらめるんだね、お若いの、両方望むのは無理ってもんだ」と一人が言った。だがもう一人の方はうなずいて、スプリングストリートのバートン夫人の下宿を紹介してくれた。

たった一つ空いていた部屋は、もともとは召使い部屋として作られたもので、下男とメイドの部屋とつづきになっていた。三本の階段をのぼりついだところにある、軒下の小さなせま苦しい部屋で、夏は暑く冬は寒いのは確実だった。部屋には細長いベッドと、縁がかけた洗面器がのった小さなテーブルに、青い花を刺繍《ししゅう》したリネンのタオルで蓋《ふた》をした白い便器が置いてあった。週一ドル五十セントで朝食――ミルク粥《がゆ》とスコーンに、卵が一個――のまかないつきです、とルイーズ・バートンは言った。彼女は六十代の顔色の悪い未亡人で、やぶにらみだった。

「それは何なの？」

「ヴィオラ・ダ・ガンバという楽器です」

「音楽家で生計をたててるのかい？」

「楽しみで弾くだけですよ。本業は医者です」

バートン夫人は疑わしげにうなずいた。彼女は前払いを要求し、週にもう一ドル払えば、ビーコンストリートのはずれにある定食屋で夕食がとれると言った。

ロブ・Jは彼女がいなくなるやいなや、ベッドに倒れこんだ。その日の午後と晩と夜とぶっとおしで、なぜだかいまだに船の揺れを感じながら、夢も見ずに眠り続け、朝になるとふたたび若々しさを取り戻して目覚めた。朝食をかきこもうと降りていくと、サマーストリートの帽子屋で働いている別の下宿人、スタンリー・フィンチと隣りあわせた。フィンチからは、二十五セントを払えば雑役夫のレミュエル・ラスキンがブリキの桶《おけ》に湯をはってくれるということ、ボストンには〝マサチューセッツ総合病院〟と〝産科病院〟と〝眼と耳の診療所〟の三つの病院があるという、二つの有益な情報をえた。朝食をすませると、彼はしあわせな気分で湯につかり、湯が冷める頃になってようやく身体を洗ってから、時間をかけてできるだけ見栄えよく服装をととのえた。階段を降りていると、メイドが四つんばいになって踊り場を洗っているところだった。むきだしの腕はそばかすだらけで、ごしごしこする勢いにあわせて丸いお尻《しり》が揺れていた。通りすぎるとき、不機嫌なメス猫のような顔が彼を見あげ、帽子の下からあまり彼の好みではない赤毛が見てとれた。濡《ぬ》れたニンジンの色味だ。

マサチューセッツ総合病院では午前中なかばまで待たされたあげく、ウォルター・チャニング博士が面接に応じたが、彼は間髪をいれずに、当病院では内科医は足りていると告げた。すぐに他の二つの病院でも同じ経験がくり返された。産科病院では、デビッド・ハンフリーズ・ストーラという若い医師が気の毒そうに頭をふった。

「毎年、ハーバード大学医学部から医師が輩出されていて、スタッフの順番待ち状態なんですよ、コール先生。正直なところ、新参者にはほとんどチャンスがないのです」

ロブ・Jにはストーラ医師が口にしていない、言外の意味がわかった。ここの地元の卒業生たちも、ちょうどエジンバラで、医者一族コール家の一員であることで自分が享受していたように、家柄と縁故という後ろ盾を持っている者が多いということなのだ。

「わたしなら別の町、たぶんプロビンスタウンやニューヘブンをあたるでしょうね」とストーラ医師が言うと、ロブ・Jは礼のことばを呟《つぶや》いていとまごいした。だが、すぐあとから、ストーラが追いかけてきた。

「たった一つ、見こみはうすいですが可能性はあります」と彼は言った。「ウォルター・オールドリッチ医師に相談なさい」

その内科医の診療所は、コモンと呼ばれる牧草地のような緑園の南側にある、よく手入れされた白い木造家屋の自宅だった。診察時間だったので、ロブ・Jは長いこと待たされた。オールドリッチ医師はかっぷくがよく、たっぷりした白い髭《ひげ》は口元だけ切れこみを入れたように透けていた。彼はロブ・Jが話すのに耳をかたむけ、ところどころ質問をさしはさんだ。「エジンバラの大学病院で？　外科医ウィリアム・ファーガソンの下で？　何だってそんな恵まれた助手の地位を捨てたんですか？」

「逃げなければ、オーストラリアに流刑にされるからです」唯一の希望は真実を語ることにあると彼は思った。「僕が書いた小冊子が原因で、スコットランドの血をしぼりとってきた英国君主政府に対する労働争議が起こってしまったんです。衝突があって、人々が殺されました」

「率直に言って」とオールドリッチ医師はうなずきながら言った。「男は自分の国の幸福のために闘争すべきですな。わたしの父も祖父も、イギリス人と闘いました」彼はロブ・Jを値踏みするようにじっと見つめた。「空きが一つあります。慈善事業で、この町の貧困層に内科医を派遣しておるのです」

それは、汚い不吉な仕事のように思われた。訪問医の大半は一年に五十ドルを支給されて、喜んでその貴重な経験を引き受けているとオールドリッチ医師は言ったが、エジンバラからやってきた医者が、粗野なスラム街で医学的に学ぶことなどあるだろうか、とロブは自問した。

「もし〝ボストン施療院〟に加わるおつもりなら、トレモント医学校の解剖研究室で講師として手伝えるよう手配をしましょう。そうすれば、年間で別に二百五十ドル入りますよ」

「三百ドルで生きていけるかどうか、先生。ほとんど貯えがないものですから」

「他に提示できるものはありませんな。実際には、年収は三百五十ドルになるでしょう。第八地区での仕事ですから。この地区の派遣医には五十ドルではなく百ドル支給することが、近ごろ施療院の理事会で可決されたのでね」

「どうして第八地区だけ、他の地域の倍の賃金なんですか？」

今度はオールドリッチ医師がつつみ隠さず言う番だった。

「アイルランド人居住区なのです」と彼はその血の気のうせた唇のように、力ないか細い声で言った。

＊

次の朝、ロブ・Jはワシントンストリート一〇八番地のギシギシきしむ階段をのぼって、せま苦しい薬局に入っていった。そこがボストン施療院のたった一つの事務所だった。すでに、その日の割りあてを待っている医者たちで混雑していた。マネージャーのチャールズ・K・ウィルソンは、ロブの番がくると、ぶっきらぼうではあるがテキパキと応対した。

「で、第八地区の新しい先生だね？　さてと、この地区の住民はほったらかされてたんだ。この連中があなたを待ってますよ」彼は名前と住所が記された伝票の束を持ちあげながら、そう言った。

ウィルソンは規則を説明して、第八地区について教えてくれた。ブロードストリートは、波止場とのしかかるように張り出したフォートヒルとを結んでいる。町ができたばかりの頃、この近辺の住民は、倉庫と水辺地区での商売に近いということで、あたりに大きな邸宅をかまえた商人たちで構成されていた。そのうちに、彼らは他のもっと立派な街へと移り住み、残された家々には労働者階級のヤンキーが住むようになった。それから建物のなかがさらに細かく区切られるようになり、もっと貧しい土着の賃借者が住むようになった。そして最後に、船倉から押しよせてくるアイルランドの移民たちにとってかわったのだ。その頃には、大きな屋敷も荒れはて、細かく分割されて、不当な週ぎめ家賃で又貸しされていた。倉庫は、光も入らず、空気穴さえない小さな部屋が集まったミツバチの巣箱のように改装されたが、居住空間がほとんどなかったため、あらゆる既存の建物の横や裏に、醜悪なバラック小屋がたちならぶことになった。その結果、一部屋に多くて十二人もの人間が住む——夫と妻と、兄弟姉妹、子供たちが、時には全員同じベッドに寝ているような——悪名高きスラムと化した。

ウィルソンが教えてくれたとおりに行くと、第八地区が見つかった。ブロードストリートに漂う悪臭は、人数にくらべて少なすぎる便所から放たれる臭気であり、世界中のあらゆる都市に共通する貧困の臭いだった。異邦人という立場にうんざりしていたロブは、自分と同じケルト族であるアイルランド人たちの顔に、心のどこかでホッとしていた。最初の診察チケットは、ハーフムーン街のパトリック・ジオゲガンにふりだされていた。ハーフムーン街は、月どころか太陽の光も半分しか当たらないようなわかりづらい場所で、彼はあっというまに、ブロードストリートからタコの足のようにのびる名もない私道と迷路のような路地で迷子になってしまった。とうとう、薄汚れた顔の少年に一ペニーやって、密集した建物が面したちっちゃな中庭に案内してもらった。尋ねたずね、とある共同住宅の上階に上がると、他の二組の家族が住んでいる部屋を通って、どうにかこうにかジオゲガン家族のちっぽけな居住区にたどり着いた。ロウソクの灯《あか》りのかたわらで、一人の女性が子供の頭皮をさぐっていた。

「パトリック・ジオゲガンさんは?」

その名前をロブ・Jがくり返すと、ようやくしゃがれた囁《ささや》き声が返ってきた。

「Me Da……五日前に死にました、脳炎で」

死ぬ前に高熱をだすと、なんでもかんでも脳炎と呼ぶのはスコットランドの人々も同じだった。

「お察しします、奥さま」と彼は静かに言ったが、彼女は目を上げさえしなかった。

階下に降りると、ロブはたたずんで眺めた。あらゆる国にこうした貧民街があるのだ。歴然と存在する不公平さのために用意された街。あまりにも壊滅的で、特有の風景や音や臭気をかもしだしている。玄関前の階段に座って、犬が骨をしゃぶるみたいに、中身のないベーコンの皮をしゃぶっている青白い顔をした子供。ゴミだらけの泥道に光彩をそえている、それ以上は修理のほどこしようもないくらい履き古した、別々の三つの靴。捨ててきた祖国の緑の丘陵について、感傷的な歌を朗々と歌いあげる酔っぱらい男の声。祈りのことばと同じくらい情熱的に叫ばれる悪態。いたるところから立ちのぼる、溢《あふ》れた下水管やいろいろな汚物の悪臭で勢いを削《そ》がれた茹《ゆ》でキャベツの匂《にお》い。彼はエジンバラやペーズリーの貧しい地区をよく知っていた。そして、石造りの長屋の町々も。そこでは大人も子供も夜明け前に家をでて、綿工場や紡毛工場にとぼとぼ歩いて行き、夜がとっぷり暮れてからようやく足をひきずって家に戻ってはくる。暗がりだけを歩く人々なのだ。自らのおかれた皮肉な状況に、彼は打ちのめされた。こうしたスラム街を作り上げる権力と闘ってスコットランドを追われたのに、新しい国で、それを鼻先につきつけられているのだ。

次の診察チケットは、ハンフリー街のマーティン・オハラだった。フォートヒルの斜面に切り開かれた掘っ建て小屋だらけの地域で、ハシゴとしか呼べないような、五十フィートの木の階段をつたってたどり着く。階段の横には蓋《ふた》のない木製の下水溝が通っており、ハンフリー街の排泄物《はいせつぶつ》がじくじくと流れでてしたたり、ハーフムーン街の災難に追い打ちをかけていた。自分の業務を自覚しはじめた彼は、周囲を取り巻くみじめな窮状をものともせず、すばやく駆けのぼっていった。

へとへとに消耗する仕事だった。午後の終わりになると彼は、肉のないまずい食事と二番目の仕事がはじまる晩が待ち遠しくて仕方なかった。どちらの仕事も一ヶ月は給料が入らないのだが、手元に残っている資金ではそうそう夕食代はでない。

トレモント医学校の解剖実習室と教室は、トレモント街三十五にあるトーマス・メトカーフの薬剤店の上の、大きな一室だった。母校でのまとまりのない教育に辟易《へきえき》した、ハーバード出の教授グループが、もっと良い医者を送りだせるだろうという確信のもと、系統だった三年間の教育課程を考案し、運営しているのだった。

　ロブが解剖助手として下で働くことになっている病理学の教授は、十歳ほど年上の、背の低いガニ股《また》の男だった。彼はおざなりに会釈した。

「ホームズです。講師の経験はありますかな、コール先生？」

「いえ。講師をしたことは一度もありません。ですが、外科手術と解剖の場数は踏んでいます」

　ホームズ教授の冷ややかなうなずき方は、こう告げていた。いまにわかるさ。

　教授は、講義の前に済ませておくべき準備のあらましを手みじかに説明した。いくつかの細部をのぞいて、それはロブ・Jが熟知しているお決まりの手順だった。彼とファーガソンは、研究と生身の人間を手術する時に腕が鈍っていないよう維持する目的を兼ねて、毎朝、回診の前に検屍《けんし》解剖を行っていたのだ。生徒たちが集まりはじめると、彼はやせこけた若者の死体からシーツをはいで、丈の長い灰色の解剖用エプロンをつけ、手術器具を広げた。

　医学生は七人しかいなかった。ホームズ博士は解剖台の片側に向かって、講義机のところに立った。

「わたしがパリで解剖学を学んでいた頃には」と彼は言いはじめた。「毎日、正午になると遺体を売ってくれる場所があって、どんな学生でもたったの五十スーで一体まるごと買えたものだ。しかし現在では実習用の解剖遺体は不足している。ここにあるのは、今朝、肺鬱血《うっけつ》で亡くなった十六歳の少年の遺体で、州福祉局から我々にとどいた。君たちは今晩は解剖はしない。この後の授業で遺体を君たちにわける予定だ。二人に腕を一本、別の二人に脚を一本、残りの者は胴体という具合だ」

助手が行っていることをホームズ博士が説明するのにあわせて、ロブ・Jは少年の胸部を切り開き、臓器を取りだして計ると、教授が記録できるようにはっきりした声で各々の重さを読みあげた。それが終わると、教授が話していることを例証するために、身体のさまざまな部位を指し示すことも任務に加わった。ホームズの話しぶりはたどたどしく、声も甲高かったが、学生たちが講義に満足しているのが、すぐにロブ・Jには見てとれた。教授は辛辣《しんらつ》な言いまわしもいとわなかった。腕の動き方の実例を示すために、猛烈なアッパーカットを宙におみまいした。脚のメカニズムを説明しながらハイキックをし、臀部《でんぶ》の働き方を見せるためにベリーダンスを踊った。学生たちは夢中で聴き入った。講義の最後になると、彼らはホームズ博士のまわりに押しよせて質問をぶつけた。教授は彼らに答えながら、新しい助手が遺体と解剖標本を保存タンクにしまい、解剖台を洗い流し、それから器具を洗って乾かしてから片づけるのを観察した。最後の学生が立ち去る時には、ロブ・Jは自分の手をごしごし洗っているところだった。

「きみ、なかなかやるじゃないか」

当たり前じゃないですか、ちょっと優秀な学生ならできるようなこんな仕事、とロブは言いたかった。だがその代わりに、給料の前払いは可能かどうか、従順な口調でたずねていた。

「施療院のために働いているそうだね。わたしもかつて働いたことがある。べらぼうにキツイわりに赤貧が約束されている仕事だが、ためになる」ホームズは財布から五ドル紙幣を取りだした。「最初の半月分の給料で足りるかね？」

ロブ・Jは、それで十分だとホームズ博士に言いながら、安堵《あんど》の調子が声にあらわれないようにつとめた。二人は一緒にランプを消してまわると、階段のいちばん下で挨拶《あいさつ》をして別々の方向にわかれた。ロブはポケットの中の紙幣を、めまいがするほど意識した。『アレンのパン屋』に通りかかると、男がショーウィンドーからペストリーが載った盆を片づけて、店じまいをしているところだったので、ロブ・Jは飛びこんでブラックベリーのタルトを二個買った。お祝いだ。

自分の部屋で食べるつもりだったが、スプリングストリートの下宿ではメイドがまだ起きていて、皿洗いを終えようとしてるところだった。そこで彼は、台所へ入っていってペストリーをさしだした。

「一つはきみのぶんだ。牛乳をちょっと失敬するのを手伝ってくれたらね」

彼女は微笑《ほほえ》んだ。「声をひそめる必要ないわ。彼女、もう寝てるもの」彼女は二階のバートン夫人の部屋の方を指さした。「いったん寝ちゃうと、何があっても目が覚めないのよ」彼女は手をふくと、牛乳の缶ときれいなカップを二個取ってきた。二人とも盗みの共犯を楽しんだ。名前はマーガレット・ホランドだと彼女が教えてくれた。みんなにはメグと呼ばれている。ごちそうを食べ終えると、彼女のふっくらした口のはじに牛乳の跡が残っていた。そこで彼はテーブル越しに身を乗りだし、ゆるぎない正確な外科医の指先で証拠を隠滅した。

第四章　解剖授業

彼はすぐに、施療院で採用されているシステムの重大な欠陥に気づいた。毎朝、彼が受けとるチケットに記された名前は、フォートヒル界隈《かいわい》に住む病気の重い人々の名前ではなかったのだ。この健康管理計画は不公平で非民主的だった。診療チケットは施療院へ寄付した裕福な人々にわけられ、彼らがそれを気に入った者たちに配るのだ。たいていは、自分たちの使用人へのごほうびとしてだ。ロブ・Jはたびたび、たいしたことのない病状の誰かを診るために共同住宅を探し当てなければならなかったが、かたやその同じ廊下で、失業中の貧者が医療を受けられずに死にかけているのだ。医者になった時におこなった宣誓では、治る見こみのない患者でも治療をしないで放っておくことは禁じられていた。だがそれでも、自分の職を失わないためには、たくさんのチケットを持ち帰り、そこに記載されている名前の患者を治療してきたと報告しなければならないのだ。

ある晩、彼は医学校でその問題についてホームズ博士と話しあった。

「わたしが施療院にいた時には、自分の家族の友人で献金した人々から診療チケットを集めたな」と教授は言った。「また彼らからチケットを集めて、きみにあげよう」

ロブ・Jはありがたく思ったが、気分は浮かなかった。第八地区のひどく貧乏な患者たち全員を診られるだけの量の白紙チケットを集めるのは無理だとわかっていたからだ。だいいち、それをこなすには大勢の医者が必要になる。
一日でいちばん晴れやかなひとときは、夕方遅くにスプリングストリートに戻って、メグ・ホランドとご禁制の残飯を食べる数分に訪れることが多かった。彼は、ポケットいっぱいの焼きグリや、ひとかけらのメープルシュガー、何個かの黄色いリンゴといった賄賂《わいろ》を彼女に握らせるのが習慣になった。このアイルランド娘は、下宿のゴシップ話を彼に聞かせてくれた。二階正面のスタンリー・フィンチ氏が、ガードナー市で若い女を妊娠させて逃げてきたのを自慢気に――よくもまあ！――話したこと。バートン夫人が気まぐれですごく善い人になったり、とんでもなくイヤな女になったりすること。ロブ・Jの隣の部屋に住む雑役夫のレム・ラスキンは、底なしの飲んべえであること。

　ロブが下宿に落ちついて一週間目、彼女はいたって何気ない調子で、レムは半パイントほどブランデーをもらうと、決まっていっぺんに飲み干しちゃって泥のように寝こんじゃうのよ、と告げた。

　ロブ・Jは次の晩、レミュエルにブランデーをプレゼントした。

　待つのはつらかった。一度ならずも、あの娘はただ単にムダ話をしただけだったんだ、俺はなんて馬鹿なんだと内心思った。古い下宿には、さまざまな夜の雑音が響いていた。床板が不規則にキーキーきしる音、レムの喉《のど》からもれるいびき、木製の羽目板が不気味にはじける音。ついに扉のところで小さな小さな物音がした。ノックだとわかるかわからないか程度の音だった。扉を開けると、マーガレット・ホランドが女性らしい芳香と皿洗いの水の臭いをかすかに漂わせながら、彼のせま苦しい部屋にすべりこんできた。そして、今夜は冷えるだろうからとささやくと、部屋にやってきた口実として、使い古しの予備の毛布をさしだした。

＊

若者の遺体を解剖してからようやく三週間後に、別の宝物がトレモント医学校に送られてきた。監獄で子供を産んだあとに、産褥《さんじょく》熱で亡くなった若い女性の死体だ。その晩、ホームズ博士はマサチューセッツ総合病院での仕事がはずせず、産科病院のデビッド・ストーラ博士が教授をつとめた。ロブ・Jが解剖にかかる前に、ストーラ博士は両手を徹底的に調べるようにと譲らなかった。

「ささくれも皮膚の傷もないね？」

「ありませんよ」自分の手に興味を示す理由がわからず、ロブはわずかに憤慨して答えた。

解剖学の授業が終わると、ストーラは学生たちに部屋の反対側に移動するように言った。そこで妊婦や婦人病の患者の膣《ちつ》検査のしかたを実演しようというのだ。

「慎み深いニューイングランドの女性は、こうした検査をしりごみしたり、拒絶することすらあるだろう」と彼は言った。「それでもきみたちは、彼女を助けるために、彼女の信頼を得る責任があるのだ」

ストーラ博士は妊娠の段階が進んだ身重の女性を同伴していた。実演のために雇った娼婦《しょうふ》かもしれない。ロブ・Jが解剖台周辺をきれいにして、きちんととのえていると、ホームズ教授がやってきた。片づけが終わると、ロブは女性を検診している学生たちにまじろうと足を踏みだした。だが、動揺したホームズ博士に、突然、行く手をはばまれた。

「イカン、イカン！」と教授は言った。「身体をよく洗って、ここから出ていくんだ。すぐにだ、コール博士！『居酒屋エセックス』に行って、わたしがいくつか覚え書きと論文を集めているあいだ、そこで待っていてくれたまえ」

ロブは戸惑いと不快感をおぼえながらも、それに従った。居酒屋は学校から目と鼻の先にあった。講師を首になったのかもしれないと思うと、金は使うべきではない気もしたが、神経が高ぶっていた彼はエールを注文した。グラスの半分も飲み終えないうちに、ハリー・ルーミスという二年生が、ノート二冊と何枚かの医学論文の転載記事をかかえてあらわれた。

「詩人がこれを」

「誰だって？」

「知らないんですか？　彼はボストンの桂冠詩人なんです。ディケンズがアメリカを訪れたとき、歓迎の詩を書くように依頼されたのが、誰あろうオリバー・ウェンデル・ホームズその人です。でも心配はご無用。彼は詩人より医者としての方が上ですから。一級の講師だと思いませんか？」ルーミスは機嫌よく合図して、自分のエールを頼んだ。「手を洗うことについては、ちょっと異常なこだわりを持ってますがね。汚物が傷口に感染症を起こさせるって考えてるんですから！」

ルーミスは、『ウィークス＆ポッター』薬品会社からの期限切れのアヘンチンキの請求書の裏に走り書きしたメモも携えていた。〈コール博士、明晩トレモント医学校に戻られる前に、これらを読まれたし。くれぐれもよろしく。敬具。ホームズ〉

バートン夫人の下宿の部屋に戻るやいなや、彼は読み始めた。最初はいくぶん憤慨しながら、それからしだいに関心をふくらませながら。『ニューイングランド・クオータリー・ジャーナル・オブ・メディシン』に掲載され、『アメリカン・ジャーナル・オブ・ザ・メディカル・サイエンス』で要約された論文の中で、ホームズはいくつかの事実について記していた。はじめの方はロブ・Jがよく知っている内容だった。彼が把握している、スコットランドで発生している状況と、そっくり同じだったからだ。――かなりの割合の妊婦が極度な高熱におかされ、あっというまに一般的な感染症の徴候をきたし、死にいたっているのだ。

だがホームズ博士の論文は、マサチューセッツ州ニュートンの医者ホイットニーが、二名の医学生に手伝わせて、産褥熱で亡くなった女性の検屍《けんし》解剖をおこなった件を取りあげていた。ホイットニー博士の指にはささくれがあり、医学生の一人は手に小さな火傷《やけど》の赤むけがあった。二人とも、自分の怪我《けが》はちっぽけな傷にすぎないと考えていたが、数日のうちに、医者の腕がじんじん痛み始めた。腕の中央に豆粒くらいの大きさの赤い斑点《はんてん》ができ、そこから細く赤い筋がささむけの方までのびていた。腕は普段の二倍の太さにまでどんどん腫《は》れあがり、彼は非常に高い熱と嘔吐《おうと》に襲われた。一方、手に火傷を負っていた学生もまた、熱におかされたが、数日で症状が急激に悪化した。肌が紫色にかわって腹部が異常にふくれあがり、とうとう死んでしまった。ホイットニー博士も死にかけたが、ゆっくりと好転して回復した。検屍をおこなったときに手に切り傷もただれもなかった、もう片方の医学生には、ゆゆしき徴候は何も起こらなかった。

この事件が報告されると、ボストンの医師たちは開いた傷口と産褥熱による感染病とのあきらかな関連性を議論したが、洞察はほとんど得られなかった。だがしかし、数ヶ月後、リン市のある医者が両手に口の開いた傷がある状態で産褥熱の病人を診察したところ、数日のうちに重症の感染病で亡くなった。『ボストン医療向上協会』の会合で、興味深い疑問が投げかけられた。亡くなった医者の手に何も傷がなかったら、どうなっていたのだろう？　彼は感染しないにしても、感染物質を身体につけて運び、たまたま別の患者の傷口や、妊娠した女性の無防備な子宮に触れたりして、災いをばらまいていたのではないのか？

オリバー・ウェンデル・ホームズは、この疑問を頭から払いのけることができなかった。彼は何週間もかけて、図書館をめぐり、自分自身の診察記録を調べ、産科診療所を開いている医者たちに頼みこんで病歴簿を見せてもらったりして、この問題を追究した。複雑なジグソーパズルを解くようにして、彼は二つの大陸における一世紀にもわたる医療行為のなかから、決定的な証拠の数々をまとめあげた。この症例は散発的に発生するため、医学文献で見すごされていたのだ。それらの症例を探しだし、つなぎ合わせてみてはじめて、ゾッとするような驚愕《きょうがく》の事実が浮き彫りにされた。産褥熱は医者や看護婦、産婆、病院職員がもたらしているのだ。伝染病の患者に触れたあと、そのまま汚染されていない女性たちを診ることで、彼女たちを熱病死にいたらしめるのである。

産褥熱は医療専門家によって引き起こされる疫病である、とホームズは記している。医者はいったんこのことを自覚したならば、自分が女性に感染させることは罪——殺人——だと肝に銘じるべきである、と。

＊

ロブは論文を二度読んでから、茫然自失《ぼうぜんじしつ》で横たわった。

一笑に付してしまいたかった。だが、ホームズの示した病歴と統計値は、偏見のない心の持ち主なら誰だって否定できない説得力を持っていた。こんなチビの新世界の医者が、サー・ウィリアム・ファーガソンよりも多くを知っていることなどあるのか？　時おり、ロブは産褥熱で亡くなった患者を検屍《けんし》するサー・ウィリアムを手伝ったものだが、そのあと続けて妊婦も診察していた。そして彼は、診察のあとに亡くなった女性たちがいたことを記憶からたぐりよせた。

つまるところ、ここにいる田舎者たちは、自分に医学の技術や知識について教える何ものかを持っているらしい。

もう一度資料に目を通せるように、起きてランプの芯《しん》を切りそろえようと思ったとき、扉がカチャッと開いてマーガレット・ホランドがこっそり部屋に入ってきた。彼女は目の前で服を脱ぐのをためらったが、小さな部屋には身を隠す場所などなかったし、どちらにしても、彼の方はとっくに裸になろうとしていた。彼女は衣類をたたむと、十字架を首からはずした。彼女の身体はポッチャリしているが筋骨たくましかった。彼女の肌に残ったコルセットの鯨の芯の跡のくぼみを揉《も》み、もっと熱い愛撫《あいぶ》へと高まりつつあったとき、ロブはふいに恐ろしい考えに襲われて、動きを止めた。

彼女をベッドに残したまま起きあがると、洗面器に水をバシャバシャそそいだ。気でも触れたのかと言わんばかりに女がじっと見つめるなか、彼は両手に石鹸《せっけん》をつけてゴシゴシ洗った。何度も、何度も、何度も。それから手をふいてベッドに戻ってくると、前戯を再開した。すぐに、マーガレット・ホランドがこらえきれずにクスクス笑いだした。

「あんたって、これまででいちばん変わった若きジェントルマンだわ」と彼の耳元にささやいた。

第五章　神に呪われし地区

夜、自分の部屋に戻ってきても疲れすぎていて、たまにしかヴィオラ・ダ・ガンバを弾けなかった。弓さばきは錆《さ》びついていたが、音楽は心を癒《いや》してくれた。だがあいにく、それさえもままならなかった。すぐにレム・ラスキンが静かにしろと、壁をドンドンたたくからだ。ロブにはセックスにくわえて音楽のためにレムにウィスキーをあてがう余裕はなかった。そこで音楽が犠牲となった。医学校の図書館で読んだ医学雑誌では、妊娠を望まない女性との性交渉のあとに、ミョウバンとホワイトオーク樹皮の浸出液で膣《ちつ》洗浄をおこなうことを推奨していたが、メグが几帳面《きちょうめん》に膣洗浄をするのを当てにするのは無理だとわかっていた。ロブ・Jが相談すると、ハリー・ルーミスはとても親身になってくれて、コーンヒルの南側に建つこぎれいな灰色の家を彼に紹介した。シンシス・ワース夫人は白髪で品のある女性だった。ハリーの名前をだすと、彼女は微笑《ほほえ》んでうなずいた。

「お医者さま関係にはお安くしてますのよ」

彼女の製品は羊の盲腸でできていた。腸の自然な空洞部分で、片方の端が開いているため、ワース夫人が改造するのにしごく好都合なのだ。彼女はまるで、魚市場の経営者が日がキラキラ輝いている新鮮な魚でも扱っているみたいに、誇らしげに自分の商品を持ち上げてみせた。値段を聞いてロブ・Jは息を飲んだが、ワース夫人は落ち着きはらっていた。

「大変な手間がかかってますの」と彼女は言った。盲腸は何時間も水に浸《つ》け、裏返しにし、慎重に粘膜をこすり落とし、ふたたびアルカリ溶液に浸して十二時間ごとに溶液を取りかえながら柔らかくし、石鹼と水で洗い、ふくらませて乾かし、燃えている硫黄《いおう》の蒸気に腹膜と筋肉膜をさらしておき、ぴったり結びつけてしっかり保護できるように赤か青のリボンをつけなければならないのだ、と彼女は説明した。たいていの殿方は三つお買いあげになりますわ、これだけ手がこんでいるなら安いものですから、と彼女は言った。

ロブ・Jは一つ買った。色の指定はしなかったが、リボンは青だった。

「ちゃんと取り扱えば、一つでもまにあいますわよ」使用するごとに洗って、ふくらませて粉をはたいておけば、何度でもくり返し使えると彼女は教えてくれた。彼女は商品を手に出ていくロブに機嫌よく挨拶《あいさつ》しながら、同僚や患者の方たちにもお奨めくださいな、と頼んだ。

メグはコンドームを嫌った。彼女は、「魅惑のひとときを」と言ってハリーがロブにくれた贈り物の方を喜んだ。無色の液体、亜酸化窒素が入った瓶で、医学生や若い医者たちは笑気ガスと呼んでお楽しみのために吸っていた。ロブはボロ布に少しふくませて、愛を交わす前にメグと二人で嗅《か》いだ。その体験はえもいわれぬ成功をおさめた——いまだかつて二人の身体がこれほどひょうきんに思えたり、性的な動きを滑稽《こっけい》に感じたことはなかった。

ベッドでの快楽の他には、二人をつなぐものは何もなかった。ゆるやかに動いているときには、わずかな優しさが流れたが、猛烈に身体をゆさぶっているときは、情熱というより無我夢中なだけだった。話をすれば、彼女は下宿のゴシップ話か祖国の思い出話かのどちらかになってしまい、彼は前者の話にはうんざりし、後者は苦い記憶がよみがえるので避けた。心や魂の触れあいはなかった。二人は亜酸化窒素を使って、薬物による狂騒状態を共有しあったが、一度きりで、二度と手をださなかった。二人のエロチックなお祭り騒ぎはうるさすぎたからだ。レムは酔っぱらっていて忘れてしまったのだろうが、誰にも気づかれなかったのは運が良かっただけだ。二人はもう一度だけ一緒に大笑いした。メグがうやうやしく、このコンドームは雄羊から作ったに違いないと言って、『角がたった悪魔ちゃん』と命名したときだ。彼は彼女を利用しているだけなのが心苦しく、彼女のペチコートが繕いだらけなのに気づくと新しいのを買ってやった。せめてもの罪ほろぼしだった。彼女はすごく喜び、ロブはせまいベッドにもたれながら日記に彼女をスケッチした。猫のような顔でほほえむ、ポッチャリした娘の姿を。

＊

医学以外に費やすエネルギーが残っていれば、スケッチしておきたいものが他にもたくさんあった。もともと彼は、コール家に受け継がれてきた医学の伝統に逆らって、画家になることだけを夢見てエジンバラで美術を専攻していたのだ。そのため、一族は彼を変わり者と見なしていた。エジンバラ大学の三年生のとき、彼は芸術的才能はあるものの、ずばぬけてはいないと告げられた。平凡すぎたのだ。彼には生き生きとした想像力、すなわち、あいまいな何かをつかみ取る力が欠けていた。

「炎はあるが、熱く燃えていないのだよ」と肖像画の教授は言った。冷たくはないけれど、あまりにもあっさりとした口調で。彼は打ちのめされたが、やがて二つの出来事に遭遇した。まず、大学図書館の埃《ほこり》をかぶった書庫で、ふと一枚の解剖図を見つけたのだ。もしかするとレオナルド・ダ・ヴィンチ以前のものと思われる、とても古い裸の男性の絵で、肉を切りさって内臓器官や血管が示されていた。『第二の透明人間』と題された絵には、『ロバート・ジェフリー・コール画。ロバート・ジェレミー・コールの絵にならって』というサインが読みとれた。自分の先祖の一人が描いたことを知った彼は、嬉《うれ》しい衝撃を受けた。その絵は、少なくとも何人かの祖先は医者としてだけでなく、芸術家としての才能も備えていたという証拠なのだ。それから二日後、彼は手術階段教室に迷いこんでウィリアム・ファーガソンと出会った。患者のもだえるような痛みを最小限にくい止めるために、稲妻のように速く、しかも完全無比な正確さで外科手術をおこなう天才だ。ロブ・Jは生まれてはじめて、脈々と続くコール家の医者の血筋を理解した。一人の人間の命の尊さにくらべれば、どんなに壮麗に描かれたキャンバスもかなわないと確信したからだ。その瞬間、医学が彼をとらえた。

医学訓練に入った最初から、彼はグラスゴー近くで開業しているラナルド叔父《おじ》が『コール家の贈り物』と呼んでいるもの——患者の手を握って、生きるか死ぬか判断できる能力——をそなえていた。診断上の第六感とでも言うべき力。本能的な直覚であるとともに、誰にも特定したり理解したりできない遺伝によるセンサーが、感知して教えてくれるようなものだった。だが、アルコールの乱用で鈍ってしまうと、うまく機能しないのだ。医者にとってこの第六感は価値ある贈り物だが、遠い国に移り住んだ今となっては、ロブ・Jの魂をすり減らす元凶だった。第八地区には必要以上に死にかけている人がいたからだ。

神に呪《のろ》われたという言葉がぴったりのこの地区が、彼の生活を支配していた。アイルランド人たちは、大きな期待を胸にこの国にやってきていた。祖国では労働者の一日の稼ぎは六ペンスだったが、それも仕事があればのことだった。ボストンでは失業者はほとんどおらず、労働者はもっと稼いでいたが、一週間に七日、毎日十五時間働かされるのだ。貧民窟《くつ》に高い家賃を払い、食べ物に金がかかり、そのうえ小さな庭さえなく、白っぽい沼地リンゴを育てるわずかな耕地もなく、牛乳をしぼる牛もおらず、ベーコンにする豚もいない。貧しく汚いこの地区のことが片時も脳裏を離れず、助けを必要としているその姿は、彼を無気力におちいらせるどころか、山のような羊の糞《ふん》を動かそうと企むコガネムシのように働く気をおこさせるのだった。日曜日くらい、悲惨な一週間の気が遠くなるような仕事の疲れを癒《いや》す、自分のためのわずかばかりの時間にあてるべきだった。日曜の朝は、メグでさえもミサに行くため、数時間の休みをもらえる。だが、日曜になるとつい、ロブ・Jの足はこの地区に向いてしまうのだ。予約票で指示されたスケジュールから解放され、誰に気がねすることもなく自分の時間を費やせるからだ。あらゆる場所で体調不良や怪我《けが》や病気が目につくおかげで、けっきょく彼はすぐに、ほとんどボランティアで、実質的な日曜診療を常設することになった。スコットランド人とアイルランド人共通の古代ゲール語であるエルス語が話せて、本人も進んで会話したがっている医者がいるという噂《うわさ》は、あっというまに広まった。彼がなつかしい祖国の言葉を発すると、どんなに皮肉っぽく不機嫌な人間でも、パッと顔をほころばせて笑った。Beannacht Der ort, dochtuir oig――どうもありがとう、若先生！――と彼らは街角でロブに声をかけた。「祖国語が通じる身内」の医者の評判は口コミで伝わり、やがて彼は毎日エルス語をしゃべるようになった。だがフォートヒルでは敬愛されているものの、ボストン施療院の事務所での彼の評判は決してよくなかった。予期せぬ患者たちが、ロバート・J・コール医師がだした処方箋《しょほうせん》を携えて、薬や松葉杖《まつばづえ》から栄養失調の治療のための食糧までをも求めて、あらわれるようになったからだ。

「いったい、どうなってるんです？　え？　彼らは寄付者から治療を頼まれたリストにのってないじゃないですか」とウィルソン氏は文句を言った。

「みんな第八地区の住人で、我々の助けをいちばん必要としているのです」

「だとしてもだ。身のほどをわきまえてもらわないと。コール先生、施療院での仕事を続けたいのなら、ルールに従ってもらいます」とウィルソン氏は手きびしく言った。

＊

日曜の患者の一人にハーフムーン街のピーター・フィンがいた。埠頭《ふとう》で半日分の稼ぎを受けとっているとき荷馬車から木枠が落ちてきて、右脚のふくらはぎが裂けてしまったのだ。ロブに見せにきた頃には、汚いボロ布で包帯をした裂傷は、痛々しく腫《は》れあがっていた。ロブはずたずたに裂けた傷口を洗って縫いあわせたが、すぐに腐敗がはじまり、次の日には縫い目をほどいて排膿管《はいのうかん》をさしこまなければならなかった。感染症は恐ろしい速さで進行し、数日後には、ピーター・フィンの命を助けるには脚を切るしかない、と彼の『贈り物』が告げていた。

その日は火曜日だったが、日曜まで待つわけにはいかなかったので、彼はまたもや、施療院での仕事時間を拝借することにした。彼は、ホームズにもらった無記名の診療チケットを使わざるを得なかっただけでなく、ナイフと同じくらい手術に欠かせない酒を手に入れるため、骨折って稼いだ自分のなけなしの金まではたいて、ピーターの妻ローズに密造酒を買いに行かせなければならなかった。

ピーターの兄弟ジョセフ・フィンと、義兄弟のマイケル・ボディーが、しぶしぶ手伝いを引き受けた。ロブ・Jは、ピーターがモルヒネ入りの酒で酩酊《めいてい》して、生け贄《いにえ》のように食卓の上にのびてしまうまで待った。だがメスで切りこんだとたん、あまりの激痛にこの港湾労働者が目をひんむき、首に筋を浮きださせて、まわりを責めるように絶叫したので、ジョセフ・フィンは青ざめ、ボディーは身震いして立ちすくんだ。ロブは邪魔な左脚を革ひもで縛りつけておいたが、ピーターがまるで苦痛にもだえる獣のように唸《うな》ってのたうつので、二人に向かって怒鳴った。

「押さえて！　彼を押さえるんだ、ほら！」

彼はファーガソンに教わったとおり、正確に迅速に切開していった。赤身と筋肉を輪切りにしていくと叫び声が増したが、悲鳴よりも歯ぎしりの方がずっとすさまじかった。大腿《だいたい》動脈を切断すると鮮血がほとばしった。彼はボディーの手をとって、血の噴水の止め方を教えようとしたが、この義兄弟はよろめきながら逃げだした。

「戻ってこい。こんちくしょう」

だが、ボディーは泣きながら階段を駆けおりていってしまった。ロブは三人分働こうとつとめた。自分の体格と力を利用して、じたばたするピーターをテーブルに押さえつけようとするジョセフを助けてやりながら、同時に、手際よくつるつるした動脈の端をつまんで、どうにか止血した。だが、ノコギリをとろうと手をはなしたとたん、新たに出血がはじまった。

「どうすればいいか教えて」いつのまにかローズ・フィンが彼の隣にいた。彼女の顔は練り粉のように真っ白だったが、動脈をつかんで出血をおさえた。ロブ・Jが骨にノコギリをあて、ほんの数回すばやくひくと、脚が切りはなされて落ちた。この頃になると、ピーター・フィンの瞳《ひとみ》はショックでうつろになり、生々しい耳障りな息づかいしか発しなくなっていた。

ロブはあとで解剖教室で調べようと、脚をシミのついた使い古しのタオルで包んで持ち帰った。彼は切断手術の奮闘で疲れた以上に、ピーター・フィンの受難をおもんばかって、ぐったりしていた。血まみれになった服はどうしようもなかったが、両手と腕についた血は、次の患者を診に行く前にブロードストリートの公衆蛇口で洗い流した。次の患者は、肺病で余命いくばくもない二十二歳の女性だった。

＊

アイルランド人たちは、同胞たちに囲まれた地元での暮らしも惨めだったが、外に出れば出たで誹謗《ひぼう》中傷にさらされた。ロブ・Jはあちこちの通りで、こんなポスターを目にした。『カトリック教徒と、カトリック教会の味方をする奴《やつ》らはみな、うすぎたない詐欺師でうそつきで悪党で、卑劣な殺し屋だ――本物のアメリカ人より』
週に一度、彼はパールストリート沿いの、二棟の大邸宅がくっついてごちゃごちゃした建物のなかにある、『学術クラブ』の階段講堂で開かれる医学講義に出席した。たまに講義のあと、図書館でボストン・イブニング・トランスクリプト紙を読むと、その紙面は社会をゆがめている憎悪をうつしだしていた。ハノーヴァーストリート会衆派教会の牧師、ライマン・ビーチャー師のような高名な聖職者たちが、次から次へと「大都会バビロンの悪徳」や「汚らわしいローマカトリック」についての記事を書き、各政党は生粋のアメリカ生まれの人間を賛美し、「不潔で無知なアイルランドやドイツの移民たち」をあげつらっていた。

全国記事を読むと、アメリカはがっちりと領土を奪いとっていく貪欲《どんよく》な国であることがわかった。最近ではテキサスを併合し、英国と条約を結んでオレゴン準州を手に入れ、カリフォルニアと米国大陸南東部をめぐってメキシコと争っていた。開拓の前線はミシシッピ川で、そこを境に未開地と文明地にわかれ、インディアンたちを押しやって大草原を切り開いている。ロブ・Jはインディアンに魅せられた。子供の頃ずっと、ジェイムズ・フェニモア・クーパーの小説をむさぼり読んでいたからだ。彼は、学術クラブにあるインディアンに関する資料に手あたりしだい目を通し、それからオリバー・ウェンデル・ホームズの詩を読みあさった。彼の詩は気に入った。特に『最後の一葉』のなかの、生き残りの屈強な老兵士の肖像がよかった。だがハリー・ルーミスは正しかった。ホームズは詩人としてよりも医者としての方が上だった。なにしろ超一流の医者なのだから。

ハリーとロブは、居酒屋エセックスでエールのグラスを傾けて長い一日を終えるようになり、ホームズもよく仲間に加わった。ハリーがこの教授のお気に入りの生徒なのはあきらかで、ロブはつい彼をうらやまずにはいられなかった。ルーミス一族は有力な親戚《しんせき》に恵まれていた。時がくれば、ハリーはボストンでの満足な医学キャリアを約束された、病院での妥当な地位を与えられるだろう。ある晩、例によって一杯やっていると、ホームズが、ちょっとした調べものをしていて、たまたま『コール甲状腺腫《こうじょうせんしゅ》』と『コール悪性コレラ』という引用にぶつかったことを話題にあげた。好奇心をそそられた彼が文献をあたってみたところ、『コール痛風』や、激しい発汗と息苦しい呼吸をともなう浮腫がおこる疾患『コールとパーマー症候群』を含め、コール一族の医学への貢献を物語る証拠がありあまるほど見つかったのだ。「さらに」と彼は言った。「エジンバラ大学とグラスゴー大学の医学教授に、十人を下らない数のコール教授がいたのを見つけたんだよ。みんな君の親戚かね?」

ロブ・Jは気恥ずかしさと嬉《うれ》しさで、ニコッと笑った。

「みんな親戚です。でも、何世紀にもわたってコール家の大部分は、スコットランド中部丘陵地帯で単なる田舎医者をしてきたんです、僕の父のように」

彼は『コール家の贈り物』についてはいっさい触れなかった。他の医者に気軽に話すべきことではないのだ。こちらの頭のネジがゆるんでいるか、嘘《うそ》をついているかだと思われてしまう。

「父上はまだそちらで?」とホームズがたずねた。

「いえ、いえ。僕が十二歳のときに、放れ馬に巻きこまれて亡くなりました」

「ほぉ」

この瞬間、年齢はそれほど離れていなかったにもかかわらず、ホームズはロブの親代わりとなって、有利な結婚をさせてボストンの特権階級に入れてやろうと決心したのだった。

それからほどなくして、ロブは二度、モントゴメリーストリートにあるホームズの家に招待を受けた。彼はそこで、かつて自分自身がエジンバラで約束されていたのと同じようなライフスタイルを垣間《かいま》見た。最初のときは、教授の陽気な仲人好きの夫人アメリアが、ポーラ・ストーローを彼に紹介した。彼女の家は金持ちの旧家だったが、本人はずんぐりした、うんざりするほど愚かな女性だった。二度目のディナーでは、彼のお相手はリディア・パークマンだった。彼女は細すぎて胸のふくらみもほとんど目立たなかったが、なめらかな褐色の髪の下からのぞく顔と目からは、ピリッと風刺のきいたちゃめっけのある気質を発散させていて、二人はからかいあうような、それでいて話題に富んだ会話を楽しんだ。インディアンについても多少知っていたが、彼女はハープシコードを弾くので、二人はもっぱら音楽についてしゃべった。

＊

その夜、ロブはスプリングストリートの下宿に戻ると、軒下のベッドに腰かけて、ボストンで暮らすとしたらどんなだろうと夢想した。公私ともにハリー・ルーミスやオリバー・ウェンデル・ホームズの友人として過ごし、ウィットに富んだ会話で客をもてなす女性と結婚したら。

やがて、おぼえのある小さなノックが聞こえた。メグ・ホランドが部屋に入ってきた。彼女はやせすぎじゃないんだがな、と彼は挨拶《あいさつ》の微笑《ほほえ》みを投げかけ、シャツのボタンをはずしながら目を走らせた。だがこの日、メグは身動きせずにベッドの端に座っていた。

彼女の口からでてきたのは、しゃがれたささやき声で、ことばよりもその声の調子が彼の心に深くつき刺さった。彼女の声はまるで、乾いた葉っぱが硬く冷たい地面の上をそよ風に吹かれてころがる音のように、こわばって生気がなかった。

「できちゃった」と彼女は言った。

第六章　夢

「まちがいないわ」と彼女は告げた。

彼には、かけることばが見つからなかった。自分のところへ忍んで来たとき、彼女はすでに経験していたはずだ、と彼は自分に警鐘を鳴らした。どうして自分の子供だとわかる？　僕はいつも避妊具をつけてたんだぞ、と心の中で抗議した。だが正確には、最初の数回と笑気ガスを試した夜は、何もつけていなかったのも事実だった。

医学訓練を通じて、絶対に中絶を肯定してはいけないと植えつけられていたうえ、今では分別も十分あった彼は、彼女の信仰心がとてもあついのを察して、中絶をすすめたい気持ちを抑えた。

けっきょく彼は、僕がそばにいるからと告げた。スタンリー・フィンチとは違う。

彼女はこの宣言に、それほど元気づけられたふうではなかった。彼は無理をして彼女に腕をまわし、抱きしめた。優しく慰めてやりたかった。だが、彼女の猫のような顔が、数年でまちがいなく牛のようになると悟るのは、考えうる最悪の瞬間だった。彼が夢見たのは、その顔ではなかったのだ。

「あんたはプロテスタントね」

それは質問とは言えなかった。彼女はすでに答を知っていたからだ。

「そう育てられたよ」
彼女は気丈な女だった。神の存在について確信できないんだ、と彼が告げたときになっては
じめて、目に涙をためた。

＊

「この女ったらしの悪党が！　リディア・パークマンは君に良い印象をもったらしいぞ」次の晩、医学校でホームズがそう言った。そして、自分も彼女は本当に愉快な女性だと思うとロブ・Jが答えると、にこやかに笑った。彼女の父親、スティーブン・パークマンは上級裁判所判事でハーバード・カレッジの監督員だと、ホームズはそれとなく触れた。一族は魚の干物の卸売商からはじまって、小麦粉商になり、今では広域にわたってもうかる樽詰《たる》めした食料雑貨商品の業界を握っているという。

「今度いつ彼女に会うつもりかね？」とホームズはたずねた。

「近いうちに、と思っていただいてけっこうです」とロブ・Jはうしろめたい気分で答えた。そんな考えが許される状況ではなかったからだ。

医療衛生についてのホームズの考え方は、ロブの診察の際の態度を根本からくつがえした。ホームズは自分の理論を裏うちする話を二つきかせてくれた。一つはリンパ節と関節の結節性疾患、腺病にまつわる話だ。中世のヨーロッパでは、腺病は王族の手で触ってもらえば治ると信じられていたという。もう一つの話は、兵士たちの傷口を洗って包帯をまいてから、傷を負わせた武器に軟膏《なんこう》――腐敗した肉や人間の血、処刑された人間の頭蓋骨《ずがいこつ》についた苔《こけ》といった成分でできた恐ろしい塗り薬――を塗る、古い迷信的な習慣についてだった。どちらの方法も効

き目があって有名だ、とホームズは言った。なぜなら、二つとも偶然にも患者を清潔に保つからだと。最初のケースでは、いざ触る段になって高貴な「治療者たち」が気分を害さないように、腺病患者たちは細心の注意を払ってとことん洗い清められた。二番目のケースでは、武器はむかつくような代物を塗りたくられるが、兵士たちの傷口は洗ってそのままにしておかれるので、感染症にかからずに治癒するチャンスがあったのだ。魔法の「秘密の成分」は衛生学だったのだ。

第八地区の臨床の場で清潔さを維持するのはむずかしかった。ロブ・Jはタオル何枚かと茶色い石鹸《せっけん》をカバンに携え、日に何度となく手と器具を洗うようになったが、この地区は貧困の悪条件が重なりあって、あいかわらず、すぐに人が病気にかかって死ぬ場所のままだった。

彼は、日々治療に忙殺されて頭をいっぱいにしようとつとめたが、つい自分がおかれた苦しい立場をくよくよ考えてしまい、自ら破滅の道をつき進んでいるように思われてならなかった。彼は政治運動に首をつっこんで、スコットランドでの職と絆《きずな》を捨てる羽目になったのだが、ここアメリカでも、不運な妊娠で首がまわらなくなり、零落に拍車をかけてしまったのだ。マーガレット・ホランドは状況を現実的に受けとめていた。彼女は彼の収入について、いろいろ質問してきた。三百五十ドルの年収に、彼女はがっかりするどころか満足したらしかった。彼女は彼の家族についてもたずねてきた。

「父は亡くなった。母は僕がスコットランドをあとにする時、ひどく衰弱していたから、たぶん今ごろは……。兄弟が一人いる。ハーバートだ。羊を育てて、キルマーノックのわが家の所有地を管理してる。地所は彼が継いだんだ」

彼女はうなずいた。

「あたしもティモシーっていう兄さんがいるの。ベルファストに住んでる。青年アイルランド派の党員で、いつも面倒をおこしてるわ」彼女の実の母親は亡くなった。アイルランドには父親と四人の腹違いの弟がいるが、もう一人の弟サミュエルはボストンのフォートヒル地域に住んでいる。サミュエルにロブとのことを話して、彼のアパートの近くにでも部屋を探してもらおうか、と彼女はおずおずとたずねた。

「まだいいよ。まだ早すぎる」彼はそう言うと、安心させようと彼女の頰《ほお》に手をやった。

あの地区に住むと考えただけで、彼はぞっとした。しかし、貧しい移民相手の医者を続けるかぎり、あんなウサギ小屋のようなゴミゴミした地域でしか、自分や妻や子供の生活を支えきれないことはわかりきっていた。翌朝、彼は怒りにくわえて恐怖をも感じながらこの地区を眺めた。そして、うらぶれた街角や路地のいたるところで救いのない姿を見るにつけ、自らの絶望感をつのらせていった。

＊

彼は悪夢にうなされて、夜よく眠れなくなった。二つの夢を入れかわり立ちかわり見てしまうのだ。ひどい日には両方の夢を見た。眠れなくなると、彼は暗闇《くらやみ》に横たわったまま、夢で見た内容をこと細かに何度も何度も思い返したので、最後には自分が眠っているのか起きているのかさえ区別がつかなくなってしまった。

《早朝。どんよりとした天気。だが、太陽の光が妙にまぶしい。彼は数千人の男たちにまじって、イギリス海軍の軍艦の大砲を製造しているキャロン製鉄所の外に立っている。すべりだしは良かった。男が木箱の上に立って、ロブ・Jがデモへの参加を呼びかけるために匿名で書いたビラを読みあげていた。「同郷の同志諸君。長年にわたる抑圧から立ちあがれ。ここまでせっぱつまった境遇に追いこまれ、たび重なる請願も侮辱されたとあっては、もはや我々は、命を賭《と》して我々の権利を主張せざるを得ないのである」男の声は時々うわずってしわがれ、恐怖心のほどがうかがわれた。読み終わると、彼は喝采《かっさい》を受けた。三人のパイプ奏者にあわせて、集まった男たちは意気盛んに歌った。はじめは賛美歌だったが、やがてもっと威勢のいい歌になり、『Scots Wha' Hae Wi' Wallace Bled』で終わった。事前にロブのビラを見ていた当局は準備をととのえており、武装した警官やライフル旅団第一大隊の民兵、そして、ヨーロッパ戦線を経験している、よく訓練された第七、第八騎兵隊がいた。兵士たちは目のさめるような制服を着ていた。騎兵隊のピカピカに磨かれたブーツは、深みのある黒い鏡のようにキラリと光っていた。騎兵中隊は警官たちより若かったが、彼らは一様にあからさまな侮りの表情を浮かべていた。ロブの友人でラナーク出身のアンドリュー・ジェロールドが、上納金の撤廃や、イングランドを肥えさせてスコットランドを果てしなく貧しくするだけの仕事でちっぽけな賃金で生きなければならない労働者に未来はないと演説しているとき、問題が勃発《ぼっぱつ》した。アンドリューの声が熱をおびて大きくなるにつれ、男たちが怒りをあらわにして叫びはじめたのだ。「自由か死を!」重装備騎兵たちは馬をじりじりと進めて、製鉄所にめぐらしたフェンスからデモ隊を押し戻した。誰かが石を投げつけ、騎兵隊員の一人にあたって鞍《くら》からころげ落ちた。他の隊員たちがいっせいにガチャガチャと剣をぬくと、石の雨が兵士たちを襲い、青や深紅や金色の制服に血が飛び散った。民兵が群集に発砲をはじめた。騎兵隊が群集をめった切りにする。男たちは悲鳴をあげ泣き叫ぶ。ロブは人波に巻きこまれ、自力ではぬけだせなかった。ころんだら最後、恐怖に逃げまどう暴徒たちに踏みつぶされてしまう。彼はなんとか足元をとられないように抗いながら、報復する兵隊たちのかなたへと押し流されるしかなかった》

二番目の夢はもっとひどかった。

《ふたたび大群衆のなかにいる。製鉄所でと同じくらいたくさんいるが、今回は男も女も、スターリング城に建てられた八つの絞首刑台の前に立っており、広場のいたるところに整列した民兵が群集を牽制《けんせい》していた。レンフルー出身の長老教会牧師、エドワード・ブルース博士が座って、黙って聖書を読んでいた。その反対側には黒衣の男が座っていた。黒いマスクで隠してしまう前に男の顔を見たロブ・Jは、その正体に気づいた。彼はブルースなんとかという貧乏な医学生で、十五ポンドで死刑執行人を請けおっているのだ。ブルース博士が、詩篇百三十番「主よ、深い淵《ふち》の底から、あなたを呼びます」を引用して人々に語りかけた。慣例どおり、死刑囚はおのおのワインを与えられてから、八個の棺《ひつぎ》が待つ処刑台へ連れだされた。囚人のうち六人は、何も言わないことを選んだ。ハーディーという名の男は並みいる人々の顔を見わたして、くぐもった声で言った。「わたしは正義に殉ずる」アンドリュー・ジェロールドは澄んだ声で話した。彼は二十三歳にしてはくたびれて、老けて見えた。「同志諸君、誰も痛めつけられていないことを祈る。これが終わったら、静かに家に戻って聖書を読んでくれたまえ」彼らの頭に袋がかぶせられた。ロープの輪が首にはめられると、そのうちの二人が別れのことばを叫んだ。アンドリューはもはや何も言わなかった。合図で刑が執行され、五人はもがくことなく死んだ。三人はしばらくバタバタした。アンドリューの力を失った指から、新約聖書が落ちて、静まりかえった群衆の中に消えた。ロープを切って降ろされると、死刑執行人が斧《おの》で一つ一つ首を切り落とし、そのたびに、法に規定されていることばを口にしながら、身の毛のよだつ物体の髪の毛をつかんで持ちあげてみせた。「これが国賊の首だ！」》

＊

時折、夢から覚めると、ロブ・Jは軒下のせまいベッドに横たわったまま手足をさわって、自分は生きているんだとホッとして身ぶるいした。彼はじっと暗闇を見上げながら、自分が書いたビラのせいで、どれだけ多くの人々がこの世から消えてしまったのだろうと考えた。自分の信念をたくさんの人たちに投げかけたことで、どれだけの運命が変わり、どれだけの命が失われたのだろう？　世間の道徳では、主義主張は闘って死ぬに値するものだとされている。しかし、すべてを考えたとき、命こそが一人の人間が手にしているたった一つの尊い財産ではないのか？　そのうえ自分は医者として、何にも増して命を大切に守ることに身を捧げているのではないのか？　もう二度と信条の違いで人を死なせまい、二度と怒りにまかせて他人を殴ることもしまい。彼は自分自身と治療の父、アイスクラービウスに誓った。そして、ブルースなんとかは十五ポンドを稼ぐために、なんてつらい思いをしたのだろうと、何千回となく驚愕《きょうがく》した。

第七章　絵の色調

「あなたが使ってるのは自分のお金じゃないんですよ！」

ある朝、ウィルソン氏は予約票の束を手渡しながら苦々しげに言った。「有力な市民が施療院に寄付してくれるお金なんだ。わたしたちが雇っている一人の医者の気まぐれで、慈善事業の資金をムダにするわけにはいきません」

「僕はここの資金をムダにしたことなどありませんよ。正真正銘の病気や我々の助けがぜひとも必要な患者以外、治療したり処方箋《しょほうせん》をだしたことはありません。あなたたちのシステムが悪いんだ。治療が受けられずに死ぬ人々がいるっていうのに、僕に筋肉痛の誰かさんを治療させることもあるんですからね」

「ですぎたことです」ウィルソンの目つきと声は穏やかだったが、伝票を持つ手はふるえていた。「今後は、毎朝わたしが割り当てる予約票にある人だけしか訪ねないように。おわかりですね？」

ロブは、自分が本当に「わかって」いるのはどういうことか、ウィルソン氏が予約票をどう処理するべきなのか、言ってやりたくてうずうずした。だが、自分のおかれた複雑な状況を考慮して、あえて言わなかった。その代わりに、無理にうなずいて立ち去った。予約票の束をポケットにねじこみながら、彼はあの地区に向かった。

＊

その晩、すべてが変わった。マーガレット・ホランドが部屋にやってきて、ベッドの端に腰かけた。彼女が何かを告知するときの場所だ。

「血がでてるの」

彼は第一に医者たらんとした。「大量出血してるのか？　すごくたくさんの血かい？」

彼女は頭をふった。「はじめは、いつもよりちょっと多かったんだけど、それからは定期的な生理と一緒よ。ほとんど終わったところ」

「いつはじまったんだい？」

「四日前」

「四日だって！」なぜ四日間も黙っていたのだろう？　彼女はロブを見なかった。彼女はまるで彼の憤激を覚悟しているかのように、ピクリとも身じろぎせずに座っていたので、ロブは彼女が四日間、自分の気持ちと闘っていたのだと気づいた。「僕に言わずにおこうかと思ったんだね」

彼女は答えなかったが、彼には理解できた。彼は変わり者の、手を洗ってばかりのプロテスタントではあるが、彼女にとって、ついに貧困という牢獄《ろうごく》からぬけだせる、絶好の相手だったのだ。その牢獄を至近距離から凝視することを余儀なくされてきた彼には、彼女がけっきょくは真実を伝えるにいたったことが不思議なくらいだった。そのため彼は、報告を遅らせた彼女に怒るどころか、賞讃《しょうさん》やはかりしれない感謝をおぼえた。彼は彼女に歩みよって宙に持ちあげると、赤くなった目にキスをした。それから腕をまわして抱きしめ、時々、おびえる子供を安心させてやるように、背中を優しくたたいた。

次の朝、彼はぼおっとして、たまに安堵《あんど》で膝《ひざ》から力がぬけそうになりながら、歩きまわった。彼が挨拶《あいさつ》するとみんなが笑顔でこたえてくれた。そこは、太陽が明るく輝き、吸いこむ空気が善意に満ちた、新しい世界だった。

彼はいつもどおり、心をこめて患者たちを診察したが、移動中は気持ちがはやって仕方なかった。とうとうブロードストリートで、玄関前の木の階段に腰をおろすと、自分の過去、現在、未来についてじっくり考えた。

彼が恐ろしい運命をまぬがれたのは、これで二度目だ。自分をもっと注意深く大切にすべきだという警告を受けた気がした。

ロブは自分の人生を大きな塗りかけの絵に見立てた。どんなことが起ころうと、完成する絵は医学がモチーフだろうが、ボストンにいるかぎり、その絵は灰色の色調を帯びるだろうと彼は感じた。

アメリア・ホームズなら、彼女が言うところの「お似合いの相手」を取りもってくれるだろう。だが、愛情のない貧乏な結婚から逃げだしておきながら、愛情はなくても裕福な相手をさがそうという冷酷な野望は彼にはなかったし、ボストン上流社会の結婚市場で、一ポンドあたり高値の「医学をたしなむ肉のかたまり」として売られるのもまっぴらだった。

彼は自分の人生を、見つけ得るかぎり、いちばん力強い色で染めたかった。

その日の午後、彼は仕事を終えると学術協会に行き、心を捉《とら》えてやまなかった何冊かの本を読みかえした。そして読み終わるずっと前に、彼は自分がどこへ行きたいのか、何をしたいのかに気づいたのだった。

＊

その夜、ロブがベッドで寝ていると、扉のところでおなじみの小さな合図が聞こえた。彼は身動きせずにじっと暗闇《くらやみ》を見あげた。ひっかくようなノックの音が、もう一度して、さらに三度目の音が聞こえた。

いろいろな動機が交錯し、できれば起きていって扉を開けたかった。だが彼は、悪夢を見たときのように、凍りついたように息を殺して横たわっていた。そしてついに、マーガレット・ホランドは帰っていった。

＊

準備をととのえてボストン施療院を辞職するまで、一ヶ月以上かかった。お別れ会の代わりに、十二月のある凍《い》てつく寒さの晩、彼とホームズとハリー・ルーミスはデラという名の黒人奴隷を解剖した。彼女は生きているあいだ働きづめだったので、目立って筋肉質の身体をしていた。ハリーは解剖学に心底興味を持ち、才能を示していたので、ロブ・Jのあとを継いで医学校で助手をつとめることになっていた。ホームズは切開しながら、房状に深く裂けた卵管の先端が「貧しい女性のボロボロの肩かけの房にそっくりだ」と二人に教えた。すべての臓器と筋肉が、彼ら一人一人に物語や、詩、解剖学的なダジャレや糞便《ふんべん》学的ジョークを思い起こさせた。真剣で科学的な仕事なので、彼らはあらゆる細部にまで注意を払ったが、作業をしているあいだ和気あいあいと笑い声が響いた。解剖が終わると、居酒屋エセックスにくりだして閉店まで温かいワインを飲んだ。ロブは落ち着き先が決まったら連絡すること、そして万が一トラブルが発生したら、二人に助けを求めることをホームズとハリーに約束した。あまりにも友好的な雰囲気の別れに、ロブは自分の決断を悔やんだ。

朝になると、彼はワシントンストリートに歩いていって焼き栗をいくらか買って、ボストン・イブニング・トランスクリプト紙をひねって作った袋に入れてスプリングストリートの下宿に持ち帰った。そして、メグ・ホランドの部屋に忍びこむと、彼女のベッドの枕《まくら》の下に包みをしのばせた。

正午をまわってすぐに、鉄道客車によじのぼって乗りこむと、すぐに列車は蒸気機関車にひっぱられて操車場をはなれた。切符を改札にきた車掌が、彼の手荷物をけげんそうに横目で見た。ヴィオラ・ダ・ガンバもトランクも、荷物車に乗せるのを拒んで持ちこんでいたからだ。トランクの中には、手術器具にくわえて『角がたった悪魔ちゃん』と、ホームズが使っていたのと同じタイプの、洗浄力の強い茶色い石鹸《せっけん》が半ダース入っていた。つまり、彼は現金こそほとんど持ちあわせていなかったが、ボストンにやってきたときよりも、はるかに豊かになって去っていくのだ。

クリスマスの四日前だった。汽車は扉にリースが飾られた家々をすべるように通り越し、線路沿いの建物の窓からはクリスマスツリーがチラチラのぞいていた。やがて町をあとにした。こぬか雪にもかかわらず、三時間もしないうちにボストン鉄道の終点ウスターに到着した。乗客はここで西部鉄道に乗り換え、新しい列車でロブはかっぷくのいい男と隣りあわせになった。男は即座に酒のフラスコをすすめた。

「けっこうです、ご親切に」と彼は答えたが、嫌な感じを持たれないように会話にはつきあった。男は細工針――留め金、クリンチ、双頭型、沈めフライス、ダイアモンド型、花頭針など、サイズもちっちゃな縫い針から巨大な船針まで――の地方巡回セールスマンで、ロブにサンプルを見せてくれた。長い道のりを楽しく過ごすにはうってつけだった。

「西をめざせ！　西をめざせ！　ですな」とセールスマンは言った。「あなたもで？」

ロブ・Jはうなずいた。「どこまで行かれるんです？」

「この州のほぼ端っこ、ピッツフィールドまで！　あなたは？」

それに答えることとは、とてつもない満足感をロブにひきおこした。彼はあまりの嬉《うれ》しさに思わずニヤリと笑い、みんなに聞こえるほど大声で叫んでしまいそうにはやる気持ちを抑えた。ことばは心地よい調べを奏でながら、ガタゴト揺れている客車のすみずみにまで細やかで空想的な光を放っていった。

「インディアンの土地まで」と彼は言った。

第八章　音　楽

彼は駅馬車と短い鉄道路線をいくつも乗りついで、マサチューセッツ州とニューヨーク州を進んでいった。冬に旅をするのは大変だった。駅馬車は時々、十数頭もの牛が鋤《すき》をひっぱって雪の吹きだまりをきれいにしたり、大きな木製のローラーで雪を押し固めたりするあいだ、待たなければならなかった。宿屋や酒場は高かった。金が底をついたとき、彼はペンシルバニア州アレゲーニー高原の森にいて、幸運なことにジェイコブ・スターの伐採飯場で、材木伐採人を手当する仕事にありつけた。起こるとすれば重大事故だろうが、それまでのあいだはロブはほとんど手持ちぶさただった。そこで彼は一団にまじって、樹齢二百五十年以上のストローブマツやアメリカツガを切り倒すという労働を見つけだした。たいていは『みじめなムチ』、すなわち二人びきのノコギリの片方を受けもった。彼の身体は鍛えられて厚みを増した。ほとんどの飯場には医者などおらず、伐採人たちはロブが自分たちにとってどれだけ貴重な人間かわかっていたので、危険な作業にくわわる彼を大事にしてくれた。血がにじんだ手のひらは、硬くなるまで塩水につければよいことも、彼らが教えてくれた。夕方になると、皮が厚くなった指を外科手術のときに器用に動かせるようにしておくため、飯場で投げ物をしたり、みんなのためにヴィオラ・ダ・ガンバを弾いたりした。彼らの卑猥《ひわい》ながなり声での歌の伴奏と、J・S・バッハやマリン・マレーのえりぬきの曲の演奏とを交互におこなったが、みんなはうっとりと聴き入っていた。

冬のあいだじゅう、彼らは巨大な丸太を小川の岸に山積みにしていった。飯場にある片刃の斧《おの》の頭には一つ残らず、大きな星形が鋼《はがね》に浮き彫りにされていた。木を倒して切りそろえるたびに、男たちは斧をひっくりかえして、切ったばかりの元口に星形の浮き彫りをたたきつけ、スターの丸太だという印をつけるのだ。春の雪どけがはじまると、小川は八フィートも水位があがり、丸太をクラリオン川に運んでいった。巨大な丸太の筏《いかだ》がいくつも組みたてられ、その上に飯場や調理場、食糧小屋が建てられた。ロブは筏に乗って王子さま気分で川を下っていった。ゆっくりとした夢見心地の旅が邪魔されたのは、丸太が押しよせあって座礁してしまい、熟練した気長な誘導人たちがもつれを解かなければならないときだけだった。彼はあらゆる種類の鳥や動物を目にしながら、曲がりくねったクラリオン川をアレゲーニー川と合流する地点まで流されていき、そこからはるばるピッツバーグまで丸太に乗ったままアレゲーニー川を下った。

彼はピッツバーグで、スターとその木材伐採人たちに別れを告げた。ある酒場で、ワシントン&オハイオ鉄道の線路敷設クルーの医者として雇われた。州にある二本のにぎわった水路との競合をたくらむ路線だ。彼は労働クルーと一緒に、広大な開けた土地をピカピカの二本のレールが横切る起点、オハイオにつれて行かれた。ロブは上司たちとともに、四車両の客車のなかに宿所を与えられた。広々とした平原の春は美しかったが、ワシントン&オハイオ鉄道の世界は醜かった。線路敷設人も地ならし人も荷役御者もみなアイルランドとドイツの移民で、彼らの命は安い物資のように見なされていた。ロブの使命は、彼らの最後の力のひとしぼりまで、彼確実に線路を敷くのに活《い》かせるようにすることだった。報酬をもらえるのはありがたかったが、仕事はしょっぱなから暗雲がたれこめた。陰気な顔をしたコッティングという監督責任者が意地の悪い奴《やつ》で、食費をケチるのだ。鉄道会社は猟師を雇って大量の野生動物の肉を調達し、コーヒーの代用としてチコリ飲料もおいていた。だが、コッティングとロブとマネージャーたちが座るテーブル以外では、青物もキャベツもニンジンもジャガイモもなく、極々まれにごちそうとして豆がつく他は、アスコルビン酸を補う食べ物が何もなかった。男たちは壊血病にかかってしまい、貧血のうえに食欲がまったくなかった。関節が痛み、歯ぐきから血が出て歯がぬけ落ち、傷がなかなか治らなかった。彼らは文字どおり、栄養障害と過酷な労働で殺されそうになっていた。ついにロブ・Jは、鍵《かぎ》のかかった食糧車両をバールでこじ開けて侵入すると、キャベツやジャガイモの木箱を運びだしてくばり、上役たち用の食料品をすっからかんにしてしまった。幸いにもコッティングは、自分が雇った若き医師が非暴力主義を誓っていることを知らなかったので、ロブの背格好と身分と瞳《ひとみ》に宿る冷ややかな侮蔑《ぶべつ》の色とをかんがみて、争うよりも給料をやって解雇した方が得策だと判断した。

　鉄道会社からは、年とってしょぼくれた牝馬《めすうま》と、中古の前装式十二口径ライフル、小さな猟獣をとるための小型で軽量な拳銃《けんじゅう》、針と糸、釣り糸と釣り針、錆《さ》びがでた鉄のフライパン、ハンティングナイフをかろうじて買えるくらいの額をもらった。彼は、自分の母親の友人で、思春期のあいだ、その身体に乗ることを妄想し続けた美しい年上の女性にちなんで、牝馬をモニカ・グレンヴィルと名づけた。馬のモニカ・グレンヴィルは、ロブが自分のペースで働きながら、徐々に西へ向かっていくのにうってつけだった。ライフルが右にぶれることに気づいてからは、わけなく猟獣を撃てるようになったし、機会があれば魚をとり、医者を必要としている人々に出会えば金や物資を稼いだ。

この国の大きさには度胆をぬかれた。山と谷と平野。数週間後には、生きているかぎり、このままモニカ・グレンヴィルに乗ってトボトボと、永久に太陽が沈む方向に歩いていけるだろうと確信するにいたった。

彼は医薬品を使いはたしてしまった。手に入る少数の違法な緩和剤の助けもなしに手術をおこなうのはかなり大変なのだが、アヘンチンキもモルヒネもその他の麻薬もすべて切らしてしまい、先に進むにつれて、外科医としての自分の敏捷《びんしょう》な腕前と、どんな安ウイスキーだろうと手に入るのなら、それに頼らざるを得なくなった。彼は、ファーガソンが教えてくれた、いざというとき助けになるうまい方法をいくつか思いだした。痔瘻《じろう》の手術をするとき、肛門《こうもん》の括約筋をゆるめておく筋肉弛緩剤のニコチンチンキがなくなると、ロブはいちばん強い葉巻をさがして買ってきて、患者の直腸に挿入し、タバコの葉からニコチンを吸収させて弛緩させた。一度、オハイオ州タイタスヴィルで、患者を診察中に初老の男性が偶然でくわした。患者は馬車のシャフトにおおいかぶさるように九の字にさせられ、尻《しり》から葉巻をつきだしていた。

「火を貸していただけますか？」とロブ・Jは男性にたずねた。

あとで、よろず屋に入ると、その年とった男が友人たちに厳かな声で話しているのが聞こえた。「彼らがアレをどうやって吸ったか、絶対に信じちゃくれんだろうな」

ゼーンズヴィルの居酒屋で、彼ははじめてインディアンを自分の目で見たが、期待はずれだった。ジェイムズ・フェニモア・クーパーの描く勇壮な蛮人とは対照的に、その男はたるんとした体つきの、鼻水をたらした陰気な大酒飲みで、罵声《ばせい》をあびせられながら酒を請う、みじめな生き物だった。

「デラウェア族だろう」ロブがそのインディアンの部族をたずねると、酒場の店主は言った。

「マイアミ族かもな。じゃなきゃショーニー族か」彼は馬鹿にしたように肩をすくめた。「誰がかまうもんかね。俺《おれ》にとっちゃ、あのみじめったらしい野郎どもは、みんな一緒に見えらぁ」

数日後コロンバスで、ロブはジェイソン・マクスウェル・ガイガーという名の、黒髭《ひげ》をたくわえたかっぷくのいい若いユダヤ人を発見した。品ぞろえのいい薬局を開いている薬剤師だ。

「アヘンチンキは置いてあります？　ニコチンチンキはあります？　ヨー化カリウムは？」どんなリクエストをしても、ガイガーはニコニコとうなずいて答えるので、ロブは瓶と滅菌容器のあいだを楽しげに歩きまわった。値段は懸念したよりも安かった。ガイガーの父と兄弟はチャールストンで製薬業者をしているのだ。自分で作れないものがあれば、有利な条件で家族に注文することができる、とガイガーは説明した。そこでロブ・Jはたっぷりと貯えの薬品を仕入れた。買った品をガイガーが馬まで運ぶのを手伝ってくれたその時だった。薬剤師は大きな楽器の包みを目にすると、とっさにふり返ってたずねた。「まさか、ヴィオルじゃ？」

「ヴィオラ・ダ・ガンバです」ロブはそう言いながら、男の瞳に何か新しい光がきらめくのを見た。欲望とはちょっと違うが、見まちがえようのないほど力強い、あこがれの眼差しだった。

「ご覧になります？」

「ぜひわが家にいらして、うちの妻に見せてやってください」とガイガーは熱心に言って、店の裏の住居まで案内した。家のなかでは、妻のリリアン・ガイガーが、胸からにじみでたシミをロブに気づかれないようにと、胴着の前をふきんで隠しながら挨拶《あいさつ》した。ゆりかごには、彼らの二ヶ月になる娘のレイチェルが眠っていた。家にはガイガー夫人の母乳と、焼きたての安息日のパン、ハッラーの匂《にお》いが漂っていた。うす暗い居間にはばす織りのソファと椅子《いす》に、スクエアピアノが置いてあった。ロブ・Jがヴィオラ・ダ・ガンバの包みを開けているあいだに、夫人はそっと寝室に行って服を着がえた。それから彼女と夫は、まるで新たに見つかった家族の肖像をなでているかのように、七本の弦と十個のフレットに指をすべらせて楽器を吟味した。

彼女は、入念に油をひいた黒っぽいクルミ材のピアノをロブに見せた。

「フィラデルフィアのアルペイオス・バブコックの手になりますの」と彼女は言った。

ジェイソン・ガイガーは、ピアノの背後から別の楽器を取りだしてみせた。

「これはバージニア州リッチモンドに住む、アイザック・シュヴァルツというビール製造者が作ったんですよ。単なるフィドルで、バイオリンと呼ぶにはおこがましいですが。いつか本物のバイオリンを手に入れたいものです」

だが、調律をすませると、ガイガーはたちまち心地よい調べを奏でてみせた。

彼らは音楽の趣味があわなかったらどうしようかと、用心深くお互いに見つめあった。

「何にします？」ガイガーが客に花を持たせるかたちで、ロブにたずねた。

「バッハは？『平均律クラヴィア曲集』のこの前奏曲は知ってますか？　何番かは忘れましたが、第二巻です」彼がでだしを弾いてみせると、すぐにリリアン・ガイガーがうなずきながら加わり、彼女の夫も続いた。十二番、とリリアンの口が動いた。ロブ・Jはこの曲を言いあてられても頓着《とんちゃく》しなかった。この種の演奏は木材伐採人たちを楽しませるのとは違って真剣勝負だからだ。夫妻とも腕に長《た》けていて、合奏にも慣れていることがすぐにわかった。これではきっと赤っ恥をかくにちがいない。どんな調べに移ろうとも、彼の音はのろのろギクシャクと二人のあとを追った。彼の指づかいは音楽の小径《こみち》をよどみなく流れるどころか、ぴょこぴょこ飛びはね、まるで必死に滝をのぼろうとしている鮭のようだった。しかし、前奏曲の途中で彼の恐れは消えてしまった。長い年月演奏してつちかってきたものが、練習不足によるぎこちなさに打ち勝ったのだ。やがて、ガイガーが目を閉じて演奏しているのを観察する余裕もでた。一方、彼の奥さんは恍惚《こうこつ》とした表情を浮かべていたが、それはみんなと分かちあうと同時に一人だけの秘め事に没頭しているような表情だった。

満足感が痛いほど身体をつらぬいた。音楽がなくてどれほど寂しかったか、彼は今まで気づいていなかったのだ。演奏を終えると、彼らはお互いに歯を見せて笑いあった。ガイガーは急いで店の扉に閉店の看板をだしに出ていき、リリアンは子供の様子を見に、そしてオーブンに肉を入れるために席をたった。ロブはかわいそうな辛抱強いモニカの鞍《くら》をはずして、餌《えさ》をやった。みんなが戻ってくると、ガイガー夫妻はマレーの曲はまったく知らず、ロブ・Jの方けかのポーランド人、ショパンの作品をどれひとつ暗譜していないことが判明した。だが、三人ともベートーベンのソナタはおぼえていた。午後いっぱい、彼らは自分たちだけの光ゆらめく特別な空間を構築した。お腹を空かせた赤ん坊の泣き声に演奏をさえぎられた頃には、みんな自分たちの音色の美しさに酔いしれていた。

薬剤師はロブが出発するのを引きとめた。夕食は、ほのかにローズマリーとニンニクで味つけして、小さなニンジンと新ジャガと一緒にピンク色に焼いた子羊と、ブルーベリーのコンポートだった。「わが家の客室に泊まっていってください」とガイガーは言った。

二人に心ひかれたロブは、この地域での医者の開業状況についてたずねた。

「コロンバスは州都ですから、このへんにも大勢人がいて、すでに医者もたくさんいますね。そういう意味では、薬屋にとっては良い場所なんですが、赤ん坊が旅に耐えられるくらい大きくなったら、わたしたちはコロンバスをはなれるつもりです。薬剤師だけでなく農場主にもなりたいんです。それに、子供たちに土地を残してやりたいですしね。オハイオ州の農地はただもうべらぼうに高いんですよ。それで、自分の手がとどく範囲で肥沃《ひよく》な土地を買える場所を、ずっと研究してきたんです」

彼は地図をたくさん持っていて、それをテーブルに広げた。「イリノイ州」と彼は言うと、長年の調査からもっとも妥当だと割りだした、ロッキー川とミシシッピ川にはさまれた地区をロブ・Jに指し示した。「豊富な水源。二つの川に沿って生い茂る美しい森。そして残りは大草原《プレーリー》。鍬《くわ》が入れられたことのない黒土です」

ロブ・Jは地図をよく調べた。「僕自身、そこにいくべきかもしれない」と最後に彼は言った。「気に入るかどうか確かめにね」

ガイガーはパッと顔をほころばせた。二人は最良のルートに線を引いたり、和気あいあいと論じあいながら、地図の上に身体をまるめて長い時間を過ごした。ロブが寝たあとも、ジェイ・ガイガーは遅くまで起きて、ロウソクの光でショパンのマズルカの楽譜を写していた。彼らは翌朝、朝食のあとでそれを演奏した。それから二人の男はもう一度、印をつけた地図をのぞきこんだ。もしイリノイが、ガイガーが考えているほど良い場所だったら、ロブ・Jはそこに落ちつき、家族をつれて西部開拓前線に来るよう、すぐにこの新しい友人に手紙を書くことを約束した。

第九章　二つの土地

イリノイはしょっぱなからおもしろい場所だった。ロブは夏の終わりにこの州に足を踏み入れたのだが、プレーリーのじょうぶな緑はあまりにも長い日照りで、乾燥して白くなっていた。ダンヴィルでは、男たちが塩分を含んだわき水を大きな黒いヤカンで煮詰めるのを眺め、立ち去るときに高純度の塩をポケットいっぱいに詰めてきた。プレーリーはゆるやかに起伏しており、所々、低い丘が光彩をそえていた。州は清らかな水に恵まれていた。ロブは湖はいくつかしか見なかったが、たくさんの沼が小川に注ぎこんで、川に合流するのを目にした。イリノイの人々が川にはさまれた土地を話題にするときは、たいていは州の南の先っぽの、ミシシッピ川とオハイオ川のあいだに横たわる地域のことを指すようだった。両方の大河から、よく肥えた沖積土がぶあつく堆積しているこの地域を、地元では『エジプト』と呼んでいた。偉大なナイル川三角州の、名高い土壌とならぶくらい肥沃な土地だと考えてのことだ。ジェイ・ガイガーの地図によれば、イリノイには川と川のあいだに、たくさんの『小さなエジプト』がある。ガイガーとの出会いはほんの一瞬だったが、なぜだか彼に尊敬の念を抱かされたロブ・Jは、入植するのにいちばんおあつらえむきの場所だとジェイが言っていた地域をめざし、旅を続けていった。

イリノイをぼちぼち横断していくのに二週間かかった。十四日目に、彼が進む小道は森のはずれにさしかかり、心地よい涼しさとのびゆく緑の湿った匂《にお》いにつつまれた。細いわだちを進んでいくと、大量の水の音が聞こえてきて、やがてロッキー川だと思われるかなり大きな川の東岸にでた。

乾期だったが流れは強く、川の名の由来となった大きな岩々《ロック》が水を白く泡立たせていた。どこか渡れる浅瀬はないかと、岸沿いにモニカを進めていると、もっと深くて流れがゆるやかな場所に行きあたった。両岸の二本の大木のあいだに、太い縄のケーブルが渡してあった。枝に鉄のトライアングルと鋼《はがね》の棒がつるされていて、横の看板にはこう書いてあった。

〈ホールデンの渡し場《ホールデンズ・クロッシング》〉

渡し船は鳴らせ

ロブはトライアングルを勢いよく鳴らしたが、筏《いかだ》がつないである向こう岸に男が悠長に姿をあらわすまで、ずいぶん時間がかかった気がした。筏に立てられた二本の頑丈な柱の先端は、鉄の大きな輪っかになっており、そこに通されたケーブルに沿って棹《さお》で筏をすべらせて川を渡るようになっていた。筏が川のまんなかに来た頃には、ケーブルが水流で下流の方へたわんでしまい、船は一直線にではなく弧を描きながら進んできた。途中、暗くぬめるような川が深くなりすぎて棹をつかえなくなると、男はケーブルを手繰りながらゆっくりと船を漕《こ》いだ。渡し守は歌っていて、バリトンの歌詞がはっきりとロブ・Jの耳にとどいた。

ある日、歩いていると、グチってるのが聞こえた
見ると、陰気を絵に描いたような老婆がひとり
上がり口のぬかるみをにらんでた（雨だったのさ）
で、婆さんがホウキをふりまわして歌うには

ああ、人生は骨が折れ、愛は苦しいだけ
美貌《びぼう》はいつか色あせ、富は消え去る
歓びは減り、代償だけが高くつく
願いどおりにゃ、何ひとつついきやしない……

歌詞は長く、全部を歌いきる前に、渡し守はふたたび棹を使えるようになった。筏が近づいてくると、筋骨たくましい男の姿がロブにもよく見えた。おそらく三十代だろう。ロブよりも頭ひとつ背が低く、どこから見てもこの土地の者らしく、厚手のブーツを履いて、この季節には暑すぎる茶色い綿混毛織りのズボンに、大きな襟のついた青いコットンシャツを着て、汗ジミのついたつばの広い革の帽子をかぶっていた。たてがみのような長い黒髪に、濃い髭《ひげ》をのばし、彎曲《わんきょく》した細い鼻の両側にでっぱった頬骨《ほおぼね》は、いかにも残忍そうな雰囲気だったが、陽気で友好的な青い瞳《ひとみ》がそれを救っていた。二人の距離がせばまるにつれ、ロブは相手が自分に、完《かん》璧《ぺき》な美女や立派すぎる男を前にしたときのような気おくれを感じるのではないか、と自意識過剰になった。だが、渡し守には気おくれなど微塵《みじん》もないようだった。

「よう」と男は声をかけると、棹の最後のひと押しで、筏を砂地の川岸につけた。彼は手を差しだした。「ニコラス・ホールデン。ごひいきに」

ロブは握手し、自分も名のった。ホールデンは湿った黒っぽい嚙《か》みタバコをシャツのポケットから取りだし、ナイフで自分のひと嚙《か》み分を切りとった。ロブ・Jにも差しだしたが、ロブは頭をふった。「向こうまではいくらだい？」

「あんたが三セント。馬が十セント」

ロブは請求されたとおり、十三セントを前払いして、筏の床にとりつけてある輪っかにモニカをつないだ。ホールデンはロブにも棹をわたし、二人はフンっとうなりながら全力で川底をついた。

「ここらへんに腰を落ちつかせる気かい？」

「それもいいかな」とロブは慎重に答えた。

「ひょっとして、蹄鉄工《ていてつ》じゃないかね？」ホールデンは、ロブがこれまで見かけたことがないほど男性にしては真っ青な目をしていたが、秘《ひそ》かな好奇心をはらんだ、射ぬくような視線のおかげで、女っぽさをまぬがれていた。ロブが頭をふると「ちぇっ」と彼は言ったが、別に驚いたようでもなかった。「腕のいい蹄鉄工を見つけたいんだがね。あんた、農場主かい？」

ロブが医者だと言うと、彼はあきらかに背筋をのばした。

「大、大、大歓迎だよ！　ホールデンズ・クロッシングの町には医者が必要なんだ。医者なら渡し船はタダにしとくよ」そう言うと棹を漕ぐ手を休め、一セントずつ数えながら、大まじめな顔で三セントをロブの手のひらに戻した。

ロブは硬貨を見た。「あとの十セントは？」

「おいおい、馬も医者じゃないんだろう？」ニヤッと歯を見せて笑った彼は、誰が見てもげびていた。

＊

彼は菜園と泉の近くで川を見下ろす高台に、四角い丸太に白い粘土で目ばりした、小さな丸太小屋を持っていた。「ちょうど夕食時だ」と彼は言い、ほどなくして二人はかぐわしいシチューを食べた。ロブはカブとキャベツと玉ねぎが入っているのはわかったものの、肉には頭をひねった。「今朝、老いぼれの野うさぎと若いソウゲンライチョウをしとめたんで、両方入れたんだ」とホールデンは言った。

木製ボウルのおかわりをつつきながら、彼らは打ちとけようと、自分の話をしあった。ホールデンはコネチカット州出身のがさつな弁護士で、壮大な計画を温めていた。

「どうしてみんなは、町の名前を君にちなんでつけたんだい？」

「みんなじゃない。俺《おれ》がつけたんだ」と彼は愛想よく言った。「俺がいちばん最初にここに着いて渡し船をそなえつけたんだ。あとからここに住もうと誰かがやってくるたびに、町の名前を教えてやった。まだ、文句を言った奴《やつ》はいないな」

ロブの見たところ、ホールデンの家はスコットランド人のこぎれいな田舎家とは似て非なるものだった。薄《うす》暗くて風通しが悪く、ベッドは煙っぽい暖炉に近すぎて煤《すす》をかぶっていた。この家の唯一の利点は立地なんだ、とホールデンは快活に言った。一年以内に小屋は取り壊し、立派な家に建てかえるつもりだと。「そうさ、でっかい計画だよ」まもなく宿屋に雑貨店に、最終的には銀行もここにできるだろう、と彼はロブ・Jに告げた。そして野心まるだしで、ホールデンズ・クロッシングに住むようにとロブに売りこんだ。

「今ここには、何家族が住んでるんだい？」そうロブ・Jはたずねると、返ってきた答に残念そうに微笑《ほほえ》んだ。「たった十六家族を診るだけじゃ、医者は生きていけないんでね」

「そりゃ、そうだろう。だが、公有地を払い下げてもらうホームステッド法をねらった入植者たちが、男が女の尻《しり》を追っかけるよりもいきり立って、今にここに殺到してくる。それに、十六家族ってのは町のなかに住んでる数だけだ。町を越えて、ここからロックアイランドまでは医者が一人もいないんだ。平原中にたくさん農家が点在してる。あんた、もっとましな馬を手に入れて、ちょっとだけ往診の手間をがまんすりゃ大丈夫さ」

ロブは、あふれんばかりに人口が密集した第八地区で、満足のいく医療がおこなえなかった欲求不満を思い出した。ここはその正反対だ。ひと晩考えさせてくれ、と彼はニック・ホールデンに答えた。

その夜、ホールデンがベッドで高いびきをかくなか、彼はキルトにくるまって床で寝たが、屁《へ》をこき痰《たん》をはく十九人の木材伐採人たちと、ひとつ屋の下で冬を過ごした身には、何の苦もならなかった。ホールデンは朝食は作ってくれたあと、見に行かなければいけない物があるが、すぐに戻ると言って、皿とフライパンを洗う仕事はロブに残して出ていった。

よく晴れた、清々《すがすが》しい日だった。太陽はすでに熱くふりそそいでいた。ロブはヴィオラを取りだすと、小屋の裏手、森とのあいだの開拓地にある日陰になった岩に座り、横にジェイ・ガイガーが写譜してくれたショパンのマズルカの楽譜を広げて、丹念に弾きはじめた。

音楽らしく聞こえるようになるまで、半時間ばかり曲のテーマとメロディーに取り組んだだろうか。楽譜から目をあげ、森の方に視線をむけると、開拓地の端からほんの少し入ったところから、馬に乗った二人のインディアンがこちらを見ていた。

彼は動揺した。彼らは頬《ほお》がこけ、硬くひきしまった裸の胸を何かの油で光らせた、まさにジェイムズ・フェニモア・クーパーに対するロブの信頼を回復させるような男たちだったからだ。ロブに近い方の男は大きなわし鼻をしていて、裏革のズボンをはき、剃《そ》った頭には、硬くて粗い動物の毛でできた派手《はで》な房毛をつけていた。彼はライフルを携えていた。連れは背丈はロブ・Jと同じくらいだが、もっと身体のぶあつい大男で、長い黒髪を革のヘッドバンドでたばね、ふんどしと革のすね当てをつけていた。彼は弓を持っており、ボストン学術協会のインディアンの本にあった挿し絵そっくりに、馬の首から矢筒がぶら下げているのが、ロブ・Jにもはっきり見えた。

彼らの背後に、他にもインディアンたちがいるのかどうかは、知る術《すべ》もなかった。彼らが敵意を抱いているとすれば、ロブは一貫の終わりだった。ヴィオラ・ダ・ガンバは、防戦するにはおよそ粗末な武器だったからだ。彼はふと演奏を再開しようと思い、弦に弓をあてて弾きはじめたが、ショパンはやめておいた。楽譜を見るために、彼らから視線をはずしたりしたくなかったからだ。彼は自然に、オレイシオ・バッサーニの『Cara La Vita Mia』という、よく知っている十七世紀の曲を弾きはじめた。はじめから終わりまで全部弾いてから、またはじめから半分ほど弾き、ついに手をとめた。いつまでも永久に弾き続けるのは無理がある。

背後で音がして、とっさに半分ふりむくと、赤いリスがちょろちょろ走り去っていった。顔を元に戻したときには、二人のインディアンの姿はなくなっていた。彼は大いに胸をなでおろすと同時に、ひどくがっかりした気がした。しばらく、彼らの馬が立ち去る音が聞こえていたが、あとに残されたのは、ただ木の葉をゆらす風のざわめきだけだった。

＊

ニック・ホールデンは帰宅してこの話を聞くと、狼狽《ろうばい》を見せまいとつとめた。彼はそそくさと現場を調べ、何も盗られていないようだと言った。

「ここらへんには、ソーク族ってインディアンがいたんだ。九年か十年前に、あとでみんなが『ブラックホークの戦い』と呼ぶようになった戦闘で、ミシシッピ川の向こうアイオワ州に追いたてられたんだ。数年前、生き残っていたソーク族はすべてカンザス州にある居留地に送られた。先月、四十人の戦士たちが女子供をつれて居留地を逃げだした、と聞いている。奴《やつ》らはイリノイ州に向かっているってな。だが、俺たちと面倒を起こすほど奴らも馬鹿じゃないだろう。そんな小さな集団じゃあな。奴らはただ、俺たちに放っておいてほしいだけさ」

ロブはうなずいた。

「僕に危害を加えるつもりだったら、簡単にできたろうからね」

ニックは、ホールデンズ・クロッシングに影を落とすようなことからは話題をかえたがった。午前中ずっと四区画の土地を調べていたんだ、と彼は言った。彼はそれを見せたがり、ロブはせかされて牝馬《めすうま》に鞍《くら》をのせた。

それは政府所有地だった。ニックは馬で進みながら、その土地は連邦測量士たちによって八十エーカーずつに区画整理されているのだと説明した。私有地は一エーカーあたり八ドルで売買されているが、政府の土地は一エーカーが一・二五ドル、つまり八十エーカーなら百ドルだ。土地をおさえるには、購入価格の二十分の一を手つけ金として一度に払わなければならない。それから、四十日後に二十五パーセントを払い、残金は登記日から二年目と三年目と四年目の終わりに、三回の分割払いにすることになっている。誰もが欲しがるような最高のホームステッド法対象の土地だ、とニックは言ったが、その土地につくと、ロブも彼のことばを信じた。区画は、川に沿って一マイル近くのびており、川岸周辺には深い森があって、そのなかに多くのきれいな泉と、建築に適した材木がとれる木があった。森の向こうには、肥沃《ひよく》な土地が望める開墾していない平地が広がっていた。

「ひとつ忠告だ」とホールデンは言った。「俺なら、この土地は八十エーカーが四区画あるんじゃなく、百六十エーカーが二区画あると考えるね。今なら、政府は新しい入植者に二区画まで買わせてくれるんだ。俺があんただったら、そうするね」

ロブ・Jは顔をゆがめ、頭をふった。

「いい土地だけど、必要な五十ドルなんて金、持ってないんだ」

ニック・ホールデンは思惑ありげに彼を見た。

「俺の将来は、この未来の町にかかってるんだ。たくさん入植者をひきつけられれば、俺は雑貨屋も製粉所も宿屋も持てる。入植者は医者がいる場所に群がるんだ。あんたにホールデンズ・クロッシングに住んでもらうってことは、俺にとって、財産を貯金するようなもんだ。銀行は年利二・五パーセントで金を貸してる。俺があんたに、一・五パーセントで五十ドルを貸しつけようじゃないか、返済は八年だ」

ロブ・Jはあたりを見まわしてため息をついた。本当にいい土地だった。この場所があまりにもしっくり感じられて、申し出を受けるとき、うわずる声を抑えるのに苦労した。ニックは温かくロブと握手をかわし、感謝のことばを払いのけた。

「なに、いい取り引きってことさ」

彼らはゆっくりと馬で土地を見てまわった。いちばん南の二区画は低地で、実質的に平地だった。北側の地区はゆるやかに起伏し、ほとんど小さな山と言ってよいくらいの丘がたくさんあった。

「俺なら南側にするね」とホールデンは言った。「土壌もそっちの方がいいし、耕しやすい」

だが、ロブ・Jはすでに北の地区を買おうと決めていた。

「大半は牧草地のままにして、羊を飼うつもりなんだ。僕が知ってるのはそういう農業だからね。実は、自作農になりたがってる人物を知ってるんだけど、彼が南の地区を欲しがると思うんだ」

ホールデンにジェイソン・ガイガーのことを告げると、この弁護士は喜んでニカッと笑った。

「ホールデン・クロッシングに薬屋がか？　そりゃ鬼に鉄棒じゃないか？　じゃあ、ガイガー名義で南地区に手つけ金をうっておくよ。彼がいらないと言ったとしても、こんな上等な土地なら転売もむずかしくないからな」

次の朝、二人の男は馬に乗ってロックアイランドに行き、合衆国公有地管理事務所を出るときには、ロブ・Jは地主と債務者の両方になっていた。

午後、彼はひとりで自分の所有地に行き、牝馬をつないで、地勢を調べたり計画をたてたりしながら、歩いて森と平原を探検した。彼は夢見ごこちで川沿いを歩き、川面《かわも》に石を投げたが、これがすべて自分のものだとはどうしても信じられなかった。スコットランドでは、土地を手に入れるというのは、ものすごく大変なことなのだ。キルマーノックにある彼の一族の牧羊地は、何世紀にもわたって、世代から世代へと受け継がれてきたのだ。

その晩、ロブは自分の地所のとなりに、百六十エーカーの土地を確保したことを知らせる手紙をジェイソン・ガイガーに書き、手に入れるつもりがあるかどうか、できるだけ早く返事をくれるよう頼んだ。また、サルファ剤をたくさん送ってくれるようにも頼んだ。毎年春になると、地元の人々がイリノイ疥癬《かいせん》と呼んでいる病気が大流行することをニックの重い口からひきだし、それに効くと思われる方法は、サルファ剤の大量投与だけだと踏んだからだ。

第十章　建　築

医者がいるという噂《うわさ》はあっというまに広まった。ロブ・Jがホールデンズ・クロッシングにやってきて三日後、十六マイル離れた最初の患者に呼ばれ、それ以降、仕事がとぎれることはなかった。大部分が南部の州からやってくるイリノイ州南部と中部の開拓者たちと違って、イリノイ州北部にはニューヨークやニューイングランドから、徒歩や馬や大型幌馬車《ほろばしゃ》で、ときには牛や豚や羊を追いながら、毎月右肩上がりでどんどん入植してきていた。彼の診療は広大な区域を股《また》にかけることになる――小さな小川が交差し、樹木が生い茂る木立にはばまれ、ぬかるんだ深い湿地に妨げられながら、大河のあいだにゆるやかに横たわる大草原なのだ。患者が彼のもとに来たときには、一件の診察につき七十五セント、往診なら一ドル、さらに夜間の往診は一ドル五十セントを請求した。不慣れな田舎なうえ、入植者たちが非常にはなれて点在しているため、彼は平日のほとんどの時間を鞍の上で過ごした。日が暮れる頃には、移動疲れして、床に倒れこんでそのまま熟睡してしまうこともあった。

月末には借金のいくらかは返せるだろうとホールデンに伝えると、ニックは微笑《ほほえ》んで頭をふった。

「急ぐこたぁない。むしろもう少し金を貸した方がいいと思ってるくらいだ。冬はきびしい。雪が今あんたが乗ってるのより、もっとじょうぶな馬が必要になるし、診察をかかえてちゃ、ふる前に自分で丸太小屋を建ててる暇なんてないだろう。まかせとけ、報酬をやって、あんたの代わりに小屋を建ててくれる人間を見つけてやろう」

ニックはオールデン・キンボールという丸太小屋大工を見つけてきた。異様な臭いをはなつコーンパイプを始終吸っているせいで歯が黄ばんでいるが、細く引き締まった体つきをした疲れしらずの男だった。バーモント州ハバードトンの農家で育ち、ごく最近、イリノイ州ノーヴーからやってきたばかりの元モルモン教徒だ。ノーヴーの人々はモルモンすなわち末日聖徒として知られ、男は好きなだけたくさん妻を持てるという噂だった。ロブ・Jが面接したとき、キンボールは教会の長老たちと意見があわずに出てきたのだと言った。ロブ・Jはそれ以上、踏みこんだ質問をする気はなかった。キンボールが、自分の身体の一部のように斧《おの》と手斧《ちような》を操れるというだけで十分だったからだ。彼は丸太を切りだして、その場で両面を平らに削っていった。ある日ロブはグルーバーという農夫から雄牛を借りることにした。だが、キンボールが同行していなかったら、グルーバーは自分の大切な雄牛をロブに預けてはくれなかっただろう。この『堕落した元教徒』が、自分は雄牛を扱えるからと説き伏せてくれたおかげで、ロブたちは牛を使って、たった一日で、川岸に選んでおいた建設予定地まで丸太を引きずって運びきることができた。キンボールは丸太を木釘《きくぎ》でつないで土台を組んでいった。ロブは、北の壁を支える太い丸太の上から三分の一あたりがひどく曲がっているのに気づいて、オールデンに注意をうながした。

「問題ない、これでいいんだ」とキンボールが言ったので、ロブは彼にまかせて立ち去った。

二日ほどして現場を訪ねると、丸太小屋の壁が建っていた。オールデンは川岸から掘ってきた粘土で丸太に目ばりをし、その粘土の筋に白いのろを塗っているところだった。北側の壁には、すべて土台とほぼ同じ角度で曲がった丸太が使われていて、壁全体がわずかに彎曲《わんきょく》していた。まさにぴったりの曲がりぐあいの丸太を探しだすのは大変な仕事に違いなく、実際のところ、そのうちの二本は手斧で削って微調整してあった。

グルーバーが強壮な品種の馬、クオーターホースを売りにだしていると教えてくれたのもオールデンだった。自分は馬にはくわしくないんだとロブ・Jが白状すると、キンボールは肩をすくめた。

「四歳で、まだ背丈も体重も増えてんだ。何も問題ないと思うね」

そこで、ロブはクオーターホースの牝馬《めすうま》を買った。馬は赤味が強い茶色、グルーバーが言うところの赤鹿毛で、四肢とたてがみとしっぽが黒く、額じゅうにそばかすのような黒い斑点《はんてん》がある。馬高は六十インチ、実用的な体格に聡明そうな瞳《ひとみ》をしていた。そのそばかすが、ボストンで知りあいだった娘を思い出させ、彼は馬をマーガレット・ホランドと呼ぶことにした。略してメグだ。

オールデンには動物を見る目があると悟った彼は、ある朝、小屋を建て終わったあとも、使用人として牧場をみてくれる気はないかと打診した。

「ほお……何の牧場で？」

「羊さ」

オールデンは顔をしかめた。

「羊のことは何にも知らないんでさぁ。乳牛しか世話してなかったんで」

「僕は羊と一緒に育ったんだ」とロブは言った。「たいして番をしなくても平気なんだ。羊は群れたがるから、犬がいれば囲いのない大草原でも一人で簡単にさばける。去勢したり毛を刈ったりといった他の雑用については、僕が手本をみせるから」

オールデンは考えるそぶりをみせたが、それは気を使ってのことだった。

「本当のこと言うと、羊は好きじゃないんだ。うん」と彼は最後に言った。「ご親切にどうも、でもその気はないんで」

おそらく話題を変えようとしたのだろう、彼は、年とった方の馬はどうするつもりかとロブにたずねてきた。モニカ・グレンヴィルは彼を西に運んできてくれたが、乗馬としてはくたびれていた。

「体調をととのえてから売らなきゃ、たいした金にはなんねえ。プレーリーには草が生えてるが、冬のために餌《えさ》にする干し草を買わにゃ」

その問題は数日で解決した。出産を診てやった農夫の現金がたりず、荷馬車に一台分の干し草で払ってくれたからだ。協議の結果、丸太小屋の南の屋根を延長して角を柱で支え、二頭の馬のために壁のない納屋を作ることにオールデンも賛成した。できあがった数日後、ニックが見に立ちよった。彼はつけたした動物小屋を見てニヤッと笑ったが、オールデンとは視線をあわせなかった。

「なんとも一風変わった外観に、さらにだめ押しだな。ずぼしだろ」そして丸太小屋の北の端を見て眉《まゆ》をつりあげた。「壁がゆがんでるじゃないか」

ロブ・Jは惚《ほ》れ惚《ぼ》れしたように丸太の彎曲に指をはわせた。

「いや、わざと彎曲させて建てたんだ。二人とも、こういうのが好きなんだ。これのおかげで、どこにでもあるような他のとは違った丸太小屋になってるんだからね」

オールデンは、ニックが帰ってから一時間ほど無言で働いていた。それから木釘を打つのをやめて、メグの毛を梳《す》いてやっているロブのところへ歩いてきた。彼はブーツの踵《かかと》にパイプをコツンと当てて、吸い残しを捨てた。

「羊の扱い方、おぼえられると思うんだ」

第十一章　世捨て人

最初の羊の群れは、ほとんどをスペイン産メリノ種にしようとロブ・Jは決めた。細かい羊毛から高価な糸がとれるし、スコットランドで彼の一族がしていたように、毛足の長いイギリス種とも交配できるからだ。彼は春まで羊は買わないとオールデンに告げた。出費を減らすのと、冬のあいだ羊を世話するのにかかる労力を省くためだ。そうこうするうちにも、オールデンは柵《さく》の杭《くい》を備蓄し、二棟のさしかけ屋根の納屋を建て、自分の丸太小屋を森のなかに作るのに精をだしていた。ロブ・Jは忙殺されていたが、運良く、この使用人は監督していなくてもすすんで働いてくれた。近隣の人々は医者なしで暮らしてきたため、ロブははじめの数ヶ月、病気に対する怠慢や自己流の治療による結果を正すことに費やした。痛風に癌《がん》に水腫《すいしゅ》に腺病《せんびょう》の患者たちや、回虫がいるたくさんの子供たち、肺病をわずらうあらゆる年齢の人々がいた。彼はボロボロになった虫歯をぬくのにうんざりしてきた。歯をぬくのにも、手足を切断する時と同じ気分がするのだ。二度と元に戻せないものを取り去るのは嫌なものだ。

「春まで待て。そうすりゃ、ここらへんにいるみんなが血相かえて集まってくるから。儲《もう》かるぞ」とニック・ホールデンが陽気に言った。往診では遠くはなれた場所まで、ほとんど道なき道を行く。ニックは、ロブが自分で買えるまでリボルバーを貸してやると申してた。「旅は危険だ。山賊みたいな悪党たちに、今じゃ、あのいまいましい敵だっているんだ」

「敵って？」

「インディアンだよ」

「誰かほかに彼らを見たのか？」

ニックは顔をしかめた。奴《やつ》らは何回も目撃されてるんだ、と彼は言ったが、誰にも危害を与えていないことを不本意ながら認めた。「これまでのところはな」と彼は暗い調子でつけくわえた。


ロブ・Jは拳銃《けんじゅう》を買わなかったし、ニックのも携帯しなかった。彼は新しい馬を信頼していた。メグはすごく持久力があり、勾配《こうばい》が急な川岸をよじ登ったり下りたり、流れの速い小川の浅瀬を渡ったりする時のたしかな足どりが心地よかった。彼は左右両方の側から乗れるようにメグを調教し、彼の口笛に速足でかけつけることもおぼえさせた。クオーターホースは畜牛を追うのに使われるため、すでにグルーバーが調教しておいてくれたおかげで、ロブがわずかに体重移動させたり、手綱をちょっと動かすだけで、即座に走ったり、止まったり、方向をかえたりできた。


十月のある日、彼は重たい岩で左手の指二本をつぶしてしまったグスタフ・シュローダーの農場に呼ばれた。途中、ロブは迷ってしまい、よく手入れされた畑の横に建つ粗末なバラックで道をきこうとした。扉がほんのちょっと開いただけで、最悪な臭気に襲われた。時間の経った排泄《はいせつ》物や、じめじめした空気、腐敗による悪臭だった。誰かがこちらを透かし見ていた。真っ赤に腫《は》れあがった目と、じとっと汚れがこびりついた魔女のような髪の毛が彼の目に入った。

「あっち へ行け！」としゃがれた女性の声が命じた。部屋のなかで、小さな犬くらいの大きさの何かが扉のうしろにあわてて逃げた。子供じゃないのか？　そのとき扉が突風のようにバタンと閉められた。

手入れされた畑はシュローダーの地所だった。農場のなかの家にたどり着くと、ロブは農夫の小指全体と中指の第一関節を切断しなければならなかった。患者には激痛だ。治療を終えて、シュローダーの奥さんアルマにバラックの女性についてたずねると、彼女は少しためらった。

「あれは、一人ぼっちの、かわいそうなサラよ」と彼女はロブに言った。

第十二章　大きなインディアン

夜ごと寒さが増し、おびただしい数の星をたたえた夜空は、水晶のように澄みきっていた。週を追うごとに空がだんだんと低くなり、十一月も日を数えないうちに、美しくも恐ろしい、雪がやってきた。しかし風が降り積もった真っ白な大地の覆いに風紋を刻み、吹きだまりを集めて挑んでも、決して牝馬《めすうま》の足を止めることはできなかった。クオーターホースが、健気に雪に順応していくのを見ていると、ロブ・Jは心から馬を愛しはじめていた。

平原にあまねく、膚《はだ》を刺すような寒さは十二月を通じ一月の大半までいすわっていた。くすぶった芝土の家のなかで、五人のうち三人がひどい喉頭炎《こうとうえん》にかかっている子供たちに囲まれて、寝ずの看病をしたあと、明け方に家に戻ろうとしていたときだった。彼は悲惨な状況におちいった二人のインディアンに遭遇した。ロブはすぐに、ニック・ホールデンの丸太小屋の外で彼がヴィオラ・ダ・ガンバを弾くのを聞いていた、あの男たちだと気づいた。三羽のカンジキウサギの遺骸《いがい》が、彼らが猟をしていたことを物語っていた。彼らのポニーの一頭がよろめいて倒れ、球節のところで前脚を折ってしまい、乗り手である大きなわし鼻をしたソーク族を下敷きにしてしまったのだ。相棒の、巨体のインディアンはすぐに馬を殺して腹を裂くと、死体の下から怪我《けが》した男をひきずりだし、凍えないように湯気をたてている馬の空腔《くうこう》のなかに押しこんだ。

「僕は医者です。手を貸しましょう」

彼らは英語を理解していなかったが、大きなインディアンは、ロブが怪我した男を診るのを止めようとはしなかった。ボロボロの毛皮の服の下を手さぐりするやいなや、男が右の臀部《でんぶ》を脱臼《だっきゅう》して激しい痛みにさいなまれているのがわかった。座骨神経が損傷し、それが証拠に彼の足はぶらんと垂れ、ロブが皮の靴をぬがせてナイフの先でつついても、つま先を動かすことができなかった。まわりを保護している筋肉は、痛みと凍えるような寒さで木のように硬直していたが、その場で骨接ぎする手だてはなかった。

助けを呼ぶためだろうか。大きなインディアンが二人をおいて、自分の馬に乗ってプレーリーを横切り、森林線の方へいってしまうと、ロブ・Jはイラついた。彼は去年の冬、木材伐採人からポーカーでまきあげた虫食いだらけの羊皮のコートを着ていたので、それをぬいで患者にかけると、鞍袋《サドルバッグ》を開けて、インディアンの両脚をしばって落馬した尻《しり》を固定するための包帯を取りだした。やがて大きなインディアンが、刈りこんだ木の枝をひっぱって戻ってきた。しっかりしているが柔軟性のある棒で、それを梶棒《かじぼう》として自分の馬の両側に結びつけると、そのあいだを革の衣服でつなぎあわせて、引きずる形の担架《トラボイ》を作った。彼らは担架に怪我した男をサッと載せた。ひっぱっていくあいだ、男はひどく苦しいだろうが、雪がすべりやすくしてくれるので、むきだしの地面を引きずられるより楽だろう。

ロブ・Jが馬に乗ってトラボイのうしろをついていくと、みぞれまじりの雪がパラパラ降りはじめた。彼らは川と接する森の端に沿って進んでいった。最後に、インディアンは少し間隔があいた木々のあいだへと馬を進め、ソーク族のキャンプに乗りつけた。

木々のあいだに、風を避けるようにして、革張りの円錐《えんすい》形のテント、ティピが建っていた。——機会をみてロブ・Jが数えたところ十七戸あった。ソーク族は暖かそうに服を着こんでいた。いたるところに居留地生活の面影があって、彼らは革や毛皮だけでなく白人が捨てた服も着ていたし、いくつかのテントには古い弾薬箱も見うけられた。焚《た》き火《び》用の枯れ枝はたくさん蓄えられていて、灰色の条がティピの煙坑から立ちのぼっていた。だがロブ・Jは、たくさんの手がしゃにむに三羽のやせこけたカンジキウサギに伸ばされるのを見落とさなかったし、すべて顔に浮かんだやつれた表情も見逃さなかった。以前にも飢えた人々を見たことがあったからだ。

怪我した男はティピの一つに運びこまれ、ロブもあとについて入った。

「誰か英顔を話せますか？」

「わたしはわかります」声の主は、他のみんなと同じようなずんどうの毛皮の服を着ていて、灰色のリス革を縫いあわせたフードをかぶっていたので、年齢は不詳だったが、声は女性だった。

「僕はこの人の治し方を知っています。医者なのです。医者ということばはわかりますか？」

「わかります」彼女の茶色い瞳《ひとみ》が、毛皮のひだの下から穏やかに彼を見つめた。彼女が自分たちの言語で手みじかにしゃべると、テントにいた他の者たちは待ち構えるように見守った。

ロブ・Jは薪《たきぎ》の山から枝を数本とると、火にくべて焚きつけた。男の服をぬがせてみると、臀部が内側でねじれているのがわかった。彼はインディアンの膝《ひざ》を持ち上げ、いっぱいいっぱいまで曲げると、女性をつうじて、力持ちたちにしっかりと男を押さえつけさせた。彼は身体をかがめ、男の怪我した側の膝の下に自分の右肩をあてた。それから、力のかぎり激しく突きあげると、元どおりに関節のくぼみに骨の先端の球が戻って、バキッと音がした。

怪我したインディアンは死んだように横たわっていた。処置のあいだも、うめき声ひとつあげなかったので、ロブ・Jはウイスキーとアヘンチンキをひと飲みさせるのが妥当だと感じた。だが、両方ともサドルバッグのなかだった。彼が取りに行くまもなく、女性が瓢箪《ひょうたん》に水をそそいで、小さな鹿革の袋の粉をまぜて怪我した男に与えた。男はむさぼるように飲んだ。彼女は男の尻の山に片方ずつ手をあてがい、目をじっと見つめながら彼らのことばで半分歌うようにして何かを唱えた。彼女を眺め、その声に耳をかたむけていると、ロブ・Jは背筋に鳥肌がたつのを感じた。彼女は彼らの医者なのだ。あるいは、ある種の巫女《みこ》なのだろう。

その瞬間、一睡もせず雪のなかで奮闘した二十四時間の重みが彼にのしかかった。彼は、疲労でぼんやりとしながら、うす暗いティピから、雪をかぶって外で待っているソーク族たちの人だかりのなかへ出ていった。うるんだ目をした一人の老人が不思議そうに彼に触れた。「カウソ　ワベスキオウ！」と彼が言うと、他の者たちもあとに倣った。「カウソ　ワベスキオウ、カウソ　ワベスキオウ」

医者兼巫女がティピから出てきた。フードが揺れ、そこに垣間《かいま》見た彼女の顔は年とってはいなかった。

「彼らは何て言ってるんです？」

「あなたのことを『白いシャーマン』だと」と彼女は言った。

＊

このいわゆる呪医の女性が、怪我した男はワウカウチェ、つまり『鷲の鼻』という名前だと教えてくれた。名前の由来はすぐ合点がいった。大きい方のインディアンの名前はプヤワネガワ、『歌いながら来る者《カムズシンギング》』だという。自分の丸太小屋に帰っていく途中、ロブ・Jは『歌いながら来る者』と別の二人のソーク族にであった。イーグルノーズを運びこんですぐに、オオカミにやられる前にポニーの遺骸を回収しようと取って返したに違いない。死んだポニーを分断して、二頭の荷役馬に肉をのせて帰るところだった。彼らは、まるで一本の木の前を通っているかのように、彼の方をチラリとも見もせず、一列で通りすぎていった。

家に着くと、ロブ・Jは日記をつけ、記憶をたどってあの女性の絵を描こうとしたが、いくら思い出そうとしても、性別もなく飢えでやせほそった典型的なインディアンの顔しか浮かんでこなかった。彼には睡眠が必要だったが、わらのマットレスでは眠る気になれなかった。彼は、グスタフ・シュローダーが乾燥麦穂を売ろうとよぶんに持っているのを知っていたし、ポール・グルーバーがいつでも現金にかえられるようにと、少しよけいに穀類を取ってあるのも、オールデンから聞いて知っていた。彼はメグに乗ってモニカをひきながら出て行き、その日の午後、ふたたびソーク族のキャンプに舞い戻って、トウモロコシ、麻袋二袋とスウェーデンカブと小麦粉を一袋ずつ地面に落とした。

呪医の女性は礼は言わなかった。彼女はただ食べ物が入った麻袋を眺め、いくつか鋭い命令を発した。すると大勢が待っていましたとばかり、それらを寒く湿った外気とともにティピのなかへと放りこんでいった。風が彼女のフードをパタパタと払いのけた。彼女はまさにアメリカインディアンだった。顔の色は赤い、媒染剤のモーダントルージュがかった茶色をしていた。

鼻柱には突出したコブがあって、ほとんどメグロイドのような小鼻をしていた。茶色の瞳はくるくるとつぶらで、眼差《まなざ》しはまっすぐこちらを見すえていた。ロブが名前をたずねると、彼女はマクワ・イクワだと言った。

「英語ではどういう意味です？」

「熊の女《ベアウーマン》」と彼女は言った。

第十三章　寒い時を経て

グスタフ・シュローダーの切断した指は、感染症にもならず順調に治っていた。

ロブ・Jは、必要以上にこの農夫を訪ねていた。シュローダーの敷地の小屋に住んでいる、あの女性に興味をそそられていたからだ。はじめのうち、アルマ・シュローダーは口が重かったが、ロブ・Jが助けたがっていることがわかると、一転して母性をそそられるように、この若い女性について能弁に語った。二十二歳のサラは未亡人で、五年前、若い夫アレクサンダー・ブレッドソーとともにバージニアからイリノイにやってきたのだった。ブレッドソーはふた春にわたって、夏にプレーリーの草が彼の背よりも高く若枝をのばしてしまう前に、できるだけ農地を広げようと、ひとくびきの牛と鋤《すき》とを手に奮闘し、深く根のはった手に負えない芝地を開墾していた。だが、西にやってきて二年目の五月に、彼はイリノイ疥癬《かいせん》に倒れ、熱をだして死んでしまった。

「その次の春、彼女は自分だけで畑を耕して種をまこうとしたけど」とアルマは言った。「……不作でね。彼女、ちょっと芝地を開墾したんだけど、ダメだったんだよ。農業なんてできなかったんだね。その夏、グスとあたしがオハイオから来たのよ。あたしたち……なんて言ったっけ？　ケーヤク？　を結んだの。彼女が自分の畑をグスタフにゆずるかわりに、ひきわりトウモロコシと新鮮な野菜をわけるって。火を焚《た》く木もね」

「子供はいくつなんです?」

「二歳だよ」とアルマ・シュローダーは調子をかえずに言った。「彼女は言わなかったけど、あたしたちウィル・モスビーが父親だと思ってるの。ウィルとフランク・モスビー兄弟は川下に住んでたんだ。あたしたちがここに移ってきたときには、ウィル・モスビーは彼女とずっと一緒にすごしてたね。良かったたって思ったんだけどね。ここじゃあ、女には男が必要だもの」アルマは軽蔑《けいべつ》したように息をついた。「けどあの兄弟がね。ダメだったんだよ、ろくなもんじゃなかった。フランク・モスビーは法をおかして逃げてる。ウィルは酒場のケンカで、赤ん坊が生まれる直前に殺されちまった。数ヶ月後、サラは病気になってね」

「ついてないですね」

「運がないんだね。彼女、ひどい病気でさ、癌《がん》で死ぬんだって言ってる。お腹が痛くて、あんまり痛いもんだからその……ほら……おしっこが我慢できないのよ」

「彼女は腸の抑制もきかないんですか?」

アルマ・シュローダーは赤らんだ。彼女にとって、婚外子の赤ん坊について話すのは、単に人生のいたずらについて語ることにすぎないが、相手が医者だろうと、グス以外の男性と身体の機能について話すのには慣れていなかった。

「いいえ。おしっこだけ……。自分がいなくなったら、あたしに男の子をひきとって欲しいらしいの。もう週に五日はあたしたちが食事……」その時、彼女はロブを熱心に見つけた。「彼女の痛みをなんとかしてやれる薬、持ってるかい?」

癌にかかった人は、ウイスキーかアヘンをやりたがる。彼女は痛みを抑えるものが何もないうえに、子供の面倒もみているのだ。彼はシュローダーの家をあとにすると、彼女の小屋の前で足を止め、人の気配が感じられないなかをのぞきこんだ。「ブレッドソー夫人」と彼は呼びかけて、扉をコッコッたたいた。

「わたしはロブ・J・コール。医者です」彼はふたたびノックした。

「あっちへ行け。行って。行ってったら」

＊

冬のおわりには、ロブの丸太小屋は所帯らしさをおびていた。彼は行った先々で家庭的な物——鉄鍋《てつなべ》、スズのカップ二個、色のついた瓶、陶製のボウル、木のスプーン——を手に入れた。自分で買った物もあれば、古びているが実用的な二枚のパッチワークのキルトみたいに、治療代のかわりに受けとったものもあった。キルトは一枚をすきま風よけとして北の壁につるし、もう一枚はオールデン・キンボールが作ってくれたベッドで掛け布団として使った。オールデンは三脚スツールと、暖炉の前に置く低い長椅子《ながいす》も作ってくれたし、雪が降りはじめるすぐ前には、三フィートあるスズカケノキの断面を小屋のなかに転がしてきて、部屋のはじにすえつけ、長い厚板を打ちつけてくれた。ロブはその上に古いウールの毛布をかけた。このテーブルで、彼は家でいちばんの家具、座部をヒッコリーの樹皮で編んだ椅子に王様のように座って食事をしたり、獣脂の皿につけた布の芯《しん》が燃えるチラチラした光をたよりに、就寝時刻まで本や新聞を読んですごすのだった。河原の石と粘土で作った暖炉が、小さな丸太小屋を暖めつづけた。暖炉の上のかけ釘《くぎ》にはライフルがのせられ、たるきにはハーブの束や玉ねぎとニンニクが入った網、糸で通した乾燥したリンゴの輪切り、固いソーセージや燻製《くんせい》にして黒ずんだハムかつりさげてあった。部屋の一角には道具類をそろえておいた——長柄の鍬《くわ》、斧《おの》、つるはし、木の熊手で、できばえはまちまちだが、全部手作りだった。

彼はたまにヴィオラ・ダ・ガンバを弾いた。たいていは疲れすぎていて、一人で音楽に酔う余裕はなかったのだ。三月二日に、ジェイ・ガイガーからの手紙とサルファ剤が、ロックアイランドの駅馬車事務所にとどいた。ロブ・Jの説明からすると、ホールデンズ・クロッシングの土地は自分と妻が望んでいた以上のものだ、とガイガーは書いてきた。彼は土地の手つけ金分の小切手をニック・ホールデンに送ったので、これから先の政府公有地管理事務所への支払いは引き受ける、ということだった。残念ながら、ガイガー夫妻は、しばらくのあいだイリノイに来られそうになかった。リリアンがまた妊娠したのだ。「予期せぬ出来事で、もちろんわたしたちを歓びで満たす出来事ではありますが、この場所からはなれる時期は遅れてしまいます」とのことだった。二番目の子供が生まれ、馬に激しくゆすぶられながら大草原をわたるのに耐えられるくらい大きくなるまで、彼らは待つことになる。

ロブ・Jは複雑な気持ちで手紙を読んだ。ジェイが土地についての自分の推薦を信頼してくれたこと、そしていつの日か彼らが隣人になることは嬉《うれ》しかった。だが、その日がいつになるのか、先が見えずにがっかりした。心を癒《いや》し魂を恍惚《こうこつ》とさせてくれる、あの至福の音楽をジェイソンとリリアンとともに奏でられるのなら、なんだってしたいくらいだった。大草原は広大な静まりかえった監獄だった。そして彼は、ほとんど一人っきりでそのなかにいるのだ。

犬でも見つけるべきだな、と彼は思った。

冬もさかりになる頃には、ソーク族はふたたび飢えてやせ細ってきた。グスタフ・シュローダーは、どうしてロブ・Jがさらに二袋もトウモロコシを欲しがるのか、声に出して不思議がったが、ロブが答えないのでそれ以上は問いつめなかった。インディアンたちは前と同じように、無言のまま感情を見せずに、彼から追加のトウモロコシの贈り物を受けとった。彼はマクワ・イクワのために持ってきたコーヒー一ポンドを手に、彼女の焚《た》き火《び》のそばで一緒にすごそうと訪ねていった。彼女が焦がした野生の草の根っこをやたら加えたので、彼が今までに飲んだどのコーヒーとも別物だった。ブラックで飲んだ。うまくはなかったが、温かくて、なにかインディアンの味がした。二人は徐々にお互いのことを理解していった。彼女はフォートクロフォード近くの、インディアンの子供たちのための伝道所で四年間教育を受けていた。文字も少し読めるし、スコットランドのことも聞いたことがあった。てっきりキリスト教徒だと決めこんでロブが話をすすめると、彼女は誤りを正した。彼女たちはセ・ワンナー最高神――と他の神々マニトゥを崇拝しているのだ。彼女は古くから伝わる礼拝の仕方を説明してくれた。彼の見たところ、彼女は巫女《みこ》としてすぐれているため、効き目のある治療者たりえるのだ。彼女はキャンプ地に生えている魔力を持つ植物についてすべて知っていて、テントの柱には乾燥したハーブの束がつりさげられていた。彼は数回、彼女がソーク族を治療する様子を眺めた。病気のインディアンの横にうずくまることからはじまり、陶器の壺《つぼ》に水を三分の一ほど入れて薄いなめし革を口にはって作った太鼓を、そっと鳴らしていく。曲がったスティックで太鼓の革をこする。その結果、低い調子の雷のような音がとどろき、ついには睡眠効果をもたらす。しばらくして、彼女は治療を必要としている身体の部分に両手をあて、病人に自分たちのことばで話しかけるのだ。その方法で、若い男のひびが入った背中の痛みをやわらげるのも、年とった女性の体中の激痛を楽にするのも目にした。

「君の手は、どうして痛みを取り去れるんだい？」

だが彼女は頭をふった。「説明できない」

ロブ・Jは、自分でもその年とった女性の手を握ってみた。痛みが消えたという事実と裏腹に、彼女の生命力が衰えていくのを彼は感じた。この女性はあとほんの数日の命だと、彼はマクワ・イクワに告げた。五日後にソーク族のキャンプに戻ると、彼女は死んでいた。

「なぜわかったの？」とマクワ・イクワがたずねた。

「僕の一族には、せまりくる死を……感じることができる人間がいるんだ。一種の贈り物だ。説明できないけど」

二人はお互いに相手の言うことを疑わなかった。彼女はとてつもなく興味深い人間だと彼は感じた。彼が知っている誰ともまったく違っていた。しかし、二人のあいだには異性に対する意識も存在していた。彼らはたいてい、ティピのなかで小さな焚き火にあたりながら、コーヒーを飲んだりおしゃべりしたりした。ある日、彼はどの程度まで理解してくれるかはかりかねながらも、彼女にスコットランドがどんな場所か伝えようとした。すると彼女は耳をかたむけ、時々、野生動物や作物について質問してきた。一方、彼女はソーク族の社会構造について話してくれたが、今度は彼女がしんぼう強く説明する番だった。こみ入った話だったからだ。ソーク部族は十二のグループに分かれている。スコットランドの氏族に似たようなもので、ただマクドナルドやブルースやスチュワートの代わりに、次のような名前がついているのだ。ナマワック（蝶鮫《ちょうざめ》）、ムクキスソウ（白頭鷲《はくとうわし》）、プッカ・フムモワック（鱸《すずき》）、マッコ・ペニャク（熊芋)、キチェ・クムメ(大湖)、パイシャケイッセワック(鹿)、ペッシェペシェワック(豹《ひょう》)、ワイメコウク(雷)、マックワック(熊)、メセコ(黒鱒《くろます》)、アハワック(白鳥)、そしてムーワーワック(狼)。各氏族たちは争うことなく共存しているが、ソーク族の男はみな、お互いにとことん競い合う二つの『ハーフ』、ケエソクイ(長髪《ロングヘアーズ》)かオシュクシュ(勇士《ブレイブメン》)のどちらかに所属している。長男は生まれた時点で父親のハーフの一員となり、次男はもう一方のハーフの一員となる。これを交互にくり返していくので、各家族のなかでも各氏族のなかでも、ふたつのハーフに属する割合はだいたい均等になるのだ。ハーフとハーフは、競技においても、狩猟においても、子供を作ることにおいても、勇敢な行為とされる一撃棒《クーステイック》で敵にさわった数や、その他の英雄的行為の数においても――つまり、人生のあらゆる局面において――競いあう。こうした容赦ない競争によって、ソーク族たちの強さと度胸はたもたれるが、ハーフ間での血を見るような反目はまったくないのだ。ロブ・Jは感心した。この制度は、彼がよく知っているものよりずっと賢くて文明的だ。なにしろ、スコットランドでは何世紀にもわたる野蛮な内紛で、何千という人間が敵対する氏族に殺されてきたのだから。

彼らの食糧が乏しいのを知っていたことにくわえ、インディアンたちの調理法を積極的に信用する気にはなれなかったため、はじめのうち彼はマクワ・イクワと食事をともにするのを避けていた。そのうちに、彼らの猟がうまくいったときに、何回か彼女の手料理を食べる機会があったが、彼の口に合うものだった。インディアンたちは、焼いた料理よりも煮こみ料理を好み、選べるとすれば、魚よりも赤肉や鳥肉をとることに気づいた。彼女は犬の祝宴について彼に話した。マニトゥたちが犬の肉を尊ぶことから、宗教的な食事とされているのだ。その犬がペットとしてかわいがられていればいるほど、犬の祝宴に絶好の生け贄《いにえ》であり、まじないの魔力も強くなるのだと彼女は説明した。彼は激しい嫌悪感をあらわにした。

「ペットの犬を食べるなんて変だと思わないのかい？」

「キリストの血肉を食べるのよりは、ぜんぜん変じゃないわ」

彼は健康な若い男なので、お互いに寒くてたくさんの服や毛皮で着ぶくれしているにもかかわらず、耐えがたいほど誘惑にかられることがあった。彼女からコーヒーを受け取る時に指でも触れようものなら、カアッとなった。一度、マクワ・イクワの冷たい角ばった両手を握ると、彼女のなかで渦巻く生命力に驚かされた。ロブは彼女の短い指、そのざらざらした赤茶色の肌、手のひらにできたピンク色のタコの感触を味わった。そのうち自分の丸太小屋にも遊びにきてくれないか、と彼はたずねた。彼女は無言で彼を見つめ、手をひっこめた。彼女は嫌だとは言わなかったが、訪ねてきはしなかった。

＊

ぬかるんだ季節のあいだ、雪どけ水の恵みをスポンジのように吸収して飽和状態になった大草原のいたるところに泥沼が湧《わ》きだし、ロブ・Jはそれを避けながらインディアンの村にかよった。彼はソーク族が冬のキャンプをたたんでいるところに出くわし、六マイル離れた広々とした敷地へ移動するのについていった。インディアンたちはそこに、こぢんまりとした冬用のティピのかわりに、枝を編みあわせ、夏のそよ風がとおる共同住宅を建てていた。キャンプ地を移るのにはもっともな理由があった。ソーク族は下水設備というものを知らなかったので、冬のキャンプ地は糞尿《ふんにょう》臭くなっていたのだ。きびしい冬を越して夏のキャンプ地へ移ることで、インディアンたちの気分は高揚しているらしく、ロブ・Jはあちこちで、若い男たちがレスリングしたり、競走したり、彼が目にしたことのない遊びに興じている姿を目にした。その遊びには、一方のはじに革で編んだ網状の袋がついたじょうぶな棒と、裏革で包んだ木製の球が使われる。全速力で走りながら、一人が自分の棒から球を投げとばすと、もう一人が自分の棒の網で手際よくキャッチする。次々にパスしていって、球はかなり遠くまで運ばれていく。目まぐるしくて非常に荒っぽい競技だ。一人が球を持つと、敵対する競技者たちは球を落とさせようと自分の棒で殴りかかり、全員がくんずほぐれつで、ぶつかったりつまずいたりしながら、敵の身体や手足をしたたかに打ちつけあうのだ。ロブが夢中になって自分たちの動きを追っているのに気づくと、四人の競技者のうち一人が手まねきして、自分の棒を手渡した。

他の者たちはニッと笑って、すぐ遊びの輪に入れてくれた。だが彼にとってこの遊びは、スポーツというよりも騒乱に近い気がした。彼は他の競技者の大半より大きく、筋骨もたくましかった。最初の機会がまわってくると、球を持った男が手首にスナップをきかせて、ロブに硬い球を投げてよこした。彼の棒は球をむなしくつついてしまい、取りに走ったが、気づくとヤマネコのような闘志たちの猛烈な争いのまっただなかに放り込まれていた。身体にぶつかるすれすれで、長い棒がぶつかりあった。長いパスがくり出され、彼はまんまとまかれてしまった。自分の技術のなさを思い知らされた彼は、じきに棒を持ち主に返した。

マクワ・イクワの共同住宅でウサギのシチューをごちそうになっていると、ソーク族のためにひと肌脱いでくれないか、と彼女が遠まわしに言った。きびしい冬のあいだ、彼らは罠《わな》をしかけて毛皮をとった。今では極上のミンクやキツネ、ビーバー、マスクラットの毛皮が二俵たまっていた。彼らはこの毛皮を、夏の最初の作物を植えるための種と交換しようと考えていた。ロブ・Jは驚いた。インディアンが農業をするとは思ってもみなかったからだ。

「わたしたちが白人の商人のところへ毛皮を持っていったら、だまし取られてしまう」とマクワ・イクワは彼に言ったが、悪感情はまじえず、まるで客観的事実を告げているような淡々とした口ぶりだった。

そこである朝、彼とオールデン・キンボールは、生皮をつんだ荷役馬二頭と裸の馬一頭を、はるばるロックアイランドまでひいていった。ロブ・Jは商人と激しくやりあい、毛皮を麻袋五個分のトウモロコシの種——早稲《わせ》の小粒なトウモロコシを一袋、粗びきにするための、もっと大粒で石のように実が硬いトウモロコシを二袋、穂が大きくて実が柔らかい、粉用のトウモロコシを二袋——と、それぞれ一袋ずつの豆とカボチャとズッキーニの種とに交換した。それにくわえて、ソーク族が白人から入り用なものを買わなければならなくなったときの、わずかな緊急用資金のために、合衆国二十ドル金貨三枚を受けとった。ロブ・Jが自分で儲《もう》けるために複雑な売買取引をしたものとばかり思ったオールデンは、自分の雇い主の抜け目のなさに心から感心していた。

その夜、彼らはロックアイランドに泊まった。ある酒場で、ロブはエール二杯をちびちび飲みながら、昔インディアンと闘った男たちの自慢話に耳をかたむけた。

「ここらへん一帯は全部、ソーク族かフォックス族のものだったんだ」とうるんだ目をしたバーテンが言った。「ソーク族は自分たちのことをオサウキーと呼び、フォックス族は自分たちをメスカーキーと呼んでた。両方あわせて、西はミシシッピ川、東はミシガン湖、北はウィスコンシン川、南はイリノイ川にはさまれた土地すべてを持ってやがった。農業に適した五千万エーカーもの一等地をだ！　奴《やつ》らのいちばん大きな村落はソーク・エ・ヌクで、通りや広場のある整然とした村だった。一万一千人のソーク族がそこに住み、ロック川とミシッピ川のあいだの二千五百エーカーを耕していた。まあ、俺《おれ》たちが赤野郎どもをけちらして、上等な土地を使えるようになるまで、さして時間はかかからなかったな」

自慢話はすべて、ブラックホーク酋長《しゆうちよう》およびその戦士たちとの血なまぐさい戦闘の逸話で、いつもインディアンは邪悪で、白人は勇敢で気高いことになっていた。偉大な十字軍戦士たちの話のように、ほとんどが見え透いた嘘《うそ》で、話している本人たちがもっとましな男だったらそうなっていたろう夢物語だった。おおかたの白人男性たちは、自分がインディアンを見た時にとった行動を理解してくれないだろう、とロブ・Jは悟った。他の人々は、まるでソーク族は野生動物で、この片田舎を人間にとって安全な場所にするために、消えうせるまで追いつめるのは当然であるかのような口ぶりだった。ロブはこれまでの人生でずっと、ソーク族に感じたような魂の自由を探し求めてきた。それは、スコットランドでビラを書いたときに追い求めていたものであり、アンドリュー・ジェロールドが絞首刑にされたとき、死を目の当たりにして感じたことでもあった。いま彼は、落ちぶれた赤い肌の風変わりな人間たちのなかに、それを発見したのだ。彼は空想にふけっているわけではなかった。ソーク族キャンプのみすぼらしさも、彼らの文明が世界から取り残されて遅れをとっていることも、十分わかっていた。だがジョッキをちびちびやって、腹裂きや、頭の皮剝《は》ぎ、強奪や略奪といった酒のうえでの話に関心をもっているふりをしながらも、マクワ・イクワと仲間のソーク族との出会いこそ、この地で自分の身にふりかかった最上の出来事だと彼は感じていた。

第十四章　棒　球

ロブ・Jは、めずらしく安心しきってくつろいでいる野生の生き物を驚かせるみたいにして、サラ・ブレッドソーと子供にでくわした。鳥たちが砂あびをしてくちばしで羽をつくろったあと、太陽の光のなかで恍惚《こうこつ》とまどろんでいるのが見えた。彼女と息子は目をつむって、小屋の外の地面に腰をおろしていた。彼女に身づくろいした形跡はなかった。長いブロンドの髪はにぶい色をしてもつれあい、やせこけた身体をおおうシワシワの服は汚れていた。肌はむくみ、やつれた青白い顔は彼女が病気であることを如実に物語っていた。幼い男の子は眠っているようだが、母親と同じような金髪で、こちらも同じくらい艶《つや》がなかった。

サラの青い目が開いてロブの目とあった。その瞬間、彼女の顔に驚き、怖れ、狼狽《ろうばい》、怒りといったあらゆる表情が浮かび、ひと言も発せずに息子を抱きあげると家のなかへ駆けこんでしまった。彼は小屋の入り口に近づいていった。扉越しに彼女を説得しようと定期的に試みることに、彼も嫌気がさしてきていた。

「ブレッドソー夫人、お願いですから。あなたを助けたいんですよ」と彼は呼びかけたが、彼女の返事は、重たいかんぬきを持ちあげるときに漏れた声と、それを扉にかます音だけだった。

＊

インディアンたちは、白人の入植者がするように鋤《すき》で芝地をならしたりはしなかった。その代わり、草のまばらな場所を見つけ、とがらせた種まき棒で土壌をつき刺して畝を作り、そこに種を落としていくのだ。

ロブ・Jがソーク族の夏のキャンプ地を訪ねると、トウモロコシの植えつけが終わり、あたりにお祝いの空気が漂っていた。植えつけのあとには、彼らのいちばん喜びにあふれた祭り『鶴の舞い』があるとマクワ・イクワが教えてくれた。祭の最初の行事は、男性全員参加の大棒球大会だが、いちいちチームをわける必要はなかった。ハーフ対ハーフで競うからだ。ロングヘアーはブレイブメンよりも、六人ほど人数が少なかった。ロブを破滅の道へ誘いこんだのは、カムズシンギングと呼ばれている大柄なインディアンだった。マクワ・イクワと立ち話をしていると、カムズシンギングがやってきて彼女に話しかけたのだ。

「あなたにロングヘアーと一緒に棒球で闘ってほしい、と招待してます」と彼女はロブの方に向きなおりながら、英語で言った。

「ああ、ええっと」彼は二人にまぬけな笑顔をむけた。インディアンたちの腕前と自分の不器用さを思い出すにつけ、棒球は彼がいちばんしたくないことだったのだ。辞退のことばが口から出かかったが、二人がなみなみならぬ関心を持って見つめていたので、この招待は自分には理解できない重大な意味を持っているのだ、と彼は感じとった。そこで、賢い男だったらそうしたのだろうが、手をふって誘いを断る代わりに、二人に丁寧に礼を言うと、ロングヘアーにくわえてもらって光栄だと告げた。

彼女は、まるっきり小学生の女の子のような言葉づかいの英語で——なんとも妙だった——、競技は夏の村からスタートする、と説明した。およそ六マイル下流の、川の対岸にある小さな洞穴に球を入れた方のハーフが勝ちだ。

「六マイルだって！」

彼はサイドラインがないと聞いてさらに驚いた。マクワ・イクワは、敵を避けて横にそれるような人間は尊敬されないことを、どうにか彼に納得させた。

ロブにとって、それは外国の競技、異邦人の遊びであり、未開文明そのものだった。ならば、どうして自分はそれをしようとしてるんだ？　その夜、彼は何十回となくそう自問した。夜が明けてすぐに競技がはじまるため、彼はカムズシンギングのヘドノソテに泊まっていた。共同住宅は奥行きが五十フィート、幅が二十フィート。枝を編みあわせて、その外側をニレの樹皮でおおって建ててあった。窓はなく、両端の出入り口にはバッファローの革がつるしてあるが、すかすかな構造のおかげで風通しがとてもよかった。部屋はまんなかの廊下をはさんで両側に四つずつ、全部で八部屋あった。カムズシンギングと奥さんのムーンの寝室と、ムーンの年輩の両親の寝室、それにもう一室は二人の子供たちが使っていた。他の部屋は物置になっていて、その一室でロブ・Jは天井の煙穴ごしに星を眺めたり、ため息や悪夢にうなされた声や風が通りぬける音、それに何度かは、この家の主が声や出鼻息のかわりに漏らす、精力的で熱狂的な交合としか考えられない音を耳にしながら、まんじりともしない夜を過ごした。

朝、灰のかたまりのような味がするものの、ありがたいことに他に何が入っているのかは見当がつかない、硬粒種トウモロコシの煮こみを食べたあと、ロブ・Jは気の進まない名誉を甘受することにした。ロングヘアーズの全員が実際に長髪なわけではなかった。身体のペイントでチームを区別する仕組みなのだ。ロングヘアーズ側は獣脂と炭をまぜた黒い染料をペイントし、ブレイブメン側は白い粘土を身体に塗りたくった。キャンプじゅうで、男たちが染料の入った器に指をつっこみ、自分の肌に装飾をほどこしていた。カムズシンギングは自分の顔と胸と両腕に黒い条をつけると、ロブに染料をさしだした。

上等じゃないか？　と彼は心の中で軽くつぶやくと、スプーンなしでエンドウ豆粥《がゆ》を食べている男みたいにして、二本の指で黒い染料をすくいとった。額と両頰《ほお》に塗るとジャリジャリした。彼は、脱皮する神経質なオスの蝶《ちょう》のごとく、シャツを地面に脱ぎすてると胴体にも縞《しま》を描いた。カムズシンギングは、ロブの重たそうなスコットランド製の粗革のブローグ靴をじっと見ていたが、姿を消すと、ソーク族のみんながはいているのと同じ、軽い鹿革の靴を持って戻ってきた。だが、何足ためしてみても、ロブの足の方が大きく、カムズシンギングのでさえも入らなかった。二人はあまりの大きさに声をたてて笑った。大きなインディアンはあきらめ、重たいブーツをはかせたままにした。

カムズシンギングは、握り手が棍棒《こんぼう》のように頑丈にできた、ヒッコリー材のネットつきスティックをロブに手渡し、ついてこいと合図した。共同住宅に囲まれた広々とした一画に、敵対する軍勢が集まった。マクワ・イクワが、彼らのことばで祝福と思われるものを宣言すると、ロブ・Jには何が何やらわからないうちに、彼女は腕をふりあげて球を投げた。球は待ち受ける戦士たちの方へ、ゆるやかな放物線を描きながら飛んでいき、獰猛《どうもう》なスティックのぶつかりあいと、興奮した叫び声やうめき声が起こった。ロブの期待ははずれ、球はブレイブメン側に渡り、ふんどしを巻いた足の長い若者の網でさらわれてしまった。若者は、まだ子供に毛が生えたくらいなのに、筋肉のついた一人前の走者の脚をしていた。彼はすばやくスタートを切り、そのあとを、野ウサギを追う犬よろしく後続集団がついていった。明らかに短距離走者たちの独壇場で、球は全速力で何回かパスされ、すぐにロブよりはるか前方に行ってしまった。

カムズシンギングは彼の横にとどまっていた。球がロングヘアーズの網にもつれこむと、カムズシンギングは満足げにうなったが、数分後にブレイブメンに奪い返されても、驚いてはいないようだった。集団が川へつづく森林線にそって勢いよく走り去っていくと、この大きなインディアンはロブについてこいと身ぶりした。二人は他の者たちがとったルートをはずれ、広々とした大草原を横切っていった。彼らが駆けぬけると、若草から大量の露がはねあがり、まるで銀色に光る昆虫の群が、彼らの踵《かかと》にかじりつこうとしているように見えた。

どこに連《つ》れていかれるんだ？　このインディアンを信じていいのか？　いまさらそんな疑問に気をもんでみても、あとの祭りだった。ロブはとっくに彼に下駄《げた》をあずけてしまっていた。彼は、図体がデカいにしては身軽なカムズシンギングに、遅れをとらずについていくことだけに力を集中させた。まもなく、カムズシンギングの意図がわかった。彼らは、川沿いの長いルートをたどっている他の者たちを途中でつかまえるべく、直線コースを猛然と走っているのだ。走らずにすむようになった頃には、ロブ・Jの脚は鉛のようになり、息はゼイゼイとあがり、脇腹《わきばら》にはひっかき傷もできていた。だが、集団より先に川の彎曲部《わんきょく》にたどりつけた。

実際のところ、集団は先頭走者たちにひき離されてしまっていた。ロブとカムズシンギングがヒッコリーとオークの木立のなかで、できるだけたくさんの空気を胸に吸いこみながら待っていると、白塗りの走者たちが軽やかに視界に駆けこんできた。先導しているソーク族は球を持っておらず、槍《やり》でも持つようにして、網が空のスティックをダラリとたずさえて走っていた。足は裸足《はだし》で、白人男性の茶色いホームスパンのズボンとしてこの世に生を受けたとおぼしき、ボロボロのズボンだけはいていた。彼は木々のあいだにひそんでいる二人よりも小さかったが、筋骨隆々で、ずいぶん前に左耳がひきちぎられているという事実が、より恐ろしげな雰囲気をかもしだしていた。頭の左側に残された傷は、こぶのようにひきつれていた。ロブ・Jは身構えたが、カムズシンギングが腕にさわって彼を制止し、その斥候をやりすごさせた。さほど離れずに、若いブレイブメンの網が球を運んできた。競技開始のとき、マクワ・イクワが投げ入れた球をかっさらった、あの若者だ。ズボンを切りつめてはいている、背の低いがっちりしたソーク族が隣を走っていた。かつて合衆国騎兵隊が支給した、両側にうす汚れた黄色の太い線が入った青いズボンだ。

カムズシンギングはロブを指さしてから、その指を若者にむけた。ロブはうなずいた。若者は彼が受け持てということだ。相手がひるんだ隙《すき》に倒さなければいけない。このブレイブメンが走り去ってしまったら、彼もカムズシンギングも追いつけないことがわかっていたからだ。

彼らは電光石火で一撃をくらわせた。カムズシンギングが、優秀な羊飼いが雄羊をひっくりかえして脚を縛るみたいな早わざで、護衛の走者を地面に投げ倒し、手首と足首をくくりつけたので、ロブ・Jにも両腕にまいた革ひもの使い道がわかった。遅ればせながら、斥候が戻ってきた。ロブは若いソーク族を縛りあげるのに手まどってしまい、カムズシンギングが一人でこの片耳男を迎え撃ちに行った。ブレイブメンは自分のスティックを棍棒のようにふりあげたが、カムズシンギングは見くだすような態度でそれをかわした。彼は敵よりもひとまわり大きく、獰猛だったので、ロブ・Jが自分の囚人を縛り終える前に、相手を地面に組みふせて結わえてしまった。

カムズシンギングは球を拾いあげると、ロブのネットに落とした。縛りあげた三人のソーク族にことばをかけるどころか目もくれずに、カムズシンギングは走りだした。ロブ・Jは、導火線に火がついた爆弾みたいにネットに球をかかえ、彼のあとについて突進していった。

＊

カムズシンギングが足をとめ、川を渡る場所に着いたことを知らせるまで、彼らは誰にも邪魔されずに進んだ。ここで革ひもの別の使い道がわかった。両手に何も持たずに泳げるように、カムズシンギングがロブのスティックをベルトに結びつけてくれたのだ。カムズシンギングは自分のスティックをふんどしに結わえると、鹿革の靴を脱ぎすてた。自分の足はやわらかすぎて靴なしでは走れないと思ったので、ロブ・Jは靴ひもを結びあわせて、首からぶらさげると、手もとに残った球をズボンの前に押しこんだ。

カムズシンギングはニヤッと笑って、指を三本つき立ててみせた。

特別に機知に富んだジョークでもないのに、ロブは緊張の糸が切れて、頭をのけぞらせて笑った。失敗だった。笑い声は川の流れに運ばれていき、彼らの居場所がバレてしまい、追っ手の叫び声が返ってきた。二人は時を移さず、冷たい川に飛びこんだ。

ロブはヨーロッパ人式の平泳ぎをし、カムズシンギングは動物が泳ぐのと同じ方法で両手を動かして進んでいたが、二人のペースは一緒だった。ロブは痛快だった。厳密には、高潔な野人になった気にはならなかったが、ジェイムズ・フェニモア・クーパーの小説の主人公、レザーストッキングになりきるのは、やぶさかではなかった。むこう岸に着くと、ロブが靴を履くあいだ、カムズシンギングはもどかしそうにうめいた。追っ手たちの頭が、たらいにぎっしり浮かんだリンゴみたいに、川面《かわも》で上下に動かしているのが見えた。ようやくロブの準備がととのってネットに球を戻した時には、先頭の泳ぎ手たちがほとんど渡りきるところだった。

走りはじめてすぐカムズシンギングがゴールとなる小さな洞穴の入り口を指さした。彼は黒く開いた口に吸いよせられていった。思わず、勝ち誇ったエルス語の雄叫《おたけ》びが口をついて出たが、まだ時期尚早だった。彼らと洞穴とのあいだに、六人のソーク族が突然立ちはだかったのだ。彼らのペイントは、大方、水に洗い流されてしまっていたが、白い粘土の痕跡《こんせき》が残っていた。ほぼ同時に、二人のロングヘアーズがブレイブメンのあとを追って森から飛びだしてきて、襲いかかった。十五世紀のこと、ロブの先祖ブライアン・カレンは、死の円を描くみたいに大きなスコットランド剣をピュンピュンふりまわし、たった一人でマクラフリン家の戦闘部隊の行く手をはばんだという。今、それよりは致命的でないにしても、威嚇にはなるくらいにスティックをふりまわしながら、二人のロングヘアーズが敵の三人を追いつめ、足止めしていた。これで、球をとろうと追ってくるブレイブメンは残り三人になった。カムズシンギングは、ふりおろされたスティックを巧みにかわし、裸足の裏で正確に狙《ねら》いをつけて相手を片づけた。

「いいぞ、そこだ、胸くそ悪いケツをやれ、やっちまえ」誰も自分のことばがわからないのも忘れて、ロブ・Jは怒鳴った。一人のインディアンが大麻でラリっているみたいに彼にむかってきた。ロブはさっと脇《わき》によけ、男の裸足のつま先が射程距離に入ると、自分の重たい靴で踏みつけた。うめく犠牲者をあとに、数歩走ると、彼の乏しい腕前でも十分狙えるくらい洞穴に近づいた。手首にスナップをきかせると、球は飛んでいった。しっかりとした見事なショットではなかったが、そんなことはお構いなしで、球は弾みながらほの暗い穴の中へ消えていった。彼らが球が入るのを見れば、それでいいのだ。

彼はスティックを宙に放り投げて叫んだ。「勝ったぁ！　黒塗り族の勝ちだ！」

その時、背後にいる男がふりおろしたスティックが、自分の頭にぶちあたるのを感じた。というより聞こえたのだ。製材の飯場で聞きおぼえのある、斧《おの》が硬いオーク製材にぶち当たる時のズシンというのに似た、硬質で中身のつまった音だった。驚いたことに、地面がぽっかりと口を開け、彼はまっ暗な奈落《ならく》の底へと落ちていった。それまでだった。彼の意識は、止まった時計のように、ぷっつりととだえた。

第十五章　ストーンドッグからの贈り物

穀物の麻袋のようにキャンプに運ばれたことなど、全然おぼえていなかった。目を開けたときには、まっ暗な夜になっていた。すりつぶした草の匂《にお》いがした。おそらく太ったリスの焼き肉に、焚《た》き火の煙。そして、マクワ・イクワの女性らしい芳香。彼女は彼の方へかがみこみ、若々しさと同時に太古の光をたたえた瞳《ひとみ》でのぞきこんだ。彼女は何かをたずねているようだったが、彼の耳には届かず、感じるのはただ、割れそうな頭の痛みだけだった。肉の臭いが吐き気をもよおさせた。彼女は察したらしく、吐けるようにと彼の頭を木のバケツの方へ支えてくれた。

力なくゼイゼイあえぎながら吐き終えると、彼女は何かひんやりとした緑色の苦い一服を飲ませた。ミントのような香りがしたが、もっと強力で不快な味がした。彼は顔をそむけて拒もうとしたが、彼女はまるで子供にするみたいに、しっかりと彼の頭をかかえ、むりやり飲みこませた。彼は不愉快で腹がたったが、そのあとすぐに眠りに落ちてしまった。時々、目を覚ますと、苦い緑色の液体が強制的に与えられた。こうして、寝たり、半分意識があったり、母なる自然の妙な味の乳を吸ったりしながら、ほぼ二日が過ぎた。

三日目の朝になると、頭のコブがひいて頭痛も消えた。彼が良くなってきているのは彼女にもわかったが、いつもどおりたくさん薬を飲ませて、ふたたび眠りにつかせた。

彼のまわりでは『鶴の舞い』の祭が続いていた。時おり、彼女が水太鼓をゴロゴロ鳴らす低い音や、耳慣れない喉《のど》をならすようなことばで歌う声や、近づいたり遠ざかったりする競技の騒音、それに見物するインディアンたちの声援が聞こえた。その日遅く、共同住宅の暗がりで目を開けると、マクワ・イクワが衣裳《いしょう》を着がえているのが見えた。彼はとまどいながら、その女らしい胸元に視線を釘《くぎ》づけにした。ほのかな光のなかで、ミミズバレと傷跡とおぼしきものが奇妙なシンボルを形づくっているのが浮かび上がったからだ。神秘的な記号のような印は、彼女の胸板から神々しい両方の乳首へとのびていた。

　彼は身動きせず音もたてなかったのに、どうしてだか、彼女はロブが起きているのに勘づいた。目の前に立っている彼女と、しばらく視線がからまりあった。すると彼女は顔をそむけて、背を向けた。もじゃもじゃした黒い三角地帯を隠すというよりは、むしろ聖職者にふさわしい胸元の謎《なぞ》めいた印を護ろうとしたように、彼には感じられた。神聖な乳房なのだ、と彼は不思議な気持ちで考えた。腰や臀部《でんぶ》には、神聖な印は何もなかった。彼女は大柄ではあるが、なぜベアウーマンと呼ばれているのか解せなかった。顔立ちから言っても、しなやかな身のこなしからしても、活力みなぎった猫により近かった。年齢ははかりかねた。ふいに彼は、油でなでつけた黒髪の太い三つ編みを両手で握りしめ、官能的な馬に乗るみたいに、彼女を背後から犯している幻想に襲われた。ジェイムズ・フェニモア・クーパーが想像しえた、どんな未開人よりも素晴らしい赤い肌の女性の愛人になろうと自分はもくろんでいる、その事実にうっとりしているうち、彼は激しい肉体的反応に気づいた。持続性勃起《ぼっき》症なら凶兆だろうが、この場合、傷害によってではなく、目の前の女性によって引き起こされた現象なので回復を示す吉兆だ。

　彼は静かに横たわったまま、彼女がふさ飾りのついた鹿革の服を着るのをながめた。彼女は四色でよった革ひもを右肩からたらした。ひもの先には、ロブの知らない鳥の大きくて鮮やかな羽毛で作った飾《かざ》り環《わ》がひとつついた、象徴的な図が描かれた革のポーチがついていて、左のヒップのあたりにたれさがった。

少ししてから、彼女はすべるように外へ出ていった。じきに、横になっている彼のもとに、間違いなく祈《き》禱《とう》をしている、彼女の波打つような声が聞こえてきた。

ヒュー！　ヒュー！　ヒュー！　みんなが一斉に彼女に応《こた》え、彼女はさらに唱えた。彼女が自分たちの神に何と言っているのか、彼にはかいもく見当もつかなかったが、その声は寒気をおぼえさせた。彼はじっと耳をかたむけ、小屋の煙穴から氷のかけらのような星々を見あげたが、どうやら彼女が火をつけて、氷を溶かしてしまったらしかった。

その夜、彼は鶴の舞いの喧噪《けんそう》がやむのを、もどかしく待った。彼はうとうとしながらも、目を覚まして聞き、じれたあげくにもう少し待つと、ついに音がしなくなり、声がだんだんと消えて沈黙が広がった。祭典が終わったのだ。最後に彼は、誰かが共同住宅に入ってきて、服を脱ぎ落とす衣ずれの音に聞き耳をたてた。ため息をつきながら彼のかたわらに身体をすべりこませてくると、両手をさしのべて彼に触れた。彼は両手を肉体にすべらせた。息を殺す音や、歓《よろこ》びのため息、思わずもれる声の他は、すべてが静寂のうちに進んだ。彼はほとんど何もする必要がなかった。愉《たの》しみを引きのばしたかったが、無理だった。あまりにも長いこと禁欲生活を送ってきたからだ。彼女は経験豊富な床上手で、彼は駆りたてられ急《せ》いていた。が、そのあとに失望が広がった。

……すばらしい果物にむしゃぶりついてみたものの、期待したものと違ったときのような。

暗闇《くらやみ》で身体をまさぐっているうちに、記憶していたのより胸がたれている気がした。そのうえ、指の下に感じる胸板はなめらかで傷跡などなかった。ロブ・Jはほうようにして焚き火まで行き、先端が白くくすぶっている薪《たきぎ》を一本とると、ふりまわして火を燃えたたせた。

敷物のところへ腹ばいで戻ってくると、彼はため息をもらした。

微笑《ほほえ》みながら彼を見あげているノッペリとした顔は、決して不快だったわけではない。ただ、まったく面識のない女性だったのだ。

＊

朝になって、自分の共同住宅に戻ってきたマクワ・イクワは、色あせたホームスパンでできた、いつものずんどうな衣裳を着ていた。『鶴の舞い』祭がとうとう終わったのだ。彼女が朝食にするトウモロコシを粗挽《あらび》きにするあいだ、彼はむっつりしていた。二度と女性を自分にあてがったりしないでくれ、と彼が言うと、彼女は感情を殺したあたりさわりのない表情でうなずいた。きっと子供の頃に、厳格なキリスト教徒の教師たちから学んだに違いない。

自分がさしむけた女性は煙の女《スモークウーマン》だ、と彼女は言った。彼女自身は男と寝ることはできない、それをすると魔力を失ってしまうからだ、と彼女は料理しながら感情をまじえずに告げた。

なんたる土着民のたわごとだ、と彼はヤケになった。それでも、彼女がそれを信じていることはあきらかだ。

食べながら彼はよく考えてみた。彼女が入れた刺激がきついソーク族風コーヒーは、いつになく苦い味がした。公平にみて、もし彼女とねんごろになってしまえば、早晩、彼女を遠ざけることになり、それは彼の医者としての終わりをも意味するだろう。

ロブは彼女がとった状況処理を賞讃《しょうさん》せざるをえなかった。彼の性的興奮の炎に確実に灰をかぶせ、種火にしておいてから、明快かつ正直に二人のあるべき関係を告げたのだ。何も今にはじまったことではないが、彼女はつくづく並外れた女性だ、と彼は心の中で思った。

＊

その日の午後、ソーク族が彼女のヘドノソテへ押しよせた。カムズシンギングがロブ以外のインディアンたちに向かって短く演説し、マクワ・イクワが通訳してくれた。

「イ　ネニ　ワ。彼は男だ」とこの大きなインディアンは言った。このカウソ　ワベスキオウ、白いシャーマンは、これからのちソーク族でありロングヘアーである。ソーク族たちは生涯にわたって、カウソ　ワベスキオウの兄弟姉妹である、と。

棒球競技の勝負がついたあとで彼の頭を殴ったブレイブメンが、みんなに押されて、ニヤニヤ笑いながらすり足で前にでてきた。彼の名は石の犬《ストーンドッグ》。ソーク族は謝ることは知らないが、償うことは知っていた。ストーンドッグは彼に、マクワ・イクワが時々身につけているのと同じ革のポーチをくれた。違いは、羽毛のかわりに大羽根で装飾してあることだった。

ポーチは魔よけの束、すなわちメーショメと呼ばれ、神聖な個人の物品を集めて入れておくためにあるのだ、とマクワ・イクワが言った。ただし、中身は誰にも見せてはいけない。ソーク族はみんな、このメーショメから強さと力を得るのだ。彼がポーチをつけられるようにと、彼女は染めた四本の腱《けん》をよりあわせた革ひも——茶、オレンジ、青、黒——を贈り、肩からさげられるようにポーチに結んだ。革ひもはイゼーひもと呼ばれている、と彼女が教えてくれた。

「それらを身につけていれば、拳銃《けんじゅう》の弾に傷つけられることはないし、あなたが行く先々で作物の生長を助け、病気を治すの」

　彼は感動したが、照れくさくもあった。

「ソーク族の兄弟になれて嬉《うれ》しいよ」

　彼はいつだって感謝の気持ちをあらわすのが苦手だった。医学生のうちに手術の経験がつめるようにと、ラナルド叔父《おじ》が彼のために五十ドルはたいて大学病院の手術助手の席を買ってくれたときも、かろうじて「ありがとう」と口にできただけだった。今回も、それよりましとはいかなかったが、幸運なことにソーク族は感謝の念をしめすのも好まなかった。それは別れの挨拶《あいさつ》にも言えて、彼が外へ出ていって馬に鞍《くら》を乗せて立ち去っても、誰もそういった類のことばを口にしなかった。

＊

　自分の丸太小屋に戻ってから、はじめのうち、彼はおもしろ半分に神聖な魔よけにする品物選びをした。まず、数週間前に森の地面で見つけた、汚れもなくまっ白な謎めいた小さな動物の頭蓋骨《ずがいこつ》。その大きさからして、スカンクの骨だと思っていたが、ようし、他の可能性は？　生まれたとたんに抹殺された赤ん坊とか？　イモリの目に、カエルのつま先に、コウモリの産毛に、犬の舌をして生まれたなんて奴《やつ》だ。だがふいに、彼は魔よけの品を真剣に集めたくなった。自分の核心、すなわち魂への道しるべとなる物。そこからロバート・ジャドソン・コールが力を引きだせるメーショメは、何だろうか？

　彼はコール一族に代々伝わる、いちばんの家宝をポーチに入れた。青い鋼でできた手術用ナイフで、コール家では「ロブ・Jの外科用メス」と呼んでおり、医者になったいちばん年長の息子が受け継いでいくのだ。

子供の頃からは他に何がたぐりよせられるだろう？　スコットランド北部の高地の冷たい空気をポーチに入れるのは不可能だ。家族の温かな庇護《ひご》もしかり。彼は自分が父親に似ていたらよかったのにと思ったが、父の顔立ちははるか昔に忘れてしまっていた。聖書は母親が彼と別れるときにくれたものだ。だから彼は聖書を大事にしていたが、メーショメに入れるつもりはなかった。母親には二度と会えないことがわかっていた。もしかすると、もう死んでしまったかもしれない。まだ脳裏に焼きついているうちに、母親の似顔を紙に描いておこうと彼は思いたった。いざとりかかってみると、難なくスケッチできたものの鼻だけがどうしてもうまくいかなかった。何時間も悶々《もんもん》と失敗をくり返し、ついに望み通りの母親が描けると、彼は紙をくるくる丸めて結び、ポーチの中に入れた。

ヴィオラ・ダ・ガンバでショパンが弾けるようにと、ジェイ・ガイガーが写してくれた楽譜もくわえた。

強力な茶色い石鹸《せっけん》も入れた。衛生と外科手術の関係についての、オリバー・ウェンデル・ホームズの教えの象徴だ。そこから彼は新しい方向性にそって考えはじめ、かなり熟考したあと、メスと石鹸を残してすべてポーチから取りだした。それから、ボロ布と包帯、薬物のつめあわせ、外科用器具といった往診の際に必要なものをたし入れた。

つめ終えると、ポーチは消耗品と彼の手になる道具類を運ぶ医療カバンになっていた。つまり、これが彼に力を吹きこむ魔よけというわけだ。石頭に一撃を受けるのとひきかえに、白塗りストーンドッグから勝ちとった贈り物に、彼はすこぶる満足していた。

第十六章　女あさり

羊を買い入れたのは重要な出来事だった。羊の鳴き声は、自分の家にいるのだと実感させてくれる、必要不可欠な仕上げだったからだ。はじめのうち、彼はオールデンと一緒にメリノ種の面倒をみたが、キンボールは他の動物だけでなく羊を扱う能力にもたけていたので、まるで昔から羊飼いだったかのように、断尾したり、雄の子供を去勢したり、疥癬《かいせん》に気をくばったりを、すぐに一人でやってのけるようになった。農場に手がかからないのは好都合だった。いい医者がいるという評判が広まり、今までより遠くから往診の依頼がくるようになったからだ。じきに、診療地域を限定しなければいけなくなるだろう。というのも、ニック・ホールデンの夢がかないはじめ、ひっきりなしに新しい家族がホールデンズ・クロッシングにやってきていたのだ。ある朝、ニックが羊の群れを見に立ちよったが、羊は悪臭がすると言ってはばからなかった。そして「将来有望な話に一枚かまないか。製粉所だ」と持ちかけた。

新参者の一人に、ニュージャージー出身の粉屋でプフェルシクというドイツ人がいた。プフェルシクは製粉用具の調達先は知っているものの、元手を持っていないのだ。

「九百ドルいるんだ。俺《おれ》が六百ドル出資して株の五十パーセントを買い、あんたは三百ドルで二十五パーセント。あんたの分は俺が融資するよ。で、あとの二十五パーセントは運転資金としてプフェルシクにやるんだ」

ロブはニックから借りた金の半分も返していなかったし、借金は嫌いだった。

「君が全額出資するんだから、自分で七十五パーセントとればいいじゃないか？」

「あんたの巣を羽毛で柔らかくふかふかにして、飛び去ろうなんて気にさせないようにするためさ。なにしろ、あんたはこの町にとって水と同じくらい、なくてはならないもんなんだ」

そのことばは真実だとロブ・Jにもわかっていた。オールデンと羊を買いにロックアイランドまで行ったとき、ニックがくばったチラシを目にしたのだ。ホールデンズ・クロッシングに入植する利点をたくさん列挙していたが、なかでもコール先生の診療が受けられることを目玉として強調してあった。製粉所事業に乗りだすことが、医者としての自分の立場に汚点がつくとは思えなかったので、彼は最終的には承諾した。

「共同出資者だな！」とニックが言った。

二人は取り引き成立の握手をかわした。ロブは巨大な祝いの葉巻はことわった。ニコチンを投与するために、さんざん粗巻タバコを他人の肛門《こうもん》にさしこんだのだ。とても吸う気になれない。ニックが葉巻に火をつけると、ロブは申し分のない銀行家がいればな、と言ってみた。

「あんたが考えてるより早くやってくるさ。そしたら最初に知らせてやるよ」ニックは満足そうに空にむけて煙を吹きだした。「今度の週末、ロックアイランドに女あさりに行くんだ。一緒にどうだい？」

「何があるんだい、ロックアイランドに？」

「女という種族さ。どうする、兄弟？」

「売春宿には近よらないことにしてるんだ」

「個人相手の選りすぐりの上玉だぜ」

「なるほど。じゃあ、お供するよ」とロブ・Jは言った。彼はこともなげにしゃべろうとしたが、そういった問題を軽くみなしていないことが、声の端々にあらわれてしまったに違いない。それが証拠に、ニック・ホールデンはニヤリと笑った。

＊

スティーブンソン・ホテルは、年間をつうじて千九百隻の汽船が横づけされ、たびたび二分の一マイルもの長さの丸太の筏《いかだ》が通りすぎていく、ミシシッピ川沿いの町特有の雰囲気を映しだしていた。船員や木材伐採人たちの羽ぶりがいいときは、このホテルも騒がしく、時には暴力沙汰《ざた》もおきた。ニック・ホールデンは、ぜいたくで誰からも邪魔されない部屋を手配した。寝室二つがダイニング兼リビングで仕切られたスイートだ。女たちは二人ともドーバーという苗字《みょうじ》で、いとこ同士だった。自分たちの客が知的職業人だと知り、うれしそうだった。ニックのお相手はレティー、ロブはバージニアだった。二人ともスズメみたいに小柄でキビキビしていたが、見え透いた手管を心得ていて、ロブは鼻じろんだ。レティーは未亡人だった。バージニアは結婚したことはないと話していたが、その夜、親密になってみると、彼女の身体には子供を産んだ形跡があった。

翌朝、四人が朝食で顔をあわせると、女たちはささやきあってクスクス笑った。バージニアが、ロブが『角がたった悪魔ちゃん』と呼んでいるコンドームについてレティーに話し、レティーがそれをニックにもしゃべったに違いなかった。家路へ向かっていると、ニックがそのことを引きあいにだして笑った。

「なんだってそんな面倒なことするんだ？」

「そうだな、病気と」とロブは温和な口調で言った。「父親になることを防ぐため」

「快楽がだいなしだぜ」

そんなに愉《たの》しいことだろうか？　だが、身体と気持ちが楽になったことは事実なので、一緒に来られて楽しかったよとニックが言うと、ロブも同意を示し、また行こうと約束した。

＊

次にシュローダーの地所に通りかかると、グスタフが切断した指をものともせずに草刈り地で大鎌をふるっていたので、会釈をかわした。ロブはそのまま、まっすぐにブレッドソーの小屋を通りすぎてしまいたかった。あの女性に出しゃばり扱いされるので、それを考えただけで嫌な気分になったからだ。だが、最後の瞬間に考えなおし、彼は開拓地に乗りつけて馬をおりた。

小屋の前で、彼はノックしようとしたが直前で手をとめた。なかから子供の泣き声と、大人のしゃがれた絶叫がはっきり聞こえてきたからだ。不吉な音だ。扉に手をかけると鍵《かぎ》はかかっていなかった。小屋のなかは、臭いが強打のように鼻をつんざき、ほの暗かったが、サラ・ブレッドソーが床に転がっているのが見えた。彼女の隣には赤ん坊が座っていた。巨大な異邦人の出現という、この最後の打撃に、赤ん坊は涙で濡《ぬ》れた顔をぐしゃぐしゃにひきつらせたが、怖れおののきすぎて開いた口からは音ひとつ発せられなかった。ロブ・Jは赤ん坊を抱きあげ、なぐさめてやりたかったが、女性がふたたび叫び声をあげたので、彼女の方が先だと判断した。

彼は膝《ひざ》をつくと彼女の頬《ほお》を触った。冷や汗をかいている。

「どうしたんです、奥さん？」

「癌《がん》よ。ああ」

「どこが痛むんです、ブレッドソー夫人？」

彼女は白いクモのように、長い指をひろげた両手を骨盤の両側の下腹部にはわせた。

「鋭い痛みですか、それとも鈍い痛みですか？」

「つき刺すみたい！　キリキリと！　先生……ひどい痛みです！」

出産のときに傷ついてできた膀胱膣瘻《ぼうこうちつろう》から尿がもれているのではないか、と彼は案じた。だとしたら、彼女にしてやれることは何もない。

彼女は目を閉じた。息をするごとに、彼女のたえまない失禁の臭いが、彼の鼻と肺に充満した。

「調べないと」

むろん彼女は抗議しかけたが、口を開いたとたん新たな痛みに襲われて叫んだ。左脇《わき》と胸を下にして半分前かがみの姿勢をとらせ、右膝と腿《もも》をあげさせるあいだ、彼女は緊張で強《こわ》げっていたが従順だった。瘻は見当たらなかった。

彼のカバンのなかには、きれいな白いラードの小瓶が入っていたので、それを潤滑剤にした。「気にしてはいけませんよ。僕は医者なんですからね」と彼は彼女に告げたが、左手で腹部を触診しながら、右手の中指を膣にすべりこませると、彼女は不快さからよりも屈辱で涙を流した。彼は指先を目のようにすべく集中した。指を動かして探っていっても、はじめのうちは何もなかったが、恥骨の近くで何かを見つけた。

それから別のも。

彼はゆっくりと指を引きぬくと、自分で拭《ふ》いてもらうように彼女にはぎれを渡し、外の小川に手を洗いに行った。

診察結果を話すため、彼は外のまぶしい日射しの下に彼女をつれだし、甘えん坊の子供を抱いて切り株に腰をおろさせた。

「あなたは癌ではありません」ここで話が終わりにできたらと彼は思った。「膀胱結石です」

「わたしは死なないんですか?」

彼は真実を告げた。「癌ならほとんど助かる見込みはありません。膀胱結石だと、勝算はまずまずです」おそらく変わりばえしない食生活や長期の下痢が原因で、膀胱のなかで鉱物性の石が発生することを彼は説明した。

「そうだわ。この子を産んだあと、長いあいだ下痢が続きました。お薬があるんですか?」

「いいえ。結石を溶かす薬はないんです。小さな石は尿と一緒に身体から出てしまいますが、たいてい鋭くとがっていて組織に傷をつけてしまいます。あなたに血尿がでたのも、そのためだと思いますよ。しかし、あなたには大きな石が二個できています。大きすぎて外へはでませんん」

「それじゃあ切開ですか? そうなんですね?」と彼女は不安そうに言った。

「いいえ」彼はどこまで彼女に知らせるべきか考えて、口ごもった。彼がたてたヒッポクラテスの誓いに、わたしは結石をわずらっている人を切開しません、という一説がある。切りたがり外科医のなかには、誓いを無視して切ってしまう者もいる。肛門と外陰部または陰嚢《いんのう》とのあいだの会陰部に深く切りこんで、膀胱を開いて石をとるのだ。だが、最終的に回復する犠牲者はほんのわずかで、多くは腹膜炎で死んでしまい、腸や膀胱の筋肉を切断されたために生涯にわたって障害を背負うこともある。

「小便が通る細い管、尿道から外科器具を膀胱に入れます。その器具は砕石器と呼ばれるもので、鋼《はがね》でできた小さなペンチのようなものがついていて、それで石を取りのぞいたり粉砕したりします」

「痛いですか?」

「ええ、砕石器を挿入するときと取りだすときに。しかし、今のあなたの痛みよりは少ないでしょう。成功すればあなたは完治します」彼の技術が未熟だった場合に、最大の危険がひそんでいることを認めるのは大変なことだった。「しかしもし、砕石器のペンチで石をつかもうとして、わたしが膀胱をつまんで破いたり、腹膜を傷つけたりすれば、おそらくあなたは感染症で死ぬことになります」

彼女は動揺のあまり、赤ん坊をギュッと抱きしめてしまい、男の子はふたたび泣きだした。そのため、ロブ・Jは彼女がささやいたことばに気づくのに一瞬、遅れてしまった。

お願いします。

＊

砕石術をおこなうには助けが必要だった。彼は触診中の彼女の身体の硬直を思い出し、助手は女性でなければならないと本能的に感じた。そこで、サラ・ブレッドソーの小屋をあとにすると、まっすぐに近くの農家に乗りつけてアルマ・シュローダーに話を持ちかけた。

「ああ、ダメ、絶対にダメ！」気の毒に、アルマは青ざめてしまった。サラを心から思う気持ちがあるだけに、彼女の狼狽《ろうばい》ぶりはひどかった。「Gott im Himmel（とんでもない）！　ああ、コール先生、後生だよ、あたしにはできない」

彼女が本当に怖がっているのを見てとると、ロブは彼女が悪いのではないと安心させてやった。手術を見るのに耐えられない人もいるのだ。「気にしないで、アルマ。誰か他の人を探しますから」

馬で立ち去りながら、この地域で彼を補佐してくれる女性がいないか考えたが、数少ない候補も一人ずつ消えていった。泣かれるのはたくさんだった。必要なのは腕っぷしが強い聡明な女性、苦痛にゆがんだ顔を前にしてもしっかりしていられる、勇気のある女性なのだ。

家路を半分ほどきたところで、彼はインディアンの村の方へ馬の向きをかえた。

第十七章　ミデウィウィンの娘

マクワはその件を考えるにあたって、まだ白人の服を着ている人々が少なかった時代、誰もが柔らかくなめした裏革や動物の毛皮を着ていて、ボロボロのスカートや破れたドレスが強力な魔よけだった時代のことを思い起こした。ソーク・エ・ヌクに住んでいた子供の頃、彼女はニシュウリ・ケカウィ、すなわち二つの空《ツースカイ》と呼ばれていた。はじめのうち白人、すなわちムーカモニクは少なすぎて、彼らの生活に影響をおよぼすことはなかったが、大草原の森林地には駐屯軍がいた。セントルイスの役人たちが、何人かのメスカーキー族とソーク族を酔っぱらわせて、しらふでも読めないことばで書いてある紙に強引にサインさせたあとに設立されたのだ。ツースカイの父親はアシュティブグワ・グピチェー、すなわち緑のバッファロー《グリーンバッファロー》といった。彼は、軍の駐屯地を作るときに殺し屋《ロングナイフ》たちは、民のいちばん良いベリーの茂みを破壊したのだ、とツースカイと姉のメシ・イクワワ、すなわち背の高い女《トールウーマン》に教えてくれた。グリーンバッファローは指導者となる正当な家柄、ベアー氏族の生まれだったが、酋長や呪医《じゅい》になることは望んでいなかった。その神聖な名前にもかかわらず（彼の名前はマニトゥからとったのだ）、飾り気のない男だった。尊敬されてはいたが、それも彼が自分の畑からたくさん収穫するからだった。若い頃、彼はアイオワ族と闘って戦功をあげた。彼はよくいるような、いつも自慢話をぶっている人間ではなかったので、ツースカイは叔父《おじ》のウィンナワ、短い角《ショートホーン》が死んだとき、はじめて自分の父親のことを知ったのだった。ショートホーンは彼女が知っている人物のなかで、白人《ムーカモニク》がオハイオウイスキーと呼び、民がコショウの水と呼んでいる毒を飲みすぎて死んだ、最初のソーク族だった。遺体を単に木の叉《また》に引きあげておくだけの、いくつかの部族と違い、ソーク族は死者を埋葬する。ショートホーンの身体を地中におろしたとき、彼女の父親は自分の戦闘用棍棒《ブッカマウ》で墓の隅をたたき荒々しくふりまわした。

「わたしは戦いで三人の男を殺した。彼らの魂をここに横たわる弟のために捧げるのだ。別の世界で奴隷として彼に仕えるように」と彼は言った。こうしてツースカイは自分の父親が戦士だったことを知ったのだった。

彼女の父は温厚な働き者だった。はじめ父と母のマタプヤ、川の合流《ユニオン・オブ・リバース》は、二つの畑でトウモロコシとカボチャとズッキーニを育てていたが、彼が優秀な農夫だとわかると、評議会はさらに二つ畑をくれた。ツースカイが十歳のとき、ホーキンスという名のムーカモニクがやってきて、彼女の父のトウモロコシ畑の隣に小屋を建ててから、トラブルがはじまった。ホーキンスが落ちついたのは、農夫のウェグワ、すなわちショーニー族の踊り手《ショーニー・ダンサー》が死んだあと、評議会が再譲渡するのに手がまわらず、放っておかれた土地だった。ホーキンスは馬と牛をつれてきた。耕作地の仕切りは低木と生け垣だけだったので、彼の馬たちがグリーンバッファローの畑に入ってきてトウモロコシを食べてしまった。グリーンバッファローは馬をつかまえて、ホーキンスのところへつれていったが、翌朝、動物たちはトウモロコシ畑にふたたび侵入した。彼は苦情を申し出たが、評議会はどうすればいいかわからなかった。他に五家族の白人がロックアイランドにやってきて、百年以上にわたってソーク族が耕してきた土地に腰を落ちつけてしまったからだ。

グリーンバッファローが、ホーキンスの家畜を返さずに自分の土地につなぎとめておくという手段にでると、すぐさまロックアイランドに住むジョージ・ダヴェンポートという白人の商人が訪ねてきた。ダヴェンポートは彼らにまじって暮らした最初の白人だったので、民も彼を信用していた。馬たちをホーキンスに返さないとロングナイフに刑務所に入れられてしまう、という友人ダヴェンポートの助言に、グリーンバッファローはしたがった。

一八三一年の秋、ソーク族は例年どおり、ミズーリにある冬のキャンプ地へ出かけた。春になってソーク・エ・ヌクに戻ってみると、さらに多くの白人家族が柵《さく》を壊し、共同住宅を焼きはらって、ソーク族の畑に入植していた。もはや評議会も手をこまねいてはおれず、ダヴェンポートとインディアン管理官フェリックス・セントヴレイン、それと駐屯地の責任者であるジョン・ブリス少佐に相談した。会合はだらだらと長びき、その間にも、評議会は土地を強奪された部族民たちに他の農地を割りふらなければならなかった。

ジョシュア・ヴァンドルフという名の、背が低くてずんぐりしたペンシルバニア生まれのドイツ人が、ソーク族のマカタイメ・シェキアキアク、すなわち黒い鷹《ブラックホーク》の畑を不当に占拠していた。ヴァンドルフは、ブラックホークと息子たちが自分たちの手で築いたヘドノソテで、インディアン相手にウイスキーを売りはじめた。ブラックホークは酋長ではなかったが、六十三年の人生の大半を、オセージ族、チェロキー族、チペワ族、カスカスキア族と闘って過ごしてきた。一八一二年に白人間の戦争が勃発《ぼっぱつ》すると、彼は戦闘的なソーク族の兵力を集め、アメリカ人に兵役奉仕を申し出たが、はねつけられただけだった。侮辱された彼は、イギリス人に同じ申し出をした。イギリス側は敬意をもって彼を遇したので、戦争のあいだずっと彼の忠誠を得られ、みかえりに武器や弾丸や勲章、それに兵士の印である赤い上着を与えたのだった。

いまや老年にさしかからんとしているブラックホークは、自分の家でウイスキーが売られているのを見つめた。さらに悪いことに、自分の部族がアルコールで堕落するのを目のあたりにした。ヴァンドルフと友人のB・F・パイクは、インディアンたちを酔っぱらわせて、毛皮や馬や銃や罠《わな》をだまし取っているのだ。ブラックホークはヴァンドルフとパイクのところへ行って、ソーク族にウイスキーを売るのをやめるよう頼んだ。無視されると、彼は六人の戦士たちをつれて戻り、共同住宅から樽《たる》をすべて運び出してつき破り、ウイスキーを地面に捨ててしまった。

ヴァンドルフは、すぐに長旅用の食糧をサドルバッグにつめて、イリノイ州知事ジョン・レイノルズがいるベルビルに馬をむけた。彼は、ソーク族が暴れまわって白人入植者たちに中傷やもっと深刻な危害をくわえている、と知事に直訴した。彼はさらに、B・F・パイクの署名が入った「インディアンたちは我々の小麦畑に馬を放牧し、牛や家畜を撃ち、我々が出ていかなければ家を焼きはらってやると、頭ごなしに脅しています」という内容の請願書も提出した。

レイノルズは選出されたばかりで、イリノイを入植者に安全な場所にすると有権者たちに公約してあった。インディアン征伐に成功した知事とあらば、大統領も夢ではない。「イエス様に導かれて」と彼は感情をみなぎらせてヴァンドルフに言った。「あなたはまさに、適任者に正義を求めにいらしたんです」

＊

　七百名の騎馬兵がやってきてソーク・エ・ヌクの下手に野営した。彼らの出現は興奮と不安をまきおこした。時を同じくして、汽船が煙を吐きだしながらバタバタとロッキー川をのぼってきた。船は、川の名の由来となったたくさんの岩のいくつかに乗り上げたが、ムーカモニクはそれを脱して、ほどなく錨《いかり》をおろすと、大砲の照準をまっすぐ村に向けた。白人側の戦争責任者、エドマンド・P・ゲインズ将軍は、ソーク族に交渉を呼びかけた。テーブルの向こうには、将軍とインディアン管理官セントヴレインにくわえ、通訳者として商人のダヴェンポートが席についた。著名なソーク族が二十人ほどやってきただろうか。

　ゲインズ将軍は、ロックアイランド駐屯地を配備することを記した一八〇三年の条約には、ミシシッピ側の東にあるソーク族のすべての土地——五千万エーカー——がワシントンの偉大なる父のものになるとも書いてある、と言った。その代わりに、あなたたちは年金を受けとる権利を与えられたのです、と彼は唖然《あぜん》とし途方に暮れるインディアンたちに告げた。そして今、ワシントンの偉大なる父は、子供たちにソーク・エ・ヌクを離れ、大河マセシボウィの反対側に住むよう求めているのだ、と。ワシントンの彼らの父は、冬のあいだの食事となるトウモロコシを贈ってくれるという。

　ソーク族の酋長キーオカックは、アメリカ人の数には太刀打ちできないとわかっていた。ダヴェンポートが「白人の戦争酋長」ということばを口にしたとき、キーオカックは巨大な拳《こぶし》で胸を押しつぶされた気がした。他の者たちは彼が答えるのを待ち受けたが、彼は黙っていた。一人の男が立ちあがった。イギリスのために戦っているあいだ、十分な語学力を身につけていた彼は、自説を展開した。

「我々は自分の国を売ったりはしない。我々はアメリカの父からびた一文、年金など受けとるつもりはない。我々の村は我々のものだ」

ゲインズ将軍はそのインディアンを見たが、もうほとんど老人で、酋長の頭飾りもつけていなかった。着ているのはシミのついた裏革の服。頬《ほお》がこけ、高くひいでた骨張った額。剃りあげた頭には、黒い毛よりも白髪の方が目立つひと房の髪が残されている。離れた目のあいだの、大きくて高慢そうなかぎ鼻が目をひく。その鋭い顔つきにはふさわしからぬ、えくぼのある色男風のあごさきと、その上の不機嫌そうな口元。

ゲインズはため息をつくと、いぶかしげにダヴェンポートの方を見た。

「ブラックホークと言います」

「何者かね？」と将軍がダヴェンポートにたずねたが、ブラックホークが自ら答えた。

「わたしはソーク族だ。父祖もみなソーク族、偉大な男たちだ。わたしは祖先の骨がある場所に残り、彼らと一緒に葬られたいのだ。なぜ先祖の土地を捨てねばならないのだ？」

彼と将軍は火花を散らしてお互いを見すえた。

「わたしは、頼んだり金をだしたりして君たちに村から出ていってもらおうと、ここへ来たわけではない。わたしの職務は、君たちを排除することなのだよ」とゲインズはやんわりと言った。「できるなら平和に、必要とあらば強制的に。出ていくまでに二日やろう。もしそれまでにミシシッピ川を渡らなければ、力ずくで立ち退かせる」

民は自分たちの方に狙《ねら》いをつけている船の大砲を見つめながら、話しあった。兵隊たちが小隊にわかれ、奇声や罵声《ばせい》を発しながら馬を走らせてあおっていたが、彼らは栄養状態もよく、たくさん弾薬があって軍備もととのっていた。一方、ソーク族には古いライフルとわずかな弾しかなく、食糧のたくわえもなかった。

キーオカック酋長は、ウィネベーゴ族の地で暮らす呪医《じゆい》ワボキエシエク、すなわち白い雲《ホワイトクラウド》を呼びに伝令を走らせた。ホワイトクラウドは、ウィネベーゴ族の父とソーク族の母の息子だった。背は高いが太っていて、長い白髪まじりの髪に、インディアンには珍しくふぞろいな真っ黒の口髭《くちひげ》を生やしていた。彼は偉大なシャーマンで、ウィネベーゴ族、ソーク族、メスカーキー族の精神的、医学的な支えとなっていた。三部族とも、彼を預言者とこころえていたが、ホワイトクラウドはキーオカックを安心させるような予言はできなかった。国民軍の兵力は絶大なのでゲインズに何を言っても耳を貸さないだろう、と彼は言った。彼らの友人ダヴェンポートは、酋長とシャーマンと会談し、紛争が血みどろの戦いになる前に、命令にしたがって土地を放棄するよう力説した。

こうして二日目の夜、民は承諾させられて、追いたてられる動物たちのようにソーク・エ・ヌクを捨て、敵であるアイオワ族の土地へとマセシボウィ川を渡っていった。

その年の冬、ツースカイは世界は安全な場所であるという信頼を失ってしまった。インディアン管理官がマセシボウィ川の西の新しい村に配給したトウモロコシは質が悪く、飢えをしのぐにはまったく足りなかった。民は猟や罠で十分な肉をとることもできなかった。大多数の人間が、銃や罠をヴァンドルフのウイスキーと物々交換してしまっていたからだ。彼らは自分たちの畑の収穫を残してきたことを嘆き悲しんだ。実がつまったトウモロコシ。濃厚で滋養分の多いカボチャと、大きくて甘いズッキーニ。ある夜、五人の女性が川を渡り、もとの自分たちの畑へ行って凍結したトウモロコシの穂を何本か集めた。春に自分たちの手で植えたのだ。だが彼女たちは白人の入植者たちに見つかり、めった打ちにされてしまった。

数日後の夜、ブラックホークは数名の男をひきいて、馬でロックアイランドに向かった。彼らは畑からトウモロコシをとって麻袋をいっぱいにし、貯蔵庫に押し入ってズッキーニやカボチャを手に入れた。きびしい冬のあいだ、議論が戦わされた。ブラックホークの行動は白人の軍隊を挑発するだけだ、と酋長のキーオカックは主張した。この新しい村は確かにソーク・エ・ヌクではないが、住めば都、対岸にムーカモニクがいるということは、ソーク族の罠《わな》猟師たちがとった毛皮の市場もあるということなのだ、と。

白肌の奴《やつ》らは、ソーク族をできるかぎり遠くへ蹴《け》散らしてから滅ぼすつもりなのだ、とブラックホークは言った。とるべき道はたった一つ、戦うことだ。すべてのインディアンに残された希望は、カナダからメキシコにいたる全部族が、部族間の敵対感情を忘れて手を組み、イギリスの父の助けを借りて、巨大な敵、アメリカ人に立ち向かうことだけだ、と。

ソーク族は長いあいだ議論した。春になる頃には、大半の民がキーオカックとともに大河の西にとどまることに決めた。ブラックホークと運命をともにしたのは、三百六十八人の男とその家族だけだった。そのなかにグリーンバッファローもいた。

＊

カヌーに荷が積まれた。ブラックホークと預言者、そしてソーク族の呪医《じゅい》ネオショが先頭のカヌーに乗って出発した。それから他の者たちが、岸からマセシボウィ川の強い水流にむかって激しく漕ぎだした。ブラックホークは自分たち一行が攻撃されないかぎり、危害をくわえたり殺したりするつもりはなかった。カヌーを下流へ漕いでいき、白人《ムーカモニク》の集落に近づくと、彼は一行に太鼓をたたいて歌うよう命じた。女性、子供、老人をあわせ、総勢千三百人近くの声である。その恐ろしい音に住民たちは逃げだした。わずかばかりの村落で食べ物を集めたが、扶養家族が多いうえに猟や釣りをする暇などなかった。

ブラックホークは、カナダにいるイギリス人や、他の多くの部族に助けを求めて伝令を走らせた。伝令たちは悪い知らせを持ち帰った。スー族、オセージ族、チペワ族といった古くからの敵が、ソーク族と同盟を組んで白人と闘うつもりがないのは不思議ではなかったが、兄弟部族のメスカーキーはもとより、友好関係にある他の部族までことごとく拒否してきたのだ。さらに悪いことに、イギリスの父は励ましのことばと、戦いでの健闘を祈るという文書しかソーク族に送ってよこさなかった。

戦艦の大砲のことを思い出したブラックホークは、人々を川からあがらせ、自分たちが追放された東の岸にカヌーを乗りあげさせた。食べ物はひとつ残らず貴重だったので、みんなでかついだ。ユニオン・オブ・リバーのような身重な女でさえ例外ではなかった。彼らはトウモロコシを収穫する土地を借りられたらと思い、ロックアイランドをよけ、ロッキー川をさかのぼってポタワトミ族に会いに行った。そしてブラックホークはこのポタワトミ族から、ワシントンにいる父親がソーク族の領地を白人の投資家たちに売却したことを聞かされたのだった。ソーク・エ・ヌクの町跡およびほとんどすべての畑が、ジョージ・ダヴェンポートに買い占められてしまった。友人顔をして土地をあきらめるよう説得した、あの商人に。

ブラックホークは犬の祝宴を指示した。民にはマニトゥたちの助けが必要だったのだ。預言者の監督のもと、犬が絞め殺され、肉が洗い清められた。肉を煮込んでいるあいだ、ブラックホークは自分の魔よけ袋を男たちの前にさしだした。

「勇者と戦士たちよ」と彼は言った。「もはやソーク・エ・ヌクはない。われらの土地は盗みとられたのだ。白い肌の兵士たちは、われらのヘドノソテを焼きはらい、畑の柵《さく》を壊した。奴らはわれらの死者の場所を掘りかえし、神聖な骨のまわりにトウモロコシを植えてしまった。ここにあるのはソーク部族の開祖、われらが父ムクアタキートの魔よけ袋だ。これらは、わが部族の偉大なる戦闘酋長ナナマキーへと伝えられた。彼は湖周辺のあらゆる部族と戦い、平原のあらゆる部族とも戦ったが、辱めを受けたことは一度もなかった。おまえたちなら、この魔よけ袋を守ってくれるだろう」

戦士たちは神聖な肉を食らい、勇気と力を授けられた。必要なはからいだった。白人兵士《ロングナイフ》たちが彼らに向かってくるだろうことが、ブラックホークにはわかっていたからだ。道行きの途中ではなく、この宿泊地でユニオン・オブ・リバーに赤ん坊を産み落とさせたのは、マニトゥの思し召《おぼめ》しだったのかもしれない。赤ん坊は男の子で、犬の祝宴と同じくらいに戦士たちの魂を鼓舞した。グリーンバッファローがこの息子にワトキミタ、すなわち「土地を制する者」と名づけたからである。

ブラックホークひきいるソーク族が戦の準備をしているという噂《うわさ》に、集団ヒステリー状態となった世論におされ、イリノイ州知事レイノルズは義勇騎馬兵を千人募った。その倍以上のインディアン征伐志願者が名のりをあげ、うち千九百三十五人の兵役未経験者たちが入隊した。彼らはビアーズタウンに集められ、三百四十二人の正規国民兵と合流し、ただちに四つの連隊と歩兵大隊二個が編成された。セントクレア郡のサミュエル・ホワイトサイドが准将に任命され、指揮官についた。

開拓者たちからの情報でブラックホークの居場所をつきとめると、ホワイトサイドは大部隊をさしむけた。いつになく雨がちな春だったので、彼らは細い小川でさえも泳いで渡らねばならず、いつものぬかるみも沼のようになり、もがきながら進んだ。部隊は道なき道をとおり、困難な旅を五日間続け、食糧が準備されているはずのオカーウカにたどりついた。だが、軍部は大失敗をしでかした。食糧がなかったのだ。そのうえ、男たちのサドルバッグのなかの食べ物は、ずっと前に底をついていた。彼らは本来の一般市民にもどって、無節操な囚人のように、食い物をよこせと将校たちにつめよった。ホワイトサイドはアームストロング駐屯地のヘンリー・アトキンソン将軍に電報をうち、将軍はすぐさま汽船『族長号』に食糧を積んで川をくだらせた。ホワイトサイドは正規兵の二個大隊を先に進ませる一方、志願兵たちの本隊には腹を満たさせ、一週間近く休みをとらせた。

兵隊たちは常に、奇妙で不気味な環境にいるという警戒心をぬぐい去れなかった。五月のあるのどかな朝、騎乗した約千六百人の軍勢が、無人と化したホワイトクラウドの村、『預言者の町《プロフェッツタウン》』を焼きうちした。そのあと、彼らはなぜか不安になり、だんだんと、まわりじゅうの丘に復讐《ふくしゅう》に燃えるインディアンが身を隠しているという確信がふくれあがっていった。やがて不安は怖れにかわり、恐怖が騒乱をひき起こした。装備も武器も食糧も弾薬もすべてなげうって、彼らは命おしさに存在しない敵から逃げだした。単独や小さなグループにわかれて、すさまじい勢いで大草原を駆けぬけ、やぶや森もつっきり、しおらしい顔をぶらさげて十マイル離れたディクソンの集落にたどり着くまで、走り続けた。

両者がはじめて実際に接触したのは、それからほどなくしてだった。ブラックホークは四十人ほどの勇者をつれて、トウモロコシ畑を貸してもらえるように、ポタワトミ族に交渉しにいく途中だった。ロック川の岸に野営していると、ロングナイフの大軍がこちらの方角へ移動中だという知らせを伝令がもたらした。ブラックホークはただちに、相手の司令官との会談を申し入れるため、さおに白旗をくくりつけると、武装していない三人のソーク族にそれを持たせて送りだした。一団はインディアンと戦った経験のない民兵たちだったので、ソーク族の姿に怖れをなした。彼らは即座に、休戦の旗を持っていた三人をつかまえて捕虜にすると、五人の監視班のあとを追った。そのうしろから、監視班として五人を馬でついて行かせた。

一団はインディアンと戦った経験のない民兵たちだったので、ソーク族の姿に怖れをなした。彼らは即座に、休戦の旗を持っていた三人をつかまえて捕虜にすると、五人の監視班のあとを追った。二人が追いつかれて殺され、残りの三人は民兵たちに追跡されながらも、命からがら野営地に逃げ戻った。あとからあらわれた白人の兵隊たちを、怒り狂う気持ちを内に秘めたブラックホークひきいる、三十五人の勇者たちがむかえ撃った。ブラックホークは白人の裏切り行為に復讐し、恥ずかしくない最期をとげるつもりだった。だが、騎兵の陣頭にたつ兵士たちは、てっきりインディアンたちの背後に膨大な戦士軍団がいるものと思い、突撃してくるソーク族をひと目見ると、馬の向きをかえて逃げだしてしまった。

戦場でのパニックほどすぐ伝染するものはない。数分のうちに、民兵たちはただもう大恐慌をきたした。その混乱にじょうじて、休戦の旗を持っていて捕まった三人のソーク族のうち二人が脱出し、三人目は撃ち殺された。二百七十五人の武装した騎乗民兵たちは、恐怖にとらえられ、志願兵の本隊のときと同じように理性を失って逃げだした。ただし今回は、彼らの危機は想像上の産物ではなかった。ブラックホークの数十人に満たない戦士たちは彼らを追いまわし、落伍者《らくご》を襲って、十一枚の頭皮をはいで持ちかえったのだ。敗走した残り二百六十四人の白人のなかには、そのまま離脱して家に逃げかえった者もいたが、大部分の兵士は最終的にパラバラにディクソンの町に駆けこんだ。

＊

当時ツースカイと呼ばれていた少女にとって、この戦闘につづく喜びは生涯忘れえぬものとなった。子供ながらに希望を感じたのだ。勝利の知らせがインディアン社会を駆けめぐり、すぐに九十二人のウィネベーゴ族が合流してきた。ブラックホークは胸元にひだをとった白いシャツを着て、腕には革表紙の法律書をはさみ——両方とも逃げた士官がおいていったサドルバッグで見つけた物だ——闊歩《かっぽ》した。彼の弁舌はなめらかだった。われらはムーカモニクをうち破れることを証明したのだ、と彼は言った。他の部族も、わたしの夢だった同盟を組むために戦士たちを送ってよこすだろう、と。

しかし、何日たっても他の戦士たちはやってこなかった。食べ物は底をついていき、猟もはかばかしくなかった。とうとうブラックホークはウィネベーゴ族を一方へ送り、自分は民をひきいて反対の方向へ移動した。彼の命令にそむき、ウィネベーゴ族は無防備な白人入植者たちを襲い、頭の皮をはいでしまった。そのなかにはインディアン管理官、セントヴレインもふくまれていた。二日続けて、空がどす黒い緑色にかわり、神《マニトウ》のシャグワが空気と地面をゆらした。預言者ワボキエシエクは、はるか先に斥候を送ってからでなければ絶対に移動しないように、とブラックホークに警告した。ツースカイの父親は、預言者でなくたって悪いことが起こりそうなことくらいわかる、とひどく不平をもらしていた。

＊

レイノルズ知事は激怒した。民兵に起こった出来事は彼のみならず、周辺のすべての州の民衆の面目をつぶしたのだ。ウィネベーゴ族の略奪行為は誇張され、ブラックホークのせいにされた。男のインディアンを一人殺すごとに、あるいはインディアンの女と子供を一人つかまえるごとに五十ドル支払われるという、一八一四年にイリノイ議会が制定した報償金がまだ有効だという噂にひきずられ、あらたな志願兵が殺到した。おかげでレイノルズは、わけなくさらに三千人の兵士を集めることができた。司令官ヘンリー・アトキンソン将軍と副司令官ザカリー・テイラー大佐のもと、神経をとがらせた二千人の兵隊たちが、すでにミシシッピ川沿いの各駐屯地に野営していた。ルイジアナ州バトンルージュからは歩兵二個中隊がイリノイ州に移動してきた。さらに、ウィンフィールド・スコット将軍の指揮下、東部の部署にいた千人の正規兵が転属になった。転属部隊は、汽船で五大湖を渡ってくるあいだにコレラにやられてしまったものの、彼らぬきでもケタはずれの戦力だった。軍勢は、人種的な復讐心と名誉回復に燃え、送り出されていった。

少女ツースカイにとって、世界は小さくなってしまった。ミズーリ州にあるソーク族の冬のキャンプ地とロッキー川沿いの夏の村とのあいだを、のんびりと旅していた頃は、果てしない世界が広がっているように感じたものだ。だが今では、彼女たちがどちらへ進路をとろうと、白人の斥候兵がいて、逃げだすまもなく銃が火をふき悲鳴があがるのだ。頭の皮をはいだ数も、失った勇者の数もわずかだった。運良く白人部隊の本隊に遭遇しなかったのだ。ブラックホークは兵隊に見つからないよう、別の方向に行ったように見せかけたり曲がりくねったりして進み、ニセの足跡をつけたが、ついてくる者たちの大部分が女と子供だったこともあり、これだけ大勢が移動した痕跡《こんせき》を隠すのは難しかった。

　彼らの数はたちまち少なくなっていった。年とった人々は死に、子供たちもかなり死んだ。ツースカイの弟は顔がやせ、目ばかりが目立つようになった。母親の母乳は干上がってはいなかったが、出が弱まって薄くなってしまい、赤ん坊に満足いくまで飲ませられないのだ。たいていはツースカイが弟を抱いて歩いた。

　もはや、ブラックホークは白人を駆逐するという話をしなくなり、今度は、数百年前にソーク族がやってきた、はるか北の地へ脱出しようと言いだした。だが月日とともに、多くの者たちは、彼についていこうという信頼心を失っていた。ひと家族、またひと家族と、ソーク族の一行から離脱していった。小さなグループではたぶん生き残れないだろうが、マニトゥはブラックホークとともにはいない、と見切りをつけたのだ。

　キーオカック酋長ひきいるソーク族をはなれて四ヶ月たち、ブラックホークの一行は数百人にまで減って、植物の根や木の樹皮を食べて命をつなぐありさまだったが、グリーンバッファローは忠節を守っていた。彼らは、つねに恵みを受けてきた偉大なマセシボウィ川にもどった。ウィスコンシン川の河口の浅瀬で、ソーク族の大半が魚をとろうとしているところへ、蒸気船『戦士号』がやってきた。船が自分たちの方へ進んでくると、船首に六ポンドの大砲があるのが見え、ブラックホークはもはやこれまでだと思った。男たちは白旗をふったが、船が近づいてくると、甲板にいた一人のウィネベーゴ族の傭兵《ようへい》が彼らのことばで叫んだ。

「走って隠れろ、白人たちは撃つ気だぞ!」

彼らは悲鳴をあげながら、水しぶきをあげて岸へ走りだした。その時、大砲が散弾を直射し、つづいてマスケット銃の一斉掃射が火をふいた。二十三人のソーク族が殺された。他の者たちは、怪我《けが》人をひきずったり運んだりしながら、なんとか森の中へ逃げこんだ。

その夜、彼らは話しあった。ブラックホークと預言者は、チペワ族の国に住めるかどうか確かめに行くことに決めた。三世帯の人々が彼らに同行すると言ったが、グリーンバッファローもふくめ、残りの人間は、他の部族でさえ無理そうなのに、チペワ族がソーク族にトウモロコシ畑をくれるとはとうてい思えなかった。そこで、彼らはキーオカック酋長のもとにもどる決意をした。朝になると、彼らはチペワ族のところへ向かうわずかな人々に別れを告げ、故郷をめざし、南へと旅立った。

蒸気船『戦士号』は、下流へむかうカラスやハゲワシの群れを目印に、インディアンたちの跡を追っていった。今ではソーク族はどこへ行こうと、死者をそのまま放置していた。年とった人々や子供たちもいたし、前の攻撃で負傷した者たちもいた。汽船は死体を調べにとまっては、耳や頭皮を切り取っていった。黒い髪のついた頭皮が子供のものだろうと、赤い耳が女性のものだろうとお構いなしだった。自分がインディアンと戦ったという証拠に、誇らしげに小さな町に持ち帰れさえすればいいのだ。

生き残ったソーク族は、マセシボウィ川をはなれ内陸へ移動したが、軍隊に雇われているウィネベーゴ族たちと遭遇してしまった。ウィネベーゴ族のうしろには、インディアンたちが彼らを『ロングナイフ』と呼ぶ由来となった銃剣をつけた兵隊たちが、ずらりと連なっていた。

突撃してくる白人たちから、鬨《とき》の声よりも野太くおよそ残忍な、しゃがれた動物のような咆哮《ほうこう》があがった。彼らの数はとても多く、自分たちが失ったと信じている何かを奪いかえそうと、殺意にはやっていた。ソーク族は発砲しながら後退するしかなかった。マセシボウィ川にたどり着くと、彼らは抗戦に転じようとしたが、すぐに川のなかへ追いやられてしまった。ツースカイは、腰の深さまで水につかりながら、母親の横に立っていた。そのとき、鉛の弾がユニオン・オブ・リバーの下あごを貫いた。彼女は前にのめって水のなかに崩れ落ちた。ツースカイは赤ん坊の『土地を制する者』を抱きかかえながら、母親を背負わねばならなかった。どうにかやってはみたものの、身動きがとれなかった。そのうちに、ユニオン・オブ・リバーが死んでいることが彼女にもわかった。父も姉も見えなかった。銃声と悲鳴の世界だった。ソーク族が柳の茂った小さな島へと、川を歩いて渡りはじめると、彼女もついていった。

彼らは島の上で、岩や倒れた丸太のうしろに身をよせあって抵抗を試みた。だが、汽船が巨大な妖怪《ようかい》のように霧のなかから姿をあらわし、じきに小さな島を大砲の射程距離にとらえた。女たちの何人かは川に走りこみ、広大な川を泳いで渡ろうと試みた。軍隊が雇ったスー族が、川を渡りきってくる者あらば殺そうと向こう岸で手ぐすねひいて待っていることなど、ツースカイは知るよしもなかった。そこで彼女は手を自由に使って泳げるように、赤ん坊のたるんだ柔らかな首のうしろを歯でくわえ、水にすべりこんだ。歯が赤ん坊の肉に食いこんで血の味がした。小さな頭を水面にだしておこうと緊張させているせいで、首と肩の筋肉がズキズキしてきた。彼女はすぐに疲れてしまい、このままでは自分も赤ん坊も溺《おぼ》れてしまうと悟った。川の流れに乗って下流へと銃撃から遠ざかりながら、彼女はキツネやリスみたいにキビキビ手足を動かして泳ぎ、もといた陸地の方へとひき返した。岸にたどりつくと、彼女は傷ついた首を見ないようにしながら、泣き叫ぶ赤ん坊の横にころがった。

まもなく彼女は、『土地を制する者』を抱きあげ、銃声から遠くへと歩きだした。川岸に一人の女性が座りこんでいた。近づいていくと姉のトールウーマンで、身体中に血を浴びていたが、自分の血ではないと彼女は言った。彼女を強姦《ごうかん》していた兵隊の脇腹《わきばら》に弾があたったのだ。彼女は血だらけの男の身体の下からどうにか這《は》いだした。男は手をさしのべて、自分のことばで助けを請うたが、彼女は石を手にとり男を殴り殺した。

トールウーマンは、自分の身におきたことをなんとかしゃべることはできたが、母親が死んだとツースカイが告げても理解できないようだった。悲鳴と発砲の音が近づいてきた。ツースカイは弟を抱き、姉をつれて川沿いのやぶの奥に身をよせあって隠れた。トールウーマンは声をださなかったが、『土地を制する者』のかん高い泣き声はいっこうにやまず、ツースカイは兵士たちに気づかれてしまうのではと怖れた。彼女は服の前をはだけ、弟の口をまだ未熟な自分の胸にあてがった。小さな乳首は弟の乾いた唇にひっぱられた。彼女は赤ん坊をしっかりと抱いた。

時間がたつにつれ、銃声が減り喧噪《けんそう》も消えていった。午後の日影が長くなり、見まわり兵が近づいてくる足音を耳にしたとき、赤ん坊がふたたび泣きだした。彼女は自分とトールウーマンが生きのびるために、『土地を制する者』を窒息させることも考えた。しかし彼女は何もせずに待った。そして数分後、やせこけた白人少年が小銃でやぶのなかをつつき、彼女たちを引きずりだしたのだった。

蒸気船へつれていかれる途中、どこを見ても耳や頭皮のない知り合いの遺体があった。ロングナイフたちは、甲板に三十九人の女と子供を集めた。他は全員、殺されてしまったのだ。赤ん坊は泣きつづけていた。ウィネベーゴ族の一人が、首が裂けてやせ衰えた赤ん坊を見て、「チンケなネズミが」とさげすむように言った。ところが、袖《そで》に二本の黄色い線が入った青いシャツを着た赤毛の兵士が、ウイスキーの瓶に水と砂糖をまぜて布をねじこむと、ツースカイの腕から赤ん坊をとりあげた。男は赤ん坊に砂糖水の乳首をふくませると、満足そうな顔をして抱いたまま立ち去った。ツースカイはあとを追おうとしたが、さっきのウィネベーゴ族に耳鳴りがするほど往復ビンタをくらわされてしまった。船はソーク族の遺体が浮かぶなかを、バッドアックスの河口からはなれていった。プレーリー・ドゥ・シエンまで四十マイル川を下っていくと、そこで彼女とトールウーマン、それに他の三人のソーク族の少女、スモークウーマン、ムーン、イエローバードが蒸気船から降ろされ、荷馬車に乗せられた。ムーンはツースカイよりも年下だった。他の二人は年上だったが、トールウーマンよりは下だった。ソーク族の残りの捕虜たちがどうなってしまうのか、彼女には知るよしもなかったし、二度とふたたび『土地を制する者』に会うこともなかった。

＊

荷馬車は、彼女たちがのちにクローフォード駐屯地と呼ぶようになる、軍の駐屯地にやってきたがそこには入らず、三マイルむこうにある、離れ屋と柵《さく》で囲まれた白い農家へソーク族の娘たちをつれていった。耕して作づけした畑に、草をはむ数種類の動物とニワトリの姿が見えた。家のなかには、刺激がきつい石鹸《せっけん》とつやだしワックスのまじった異国の空気がじゅうまんし、ツースカイは息もできないほどだった。彼女が生涯、忌み嫌ったムーカモニクの高潔な場所の臭いだ。『インディアン少女のための福音教会学校』で、彼女は四年間それに耐えなければならなかったのだ。

＊

この学校を運営しているのは、エドヴァルド・ブロンスン師とミス・エヴァという中年の修道士と修道女だった。二人は九年前に、ニューヨーク市の伝道協会の後援をうけて、未開地にわけ入り、不信心なインディアンにイエス様をもたらすべくやってきたのだった。開校当初はウィネベーゴ族の少女が二人だけで、うち一人は精神薄弱だった。インディアンの少女たちは強情で、畑で働き、家畜の世話をし、建物ののろやペンキを塗り、家事労働をするようにと、再三にわたって誘っても言うことを聞かなかった。司法当局と軍部の協力を得てからようやく入学者が増え、新しく到着したソーク族もくわえると、今では、この地域でいちばん手入れの行きとどいた農場の世話をしてくれる、二十一人の不機嫌だが従順な生徒たちがいた。

エドヴァルド先生は、背が高くやせぎすで、ハゲかかったそばかすだらけの頭をしており、少女たちに農業と宗教を指導している。一方のミス・エヴァは、でぶでぶで冷淡な目つきをしていて、いかに白人が床に雑巾《ぞうきん》をかけ、家具や木造部分をみがくことを旨としているかを教えた。生徒たちの教育科目には、家事労働や農場でのひっきりなしの重労働、英語を話す勉強の他に、生まれながらのことばや文化、見なれない神々に祈ることを忘れ去ることもふくまれていた。ミス・エヴァは始終、冷ややかな微笑《ほほえ》みを浮かべ、生徒たちが怠けたり横柄だったりインディアンのことばを使ったりしようものなら、農場の西洋スモモの木から切ったしなやかな小枝のムチで折檻《せっかん》した。

他には、ウィネベーゴ族、チペワ族、イリノイ族、キカプー族、ポタワトミ族の生徒たちがいた。みんなソーク族の新参者たちに敵愾心《てきがいしん》をむきだしにしたが、怖るるには足らなかった。五人一緒につれてこられたため、部族的には多数派だったからだ。しかし、この学校のシステムは、そうした有利な条件をも帳消しにしようとしていたのだ。新たにくわわった少女たちが、まず最初に失うものは自分のインディアンの名前だった。ブロンスンたちは、改宗者に敬虔《けいけん》なイメージをそえるにふさわしい、聖書に由来する名前を六つしか思いつかなかった。レイチェル、ルース、メアリー、マーサ、サラそしてアンである。選択肢が限られているということは、何名かの少女が同じ名前になるということだ。混乱を避けるために、彼らはそれぞれの生徒に番号もつけ、その生徒が学校からいなくなった時点で、番号を使いまわしするようにした。こうして、ムーンはルース三号、トールウーマンはメアリー四号、イエローバードはレイチェル二号、スモークウーマンはマーサ三号になった。ツースカイはサラ二号だった。

環境に適応するのは、思ったより難しくなかった。彼女たちはいちばんに「お願い」と「ありがとう」という英語の単語をおぼえた。食事のとき、すべての食べ物と飲み物の英語名か一回だけ教えられることになっていて、それからあと、英語名で食べ物を請わない者は、飢えることになるからだ。ソーク族の少女たちはすぐに英語をおぼえた。一日二度の食事は、粗挽《あらび》きトウモロコシの粥《かゆ》と、トウモロコシのパンと、つぶした根菜だった。肉はめったにだされなかったが、でるとすれば豚の背脂か小さな猟鳥だった。飢餓を経験した子供たちは、なんでもがつがつ食べ、重労働をしているわりには肉づきがよくなっていった。トールウーマンの瞳《ひとみ》からもどんよりした陰が消えたが、彼女は五人のソーク族のなかでも、民のことばをうっかりしゃべってしまうことが多く、したがってぶたれるのも頻繁だった。学校に入って二ヶ月後、トールウーマンがソーク族のことばでささやくのを耳にしたミス・エヴァは、エドヴァルド先生が見ている前で彼女を激しくムチ打った。その夜、エドヴァルド先生が屋根裏の暗い共同寝室に入ってきて、背中の痛みを消す軟膏《なんこう》があるので塗ってあげようとメアリー四号にささやいた。彼はトールウーマンをつれて、共同寝室からでていった。

翌日、エドヴァルド先生は、他のソーク族の仲間と食べなさいと、トールウーマンにトウモロコシのパンをひと袋くれた。それ以来、彼は夜たびたびトールウーマンを呼びに共同寝室にやってくるようになり、ソーク族の少女たちは、特別に食べ物をもらうことに慣れっこになっていった。

四ヶ月もすると、トールウーマンは朝吐き気をもよおすようになり、彼女もツースカイもお腹が大きくなる前に、妊娠したことに気づいた。

数週間後、エドヴァルド先生が二輪馬車に馬をつなぐと、ミス・エヴァがトールウーマンを乗せて一緒に走り去っていった。ミス・エヴァは一人でもどってくると、お姉さんは神に祝福されたのですとツースカイに告げ、今後メアリー四号は、クローフォード駐屯地の反対側にある立派なキリスト教徒の農場で働くことになった、と言った。ツースカイは二度とトールウーマンに会うことはなかった。

＊

まわりに絶対に誰もいないときを見計らって、ツースカイは自分たちのことばでソーク族の仲間に話しかけた。ジャガイモ羽虫をつまみとりながら、ユニオン・オブ・リバーから聞いた物語を彼女たちにしてやり、ビーツの雑草をぬきながらソーク族の歌を歌い、薪《たきぎ》をわりながらソーク・エ・ヌクや冬のキャンプの話をし、踊りや祭のこと、それに死者もふくめ同族の人間たちのことを思い出させた。彼女たちが自分たちのことばで答えなかったりすると、ミス・エヴァよりもこっぴどく殴ってやるわよと脅しつけた。少女たちのうち二人は年上で、身体も大きかったにもかかわらず、誰ひとり彼女に刃向かわなかったので、自分たちの元のことばを維持できたのだった。

そこで暮らしはじめてから三年近くたった頃、スー族の少女が新しい生徒としてやってきた。この羽ばたく者《ウィングフラッパー》は、トールウーマンより年上だった。彼女はウォバショー団の出身で、夜になると、バッドアックス河口での大虐殺のとき、自分の父や兄弟がマセシボウィの向こう岸で待ちぶせし、川を一生懸命渡ってきたソーク族の敵を一人残らず殺して頭の皮を剝《は》いだのだという話をして、ソーク族をあざけった。ウィングフラッパーにはトールウーマンと同じメアリー五号という名前がつけられた。エドヴァルド先生はしょっぱなから、彼女に目をつけた。ツースカイは彼女を殺してやる幻想にふけったが、ウィングフラッパーの存在は思わぬ幸運をもたらした。数ヶ月もしないうちに、彼女も妊娠してしまったからだ。メアリーというのは子をなしやすい名前なのかもしれない。

ツースカイは、ウィングフラッパーの腹が大きくなるのを注意して見守り、計画をたてて準備した。ある暑く静かな夏の日、ミス・エヴァはウィングフラッパーを二輪馬車に乗せてつれ去った。エドヴァルド先生ひとりでは、全員には目がとどかなかった。ミス・エヴァの姿が見えなくなるやいなや、ビーツ畑で働いていたツースカイは、使っていた長柄の鍬《くわ》を手から落とし、視界のとどかない納屋の裏へ忍び足で歩いていった。樹脂の多い松の木をたきつけ用に乾燥した建物建材の横に積みあげると、彼女はこの日のために盗んでとっておいた硫黄《いおう》のマッチで火をつけた。火事だとわかる頃には、木材は勢いよく燃え盛っていた。エドヴァルド先生が、目をひんむいてわめきながら、狂ったようにジャガイモ畑から走ってきて、バケツリレーをするよう少女たちに指示をとばした。

騒然とした雰囲気のなか、ツースカイは冷静だった。彼女はムーンとイエローバードとスモークウーマンを集めた。計画にはなかったが、とっさの思いつきでミス・エヴァのムチを一本とってくると、まっ黒な土でドロドロになった豚小屋から、農場でいちばん大きな豚を外へ追いたて、塵《ちり》ひとつなく磨きあげた、偽善の臭いがプンプンするミス・エヴァ家のなかへ押しこめてドアを閉めた。それから他の仲間をひきつれて、森のなかへと白人《ムーカモーク》の場所から逃げだした。

彼女たちは道路を避け、森のなかを歩いて川にでた。オークの丸太が一本、土手に乗りあげていたので、四人の少女はそれを押して水に浮かべた。丸太にしがみつく少女たちの身体を、愛する者たちの骨や魂をのみこんだ温かな水が包み、マセシボウィ川を南へと運んでいった。

暗くなってくると、川からあがり、その夜は空腹をかかえて森のなかで寝た。朝になって川岸の小さな耕作地でベリーをつんでいると、スー族のカヌーが隠してあるのを見つけ、ウィングフラッパーの親族の物であることを祈りながら、迷わず盗んだ。川の彎曲部《わんきょくぶ》をまわった先にプロフェッツタウンが見えてきたのは、午後もなかばのことだった。川岸でインディアンの男が魚を洗っていた。メスカーキーの男だとわかると、彼女たちは安堵《あんど》で笑い声をたて、彼の方へ矢のようにカヌーを進めた。

＊

戦いが終わったあと、ホワイトクラウドはできるかぎりすぐにプロフェッツタウンに戻った。白人の兵隊たちによって、他のと一緒に彼の共同住宅も焼きはらわれてしまっていたので、別のへドノソテを建てた。シャーマンが帰ってきたという噂《うわさ》が広まると、以前のように多くの部族の家族たちが集まってきて、彼にならって自分たちらしい生き方をしようと、近くにテント小屋を建てた。他の信奉者たちも時々やってきたが、白人たちの手から逃れ、おぼつかない足どりで自分のもとへやってきた、この四人の幼い少女たちにホワイトクラウドは、特別な関心をよせた。彼は数日間、自分のところで彼女たちを休ませて食べ物を与えながら、つぶさに観察し、三人の少女があらゆる面において、もう一人の少女の指示をあおいでいる節に気づいた。少女たち一人一人に時間をかけて質問してみたが、三人が三人ともツースカイの名を口にした。

何を聞いても、ツースカイだ。彼は期待をふくらませながら彼女に注目した。

最後に彼は、自分の群れの馬を二頭つかまえて、ツースカイに一緒にくるように言った。彼女は地面が隆起しはじめる地点まで、半日近く彼の馬のあとをついていった。山はみな神聖視されているが、平坦《へいたん》な地域では丘でさえ聖地なのだ。彼は木が生い茂った丘の頂上にのぼって、熊臭い開拓地へ彼女をつれていった。そこには動物の骨が散乱し、消えた焚き火の灰がたくさんあった。

馬をおりると、ワボキエシエク（ホワイトクラウド）は肩にはおっていた毛布をとり、彼女に衣服を脱いでその上に横になるように命じた。年老いたシャーマンが自分を性的に利用するつもりだとツースカイは確信したが、拒む勇気はなかった。確かにワボキエシエクは彼女に触れたが、男としてではなかった。彼は、彼女が処女だと納得がいくまで身体を調べた。

太陽が落ちてくると、彼は近くの森に入っていって、罠《わな》を三つしかけた。それから開拓地で火をおこすとかたわらに腰をおろし、彼女が地面に横になって寝てしまうまで、詠唱をつづけた。

彼女が目を覚ますと、彼は罠の一つにかかっていたウサギをとってきて、腹を裂いているところだった。ツースカイは腹が減っていたが、彼がウサギを料理する気配はまったくなかった。それどころか、彼は長い時間かけて、はらわたを指でいじったり観察したりしてから、少女の身体を調べた。それが済むと、満足げにフーッと声をもらし、不思議そうに彼女を見つめた。

彼とブラックホークは、バッドアックス川で仲間が大虐殺されたことを聞いて、すっかり嫌気がさしてしまい、これ以上、自分たちの指揮下でソーク族を死なせたくなくて、自らプレイリー・ドゥ・シエンのインディアン管理官のところへ出頭した。クローフォード駐屯地で、ジェファソン・デイビスという名の若い中尉にひき渡されると、囚人たちは船でセントルイスにつれられていった。冬のあいだ、彼らは鉛の球がついた足かせをされるという屈辱をうけ、ジェファソン兵舎に監禁された。春になると、軍隊がいかに完膚無きまでにインディアンの民をたたきつぶしたかを誇示するために、ワシントンの偉大な父は、二人の囚人をアメリカの都会につれてくるよう命じた。彼らははじめて鉄道という物を目にし、それに乗ってワシントン、ニューヨーク、オールバニー、デトロイトへと旅した。どこへ行っても、バッファローの群れのような人だかりができ、もの珍しそうにポカンと口をあけて、敗北した「インディアンの酋長たち」を見物していた。

ホワイトクラウドは巨大な集落や、りっぱな建物や、恐ろしい機械を目のあたりにした。おさまるところを知らないアメリカ人たち。プロフェッツタウンに戻るのを許されたとき、彼は苦い現実をかみしめた。白人《ムーカモニク》をソーク族の土地から追いはらうことなどできはしない。インディアンは、つねに最良の農地と狩猟地から、急《せ》きたてられ続けるのだ。自分の子供たち、ソーク族、メスカーキー族、そしてウィネベーゴ族は、白人に支配されたあこぎな世界に慣れていくしかない。もはや白人たちを駆逐しようという段階ではないのだ。シャーマンは、自分たちのマニトゥやまじないを捨てずに、なおかつ、生き残るにはどう変わればいいのか思案した。もはや年老いた自分は、じきに死ぬ。そこで、自分の立場をひきつぐ誰か、アルゴンキン語系部族の魂をそそぎこむ器をさがしはじめたが、一人も見つからなかった――この少女に出会うまでは。

こうしたことすべてを、彼は丘の上の神聖な場所に座って、ウサギの死骸《しがい》にあらわれた古兆をかきまわしながらツースカイに説明した。ウサギは悪臭を放ちはじめていた。彼は話し終えると、呪医《じゅい》になる教育を受けてみる気はあるかとたずねた。

ツースカイは子供だったが、畏れを知っていた。彼女にはまだ理解できないこともたくさんあったが、重要なことが何かはわかっていた。

「やってみます」と彼女は預言者にささやいた。

＊

ホワイトクラウドは、ムーンとイエローバード、スモークウーマンをキーオカック酋長のソーク族のもとへ返したが、ツースカイだけはプロフェッツタウンに残し、特別にえこひいきしている娘みたいに、自分のテント小屋に住まわせた。彼は葉っぱや、根っこや、樹皮を彼女に見せて教えた。魂を体外へ離脱させて、マニトゥたちとの交信を可能にするのはどれか。どれで鹿革を染め、どれで戦に出陣するときに塗る染料を作るか。乾燥させて使うのはどれで、浸出するのはどれか。どれを蒸気で吸い、どれを湿布に使うか。どれを上向きにこすり、どれを下向きにこするか。通じをよくするのはどれで、下痢をとめるのはどれか。どれが熱をさげ、どれが痛みをやわらげるか。治療に役立つのはどれで、命を奪うのはどれか。

ツースカイはよく耳をかたむけた。一年がすぎて、彼女を試験した預言者は、その結果に喜んだ。第一の『知の天幕』に彼女を導くことができた、と彼は言った。

第二の知の天幕をクリアする前に、彼女に最初の女性の印が訪れた。ホワイトクラウドの姪《めい》の一人に対処のしかたを教わり、毎月、出血があるあいだは女性専用のテント小屋で過ごした。月経が終わったあとは、サウナ小屋に行って身を清めてからでなければ、儀式をおこなったり、病気や怪我《けが》の治療をしてはいけないと預言者から説明された。

次の四年間、彼女は歌と太鼓でマニトゥを呼びだす方法や、犬の祝宴のために、たくさんの儀式上の手順にのっとって犬を屠《ほふ》って調理する方法、神聖な踊りの時に歌やハミングで参加する者たちを教える方法を学んだ。殺した動物の内臓器官から未来を占うこともおぼえた。幻覚をあやつる力も身につけた——患者が自分の手でふれて、病が消え去ったことを実感できるように、身体から病気を吸いとり、小さな石にかえたふりをして口から吐きだすのだ。誰かを生かしてくれるようマニトゥたちを説得しきれなかった場合、歌を唱えて死にゆく者の魂を次の世界へ送りだすことも学んだ。

知の天幕は七つあった。五番目の天幕では、他人の身体を制御する方法を身につけたのと同じように、自分自身の身体も制御することを教わった。彼女は渇きを克服し、長期間、食べ物を口にしないで過ごした。預言者はたびたび、馬に乗ってはるか遠くまで彼女をつれていき、彼女だけを残して、二頭の馬とともに自分だけプロフェッツタウンに戻った。彼女に歩いて帰ってこさせるためだ。こうして徐々に、意識を自分の心の奥深く、はるかかなたの小さな場所に送りこんで痛みを追いやり、苦痛を支配する術を教えていった。

その夏の終わり、彼は丘の頂上の神聖な開拓地にふたたび彼女をつれていった。二人は焚《た》き火をたいて、歌でマニトゥのご機嫌をとってから、前と同じように罠をしかけた。今回は、やせこけた茶色いウサギがかかった。腹を開いて内臓で未来を占うと、吉兆がでていることがツースカイにもわかった。

夕闇《ゆうやみ》がせまってくると、ホワイトクラウドは服と靴を脱ぐように彼女に命じた。彼女が裸になると、彼はイギリス式ナイフで彼女の両肩に二本ずつ切れこみを入れ、そのあいだの皮膚を注意深く切りはなしていき、白人の将校たちがつけている肩章のようなものを作った。その血だらけの切り口に縄をとおして輪にすると、縄を投げて木の枝にひっかけ、ちょうど彼女の身体が地面から浮くまでひっぱりあげた。彼女は血が噴きだすおのれの肉でつりさがっていた。

彼は先端を火で白熱させた細いオーク材の棒で、彼女の胸の両側に、民の守護霊の印とマニトゥたちのシンボルマークを焼き印した。

＊

自由の身になろうともがいているうちに、まっくら闇になった。夜半まで手足をばたつかせ、ようやく左肩の皮膚が裂けた。ほどなくして右肩の肉もちぎれ、ツースカイは地面に落ちた。痛みから逃れるために、はるか遠くの小さな場所に精神を集中していたせいか、彼女はそのまま眠ってしまった。

朝の薄明《うすあか》かりのなか、彼女は開拓地の向こう側で熊がフンフン鼻を鳴らしている音で目を覚ました。熊は風上で動いていたため、彼女は臭いを嗅《か》ぎつけられずに済んだ。熊はのそのそとゆっくり歩いていたので、鼻面が雪のようにまっ白なことと、雌であることがわかった。もう一頭があとについてきていた。全身がまっ黒な若い雄で、雌の警告のうなり声などものともせずに、しきりに交尾しようとしていた。雄がよじのぼるようにして背後から雌にマウントしたとき、灰色の剛毛にとりまかれた巨大な硬い一物が見えた。雌が歯をむきだしてクルクル旋回し、くり返し嚙《か》みつくと、雄は逃げだした。一瞬、雌はあとを追ったが、ウサギの死骸を見つけると口にくわえて姿を消した。

ツースカイはとうとう、激痛をおして立ちあがった。預言者は彼女の衣類を持ち帰ってしまっていた。開拓地の踏み固められた土の上には、熊の足跡はまったく残っていなかったが、消えた焚き火の細かい灰のなかに、はっきりとしたキツネの足跡が一つ残っていた。夜のあいだにキツネがやってきて、ウサギを持っていったに違いない。彼女は熊の夢を見たのだろう。あるいは、あれはマニトゥたちだったのかもしれない。

その日一日かけて彼女は旅をした。一度、馬の蹄《ひづめ》の音を耳にし、スー族の二人の若者が通りすぎるまでやぶに身を隠した。血とほこりにまみれた裸体で、妖気《ようき》を漂わせながらプロフェッツタウンに足を踏み入れたとき、日はまだ落ちていなかった。彼女が近づいていくと、おしゃべりしていた三人の男が話をやめ、トウモロコシを挽《ひ》いていた女が手をとめた。彼女は初めて、誰かが恐怖の表情を浮かべて自分を見つめるのを目にした。

預言者は自らむかえにでてきた。彼女のメチャメチャになった肩と火傷《やけど》の手当をしてやりながら、彼は夢を見たかどうかたずねた。熊のことを告げると、彼の目がキラリと光った。

「最強の前兆じゃ！」と彼はつぶやいた。その夢は、彼女が男と寝たりしなければ、マニトゥたちが彼女の近くにいてくれることを意味するのだ、と彼は言った。

彼女がそのことについて思案しているあいだにも、彼女は二度とサラ二号に戻らないどころか、これからはツースカイでもなくなるのだ、と彼は言った。その夜プロフェッツタウンで、彼女はマクワ・イクワ、熊の女《ベアウーマン》になったのだった。

＊

ワシントンの偉大な父は、またもやソーク族をあざむいた。軍隊はキーオカック酋長らソーク族に、マセシボウィ川の西岸にあるアイオワ族の土地で永久に暮らしてよいと約束したが、白人の入植者たちがすぐに流入してきて、ロックアイランドから川を渡った側にも白人の町を作ってしまった。祖先の骨をあきらめてソーク・エ・ヌクを立ち去るようソーク族に助言しておきながら、私腹を肥やすために政府から彼らの土地を買いとった、あの商人の栄誉をたたえ、ダヴェンポートと名づけられた。

今になって軍隊は、キーオカック酋長らソーク族はアメリカに対して多額の借金をかかえているることを理由に、アイオワ準州の新しい土地を売って、馬で南西へずいぶん行ったところにある、カンザス準州に合衆国が用意した居留地に移るようにと言ってきた。

命あるかぎり、白人のことばは絶対に信じてはいけない、と預言者は彼女に教えた。その年、イエローバードはヘビにかまれ、身体の半分が水分でパンパンにふくれあがって死んだ。ムーンは、カムズシンギングという名のソーク族の夫を見つけ、すでに子供たちがいた。スモークウーマンは結婚していなかった。彼女はたくさんの男と寝て、しかもそれをとても愉《たの》しんでいたので、人々は冷笑を浮かべながら彼女の名前を口にした。マクワ・イクワは時々、性的衝動につき動かされたが、他の苦痛と同じように欲望も制御することをおぼえた。子供が産めないのは残念だった。彼女はバッドアックスでの大虐殺で『土地を制する者』と一緒に隠れたとき、赤ん坊だった弟の唇が力強く自分の乳首を吸った感触をおぼえていた。だが、自分の気持ちに折りあいをつけた。すでに、あまりにもマニトゥたちの身近で暮らしていたため、自分は母にはなれないという彼らの決定に、疑問をていする余地などなかったのだ。

最後の二つの知の天幕は、健康な人物に呪《のろ》いをかけて病気にする方法や、不幸を呼びよせたりみちびいたりする方法など、害をあたえる呪術《じゅじゅつ》を扱った。マクワ・イクワはワタウィノナスと呼ばれる邪悪な小悪魔たちや、怨霊《おんりょう》や魔法使いたち、死に神のパングクと親しくなっていった。最後の二つの天幕まで、こうした悪霊たちとまじわらなかったのは、本人が自己制御の域にたっしていないと、彼らの悪に染まって自分自身がワタウィノナスになってしまうからだ。黒魔術の負担はそうとうなものだった。ワタウィノナスたちはマクワ・イクワから微笑《ほほえ》みを奪った。彼女は青白くなって、肉がそげ落ちて骨ばかり目立つようになり、月経がこないこともあった。ワタウィノナスたちは、預言者の身体からも命を吸いとっているのが彼女にはわかった。彼がだんだん小さく、弱々しくなっていったからだ。しかし、彼はまだ死にはしないと彼女に請け負った。

　さらに二年が過ぎた頃、預言者は彼女に最終の天幕をくぐりぬけさせた。昔だったら、遠くにいるソーク族を呼びよせて、競技やゲームをし、長いパイプでタバコを吸って、アルゴンキン語系部族の呪医たちの集まり、ミデウィウィンの秘密会議を開くところだ。だが、時は流れた。いたるところでインディアンたちはちりぢりにされ、虐げられていた。預言者にできるせめてものことは、三人の長老を審判として指名することだけだった。メスカーキー族の失った剣《ロストナイフ》に、オジブウェー族の不毛の馬《バレンホース》、それにメノミニー族の大蛇《ビッグスネーク》だ。プロフェッツタウンの女たちが、マクワ・イクワのために雌鹿の革の服と靴を作ってくれた。彼女はイゼーひもをたらし、動きにあわせてジャラジャラ音がするアンクレットとブレスレットをつけた。彼女は絞殺棒で犬を二匹殺し、肉を清めて調理するのを監督した。祝宴のあとで、彼女は長老たちと夜を徹して焚き火のそばで語らった。

　彼らが質問すると、彼女は敬意をはらいつつ、対等な立場でずばりと答えた。彼女は詠唱しながら水太鼓をたたいて神頼みをし、マニトゥたちを呼びだし霊魂をしずめた。長老たちは、自分たち個々の秘技については口を閉ざしたまま、ミデウィウィン全体としての特別な奥義を彼女にあかした。彼女もこれからは、自分だけの秘技を積みあげていくことになるのだ。朝になる頃には、彼女はシャーマンになっていた。

　これでいっぺんに、彼女は絶大な力を持つ人物となった。ホワイトクラウドはとりあえず、これから彼女が行く先では見つけられそうもない薬草を集めてやった。彼女はその薬草を太鼓や、魔力をもつ物が入った包みと一緒に、自分がひっぱっていくぶちのラバに積んだ。そしてこれで最後となる別れのことばを預言者に告げると、彼がくれたもう一つの贈り物、灰色の子馬に乗って、カンザス準州に住む、ソーク族のもとへと旅立っていった。

＊

居留地はイリノイの平野よりも、もっと平坦《へいたん》な土地にあった。

おまけに乾燥していた。

飲むのに足りるだけの水はあったが、遠くから運んでこなければならなかった。今回は白人たちも、何を植えても育つような肥沃な土地をソーク族に与えた。まいた種は春になると力強く芽をだしたが、夏になって数日とたたないうちに、すべて枯れて死んでしまった。まっ赤に燃える目のような太陽が照りつけ、塵が風に舞いあがった。

しかたなく、彼らは兵隊たちが持ってきた白人の食べ物を食べた。腐った肉、悪臭をはなつ豚の脂肪、古い野菜。白人の宴会のおこぼれにあずかっているわけだった。

ヘドノソテは一つも建っていなかった。民はバラックに住んだが、乾燥していない建材を使ってあったので、そりかえって縮んでしまい、冬に雪が吹きこむくらい大きな裂け目が残っていた。年に二回、小さくて神経質そうなインディアン管理官が兵隊たちとやってきて、大草原《プレーリー》に品々をずらりと並べていった。安物の鏡や、ガラスのビーズ、裂けてこわれた鈴つきの馬具、着古した服、蛆《うじ》がわいた肉。はじめのうち、ソーク族はみんな品物の山を拾い集めたが、なぜこんな物を持ってくるのかと誰かが管理官にたずねると、政府が没収したソーク族の土地に対する弁済品だと彼は答えた。それ以来、品物に手をだそうというのは、軟弱で誰からも軽蔑《けいべつ》されているような人間だけになった。品物の山は六ヶ月ごとに大きくなっていき、風雨にさらされて朽ちはてるだけだった。

彼らはマクワ・イクワの噂《うわさ》を耳にしていた。彼女が到着すると、みんなは丁重にむかえたが、彼らはもはやシャーマンを必要とするような、部族らしい部族ではなくなっていた。いちばん気骨のあった者たちは、ブラックホークと一緒に行ってしまい、白人に殺されたり、飢えで死んだり、マセシボウィに沈んだり、スー族に惨殺されたりしてしまったからだ。それでも居留地には、ソーク族の古くからの強い心意気をそなえた者たちもいることはいた。彼らは絶えず、地元の部族との争いで度胸を試されていた。コマンチ族やカイオワ族、シャイアン族、オセージ族たちは、ただでさえ猟鳥の数がだんだん減っているのに、アメリカ人に移動させられてきた東方部族と狩猟で張りあわなければいけなくなり、憤慨しているのだ。しかしソーク族にとっては、白人たちの魔の手から自分たちを守ることのほうが大変だった。彼らは質の悪いウイスキーを大量に供給するよう目を配り、見かえりに罠《わな》でとった毛皮の大半をくすねてしまうのだ。日がなアルコールびたりで過ごすソーク族の数が、どんどん増えていった。

マクワ・イクワが居留地に住むようになって一年と少しがたった。その年の春、バッファローの小さな群れがやってきて、プレーリーをうろうろと歩きまわった。ムーンの夫カムズシンギングは、他の猟師たちと馬で出ていき、肉をとってきた。マクワ・イクワはバッファロー・ダンスをすると宣言し、ハミングと歌を指導した。人々は昔ながらの方法で踊った。何人もの瞳《ひとみ》に、長いことと目にしたことのなかった光が宿るのに気づいた彼女は、歓《よろこ》びがこみあげた。

他にも同じことを感じた者たちがいた。バッファロー・ダンスのあと、カムズシンギングがやってきて、この居留地をでて祖先たちのように暮らしたがっている民たちがいるので、シャーマンも同行してくれるよう頼んできたのだった。

どこへ行くつもりなのかと彼女が問うと、カムズシンギングは答えた。

「わが家へ」

＊

こうして、若く力のある者たちは居留地をあとにした。マクワ・イクワも一緒だった。秋になる頃には、彼らは故郷にいたが、そこは気持ちをひきたてると同時に悲嘆に暮れさせる場所だった。なにより、移動するときに白人を避けて通るのは至難の業で、集落のまわりは大きく迂回《うかい》しなければならなかった。しかも猟はうまくいかず、準備がととのわないうちに冬になってしまった。預言者ワボキエシエクはその年の夏に亡くなり、プロフェッツタウンは無人と化していた。決して白い肌の人間を信用してはならないという預言者の教えがよみがえり、彼女は白人に助けを求めに行くこともままならなかった。

彼女が祈りを捧げると、マニトゥたちは、コールという白人の医者からの援助という形で緊急物資をとどけてくれた。そして彼女は、預言者の霊の声にもかかわらず、彼なら信頼できると感じはじめていた。

そこで、彼がソーク族のキャンプに馬で乗りつけ、治療をおこなうために力を借りたいと告げたとき、彼女は迷うことなくついて行くことにしたのだった。

第十八章　石

ロブ・Jは膀胱結石《ぼうこう》とはどういうものか、マクワ・イクワに説明を試みたが、サラ・ブレッドソーの病気が本当に膀胱のなかにできた石のせいだと納得したかどうかは疑わしかった。石を吸いだすのかとマクワ・イクワは質問してきた。話しているうちに、どうやら彼女は、病気の原因をとりのぞいたと患者に信じさせるため、患者を投げ物《ジャグリング》で使うトリックみたいな、巧妙なペテンにかけると思いこんでいることがわかった。石は実在しており、その女性の膀胱のなかを傷つけているので、身体に器具を入れて石を取りだすのだと彼は何度も説明した。

ロブの丸太小屋につき、手術台として使う予定の、オールデンが作ってくれた机を強力な茶色い石鹸《せっけん》と水で洗い流すと、彼女は当惑して見ていた。二人は四輪荷馬車に乗って、サラ・ブレッドソーをむかえに行った。幼い息子アレックスはアルマ・シュローダーがあずかってくれたので、彼女はまっ白なやつれた顔に目をギョロギョロさせながら、一人で待っていた。帰り道、マクワ・イクワは黙りこみ、サラ・ブレッドソーも恐怖でほとんど口がきけなかったので、彼は世間話をしてなんとか雰囲気をやわらげようとしたが、徒労に終わった。

丸太小屋にたどり着いて、マクワ・イクワが馬車から軽やかに飛びおり、サラが高い座席からおりるのに親切に手を貸してやったのには彼も驚いた。そのとき彼女は、はじめて口をひらいた。

「昔、わたしもサラ二号と呼ばれていたの」と彼女はサラ・ブレッドソーに言ったが、「二号」というのは単なる言いまちがいだろう、とロブ・Jは聞き流した。

＊

サラは酒を飲みなれていなかった。与えられた指三本分のウイスキーを飲みくだそうとして咳《せ》きこみ、彼がさらにマグカップにたっぷり一インチほど追加すると、喉《のど》をつまらせた。ロブは痛みを鈍くしつつも、手術に協力してもらえる程度に彼女を酔わせたかったのだ。彼女にウイスキーの酔いがまわってくるあいだ、彼は夏の盛りだというのに、テーブルのまわりにロウソクを並べて火をつけた。丸太小屋は昼間でもうす暗かったからだ。服を脱がせると、サラの身体はごしごし洗って赤くなっていた。彼女のやつれた臀部《でんぶ》は子供のように小さく、青みがかった腿《もも》はやせすぎで、ほとんとくぼんで見えた。カテーテルを挿入して膀胱に水を満たすと、彼女は顔をゆがめた。彼は膝《ひざ》の押さえ方をマクワ・イクワに教えると、石をつかまなければいけない小さなペンチ部分につかないように注意しながら、砕石器に獣脂を塗った。器具を尿管にすべりこませると、彼女はあえいだ。

「つらいでしょう、サラ。入れるときが痛いんです、でも……よし。少しはましになったでしょう」

もっとずっとひどい痛みに慣れていた彼女は、うめき声もだんだん小さくなっていったが、彼は注意をおこたらなかった。なにしろ、結石の手術は何年かぶりだったし、当時はまちがいなく世界でも有数な外科医の男の目が光っているなかでおこなっていたのだ。前の日、彼は何時間もかけて、砕石器で干しぶどうや小石をつまみあげたり、ナッツをつまんで殻をわったり、両目を閉じて、水をはった小さな樽《たる》に浮かべた物体を扱ったりという練習をくり返した。だが、生きている人間の傷つきやすい膀胱のなかを探りまわるのは、まったく話が別だった。不注意に突いてしまったり、石ではなく細胞のひだをペンチではさんだりしようものなら、ひどい感染症と苦痛きわまりない死を招いてしまうのだから。

目はなんの役にもたたないので、彼は目を閉じ、器具の先端に全神経を集中させて、砕石器をゆっくりと繊細に動かしていった。先端が何かに触った。彼は目をあけ、肉体を透かし見られないものかと、患者の鼠蹊《そけい》部と下腹部を凝視した。

マクワ・イクワは、彼の手の動きから表情まで、なにひとつ見逃すまいと見守っていた。彼はブンブンうるさいハエを手で払うと、患者と、自分の務めと、手に握った砕石器のことだけに意識を集中した。石は……なんてことだ、大きいぞ！　彼はこれまで以上に、ゆっくりと用心深く砕石器を巧みに操作しながら、自分の親指大の大きさだと見つもった。

石を動かせるかどうか見きわめるために、砕石器のペンチではさんで、ちょっとだけ引っぱると、机の上の彼女は悲鳴をあげた。

「すごく大きな石です、サラ」と彼はおだやかに言った。「大きすぎてこのままではだせないので、砕けるか、やってみましょう」そう言いながらも、すでに彼は指を砕石器のネジのハンドルの方に移動させていた。ネジをひと締めするごとに、彼の神経も張りつめていった。もし石が砕けなければ、この女性の未来は暗澹《あんたん》たるものになってしまうのだ。だが幸いなことに、ハンドルをまわしつづけていくと、陶器の破片を踵《かかと》ですりつぶしたときみたいな、バリバリという鈍い音がした。

石は三つに砕けた。彼は細心の注意をはらってはいたが、最初のかけらを取りのぞくとき、彼女に痛い思いをさせてしまった。マクワ・イクワは布を濡《ぬ》らして、サラの汗ばんだ顔をふいてやった。ロブは花びらを一枚一枚ひきはがすようにして、彼女の左手をこじあけ、白い手のひらに石を落とした。茶色と黒の醜悪な結石だった。二番目のかけらはなめらかな卵形をしていたが、最初と最後のかけらは角が鋭く、小さな針の先端のような突起のある不規則な形をしていた。三個のかけらを全部、彼女の手に握らせると、彼はカテーテルを挿入して膀胱をすすぎ、石を粉砕したときにでた大量の結晶を排泄《はいせつ》させた。

彼女はへとへとに消耗していたので、「ここまでにしておきましょう」と彼は判断した。「まだもう一つ石が膀胱に残っていますが、小さいので取るのは簡単です。また日をかえて取りましょう」

一時間もたたないうちに、彼女は熱でほてってきた。ほとんどすべての手術の直後に起きる現象だ。彼らは、マクワ・イクワの霊験あらたかな柳の樹皮のお茶などの水分を、むりやり彼女にとらせた。翌朝、彼女はまだ少し熱っぽかったが、家に送っていける程度になっていた。ガタガタ馬車にゆられていくのは、傷が痛んでつらいだろうと彼は思ったが、彼女は不平ひとつもらさなかった。彼女の瞳は熱でうるんでいたが、別の光もさしていた。それは希望の光だと、彼は受けとめた。

＊

数日後、ニック・ホールデンがまた女あさりにくり出そうと誘いに来ると、ロブ・Jは慎重に同意した。今回は船で川をさかのぼってデクスターの町へ行った。そこの酒場で、ラサール修道院の尼さん二人が待っているのだ。ニックは彼女たちについて、男心をそそるような嘘を並べたてていたが、一目見ただけで、くたびれた娼婦《しょうふ》だとわかった。ニックは若くて魅力がある方のポリーを選び、ロブには皮肉っぽい目つきをして、おしろいの厚塗りでも隠しきれない黒々とした口髭《くちひげ》がはえた、年増女、リディアをあてがった。リディアは熱心に石鹸と水で手を洗い、『角がたった悪魔ちゃん』を使うロブ・Jに、あからさまに憤慨していたが、自分がすべき務めはプロらしく手早く遂行した。その夜、金で買った過去の愛欲の臭いがかすかにこもった部屋で、女の隣に身を横たえながら、自分はここで何をしているのだろうかと彼は思った。隣の部屋から、怒った声と、平手打ちの音が聞こえ、女のしゃがれた叫び声と、まぎれもない不快な強打の音が続いた。

「なんてこった」ロブ・Jは薄い壁をこぶしでたたいた。「ニック。大丈夫なのか？」

「うるせえ。ほっとけ、コール。お前はとっとと寝るなりなんなりすりゃいいんだ。わかったか？」ホールデンは怒鳴りかえしてきたが、ウイスキーといらだちのせいでだみ声になっていた。

翌朝の朝食のとき、ポリーの左頰《ほお》はまっ赤にはれあがっていた。ニックは殴った分をたくさん上乗せして払ったに違いない。なにしろ別れるときの彼女の声は、ずいぶん嬉《うれ》しそうだったのだ。

船で家に帰る途中、その件を避けては通れなかった。ニックはロブの腕に手をかけた。「なかには、ちょっと荒っぽいのが好きって女がいるもんさ、わかるだろ相棒？　濡れたがって、暗に懇願してくるのがさ」

女あさりはこれが最後だと思いながら、ロブは黙ったまま彼をじっと見かえした。ニックはすぐにロブの腕にかけた手をひっこめ、来るべき選挙のことについて話しはじめた。彼は自分たちの選挙区から議会に立候補して、州の公職につくつもりでいた。コール先生が往診する先々で、自分の親友への投票を働きかけてくれると助かるんだがなぁ、と彼は大まじめに説明した。

第十九章　移り変わり

大きな石を取りのぞいて二週間後、ロブ・Jは小さい方の結石をサラの膀胱《ぼうこう》から取りだそうと思ったが、彼女は気が進まなくなっていた。石を取ってもらってから、最初の数日間、彼女はさらに小さな結晶を尿と一緒に排泄した。時には痛みもともなった。だが、最後の石の破片が膀胱からでていってからは、病状から解放されていた。この病気の徴候があらわれて以来はじめて、力をなえさせる痛みが消え、発作がなくなったおかげで、自分の身体を制御する力がもどっていた。

「膀胱にはまだ石があるんですよ」と彼は念を押した。

「取りのぞかなくていいんです。痛みませんから」彼女はロブを反抗的に見かえしたが、それから視線を落とした。「わたしなんだか、最初のときよりも怖いんです」

彼女の様子がすでによくなってきているのには、彼も目をとめた。長患いのせいで顔はまだやつれていたが、やせ衰えを脱却して体重も増えていた。

「取りのぞいたあの石も、もとは小さかったんです。石は大きくなっていくんですよ、サラ」と彼は優しく言った。

それで彼女も承知した。彼が小さな結石——前の石のおよそ四分の一の大きさだった——を膀胱から取りのぞくあいだ、ふたたびマクワ・イクワがそばで見守った。手術の痛みも最小限におさえることができ、すべて終わると、彼はしてやったりという気がした。

しかし、今回は術後の発熱が起こると、彼女の身体は火の玉のようになってしまった。彼はすぐに大変な事態がさし迫っているのを察知し、彼女にまちがった助言をしてしまった自分を責めた。日暮れ前には、彼女の虫の知らせはあたってしまった。皮肉なもので、前よりも小さな石を取りのぞく簡単な手術が、結果的には重大な感染症をまねいてしまったのだ。マクワ・イクワと彼は、五日間、夜を徹して代わる代わる看病したが、そのあいだにも彼女の身体のなかでは激しい戦いがくり広げられていた。彼女の手を握りながら、ロブは生命力の危機を感じた。時おり、マクワ・イクワは目に見えない何かを凝視するようにして、自分のことばで静かに詠唱した。この女性を見逃してくれるよう、死の神パングクに頼んでいるのだと彼女はロブに言った。濡らした布で身体をふいたり、身体を支えて口元に液体の入ったコップをもっていって、飲むよう促したり、ひび割れた唇に油を塗ることくらいしか、彼らにしてやれることはなかった。しばらくのあいだ、彼女は悪化の一途をたどったが、五日目の朝――パングクのせいか彼女自身の精神力のせいか、はたまた柳のお茶が効いたのか――、彼女は汗をかきはじめた。ナイトシャツは、着替えさせたはしから汗でびっしょりになった。午前もなかばになると、彼女は安心したように深い眠りにつき、午後に彼が額に触ったときには、ほとんど彼の体温と同じくらいに熱がひいていた。

＊

マクワ・イクワの表情はほとんど変わらなかったが、ロブ・Jには彼女の人となりがわかりはじめていたので、最初は重大に受けとめないとしても、きっと自分の提案を気に入ってくれると思った。

「あなたと、ずっと一緒に働く？」

彼はうなずいた。自然ななりゆきだ。彼女は患者の扱い方をこころえていたし、彼が頼んだことには間髪なく反応してくれる。お互いに都合がよい取り引きになるだろう、と彼は告げた。

「きみは僕の治療法を学べるし、僕はきみから植物や薬草について、たくさんのことを教えてもらえる。何に効くか、どうやって用いるかとかをね」

このことを最初に話しあったのは、サラを家に送りとどけた帰りの馬車のなかでだった。彼は自分の考えを押しつけはしなかった。ただ黙って、彼女に考える時間を与えた。

数日後、彼はソーク族のキャンプに立ちより、二人でウサギのシチューをつつきながらもう一度話をした。彼女がこの申し出でいちばんひっかかっていたのは、緊急時にすぐに呼びだせるように、自分の丸太小屋の近くに住んでくれと彼が主張した点だった。

「わたしは、自分の部族の人間と一緒にいなければならない」

彼はここのソーク族について思うところがあった。「遅かれ早かれ、きみたちが村や冬のキャンプとして使いたいと思っている土地は、ひとつのこらず白人たちが政府に登記してしまうだろう。そうなれば、きみたちは行き場を失い、逃げだしてきた居留地にもどるより他なくなってしまうんだ」彼らに必要なのは、いまあるがままの世界で生きていく術《すべ》を学ぶことなのだ、と彼は言った。「僕の農場には人手がいる。オールデン・キンボール一人では、すべてに手がまわらないからね。ムーンとカムズシンギングのような夫婦を雇うことも考えているんだ。きみたちは、うちの敷地に丸太小屋を建てればいい。三人には、住まいと農場でとれた食べ物の他に、合衆国のお金で給与を支払うつもりだ。それがうまくいけば、他の農場でもソーク族に仕事をだすようになるかもしれない。お金を稼いで貯めれば、いずれは白人の習慣と法律に従って自分たち自身の土地が買えるだろう。そうすれば、誰もきみたちに出て行けとは言えなくなるんだ」

彼女は彼を見つめた。

「もともと自分たちの土地だったのに、それを買わなくちゃいけないなんて不愉快な話だとは思うよ。白人はきみたちに嘘《うそ》をついてだまし、たくさんの仲間を殺した。でも、インディアンたちだって、お互いに嘘をつくし盗みもする。違う部族同士でいつも殺しあいをしてきたんだろ。きみはそう言ってたよね。肌の色は問題じゃないんだ。人間ってやつはみんなクソったれなんだ。でも世界中のみんながみんな、そんな最低な奴《やつ》ばかりじゃない」

二日後、彼女とムーンとカムズシンギングは、夫妻の二人の子供をつれて、彼の土地に乗りつけた。彼らは煙穴が二つあるヘドノソテを建てた。シャーマンとソーク族の家族が一緒に住む一軒の共同住宅で、すでにムーンのお腹にいる三番目の子供が生まれても十分な広さだった。場所は、ロブ・Jの丸太小屋から四分の一マイルほど下流の川岸で、近くにはサウナ小屋と月経のあいだ使う女性専用の小屋も建てた。

オールデン・キンボールは、いたく傷ついた目つきで歩きまわった。

「仕事をさがしてる白人がたくさんいるんだよ」と彼は硬い表情でロブに言った。「白人がさ。俺《おれ》はいまいましいインディアンたちと一緒に働くのなんてゴメンだって、チラっとでも考えなかったんですかね?」

「ぜんぜん」とロブは言った。「そんなこと思いもしなかったよ。だいたい、白人のいい働き手を見つけてたら、きみはとっくの昔に僕に雇うようにすすめてたんじゃないかなぁ。僕はあの人たちをよく知ってる。本当にいい人たちだよ。ねえ、オールデン、きみは突然やめて僕を困らせることだってできる。きみの身体があいたと知って、放っておくほど他の連中も馬鹿じゃないからね。でも、そんなことになって欲しくないんだ。この農場をうまく管理できる人間なんて、きみをおいて他に絶対に見つけられないもの。だから僕は、きみがここに残ってくれることを願うよ」

オールデンは彼をじっと見つめた。瞳《ひとみ》に困惑の色が浮かんでいた。ほめてもらうのは嬉《うれ》しかったが、ロブの有無を言わせない主張がしゃくにさわったのだ。最終的に彼は引きかえしていき、馬車に柵《さく》の柱を積みはじめた。

カムズシンギングは、並みはずれた体格と腕力に人あたりのよさがくわわって、雇い人として申し分がなく、その事実が勝因につながった。ムーンはキリスト教学校での少女時代に、白人の料理を習っていた。一人住まいの独身男にとって、熱々のビスケットやパイやおいしい料理はなによりのごちそうだった。オールデンはよそよそしい態度のまま、決して敗北を認めようとしなかったが、一週間もしないうちに、ソーク族は農場になくてはならない存在となった。

ロブ・Jは、患者たちからも同じような小さな反乱を経験した。リンゴ酒をかたむけながら、ニック・ホールデンがこう警告したのだ。

「あんたのことをインディアン・コールって呼ぶ入植者たちがでてきたぞ。あんたはインディアン愛好家だってな。あんた自身にソーク族の血が流れてるに違いないとまで言ってる」

その馬鹿げた考えがまんざらでもなくて、ロブ・Jは微笑《ほほえ》んだ。

「いい考えがある。誰かが僕について苦情を訴えてきたら、きみが配ってる、あのしゃれたビラを渡してやるんだ。経験豊かで教育のあるコール先生を医者としてむかえられて、この町はどんなに恵まれているかって書いてある、あのビラさ。それでもなお、次に血を流したり病気になったりしたとき、噂《うわさ》されているような僕の血筋や、僕の助手の手の色に異議をとなえる人たちがどれだけいるか、みものだな」

＊

サラがどれくらい健康を回復しているか、丸太小屋に見に行ってみると、わだちからドアまでのびた小道の縁がきっちり盛り土され、たいらにならされ、掃除されているのが目にとまった。植林した新しい苗床が、小さな家の外郭をやわらかく包んでいた。家のなかは、すべての壁にのろが塗られ、漂っているのは強力な石鹸《せっけん》と、たるきからつるしたラベンダーやメグハッカ、セージ、それにセリのここちよい芳香だけだった。

「アルマ・シュローダーにもらったハーブなんです」とサラは言った。「この季節では、もう庭に草花を植えるには遅すぎますけれど、来年は自分の庭を持つつもりなんです」彼女は菜園の区画を見せてくれた。一部はすでに雑草や灌木《かんぼく》をぬいてあった。

この女性の変わりようには、家の周辺の変化よりも仰天させられた。心やさしいアルマがたまに持ってきてくれる温かな食べ物に頼るのをやめ、毎日自分で料理をするようになったのだ、と彼女は言った。規則正しい食生活で栄養状態が向上したおかげで、青ざめて骨ばっていた彼女も、優美な女性らしい体つきに変わっていた。庭の雑草にまじって自生しているシャロットを数本ぬこうと、彼女が前にかがみこんだので、彼はそのピンク色のうなじをまじまじと見つめた。彼女の髪は、もとどおり黄色い毛皮のように伸びそろいつつあったので、まもなくうなじも隠れてしまうだろう。

幼い息子が、ブロンドの小動物のように彼女の背後に走りこんだ。彼もすっかりきれいになっていたが、サラはいまいましそうに息子の膝小僧《ひざ》についた泥を払おうとした。

「男の子に汚れずに遊べといっても無理ですよ」と彼は気分をひきたてるように彼女に言った。子供は人みしりと恐怖がいりまじった目で彼を見つめた。ロブは幼い患者を手なずけるために、いつもカバンにアメ玉を数粒入れてあるので、一つ取りだして包みをむいた。幼いアレックスに静かに話しかけながら、じりじり近づいていってアメ玉をさしだすまで、ほぼ三十分かかった。ようやく小さな手がアメ玉をつかむと、サラの安堵のため息が聞こえ、見あげると彼女がロブの顔をまっすぐに見つめていた。彼女の瞳は生命力にあふれ、美しかった。

「鹿肉パイを作ったんです。よかったら夕食をご一緒にどうぞ」

ことわりのことばが口元にでかかったが、アメ玉をすすって至福の表情を見せている少年と、真剣な眼差《まなざ》しで待ち受ける母親の、二つの顔が彼に向けられていた。二人の表情は、彼には理解できない何かを問いかけているように見えた。

「鹿肉パイは大好物なんですよ」と彼は言った。

第二十章　サラの求婚者たち

次の週、ロブ・Jは往診の帰りに数回サラ・ブレッドソーのところへよった。近くまできたついでに医者として彼女の回復が順調かどうか確かめるという、かっこうの口実があったからだ。実際のところ、目ざましい回復ぶりだった。彼女の肌が死人のようなまっ白な色から好ましい桃色にかわり、瞳がいきいきと知的好奇心に輝いているのを目にすれば、健康状態についてとやかく議論するよちはほとんどなかった。ある日の午後、彼女はお茶とトウモロコシパンをごちそうしてくれた。翌週、彼は三回彼女の小屋に立ちより、二度、食事の誘いにおうじた。彼女はムーンより料理が上手だった。彼女の料理はバージニア風だと言っていたが、いくら食べても食べ飽きなかった。彼女の物資がとぼしいのに気づき、彼はポテトを一袋とか小さなハムを一本とか、なにかしら持っていくようになった。ある朝、現金が足りなかった患者が、とったばかりの太った四羽のライチョウで治療費の一部を支払った。そこで彼は鞍《くら》に鳥をぶらさげて、ブレッドソーの小屋に向かった。

着いてみると、サラとアレックスが地面に座っていて、近くの庭では男が、裸の上半身に汗をかきながら土を耕していた。外で働いて暮らしている人間だとひと目でわかる、日焼けして筋肉隆々とした男だったサラはフープポールの農夫、サミュエル・メリアムをロブに紹介した。メリアムは豚の厩肥《きゅうひ》を荷馬車一台分フープポールから持ってきて、すでに半分は庭にすきこんであった。

「ものを育てるには、なんてったってこれがいちばんなんでね」と彼はロブ・Jに機嫌よく言った。

馬車いっぱいの豚の糞《ふん》に、すきこみ作業つきという気前のいい贈り物の前では、ロブの小さな鳥はかすんでしまった。彼はぞんざいに鳥を渡したが、彼女は心から喜んだみたいだった。

サミュエル・メリアムと一緒に夕食をと誘われたが、彼はていねいにことわり、代わりにアルマ・シュローダーを訪ねた。彼女はロブがサラを治したことについて、大げさにねぎらった。

「もう求婚者がきてたでしょ、ねえ？」彼女はにっこり笑ってそう言った。メリアムは去年の秋に熱病で奥さんを亡くし、五人の子供と豚の世話をしてもらうために、すぐにでも別の女性を必要としていた。「サラにとっては、いいチャンスだわね」と彼女はとりすまして言った。

「まあ、この辺境じゃあ女が少ないから、引く手あまただろうけどねぇ」

ロブは家にもどる途中、またもやブレッドソーの小屋に足がむいてしまった。彼女のところへ乗りつけると、鞍に座ったまま彼女を見おろした。今回は、彼女も困惑した微笑みを浮かべ、庭ではメリアムが仕事をひと休みして、こちらをうかがうようにじっと見ていた。ロブは口を開くまで、自分がなにを彼女に言いにきたのかさえわからなかった。

「あなたは、できるだけ自分自身で仕事をしなくちゃだめです」と彼はきびしい口調で言った。

「完全に回復するには、身体を動かすことが必要なんですからね」それから帽子をちょっとあげて挨拶《あいさつ》すると、プリプリしながら家に帰っていった。

＊

三日後に小屋に立ちよったときには、求婚者の姿は見えなかった。サラは、古くて大きなルバーブの根を株わけしようと奮闘していたが、最終的には彼が斧《おの》で切りわけて問題を解決してやった。二人は一緒に壌土に穴をほってルバーブの根を植え、温かいうわ土をかぶせていった。この雑用は彼の気に入り、おかげで彼女の夕飯のご相伴にもあずからせてもらえた。彼はコンビーフとビートと野菜を煮こんだ料理、レッド・フランネル・ハッシュを、冷たいわき水で流しこんだ。

食後、アレックスが木陰でうたたねしているあいだ、二人は川岸に腰をおろした。彼女のはえなわの手入れをしながら、彼はスコットランドの話をした。彼女は、近くに教会があれば、息子に信仰心を教えてやれるのにと口にした。「いまではよく神様のことを考えるの」と彼女は言った。「アレックスをひとり残して死ぬんだと思ったとき、わたしは祈ったわ。だから、神様があなたをつかわしてくださったのよ」

まずいかなと思わないでもなかったが、彼は神の存在は信じていないと告白した。「神という概念は人間の想像の産物だと思うんだ。いつの世にもそういうものだったんじゃないかな」と彼は言った。彼女の瞳に衝撃がはしったので、豚小屋で敬虔《けいけん》な生活を送ることを決心させてしまったのではと彼は案じた。しかし、彼女は宗教の話題はやめて、バージニアでの子供時代について話しはじめた。彼女の両親は農場を持っていた。彼女の大きく見開かれた瞳は、ほとんど紫色といっていいほど濃い青色をしていたが、そこに感傷的な陰はなく、心やすらかで温かかった時代への憧憬《どうけい》が見てとれた。「馬を飼ってたのよ！」と彼女は微笑みながら言った。「わたし、馬が大好きなの」

そこで彼は、翌日、肺病で死にかけている老人の往診に行くことになっていたので、馬で一緒に行かないかと誘い、彼女がはやる気持ちを隠さずに二つ返事で承知した。次の朝、彼はマーガレット・ホランドに乗り、モニカ・グレンヴィルをひいて彼女をむかえに行った。アレックスをアルマ・シュローダーにあずけにいくと、彼女はサラが先生とつれだって遠乗りにでかけるという事実に、ことのほか喜んで満面の笑みを浮かべた。

気分転換にはちょうどいい、暑すぎず乗馬にうってつけの日だった。彼らは馬が歩くにまかせて、悠長に進んでいった。彼女はサドルバッグにパンとチーズを入れてきたので、二人は葉が生い茂ったオークの木の陰でピクニックをした。病人の家につくと、彼女はゼイゼイする息づかいに耳をすませ、ロブ・Jが患者の両手を握るのを眺めたりしながら、うしろに控えていた。彼は暖炉でお湯をわかしてもらって、やせ細った手足をふいてやり、眠ったまま平和におむかえを待てるよう、意識をぼんやりさせる薬をスプーンで一口一口飲ませた。ロブが無表情な息子と嫁に、老人は数時間で亡くなるだろうと言っているのを、サラは小耳にはさんだ。家をあとにすると、彼女は動揺してふさぎ込んでしまった。彼はさっきまでのうちとけた雰囲気を取りもどそうと、帰りは馬を交換しようと提案した。彼女の乗馬の腕前なら、問題なくマーガレット・ホランドを操れると思ったからだ。彼女は元気に跳びはねる馬に乗って喜んだ。

「この牝馬《めすうま》たちは、あなたの知りあいの女性の名前をつけたの？」と彼女が聞いたので、彼はそうだと白状した。

彼女は何かいわくありそうに、うなずいた。彼の努力もむなしく、静かな帰り道となった。

＊

二日後、彼女の小屋に行ってみると、また別の男がいた。ティモシー・ミードという、ガリガリにやせこけた背が高い行商人で、憂いをふくんだ茶色い瞳《ひとみ》で世の中を見わたし、先生に紹介されるとうやうやしく敬語をつかった。ミードは四色の糸を彼女においていった。

ロブ・Jはアレックスの裸足《はだし》の足からトゲを抜いてやりながら、もうすぐ夏も終わろうとしているのに、少年がちゃんとした靴を持っていないことに気づいた。彼はアレックスの足型をとり、次にロックアイランドに行ったとき、靴屋によって子供のブーツを注文した。彼は大いなる満足感を味わった。次の週、小さなブーツをとどけると、サラは面食らったようだった。いまだに彼女のことはわからなかった。彼女が喜んでいるのか、はたまたわずらわしく思っているのか、彼にはさっぱりだった。

議員に選ばれた翌朝、ニック・ホールデンがロブの丸太小屋の隣の開拓地に馬でのりつけた。二日後に、彼はホールデンズ・クロッシングの発展を助ける法律を制定するため、スプリングフィールドに旅立つことになっていた。ホールデンは思うところがあるみたいにつばを吐くと、先生がブレッドソー未亡人とでかけているという衆人が知るところとなった、噂《うわさ》に話を向けた。

「そこなんだが。あんたも知っといたほうがいいと思ってな、相棒」

ロブは彼を見つめた。

「あの子供、彼女の息子だよ。木を彫って作った子馬かなんかだとでも思ってるのかい？　亭主が死んでから二年もあとに生まれてるんだぜ」

ロブは立ちあがった。「じゃあな、ニック。スプリングフィールドまで気をつけて行ってくれ」

誰が聞いてもそれとわかる声の調子に、ホールデンは腰をあげた。「俺《おれ》はただ、あんたみたいな男が、よりにもよってあんな……」と彼は言いはじめたが、ロブ・Jの表情にことばを飲みこむと、次の瞬間、鞍《くら》に飛び乗ってまごつきながら別れの言葉を口にして、立ち去った。

＊

ロブ・Jは彼女の顔に、わけのわからない混じりあった表情が浮かぶのを見た。彼に会って、一緒に過ごすときの嬉《うれ》しそうな顔、ふと見せる柔らかな表情。だが時々、一種の恐怖もたたえている。ある晩ついに彼女にキスをした。はじめのうち、彼女のひらいた口は柔らかく喜びにあふれ、彼の唇に押しつけられたが、次の瞬間、事態は思わぬ方へかわった。彼女は身体をよじって彼からはなれた。おしまいだ、と彼は心のなかで思った、彼女は自分を好きじゃなかったんだ、これまでだ。だが彼はつらいのをおして、どうかしたのかとやさしく彼女にたずねた。

「どうしてわたしなんかに魅力を感じられて？　わたしがみじめで、獣みたいな状態だったのを知ってるでしょう？　わたしの……汚物の臭いだってかいだはずよ」と彼女はまっ赤になって言った。

「サラ」と彼は言った。彼は彼女の瞳をのぞきこんだ。「きみが病気だったときは、僕は医者だったんだ。そのあとで、魅力的で知的なひとりの女性として見るようになったんだ。お互いの考えを伝えあったり、夢をわかちあうことが、すごくうれしい相手としてね。あらゆる意味で、君を求めるようになったんだ。きみのことしか考えられない。愛してるんだ」

二人の身体が触れあっているのは、つないだ手だけだった。彼女はきつく握りかえしたが、ことばは口にしなかった。

「僕のことを好きになってくれるかい？」

「なってくれるかですって？　あなたを愛さないわけがないじゃないの」と彼女は激しい口調で言った。「あなたは、わたしに人生を返してくれた人なのよ、まるで神様みたいに！」

「馬鹿言っちゃいけない、僕はどこにでもいるふつうの男さ！　ふつうの男として僕のことを……」

二人は唇をかさねた。それはいつ果てるともなくエスカレートしていった。そのままなしくずし的になってしまうのを防いだのは、サラだった。彼女は乱暴に彼をおしのけ、身体をそむけて、乱れた服をととのえた。

「結婚しよう、サラ」

彼女が答えなかったので、ふたたび彼が口を開いた。「きみには、日がな一日、豚に残飯をやったり、行商人の包みをせおって田舎をよろよろ歩きまわるなんて似合わないよ」

「じゃあ、何が似合うっていうの？」と彼女は低い辛辣《しんらつ》な声できいた。

「そりゃもちろん、医者の奥さんになることさ。わかりきったことじゃないか」と彼はおごそかに言った。

彼女は冗談を言うどころではなかった。「あなたのところへ、いさんでアレックスのことをご注進におよぶ人たちもいるはずよ、あの子の生まれについてね。だから、わたしの口から言っておきたいの」

「僕はアレックスの父親になりたいんだ。彼の今日と明日が心配なだけなんだ。昨日のことなんて知る必要はないよ。僕にだって、つらい過去があるんだから。結婚してくれ、サラ」

彼女の目は涙でいっぱいになった。しかし、彼女にはまだ別の気がかりがあった。彼女はおだやかに彼と向きあった。「あのインディアンの女性と一緒に暮らしているって、みんな言ってるわ。彼女を追いはらってちょうだい」

「『みんな言ってる』とか『ご注進におよぶ人たちもいる』とか。ねえ、言っておきたいことがあるんだ、サラ・ブレッドソー。僕と結婚したら、外野にはくたばっちまえって言えるようにならなきゃだめだ」彼は深呼吸した。「マクワ・イクワはよく働いてくれるし、いい人なんだ。彼女は僕の敷地にある自分の家で暮らしてる。彼女を追いだすことは、彼女にとっても僕にとっても正しくないことだし、僕にそのつもりはない。そんなことをしたら、僕ときみの人生の門出は、最悪なものになってしまうよ。僕のことばを信じて欲しい。やきもちを焼くようなことは何ひとつないんだ」彼は彼女の両手をしっかりと握って放さなかった。「ほかに条件はある？」

「あるわ」と彼女はやっきとなって言った。「あなたの馬の名前を変えて。馬にあなたが乗ったことがある女性の名前をつけたんでしょう、違って？」

彼は思わず微笑《ほほえ》んだが、彼女の瞳は本気で怒っていた。

「片方だけね。もう片方は少年時代に知っていた年上の美人で、母の友人だった人の名前なんだ。僕はあこがれてたけれど、彼女は僕を子供としか思ってなかった」

彼女は、どの馬にどちらの名前をつけたのかはきかなかった。

「男性にありがちな、残酷でたちの悪い冗談だわ。あなたは残酷でたちの悪い男なんかじゃないんだから、馬の名前を変えるべきよ」

「きみが名前をつけなおしたらいい」と彼はすぐに答えた。

「それから、約束してちょうだい。将来、わたしたちがどうなろうとも、馬にわたしの名前は絶対につけないで」

「誓うよ。そんなことするもんか」彼はぐうの音もでなかった。「僕はサミュエル・メリアムから豚を一頭買おうと思ってるんだ、それからティモ……」

運良く彼はまだ手を握っていて、そばを離れさせていなかったので、彼女はすごくいい感じでキスをかえしてきた。唇をはなしたとき、彼女は涙を流していた。

「どうしたんだい?」彼は、この女性との結婚生活は楽ではないだろうと予感しながら言った。

彼女の濡《ぬ》れた瞳が輝いた。「駅馬車で手紙をだすと、すごくお金がかかるけれど」と彼女は言った。「ようやく、バージニアにいる弟と妹にいい知らせが送れるわ」

第二十一章　大いなる目覚め

結婚を決めるよりも、聖職者を見つけることの方が難しかった。このため、開拓前線では正式な誓約にはこだわらない夫婦たちもいたが、サラは「結婚しないで結婚生活を送る」ことを拒んだ。彼女は率直にしゃべる質《たち》だった。「父親のいない子供を産んで育てるのがどういうことなのか、わたしは思い知ってきたわ。だから二度とそんな目にはあいたくないの」と彼女は言った。

彼は理解した。まだ秋にはなったばかりだったが、いったん大草原《プレーリー》が雪に閉ざされてしまえば、何ヶ月もホールデンズ・クロッシングには巡回説教師も巡回牧師もやってこないのがわかっていた。ある日、彼はよろず屋で、一週間にわたって開催される信仰復興集会を宣伝するビラを目にし、問題解決の糸口が見つかった。

「『大いなる目覚め』と銘うった集会で、ベルディングクリークの町で開催されるんだ。僕たちも行こう、サラ。そこなら聖職者にはことかかないよ」

彼がアレックスもつれていくと言いはると、サラも待っていましたとばかりに賛成した。彼らは四輪荷馬車に乗っていった。石ころは多いが、まずまずの道を通って、一昼夜の旅だった。最初の夜は、こころよく客人をむかえてくれた農家の納屋に泊まり、屋根裏の刈り入れたばかりのかぐわしい干し草の上に、毛布を広げて寝た。次の朝、ロブ・Jは泊めてもらったお礼に、三十分ほどかけて、雄牛二頭の去勢と乳牛の脇腹《わきばら》にできていた腫瘍《しゅよう》の切除をおこなった。予定より遅れたとはいえ、正午前にはベルディングクリークについた。ホールデンズ・クロッシングより五年前にできたばかりの新しい町だったが、すでにずっと大きくなっていた。町に馬車を乗りいれると、サラは目をいっぱいに見ひらき、アレックスの手を握ってロブにぴったりよりそって座った。こんなに多くの人間がいる光景に慣れていなかったのだ。『大いなる目覚め』は、陰が多い柳の木立に隣接した草原で開かれていた。この地域全体から人が集まってきていた。いたるところに、真昼の太陽と秋風を避けるためのテントがはられ、あらゆる種類の荷馬車がそろい、馬や牛がつながれていた。興行主側は群集の食べ物をまかなう露天商をしこんでいた。ホールデンズ・クロッシングからきた三人は、商人たちが鹿肉のシチュー、川魚のチャウダー、ローストポーク、スイートコーン、あぶった野ウサギといった、さまざまな物を料理して、よだれがでそうな匂《にお》いをはなっている屋外の焚き火の横を通りすぎていった。ロブ・Jが、かつてはマーガレット・ホランドと呼ばれ、いまではヴィクトリア女王を短くしてヴィッキーとなった馬（サラいわく「絶対にあの若い女王に乗ったことはないわね？」）をやぶにつないだときには、みんなは喉《のど》から手がでるほど腹ぺこになっていた。だが、わざわざ売っている食べ物を買う必要はなかった。アルマ・シュローダーがこの小さな一行のために、一週間は婚礼の祝宴が続けられるかという量の食べ物をバスケットにつめて持たせてくれたからだ。彼らは、冷たいチキンとリンゴの入った蒸し団子を食べることにした。

三人は興奮の渦にまきこまれ、群集を見つめ、その叫び声や喧噪《けんそう》を聞きながら、いそいで食べた。それから、幼い少年の手を片方ずつとって、ゆっくりと集会を歩いてまわった。実際には、二つの信仰復興集会が一度におこなわれているようなもので、メソジスト派教徒とバプテスト派教徒が対抗して説教をし、ひっきりなしに宗教的な交戦がくり広げられていた。彼らはしばらく、木立のなかの開拓地でバプテスト派牧師の説教を聞いた。彼の名はチャールズ・フレンティス・ウィラードといい、大声で怒鳴るわめくわで、サラをおののかせた。神は誰に永遠の命をさずけ、誰に永劫《えいごう》の死をあたえるか、ご自分の本に名前を記しておられるのだ、と彼は警告した。罪深いわれらに永劫の死をもたらすのは、仲間のキリスト教徒を撃ったり、言い争って汚いことばを使ったり、ウイスキーを飲んだり、非嫡出子を世の中に送りだすといった、不道徳でキリスト教精神に反するおこないである、と彼は言った。

メソジスト派のアーサー・ジョンソンの説教を聞きに草原に移動したときには、ロブ・Jはしかめっつらをし、サラはおどおどしてまっ青になっていた。ジョンソン氏の説教は、ウィラード氏の迫力には遠くおよばなかったが、よき行ないをした者も罪を告白して神に許しを請うた者も、みな等しく救われると語っていた。彼に結婚式をあげてもらわないかというロブの提案に、サラもうなずいた。説教のあと、近づいてくるロブを見てジョンソン氏は満足そうだった。彼は集会の面前で式をあげさせようとしたが、ロブ・Jもサラも見せ物にされたくはなかった。そこでロブが三ドル渡すと、説教師は素直に町の外までついてきた。彼は二人をミシシッピ川の岸にある一本の木の下に立たせ、幼い少年は地面に座らせて見物させた。ジョンソン氏は、一人の落ちついたふくよかな女性をシスター・ジェーンとだけ紹介し、立会人をつとめさせた。

「指輪があるんだ」ロブ・Jがそう言って、ポケットから取りだすと、彼の母親の結婚指輪があることを知らされていなかったサラは目を見はった。サラの長い指は細かったので、指輪がゆるゆるだった。彼女はアルマ・シュローダーにもらった濃い青色のリボンで黄色い髪を束ねていたが、それをほどいて頭をふると、髪がゆるやかに彼女の顔をつつんだ。サイズを直すまで、このリボンで首から下げておくと彼女は言った。ジョンソン氏が手なれた感じで二人の宣誓にとりかかると、彼女はロブの手をぎゅっと握りしめた。ロブ・Jは誓いのことばを復唱したが、本人もびっくりするようなかすれ声になっていた。サラの声はふるえ、現実だとはにわかに信じがたいような面持ちだった。儀式のあと、二人がまだキスをしているうちから、ジョンソン氏は信仰復興集会にもどるよう説得をはじめた。夕方の集会の方が、救いを求めてたくさん人が集まってくるのだと言う。

だが、彼らは氏に礼をすると別れを告げ、ヴィッキーを家路にむけた。幼い少年はすぐにむずかってぐずりだしたが、サラは陽気な歌を歌ってやったり話をしてやったり、何度かロブ・Jが馬をとめると、アレックスを荷馬車からつれだして、一緒に跳んだり走ったりして遊んでやった。

彼らは、アルマが作ってくれたビーフ・キドニーパイと砂糖のフロスティングがかかったパウンドケーキで、早めの夕食をとり、小川の水で喉をうるおした。それから、その夜はどこに泊まるべきかをおだやかに議論した。数時間行ったところに宿屋があるので、お金がなくて一度も宿屋に泊まったことがなかったサラは、当然のようにその案をおした。だが、そうした施設は概して不潔で、南京虫がいるものだとロブ・Jが指摘すると、前夜泊めてもらった納屋を借りようという彼の提案にすぐさま賛成した。

夕暮れ時にたどりつくと、農夫が喜んで受け入れてくれたので、彼らはほとんどわが家にもどってきたような気分で、屋根裏の暖かな暗がりへのぼっていった。

騒ぎ疲れしたうえに昼寝をしていなかったアレックスは、あっというまに寝息をたて、その身体に毛布をかけてやると、二人は近くに毛布を広げ、完全に服をぬぐのももどかしく求めあった。彼女が純潔なふりをせず、欲望を正直に表したのが、彼には気持ちよかった。二人は激しく騒がしい愛を交わし、アレックスを起こしやしまいかと聞き耳をたてたが、幼い息子は眠りつづけていた。

彼女をすっかり裸にすると、彼はその姿を見たくなった。納屋のなかは暗かったが、二人は干し草を屋根裏に投げいれるための小さな扉のところまで、はうようにして歩いていった。扉を開け放つと、少しかけた月が長方形の光をさしこみ、彼らはしげしげとお互いの身体を見つめた。月光のなかで、彼は金色に光る肩や腕、つややかな胸、小鳥の銀の巣のような股《また》の上手、そして青白くかすんだ臀部《でんぶ》をながめた。彼は光のなかで愛を交わそうとしたが、秋の空気は冷たく、彼女が農夫一家の目を怖れたので扉を閉めた。今度はゆっくりと愛情をこめた営みになり、絶頂に達して射精する瞬間、彼は勝ち誇ったように叫んだ。「これが僕たちのベアンになるんだ。これだ！」すると寝ていた幼子が、母親の息もたえだえのうめき声に目を覚まして泣きだした。

二人はアレックスをはさんで添い寝し、ロブは彼女の身体を手におぼえさせようとするかのようにかるく撫《な》で、もみがらを払ってやった。

「あなた、死んじゃいやよ」と彼女はささやいた。

「二人とも、ずっと長生きするよ」

「ベアンって赤ちゃんのこと？」

「うん」

「もう赤ちゃんができたと思う？」

「……かもね」

やがて彼女がぐっとつばを飲みこむ音が聞こえた。「確実にするためには、もう少し続けた方がいいんじゃないかしら？」

彼女の夫としても主治医としても、思慮深い意見に思われた。なまめかしい光をはなつ妻のまっ白な脇腹が、眠っている息子のかたわらから離れるのをうけて、彼は暗闇《くらやみ》のなか、かぐわしい干し草の上をよつんばいで這《は》っていった。

《第三部》ホールデンズ・クロッシング

一八四一年、十一月十四日

第二十二章　呪いと祝福

十一月中旬から膚《はだ》をさす寒さになった。どか雪が早く降りはじめ、クイーン・ヴィクトリアは高く積もった雪の吹きだまりをもがきながら進んだ。ひどい天候を行くとき、時々ロブ・Jがマーガレットと呼びかけると、牝馬は自分の古い名前に短い耳をピンとたてた。馬にも乗っている人間にも、究極の目的があった。馬は温かなお湯と袋いっぱいのオーツ麦にむかって懸命に前進し、一方の人間は、暖炉やオイルランプよりも妻と子供から発散される温もりと光に満ちた丸太小屋へもどろうと急いだ。サラは、新婚旅行の時かその直後に妊娠していた。苦しいつわりも、二人の性的興奮に水をかけたりはしなかった。彼らは幼い息子が眠るのをいまかいまかと待ちうけ、あいかわらずの熱心さで、口が触れると同時に身体もあわせたが、彼女の妊娠が進むにつれて彼は慎重になり、キスや前戯に重点をおくようになった。一ヶ月に一度、彼はえんぴつとノートを取りだして、暖炉の火のそばでくつろぎながら、彼女の裸をスケッチした。妊娠している女性の変化の記録だったが、科学的探求心というよりは、自然な感情がいつのまにかスケッチに向かわせたようなものだった。彼は家の完成見取り図も作った。二人の意見は、寝室が三部屋に、大きな台所と居間がある家を建てることで意見がまとまった。春の植えつけのあとで、オールデンが大工を二人やとって建築にかかれるように、一定の縮尺で建築計画図も描いておいた。

サラは、自分には閉ざされた世界を、夫とマクワ・イクワが共有していることに憤りを感じていた。水ぬるむ季節になり、大草原が沼地から繊細な緑の絨毯《じゅうたん》に変わるころ、彼女は例年どおり熱病が流行しはじめたら、自分が病人の看護をしに一緒に行くとロブに言った。しかし四月の終わりには、彼女のお腹は大きくなりすぎていた。妊娠の症状と嫉妬《しっと》心にさいなまれながら、彼女はインディアン女が夫とでていき、何時間——時には数日間——もたってからもどってくるのを、気をもんで待った。疲労がピークに達したロブ・Jは、食べられる時に食べて身体を洗い、暇をみては短時間の睡眠をとって、ふたたびマクワ・イクワを拾って馬ででかけていった。

サラが臨月をむかえた六月には、熱病の流行も下火になり、ロブはマクワを家に残していくようになった。ある朝ロブは、断末魔の苦しみにあって死にかけている農家の女性を診るために、激しい雨のなかをでていったが、まさにその時自分の丸太小屋では、妻が分娩《ぶんべん》をむかえようとしていた。マクワはサラに棒をくわえさせ、扉にゆわえたロープの端に結び目をつくって、ひっぱれるように彼女に持たせた。

ロブ・Jが壊疽《えそ》丹毒との格闘もむなしくやぶれるまで——彼がオリバー・ウェンデル・ホームズに手紙で報告したところでは、この致命的な病気は、農家の女性が種イモをつぶしているときに切った、何ということのない指の傷が原因だった——何時間もかかったが、家にもどってみると彼の子供はまだ産まれていなかった。妻の目つきは荒々しかった。「身体が引き裂かれるぅ、なんとかして、こんちくしょう」彼が部屋にはいると彼女は怒鳴った。

彼はホームズの教えを忠実に守り、ヒリヒリするまで両手をごしごし洗ってから彼女に近づいた。彼女の身体を調べたあと枕元《まくらもと》をはなれると、マクワがついてきた。

「赤ちゃんがでてくるのが遅すぎるわ」と彼女は言った。

「足から先にでようとしてるんだ」

彼女は瞳《ひとみ》をくもらせたが、うなずくとサラのもとにもどった。

お産は続いた。真夜中に、彼はどんなメッセージを感じるか怖れながらも、強いてサラの両手をにぎった。

「何なの？」と彼女はだみ声で言った。

彼は細っているがしっかりとした彼女の生命力を感じた。愛しているよとつぶやいたが、彼女はあまりの痛みに、ことばもキスも気づきはしなかった。

うめき声と悲鳴はまだまだ続いた。彼は横柄であると同時に偽善者っぽさを感じながらも、自分ひとりのほほんとしていいのかと心苦しくて、不器用に祈らずにはいられなかった。もし僕がまちがっていて、あなたが本当に存在しているのなら、この女性を傷つけるのではなく、何か別の方法で僕を罰してください。必死に脱出しようとしているこの子供もだめです、と彼はあわててつけ足した。夜明け前、小さな赤い両足がでてきた。赤ん坊にしては大きな足で、指は全部そろっていた。ロブはぐずぐずしている赤ん坊に、人生はすべて闘争なんだぞと励ましのことばをささやいた。脚がちょっとずつ出現し、バタバタ宙をけるのを見て、ロブはぞくぞくした。

男の子のかわいい小さなペニス。五本の指がはえそろった両手。りっぱに発育した赤ん坊だったが、肩がつっかかってしまい、彼はサラを切ってさらに苦痛を与えなければならなかった。小さな顔が膣《ちつ》の壁におしつけられていた。母胎で窒息してしまうのではと案じた彼は、指を二本ねじこんで産道をひろげてやった。そしてついに、憤慨したような小さな顔が、いままでと逆さまの世界にすべりでて、あっというまにか細い泣き声をあげた。

彼はふるえる両手でへその緒をむすんで切ると、すすり泣いている妻の身体を縫った。腹部をこすって子宮を収縮させてやる頃には、マクワが赤ん坊を洗って布でくるみ、母親の胸にあてがった。二十三時間にもおよぶ難産だった。彼女は死んだように長いこと寝ていた。目を覚ますと、彼は手をしっかりと握りしめた。

「でかしたぞ」

「バッファローみたいに大きな子だわ。アレックスもそうだったのよ」と彼女はしゃがれ声で言った。

ロブ・Jが体重をはかると、八ポンドと十一オンスもあった。

「元気な子かしら？」と彼女がロブの顔をのぞきこんだが、地獄のようにどえらい子だと答えると、顔をしかめた。「冒瀆《ぼうとく》だわ」

そこで彼は彼女の耳に唇を近づけた。「昨日、きみが僕になんて叫んだかおぼえてる？」と彼はささやいた。

「なんて？」

「絶対に言ってないわ！」と彼女は怒りまくり、一時間近く口をきこうとしなかった。
「こんちくしょう」

＊

息子はロバート・ジェファソン・コールと命名した。コール家では、最初に生まれた男の子はつねにロバートで、Jではじまるミドルネームをつけるのだ。ロブは第三代アメリカ大統領の才能を買い、サラは「ジェファソン」という名にバージニアとのゆかりを感じたのだった。彼女はアレックスが嫉妬するのではないかと気をもんでいたが、上の子はすっかり赤ちゃんに魅せられていた。弟のそばから二歩と離れず、いつも見守っていた。赤ちゃんに授乳したり、おしめをかえたり、あやしたり、キスしたりほめたりという世話は他の二人にさせてやるが、危険から守るのは自分の役目だといわんばかりだった。

おおかたの点で、一八四二年はこの小さな家族にとっていい年だった。家を建てるのを手伝わせるために、オールデンは粉屋のオットー・プフェルシクと、ニューヨーク州からの入植者モート・ロンドンを雇った。ロンドンは腕のいい、熟練した大工だった。プフェルシクはまあまあ木材をあつかえる程度だったが、石工技術におぼえがあったので、三人の男たちは何日もかけて川で最適な石を選び、建築現場まで雄牛たちにひかせた。家の土台と煙突と暖炉はりっぱにできあがった。彼らは丸太小屋ばかりの土地に耐久性のある家を建てようと、ゆっくりと仕事を進め、秋がおとずれてプフェルシクが粉ひきに専念し、他の二人も農場にかかりきりにならなければいけなくなる頃に、ようやく骨組みができて壁がついた。

それにしても、まだまだ完成にはほど遠かったので、サラは小屋の前に座って、つぼいっぱいの青いサヤインゲンのはじをちぎっていた。そのとき、幌馬車《ほろばしゃ》が疲れた様子の馬たちにひかれて、ゴトゴトと重々しくこちらへやってきた。彼女は御者席に座った恰幅のいい男を見つめ、地味な顔だちと黒い髪と髭《ひげ》にかぶった土煙に目をとめた。

「失礼ですが、ひょっとしてコール先生のお宅ですかな?」

「ひょっとするもなにも、そうですけれど、往診にでています。患者さんは怪我《けが》ですか、それともご病気?」

「ありがたいことに、患者はいないんです。わたしたちは先生の友人で、この町に引っ越してきたんですよ」

荷馬車のうしろから、ようやく女性が顔をだした。くにゃくにゃのボンネット帽にふちどられた、まっ白で不安そうな顔が見えた。

「もしかして……失礼ですけれど、ひょっとしてガイガーさん一家ですか?」

「ひょっとするもなにも、そのとおりです」男性は美しい目をしていて、力強い温和な笑顔が実際よりも一フィートほど背を高く見せているようだった。

「まあ、心から歓迎しますわ、お隣さん! 今すぐに馬車から降りてらして」彼女はあたふたして長椅子《ながいす》から立ちあがった拍子に、インゲンをこぼしてしまった。荷馬車のうしろには子供が三人乗っていた。ガイガー夫妻の赤ちゃんハーマンは眠っていたが、もうすぐ四歳になるレイチェルと二歳のデビッドは、抱きおろされると泣きだし、すぐにサラの赤ちゃんもコーラスにくわわろうと泣き声をあげはじめた。

ガイガー夫人は夫よりも四インチほど背が高く、長くきびしい旅の疲れでさえも、彼女の顔の美しさを隠しきれなかった。美しい人だとバージニア出身の女は悟った。これまでお目にかかったことがない、異国の血統の顔だちだと思ったが、彼女はすぐに面目をつぶさないような夕食を支度することに心をくだきはじめた。するとリリアンが泣きだした。まさに同じような荷馬車ですごした自分自身の、気が遠くなるような時のことが一気によみがえり、サラは思わずリリアンを抱きしめ、気づくと驚いたことに自分まで涙を流していた。ガイガー氏は泣きつづける女性と子供たちのまんなかで、ただただ立ちつくしていた。ようやくリリアンは身体をはなすと、家族全員が安全な小川で身体を洗う必要にひどく迫られているのだ、と恥ずかしそうにつぶやいた。

「ええ、そんなことお安いごようですわ」とサラは自分が力強くなった気がしながら言った。

ロブ・Jが戻ったときには、川で入浴した彼らはまだ濡《ぬ》れた頭をしていた。握手して背中をたたきあったあと、彼は新参者の目をとおして新鮮な気持ちで自分の農場を見る機会をえた。ジェイとリリアンはインディアンたちに畏怖《いふ》の念を抱き、オールデンの手腕に感心していた。ヴィッキーとベスに鞍を乗せてガイガー家の所有地を視察に行こう、とロブが提案するとジェイは二つ返事で承知した。二人はりっぱな夕食にまにあうよう戻ってきたが、ガイガーはロブ・Jが自分たちのために手に入れてくれた土地のすばらしさを妻に説明しようと、うれしさで瞳《ひとみ》を輝かせた。

「まあ見てごらん、自分の目で見ればわかるさ！」と彼は言った。食事のあと、彼は荷馬車のところへ行くと、バイオリンを手にもどってきた。妻のバブコック製ピアノを持ってはこられなかったが、金を払って安全で乾燥した場所に保管してもらってあるので、いつか取りよせるつもりだと彼は言った。

「ショパンはおぼえました?」と彼がたずねると、ロブ・Jは答えるかわりにヴィオラ・ダ・ガンバを膝《ひざ》にはさんで、マズルカの最初の深みのある音符を弾いてみせた。オハイオで彼とジェイが奏でた音楽の方が、リリアンのピアノがくわわっていたせいで壮麗だったが、いまバイオリンとヴィオラの音は、うっとりするくらい溶けあっていた。サラは雑用をすませると、やってきて耳を傾けた。男性たちが弾くのにあわせて、ガイガー夫人も時おりまるで鍵盤《けんばん》に触れているみたいに指を動かしているのを観察した。彼女はリリアンの手をとり、明るい展望を語ってきかせ安心させてやりたかったが、ただかたわらの床の上に座って、音楽の波がそこにいる全員に希望と慰めをもたらしていくのに身を任せた。

＊

ガイガー一家は自分たちの土地の泉の横にテントをはり、ジェイソンは小屋を建てるための木を切りだした。サラやロブの親切に甘えてコール家に負担をかけたりはすまい、と前もって決めていたのだ。二家族は足しげく行き来した。ある霜がおりそうな夜、みんなでガイガー家のキャンプファイアーを囲んでいると、大草原でオオカミたちが遠吠《とおぼ》えをはじめた。ジェイが自分のバイオリンで、長く尾をひいてふるえる吠え声をまねて弾いた。するとオオカミの声がかえってきて、しばらくのあいだ姿の見えぬ動物と人間は暗闇《くらやみ》の向こうとこちらでおしゃべりをしたが、ジェイソンは妻のふるえが寒さからではないことに気づき、火にもう一本丸太をくべると、楽器をかたづけた。

ガイガーの大工の腕はまずかった。そこで、コール邸の完成はさらに遅れることになった。

オールデンがなんとか農場での仕事に暇を見つけられるようになると、ガイガーの丸太小屋の建築にかかったからだ。数日後にはオットー・プフェルシクとモート・ロンドンがくわわった。三人はすみやかにこぢんまりした丸太小屋を建て、格納小屋を増設した。ジェイの荷馬車の人部分をふさいでいた、薬草や薬剤の箱をしまう薬剤庫だ。ジェイは玄関口に、申命記の一説をしるした羊皮紙が収めてある小さな錫《すず》の筒を釘《くぎ》でうちつけた。ユダヤ人の習慣なのだ、と彼は言った。そして十一月の十八日、カナダからきびしい寒気が吹きよせてくる数日前に、ガイガー一家は新居にうつった。

ジェイソンとロブ・Jは、コール家の建設現場とガイガー家の丸太小屋とのあいだの森に小道を切りひらいた。そこはすぐに、ロブ・Jがすでに自分の家と川とのあいだに切りひらいてあった小道と区別するために『長い小道』と呼ばれるようになり、後者は『短い小道』となった。

建設者たちはコール邸建築に勢力を傾けた。ひと冬かけて内装を仕上げようと、彼らは廃材を暖炉にくべて暖をとりながら、壁に蛇腹をほどこし、柾目《まさめ》のとおったオーク材で壁板をつけ、サラが気に入るようなまさにぴったりのスキムミルク色のペンキを調合するのに何時間も労を惜しまず、意気揚々と仕事にはげんだ。建築現場の近くにあるバッファローの水飲み沼が凍り、オールデンはたまに大工仕事を切りあげて、革ひもでブーツにスケートをむすびつけて、少年時代にバーモントでおぼえた腕前を、ぞんぶんに披露した。スコットランドにいるとき、ロブ・Jも毎年すべっていたので、オールデンのスケートを借りたかったが、彼の巨大な足には小さすぎた。

最初の粉雪が降ったのは、クリスマスの三週間前だった。風が雪をけぶらせ、その結晶は人の肌に触れるやいなや燃えつきてしまうみたいだった。それから本格的に大粒の雪が世界をまっ白におおい、そのまま降りつもった。サラは日ましに興奮をたかぶらせながら、リリアンと成功まちがいなしのバージニア風料理はどれか検討し、クリスマスの献立をたてた。ここで彼女は、自分たちとガイガーたちとの相違点を発見したのだった。リリアンは、きたるべき祝日を彼女みたいに待ちかまえていなかったのだ。事実、この新しい隣人たちはキリストの誕生を祝わず、そのかわり奇妙なことに、細いロウソクを灯《とも》してポテトパンケーキを食べ、はるか大昔の異国での聖地をめぐる戦いを記念すると知って、サラはびっくりした。それでも彼らは、コール家に祝日のプレゼントをしてくれた。オハイオからはるばる運んできた砂糖漬けのプラムと、リリアンが全員に編んでくれた暖かなソックスだった。コール家からガイガー家への贈り物は、重たいまっ黒な鉄のスパイダーにした。三つの脚がついたフライパンで、ロブがロックアイランドの雑貨屋で買ってきたのだ。

クリスマスの晩餐《ばんさん》にぜひ来てほしいと頼みこむと、リリアン・ガイガーは自分の家以外では肉を口にしないのだが、ついに夫妻でやってきてくれた。サラは、クリーム入りオニオンスープと、マッシュルームソースをかけたブチナマズ、焼いたガチョウの肝グレービーソース添え、ポテトボール、リリアンにもらった砂糖漬けで作ったイギリス風プラムプディング、クラッカー、チーズ、そしてコーヒーをだした。サラは自分の家族に羊毛のセーターを贈り、ロブは彼女が思わず息をのむほどの、まばゆいばかりの光沢を放つキツネの毛皮の膝かけをくれた。馬車に乗るときに使うこの膝かけは、誰からもおほめの感嘆をいただいた。彼はオールデンに新しいパイプとタバコの葉を一箱あげたのだが、この雇い人は農場の自家用鍛冶場《かじば》で作ったエッジの鋭いアイスケート——しかも彼の足にぴったりだった！——をくれてロブを驚かせた。「もう氷も雪におおわれちまったけど、来年は楽しんでくだせえよ」オールデンはそう言って、ニッと笑った。

招待客が帰ったあと、マクワ・イクワが扉をたたき、サラとロブとアレックスにとウサギ皮のミトンを置いていった。二人が招きいれるまもなく、彼女は帰ってしまった。

「彼女って変わってるわ」とサラが感慨深そうに言った。「彼女にも何かプレゼントしておくべきだったわね」

「僕がしておいたよ」とロブは言い、マクワにもガイガー夫妻のと同じようなスパイダーを贈っておいたと妻に告げた。

「まさか、あのインディアンに店で買った高い贈り物をやったって言うの？」彼が返事をしなかったので彼女の声はこわばった。「さぞあの女のことで頭がいっぱいなんでしょうよ！」

ロブは彼女を見つめた。「そうだよ」と彼は力なく言った。

＊

夜のうちに気温があがり、雪が雨にかわった。朝がくる前に、ずぶ濡れになったフレディ・グルーバーが玄関をドンドンたたいた。十五歳の少年は泣いていた。ハンス・グルーバーの自慢の雄牛がオイルランプを蹴《け》り飛ばしてしまい、この雨にもかかわらず納屋が焼け落ちてしまったのだ。

「あんな燃え方見たことなかった、ちくしょう、火が消せなくて。なんとかラバ以外は、家畜を外にだしたんだけど、父ちゃんが腕と首と両脚にひどい火傷《やけど》をしちまったんだ。先生、来てください！」少年はこの天気のなかを十四マイルも馬で走ってきたので、サラは何か食べるか飲ませるかしようとしたが、彼は頭をふるといちもくさんに戻っていった。

彼女が宴会の残り物をバスケットにつめているあいだ、ロブ・Jは必要となる清潔な包帯と軟膏《なんこう》を集め、共同住宅へマクワ・イクワを呼びに行った。数分後、サラは二人が雨の降りしきる暗がりに消えていくのを眺めていた。ロブはヴィッキーに乗ってフードですっぽりと顔をおおい、吹きつける雨を避けて鞍《くら》の上で身体をかがめていた。インディアン女は毛布にくるまってベスに乗っていた。わたしの馬に乗って、わたしの夫を盗んでいくんだわ、とサラは心のなかで思った。それからパンを焼くことにした。もう眠れそうになかったからだ。

＊

彼女は二人の帰りを一日中待った。日が落ちても、彼女は雨音に耳をすませ、彼のために温めておいた夕食が、とうてい食べたくないような代物に変わっていくのを見つめながら、遅くまで火のそばに座っていた。ベッドに入っても眠れないまま横たわり、もし二人がティピや洞穴なり、どこか暖かな隠れ家にしけこんでいたとしても、嫉妬《しっと》して彼を追いつめた自分が悪いのだと言い聞かせた。

朝になると、彼女は自分の想像力にさいなまれながらテーブルについていた。そのとき、都会生活からはなれて人恋しくなったリリアン・ガイガーが、雨をおして訪ねてきた。サラは両目にクマができて最悪の状態だったが、リリアンを歓迎し、ほがらかにおしゃべりしていた。ところが花の種の話をしている途中で、わっと泣きだしてしまった。本人もびっくりしたのだが、リリアンに肩を抱かれながら、彼女は自分の最悪の不安を、せきを切ったようにぶちまけた。

「彼があらわれるまで、わたしの人生はひどいものだったの。今はしあわせすぎるぐらいよ。でも、もし彼を失ったら……」

「サラ」とリリアンはやさしく言った。「夫婦のあいだのことは、その夫婦にしかわからないわ、でも言わせて……根拠のない不安かもしれないって、あなた自分でも言ってるじゃないの。わたしもその通りだと思うわ。ロブ・Jは人をあざむいたりするような男性には見えないもの」

サラはリリアンが慰め、いさめてくれるのにまかせた。リリアンが帰る頃には、感情的な嵐《あらし》は過ぎ去っていた。

ロブ・Jは正午に家に戻ってきた。

「ハンス・グルーバーはどんな具合？」と彼女はたずねた。

「ああ、ひどい火傷だよ」と彼は疲れかえった口調で言った。「痛みもひどくてね。よくなるとは思うんだけど。彼の看護にマクワをおいてきたんだ」

「それはいい考えね」と彼女は言った。

＊

午後から夜までぶっとおしで彼が寝ているあいだに、雨がやんで気温が急激に下がった。真夜中に目を覚ますと、彼は服を着て、つるつるすべりながら屋外便所へ行った。雨を吸いこんだ雪が大理石のように硬く凍っていたからだ。腎臓《じんぞう》の負担を軽くしてベッドに戻ると眠れなくなってしまった。朝にはグルーバーの家にもどろうと思っていたが、あんな氷のような地面では馬の蹄《ひづめ》が足がかりを見つけられないのではないかと気になったからだ。彼は暗闇《くらやみ》のなかでふたたび服を着て、家の外にでてみたが、不安は的中した。満身の力をこめて雪を踏みつけてみたが、硬いまっ白な表面をつき壊すことはできなかった。

彼はオールデンが作ってくれたスケートを納屋で見つけると、足に結びつけた。家へ続くわだちは踏まれてでこぼこに凍っていて、進むのが大変だったが、わだちの端からは広々としたプレーリーがひらけ、硬い雪の表面は風に吹きさらされて草のようになめらかになっていた。彼は薄い月明かりのなかにすべりだしていった。はじめのうちはためらいがちに、自信を取り戻すにつれ、大きくのびのびと足を蹴って広大な極寒の海原を思いきって進んでいった。聞こえてくるのはただ、スケートの刃がカリカリいう音と、自分のはずんだ息づかいだけだった。

ついに息がきれて立ちどまると、彼は奇妙な、凍った夜の大草原の世界を眺めた。かなり近くで、しかも恐怖を抱かせるほど大きな音で、女妖精《ようせい》の泣き声のような一頭のオオカミの遠吠《とおぼ》えが聞こえ、ロブ・Jは鳥肌がたった。もし転んで脚でも折ろうものなら、数分とたたないうちに冬で飢えた捕食者たちが集まってくるだろうと思った。オオカミがふたたび吠えた。あるいは別のオオカミかもしれない。そのむせぶような泣き声には、関わりたくないすべての要素が漂っていた。孤独と飢えと残忍さ。彼はすぐに家の方へとってかえし、さっきよりもずっと注意深く、ずっとためらいがちに、追っ手から逃げるようにしてスケートをすべらせた。

丸太小屋にもどってくると、彼はアレックスと赤ん坊が、かけぶとんをはねのけていないかどうか確かめた。二人ともすやすや眠っていた。ベッドに入ると、妻が寝がえりをうって彼の凍えた顔を胸で暖めた。彼女は愛情と悔恨の音、のどを鳴らすような小さなうめき声をあげ、むかえいれるように腕と脚をからませてきた。先生は悪天候で足どめだな。マクワさえいれば、自分がいなくてもグルーバーは大丈夫だろう、と彼は思った。そして、口や肉体や魂のぬくもりに身をゆだね、月の光よりももっと神秘的で、オオカミがいない氷の上を飛ぶようにすべっていくよりももっと愉《たの》しい、親密な遊戯にひたった。

第二十三章　変質

ロバート・ジェファソン・コールが北ブリテンで生まれていたら、生まれた瞬間から彼がロブ・Jと呼ばれ、ロバート・ジャドソン・コールはビッグ・ロブ、あるいは頭文字ぬきで単なるロブと呼ばれるようになっていただろう。スコットランドのコール一族にとって、Jは長男が冠する頭文字だが、本人が男の子の父親となったあかつきには、いさぎよく疑問を抱かずに譲り渡すことになっているのだ。ロブ・Jは何世紀にもおよぶ一族のならわしにケチをつける気は毛頭なかったが、ここにいるのは新しい国のコール一家であり、彼が愛する者たちは数百年にわたる家族の伝統には頓着《とんちゃく》しなかった。彼は説明したが、みんなは新しい息子を決してロブ・Jと呼びはしなかった。アレックスにとっては、弟ははじめ『赤ちゃん』だったし、オールデンにとっては『坊主』だった。彼と切っても切りはなせない名前をつけたのはマクワ・イクワだった。ある朝、当時ははいはいをして、まだことばを口にし始めたばかりだったその子は、ムーンとカムズシンギングの三人の子供たちのうち二人——三歳のアネモハ（子犬《リトルドッグ》）と一歳下のシサウ・イクワ（鳥の女《バードウーマン》）——と一緒に、ヘドノソテの土の床に座っていた。みんなはトウモロコシの穂軸で作った人形で遊んでいたが、小さな白人の少年は這《は》っていなくなった。煙穴からさしこむうす暗い光のなかで、彼は呪医の水太鼓を見つけ、手をふりおろして、共同住宅じゅうの人間をはっとさせるような音をたてた。

少年は音にびっくりして這って逃げたが、他の子供たちのところへは戻らず、何かを探している男みたいに、彼女の薬草庫に行って、それぞれの束の前でおごそかに立ちどまっては興味津々《しんしん》で観察したのだった。

マクワ・イクワは微笑《ほほえ》んだ。「あなたはウベヌ・ミゲゲーイエ、小さなシャーマンね」と彼女は言った。

それ以降、彼女は少年をシャーマンと呼ぶようになり、他のみんなもすぐにその名前を使いはじめた。なんとなくしっくりきたし、彼もその名前にすぐ反応するからだった。例外もあった。アレックスは『弟』と呼びたがったし、弟の方はアレックスを『ビガー』と呼んだ。二人の母親が、はじめからお互いのことを『赤ちゃん弟《ベビーブラザー》』と『大きいお兄ちゃん《ビガーブラザー》』と教えたからだった。リリアン・ガイガーだけは子供をロブ・Jと呼ぼうとした。友人が自分の一族の習慣について話すのを聞いたことにくわえ、リリアン自身が家族や伝統を非常に重んじていたからだった。そんなリリアンでさえ、うっかり少年をシャーマンと呼んでしまうことがあり、大人の方のロブ・J・コールはすぐにむだな抵抗はやめ、自分の頭文字を使い続けることにした。だいいち、頭文字があろうとなかろうと、ある一定の患者たちが陰で『インディアン・コール』と呼び、なかには「あのいまいましいソーク族かぶれの医者」と呼んでいる者もいることを、彼は知っていた。しかし往診を頼まれたときには、彼らが自分を好きだろうと嫌いだろうと、甘んじて受けることにしていた。

＊

かつてニック・ホールデンのビラに記載されていただけの場所に、いまでは店と家がたちならぶ大通りができ、誰からも村として認知されるようになった。村は、町役場、日用雑貨・食品雑貨・農具・衣料品取り扱いのハスキン雑貨店、N・B・ライマーの飼料・種店、貯蓄および抵当貸し付け会社ホールデンズ・クロッシング協会、アンナ・ワイリー夫人が経営する下宿屋兼食堂、薬剤師ジェイソン・ガイガーの店、ネルソン酒場（ニックの当初の計画では宿屋になるはずだったが、ワイリー夫人の下宿屋ができたおかげで、天井が低くて長いカウンターがある以外無用の長物となってしまったのだ）、そして蹄鉄《ていてつ》工ポール・ウィリアムズの厩舎《きゅうしゃ》と鍛《か》冶場《じば》を擁していた。鍛冶屋のおかみさんロベルタ・ウィリアムズは、木造家屋の自宅で注文縫製と婦人服仕立てをしていた。数年来、毎週水曜日の午後に、ロックアイランドの保険仲介人ハロルド・エームズがホールデンズ・クロッシングの雑貨店にやってきて、営業をおこなっていた。しかし政府所有の土地がほとんど払いさげられ、農家になろうとして挫折《ざせつ》した者たちが大草原の所有地を新参者たちに転売しはじめたこともあり、不動産業者が必要となってきた。そこにキャロル・ウィルケンソンがやってきて、不動産仲介業と保険代理店を開業した。初代の村長にはチャールズ・アンドレソンが当選し――彼は数年後に銀行の頭取にも就任した――、それから何年にもわたって再選された。アンドレソンはみんなから好感をもたれていたが、ニック・ホールデンに当選させてもらったも同然で、いつだって彼の言いなりだということは衆目の一致するところだった。同じことは保安官にも言えた。モート・ロンドンは一年もしないうちに、自分が農夫にむいていないことを思い知ったが、入植者たちは手にあまらない範囲でなら大工仕事を自分たちでしてしまうため、安定した収入をえるほど指物師の仕事にもありつけなかった。そこでニックが保安官に後押ししてやると申し出ると、モートはとびついたのだった。彼は自分の職務に忠実なおだやかな人間で、仕事といっても大半はネルソン酒場の酔客たちを静かにさせておくことくらいだった。だが、誰が保安官かというのは、ロブ・Jにとっては重要な問題だった。地方にいる医者はみんな検屍官《けんしかん》代理で、犯罪や事故で死者がでたときに誰に検屍をさせるかは、保安官の裁量なのだ。田舎の開業医にとって、検屍解剖は外科手術の技術をくもらせずに維持するための唯一の方法ともいえた。ロブ・Jはつねに、エジンバラで検屍解剖をしたときと同じくらい科学的規範を厳守し、すべての主要臓器を計って記録をとった。さいわい、日頃からモート・ロンドンとうまくやっていたので、彼は心おきなく検屍解剖ができた。

ニック・ホールデンは三期続けて州議会議員に選ばれたが、時には彼の所有者然とした態度に反感をいだく住民たちもいた。いくら彼が銀行のほとんどと、製粉所や雑貨屋や例の酒場の一部も所有し、神さましかおわかりにならないくらい何エーカーもの土地を持っているからといって、いい気になって自分たちやその土地まで支配したつもりになるなよ！　と。しかし総体的には、スプリングフィールドにいる本物の政治家ばりの彼の活動を誇らしく驚愕《きょうがく》しながら眺め、テネシー生まれの知事とバーボンを酌みかわして立法審議会委員の座をえたり、目をみはる速さで巧みに陰で糸を引いたりするのには、ただただつばを吐いてニヤッと笑い、頭をふるしかなかった。

ニックには二つの野望があって、みんなにも公言していた。

「俺《おれ》はホールデンズ・クロッシングに鉄道をひっぱってきたいんだ。そうすりゃ、いつかこの町も都市になれる」彼はある朝、ハスキン雑貨店の戸口のベンチで巨大な葉巻をくゆらせなが

ら ロブ・Jに言った。「それで俺はどうしても合衆国議会に選出されたいんだよ。スプリングフィールドどまりじゃ、鉄道なんて誘致できんからな」

ニックがサラとの結婚を思いとどまらせようとして以来、二人は友情を装ったりはしなくなっていたが、それでも顔をあわせれば気さくに話した。ロブは疑わしげに彼を見つめた。「合衆国下院にはおいそれとは行けないだろう、ニック。この周辺だけじゃなく、ずっと広い下院議員選挙区で得票しなくちゃいけないんだから。それに、御大シングルトンがいるし」現職の下院議員サミュエル・ターナー・シングルトンは、ロックアイランド郡全域で「おらがサミュエル」として知れわたり、地盤をしっかりとかためていた。

「サミュエル・シングルトンは歳だ。じきに死ぬか引退するさ。そのときがきたら、俺への一票は繁栄への一票だと、選挙区のみんなを納得させてみせる」ニックはニヤッと笑った。「俺はあんたにもよくしただろ、なあ先生?」

そのとおりだとロブも認めざるをえなかった。彼は製粉所と銀行の株主だった。ニックは雑貨屋と酒場への融資も握っていたが、そちらにはロブ・Jを誘わなかった。ロブには理由がよくわかっていた。自分がもうホールデンズ・クロッシングに深く根をおろしてしまったからなのだ。ニックは必要のないところにアメをばらまきはしない。

＊

ジェイ・ガイガーの薬局があることにくわえ、入植者たちがひっきりなしにこの地域に流れこんでいたので、すぐに別の医者がホールデンズ・クロッシングに引きよせられてきた。トーマス・ベッカーマン医師は土色の顔をした中年男性で、息が臭く、目も充血していた。最近までニューヨーク州オールバニーにいたが、この村の小さな木造家屋に引っ越してきたのだ。薬局と目と鼻の先だった。彼は医学校出ではなく、ニューハンプシャー州コンコードのキャントウェル医師に年季奉公したと言ったが、こまかい点に話がおよぶとしどろもどろだった。ロブ・Jははじめ、彼がやってきたことを好意的に受けとめていた。よほど欲ばりでないかぎり、二人の医者に対して十分な数の患者がいたし、医者が一人増えたということは、しばしば大草原の遠くまで長く困難な道のりとなる往診も減るはずだったからだ。だがベッカーマンはやぶ医者で、おまけに酒びたりであることが、すぐに地域住民にバレてしまい、ロブ・Jはあいかわらず遠くまで馬を歩かせ、たくさんの患者を診つづけた。

　春になると例年、川沿いの地域では熱病、大草原の農場ではイリノイ疥癬《かいせん》という具合に、いたるところで伝染病が蔓延《まんえん》して手がまわらなくなった。サラは自分が夫のそばで悩める者たちの手当をほどこすという構想をはぐくんでいたので、下の息子が産まれた次の春、一緒につれていって手助けさせてくれるよう、ロブ・Jに強力な説得工作をおこなった。しかし、タイミングが悪かった。その年のはやり病は授乳熱と風疹《ふうしん》で、彼女が夫にせっつきはじめた頃には、すでに重症患者であふれ、なかには死にかけている患者たちもいたので、ロブは彼女に十分耳を傾けることができなかったのだ。こうしてサラはその年の春もずっと、マクワ・イクワが夫とともにでかけていくのを眺めるはめになり、心のなかの苦悩がぶりかえしてしまった。

　真夏になる頃には流行病もなりをひそめ、ロブはもっとありきたりな日常生活を取りもどした。ある晩、モーツァルトのバイオリンとヴィオラのための二重奏ト長調を二人で演奏して気をよくしていたところに、ジェイがサラが不満をいだいているのではないかという繊細な質問を投げかけてきた。その頃には、二人は気のおけない親友同士になってはいたが、それでも、おかされたくない個人的な領域にガイガーがあえて踏みこんでくるとは思わなかったので、ロブは面くらった。

「どうしてきみにサラの気持ちがわかるっていうんだい？」

「彼女がリリアンに話し、それをリリアンが僕に話したんだ」とジェイが言い、しばらくのあいだきまりが悪い沈黙が流れた。「わかってもらえるといいんだが。僕はきみたち二人が……その、本当に心配で……あえて口をはさませてもらったんだ」

「わかってる。それで心から心配してくれているからには何か……忠告があるんだろ？」

「奥さんのために、インディアン女をやっかいばらいすることだよ」

「僕らのあいだにあるのは友情だけだ」と彼は憤りをかくしきれずに言った。

「そのことは問題じゃないんだ。彼女の存在自体がサラの憂鬱《ゆううつ》の種なんだよ」

「彼女はほかに行く場所がないんだ！　彼らは一人残らず行き場を失ってるんだ。白人は彼らのことを野蛮だと言い、以前のように生きることを許さない。そのくせ、カムズシンギングやムーンは望みうる最高の農場労働者なのに、このあたりじゃ誰一人としてソーク族を雇おうともしない。マクワとムーンとカムズシンギングは、なけなしの稼ぎで残りの仲間を養ってるんだ。彼女は一生懸命働く誠実な人間だ。彼女を追いはらって飢餓やもっとひどい状態におちいらせるなんて、僕にはできない」

ジェイはため息をついてうなずき、二度とそのことは口にしなかった。

＊

手紙が配達されるのはまれで、ほとんど何かのついでのときだけだった。その一通がロブ・Jのもとに回送されてきた。ロックアイランドの郵便局長が五日間手元においておき、ホールデンズ・クロッシングに出張してくる保険代理人ハロルド・エームズにたくしたのだ。

ロブはもどかしげに封筒をあけた。ボストンにいる友人、ハリー・ルーミス医師からの長い手紙だった。彼は読み終わると、今度はもっとゆっくりはじめから読み返した。それからまたもう一度。

手紙の日付は一八四六年の十一月二十日。ひと冬かかって宛先《あてさき》にとどいたことになる。ハリーがボストン医学界で、申し分のない出世街道を歩んでいるのはあきらかだった。彼は最近ハーバードの解剖学助教授になったことを報告し、ジュリア・サーモンという令嬢と近々結婚することを匂《にお》わせていた。だが手紙は、そうした個人的な近況報告よりも、医学的な情報を伝える内容だった。ある発見で、いまや苦痛をともなわない外科手術が現実のものとなったのだ、とハリーは興奮をおさえきれない様子で記していた。それはエーテルというガスで、長年ロウや香水を製造するときの溶媒として使われてきたものだ。これまでにもボストンの病院では、「笑気ガス」として知られている亜酸化窒素の鎮痛効果を査定する実験が幾度となくおこなわれてきたとハリーは書いていた。そして、亜酸化窒素は病院の外でお楽しみにつかわれていたことを、よもや忘れてはいないだろうとちゃめっけたっぷりにつけ加えてあった。ハリーがちょっとしたどんちゃん騒ぎにとくれた笑気ガスの瓶をメグ・ホランドと吸ったことを、罪の意識と快感がまざりあった気分で、ロブは思いだした。時と距離が、思い出を実際よりもおもしろく懐かしいものにしていたのかもしれない。

「先月十月五日に」とルーミスは記していた。「同じような実験が、今度はエーテルをつかって、マサチューセッツ総合病院の手術ドームでおこなわれることになっていた。亜酸化窒素で痛みを消そうというこれまでの試みは完全な失敗に終わり、傍聴していた学生や医者からは、あざけりと『イカサマだ！　イカサマだ！』というヤジが飛んでいた。この試みは、だんだんと浮かれ騒ぎの様相をていしてきて、マサチューセッツ総合病院での実験手術も似たりよったりになるだろうと誰もが思っていた。執刀医はジョン・コリンズ・ウォレン先生だった。ウォレン先生は気むずかしい、非情なメス使いで、そのすばやいメスさばき以上に愚か者にがまんならないことで有名だったのを、きみもおぼえているだろう。そこでその日、われわれは見せ物でも見に行く気分で、手術ドームに大挙して集まったんだ。

まあ想像してみてくれ、ロブ。エーテルを運んでくることになっていた歯科医モートンが遅れてしまったんだ。ウォレンはひどくおかんむりで、待っているあいだ、アボットという男の舌にできた癌《がん》から、大きな腫瘍《しゅよう》を切りとる手術の手順を講義していた。アボットはすでに赤い手術椅子《いす》に座らされて、恐怖でぐったりしていた。十五分もすると、ウォレンはしゃべることがなくなって、不愉快そうに懐中時計をにらんだ。聴衆が忍び笑いをもらしはじめたとき、へまな歯科医があらわれた。モートン先生はガスを投与し、やがて患者の準備ができたと宣言した。ウォレン先生はうなずいたが、まだ憤懣《ふんまん》やるかたない様子で、腕をまくり、メスを選んだ。助手たちがアボットの口をこじあけて、舌をひっぱりだした。他の手伝いが、患者があばれないように手術椅子におさえつけた。ウォレンは患者のほうにかがむと、電光石火ですばやく深く切りこみ、アボットの口端から血がしたたり落ちた。

ところが、彼はぴくりとも動かなかったんだ。

聴衆はしんと静まりかえった。ため息もうなり声も聞こえてこなかった。ウォレンは任務にもどってかがみこみ、二回、三回と切開した。注意深く迅速に、腫瘍をえぐって摘出し、縫合して、出血をおさえるためにスポンジをあてた。

患者は眠っていた。眠っていたんだ。ウォレンはいずまいを正した。信じられるかいロブあの辛辣《しんらつ》なワンマンの目に涙が浮かんでいたんだ！

『紳士諸君』と彼は言った。『これはイカサマではありません』」

外科手術の痛み止めとしてエーテルが使えるという発見は、ボストンの医学雑誌に発表された、とハリーは報告していた。「われらがホームズが、誰よりも先がけて、それをギリシア語で無意識をさすことば、麻酔と呼ぼうと提案したんだ」

＊

ガイガーの薬局にはエーテルはなかった。

「でも、僕も薬剤師のはしくれだからね」とジェイは思うところあるように言った。「たぶん作れると思う。グレインアルコールと硫酸を蒸留するんだ。酸で溶けてしまうから、金属の蒸留器は使えないな。ガラスのコイルと大きな瓶で代用しよう」

二人で棚をさがすと、アルコールはたくさんあったが硫酸は見つからなかった。

「硫酸は作れるかい？」とロブは彼にたずねた。

ガイガーはあごをこすり、あきらかに楽しんでいるようだった。「それには、硫黄《いおう》と酸素を混ぜなければいけないんだ。硫黄はたくさん持ってるが、化学反応をおこさせる手順がいささかこみ入っている。いったん硫黄を酸化させて二酸化硫黄にして、それをまた酸化させて硫酸を作らなければいけない。なあに……大丈夫、できるさ」

数日で、ロブ・Jはエーテルを受けとった。針金とはぎれをつかった、エーテルの吸い口となる円錐《えんすい》の作り方をハリー・ルーミスは説明してくれていた。最初、ロブは猫にガスを試し、二十二分間無意識にさせた。それから一時間以上も犬の意識を奪い、あまりにも長時間におよんだので、エーテルは危険であり、細心の注意をはらって取りあつかわねばならないことがわかった。去勢する前の雄羊にガスを投与すると、メエとも鳴かせずに精巣をとりだせた。

最後に、ガイガーとサラにエーテルの使い方を教え、自分にかけさせてみた。不安のあまり二人が量をケチったので、彼は数分しか意識を失わなかったが、それでも貴重な経験だった。

二、三日あと、すでに八本半しか指がなかったグスタフ・シュローダーが、良い方の右手の人差し指を岩石運搬用平底そりにはさまれ、ぐちゃぐちゃにつぶされてしまった。ロブは彼にエーテルを与えた。指が七本と半分になって目覚めたグスタフは、いつ手術をはじめるのかとたずねたくらいだ。

ロブは果てしない可能性に衝撃を受けた。まるで星空のむこうに広がる無限の彼方をかいま見たような気がして、すぐにエーテルが『贈り物』よりも力を持っていることに気づいた。『贈り物』は彼の一族の数名だけに与えられた特権だが、いまに世界中のあらゆる医者が、拷問のような痛みを味わわせずに手術できるようになるのだ。真夜中にサラが台所を見にくると、夫が一人で座っていた。

「あなた大丈夫？」

彼は目に焼きつけようとするかのように、ガラス瓶のなかの無色の液体をじっと見つめていた。

「サラ、もしこれがあったら、手術した時にきみを痛い目にあわせずにすんだのに」

「それなしでも、あなたは本当によくやってくれたわ。命を救ってくれたんですもの」

「この薬がね」彼は瓶を持ちあげた。彼女にとっては水となんら変わらなかった。「たくさんの命を救うんだ。黒衣の騎士にはむかう剣なんだ」

今にもわが家の扉をあけて入ってきそうで、サラは死を擬人化して語るのは嫌いだった。彼女は豊かな胸を白い腕で抱きしめ、夜の冷気に身をふるわせた。

「もう寝ましょう、ロブ・J」と彼女は言った。

＊

次の日、ロブは地域の医者たちに連絡をとり、会合を開くことにした。会合は数週間後にロックアイランドの飼料店の二階の部屋でおこなわれた。その頃までには、ロブ・Jはさらに三回エーテルを使っていた。七名の医者とジェイソン・ガイガーが集まり、ルーミスが書いてよこした内容と、ロブ自身の症例の報告に耳を傾けた。

非常に興味をもった者と、あからさまに懐疑心をしめした者と、反応はわかれた。出席者のうち二人は、エーテルと吸入器をジェイに注文した。

「いっときの流行にすぎんよ」とトーマス・ベッカーマンは言った。「手を洗ったりするのと一緒でな」何人かが失笑した。ロブ・コールの常軌をいっした石鹸《せっけん》での手洗いは、誰もが知るところだったからだ。「大都市の病院では、そんなことにかまけてられるかもしれんが、ボストンの連中に西部開拓前線での医療をとやかく言ってほしくないね」

ほかの医者たちは、ベッカーマンよりは思慮深かった。トビアス・バーは、ほかの医者と意見を交換する今回のような会合が気にいったと発言し、ロックアイランド郡医学協会を結成しようと提案した。彼らはその意見に賛成し、バー先生が会長に選ばれた。ロブ・Jは通信事務局長に選ばれた。出席者全員がトビアス・バーいうところの重要な役職を与えられたので、彼も断るに断れなかったのだ。

＊

その年は悪い年だった。作物がたわわに実った、夏が終わる前のある蒸し暑い午後の日、空がにわかにどんよりと暗くかき曇った。雷鳴がとどろき、稲妻が積乱雲をひき裂いた。庭の雑草をぬいていたサラは、大草原のはるかかなたの雲のかたまりから、細長いじょうごのようなものが地面にむかってのびてくるのを目撃した。それは巨大なヘビのようにとぐろを巻いて、シュウシュウとヘビのように唸《うな》っていたが、大草原に嚙《か》みつくと大きな怒号にかわり、土や堆《たい》積《せき》物を吸いあげはじめた。

ずいぶん離れた場所を移動していたが、それでもサラは走っていって子供たちを集めると、地下の貯蔵庫に逃げこんだ。

八マイル先で、ロブも遠くからトルネードを目撃していた。それは数分で消えてしまったが、ハンス・バックマンの農場に乗りつけると、四十エーカーもの極上のトウモロコシがなぎ倒されていた。

「まるで、サタンがでっかい大蛇《おおなた》をふりまわしたみてぇだ」とバックマンは苦々しげに見わたした。なかにはトウモロコシも麦も全滅させられた農家もあった。ミューラー家の年とった牝《めす》馬《うま》は、渦に吸いあげられて命を吸いとられ、百フィート先に隣接する牧草地に吐きだされた。だが人間は一人も死ななかったので、誰もがホールデンズ・クロッシングは幸運だったとつくづく思った。

＊

秋に流行病が勃発《ぼっぱつ》したときも、まだ人々は自分たちの幸運を疑っていなかった。秋は、冷たく身がひきしまるような寒さが活力と健康を約束してくれる季節だと思っていたのだ。十月の第一週、八家族がロブ・Jにも特定できない疾患にかかった。チフスのような胆汁の症状をいくつかともなう熱病だったが、彼はチフスではないとにらんだ。毎日のように、少なくとも一人病人が増えていくのを耳にしだすと、これはのっぴきならない状況だと彼は思った。

彼はいったんは、マクワ・イクワに治療にでかける準備をさせようと共同住宅に足を向けたが、方向をかえて自分の家の台所へ歩いていった。

「みんなが重い熱病にかかりはじめているんだ。きっと広まっていくだろう。僕は何週間も留守にすることになるよ」

サラは、自分がよく理解していることを示すため、重々しくうなずいていたが、ロブが一緒に行くかとたずねると、彼の不安をいっきに吹きとばすかのように、いきいきと顔を輝かせた。

「息子たちにも会えなくなるんだよ」と彼は忠告した。

「わたしたちがいないあいだ、マクワが面倒をみてくれるわ。マクワはあの子たちに本当によくしてくれてるから」と彼女は言った。

その日の午後、二人は家をあとにした。流行病が初期の段階で、病人がいると耳にしたあらゆる家に立ちより、大火災になる前に火を消そうというのがロブのやり方だった。症例はみんな判で押したように、突発的に高熱にみまわれるか、喉《のど》がまっ赤にはれたあとに熱がでるかではじまるのがわかった。たいていは、はやくから黄緑の胆汁が大量にまざった下痢をおこす。舌が乾いているか湿っているか、あるいは黒っぽいか白っぽいかに関係なく、患者たちの口にはことごとく小さな発疹《はっしん》があらわれた。

患者にほかの症状があらわれなければ死が近づいている証拠だと、一週間もしないうちにロブ・Jは気づいた。初期症状につづいて、きわめてひどい悪寒や痛みがでた場合、その患者は回復するのだった。熱の最後にわあっとでるはれものや膿瘍《のうよう》は、好ましい徴候なのだ。だが、病気の治し方は見当もつかなかった。しばしば、早めの下痢が高熱をさげることから、彼は時には下剤を処方してわざと下痢をおこさせた。悪寒でふるえている患者には、汗を促進させるために、マクワ・イクワの緑色の強壮剤にアルコールを少しまぜたものを飲ませ、からし泥軟《なん》膏《こう》を塗布して水ぶくれを起こさせた。流行がはじまってすぐの頃、彼とサラは熱病患者を診にいくトム・ベッカーマンとでくわした。

「チフスだ、まちがいない」とベッカーマンは言った。ロブはそうは思わなかった。腹部に赤い斑点《はんてん》は見られなかったし、下血をしている者もひとりもいなかった。だが彼は反論しなかった。人々を襲っているのが何の病気だろうと、あれこれ名前をつけてみたところで、その脅威になんの変わりもなかったからだ。ベッカーマンは、前日、自分の二人の患者が大量の瀉血《しゃけつ》と吸角法をほどこしたあとに死んだと告げた。ロブは、熱病の患者に瀉血をしてはいけないと一生懸命説きふせようとしたが、ベッカーマンは町に自分のほかには一人しかいない医者のすすめる治療法に耳を貸すような男ではなかった。彼らは数分でベッカーマン医師に別れを言ってきりあげた。やぶ医者ほど、ロブ・Jを困らせるものはなかった。

＊

はじめのうちは、マクワ・イクワの代わりにサラが一緒にいるのは奇妙な感じがした。彼女が一生懸命でなかったわけでも、頼んだことを急いでしなかったわけでもない。ただ違っていたのは、彼が指示したり教えたりしなければならないことだった。マクワだったら、彼が何も言わなくても、しなければいけないことがわかっていたのだ。患者の前にいるときや、馬で移動中に、彼とマクワは長く心地よい沈黙を守った。最初サラは、彼と一緒にいられるうれしさから、しゃべりにしゃべっていたが、患者をたくさん診るようになり、慢性的に疲労がたまってくると、口数も少なくなった。

病気はすぐに広まった。たいてい家族の誰かが病気になると、ほかの全員も病気にかかった。しかしロブ・Jとサラは、家から家へわたり歩いても、まるで目に見えないよろいかぶとを身につけているみたいに、何にも感染しなかった。三日か四日に一度、入浴と、着替えと、数時間の睡眠をとりにできるだけ家にもどった。家は暖かく清潔に保たれ、二人のためにマクワが準備しておいてくれた温かな食べ物の匂《にお》いで満ちていた。二人はしばし息子たちを抱きしめると、留守中にマクワが煎《せん》じて、ロブの指示どおりにワインを少しまぜておいた緑の強壮薬をつめ、ふたたびでていった。往診のあいまに、横になれる場所なら屋根裏の乾草置き場だろうと、誰かの焚き火の前だろうと、どこででも寄り添って寝た。

ある朝、ベンジャミン・ハスケルという名の農夫は、自分の納屋に入っていって、先生が奥さんのスカートをたくしあげている光景に遭遇し、目の玉が飛びでるほど驚いた。それは病気がはやりだしてから六週間で、二人が愛を交わす寸前までいった唯一の機会だった。流行病がはじまったのは、木の葉が色づきはじめた頃だったが、終息した頃には、粉雪が地面を雪化粧していた。

家に戻り、また往診にでかける必要がないとわかった日、サラはソースを作ろうと、マクワと一緒に荷馬車に子供たちをのせ、ミューラーの農場に冬リンゴをたくさんとりにいかせた。彼女は焚き火の前でゆっくりとお湯につかると、さらにお湯を沸かしてロブの入浴の準備をした。彼がブリキの桶《おけ》に入ると、彼女は戻ってきて、患者を洗うのと同じふうに、しかしてぬぐいではなく自分の手でゆっくりとやさしく身体を洗った。彼は濡《ぬ》れそぼってふるえながら、彼女のあとについて急いで寒い家のなかをぬけ、階段をあがり、暖かなベッドカバーの下に身体をすべりこませた。マクワが子供たちともどってくるまで、二人はそこで何時間も過ごした。

数ヶ月後、サラは一時的に子供を身ごもったが、早産してしまい、出血が完全におさまるまでかなりの量の血が吹きでてロブを怖れさせた。彼女がふたたび妊娠するのは危険だと悟った彼は、それからは予防措置をとることにした。胎児を流産した女性にしばしばみられるような、暗黒の陰が彼女にとりつくのではないかと、彼は心配して見守ったが、スミレ色の瞳《ひとみ》を閉じて長いこともの思いにふけったせいで、弱々しい憂いが見られたものの、どうやら思ったよりも早く回復しているようだった。

第二十四章　春の調べ

コール家の少年たちは、あまりにも頻繁に、しかも長い期間、このソーク族の女性にあずけられていたので、シャーマンは実の母親の白人の香りと同じくらい、マクワ・イクワのつぶしたベリーの匂《にお》いになれ、サラの乳白色の色白な肌やブロンドの髪と同じくらい、マクワの黒い肌や髪にもなれていった。さらに、その傾向は強まっていった。サラが母親業からはなれるときには、マクワは待っていたとばかり、その機会をこころよく受け入れ、白いシャーマン《カウソ・ワベスキオウ》の息子を暖かい胸に抱きしめ、自分の弟『土地を制する者』を抱いて以来、経験したことのなかった充実感を見いだしていた。彼女は魔法をかけるようにして、幼い白人の少年の愛を勝ちとった。時々、彼女は少年のために歌った。

ニナ　ネギセ　ケウィトセメネ　ニナ、
ニナ　ネギセ　ケウィトセメネ　ニナ、
ウィアヤニ、
ニナ　ネギセ　ケウィトセメネ　ニナ。
息子よ、わたしはお前とともに歩む、
息子よ、わたしはお前とともに歩む、

お前がどこに行こうとも、
息子よ、わたしはお前とともに歩む。

時には彼を守るために歌った。

トゥティライェ　ケウィタモネ　イノキ、
トゥティライェ　ケウィタモネ　イノキイイ、
メマコテシタ、
キママトメガ、
ケテナガヨセ。
聖霊よ、わたしは今日もあなたを呼ぶ、
聖霊よ、わたしはあなたとことばをかわす、
ここにあなたをとても必要としている者がいて、
彼はあなたを崇拝するでしょう、
どうかわたしに祝福を与えてください。

すぐに、シャーマンは彼女の足にまとわりつきながら、こうした歌をハミングするようになった。アレックスは、またもや別の大人が自分の弟の注意をひくのをながめながら、むっつりしてついてまわった。彼はマクワに従ってはいたが、彼女の方は、時おりその幼い瞳に疑心や

反感が浮かぶのに気づいており、自分に対するサラ・コールの気持ちが息子に反映されているのにほかならないと感じていた。だが、彼女にとってはたいした問題ではなかった。アレックスは子供なので、信頼をえる手だてはまだあった。サラに関しては……マクワがおぼえているかぎり、やはりソーク族には敵がつきものなのだった。

＊

ジェイ・ガイガーは薬局の仕事が忙しかったので、農場の最初の区画を耕すという、手間のかかるきびしい仕事にモート・ロンドンを雇った。モートは深く根をはった芝地を崩すのに、四月から六月のおわりまでかかった。だが、掘りかえした土塊が腐敗して、畑として耕して植えつけできるようになるまで二年か三年はかかり、そのうえモートが大草原をあばいた大半の男たちを苦しめるイリノイ疥癬《かいせん》にかかってしまったので、作業はますます高くついてしまった。

イリノイ疥癬は、腐敗していく土壌からの毒気でおこると考える者たちもいたが、すき刃でつっついた小さな虫たちに嚙《か》まれてなるという者もいた。いずれにしても、この慢性病は不愉快きわまりなく、肌にむずかゆい小さなはれものがびっしりでるのだ。硫黄《いおう》で治療すれば、ちょっと不快な程度に症状を封じこめられるが、放っておくと致命的な熱病に発展しかねない。サラの最初の夫アレクサンダー・ブレッドソーが亡くなったのも、それが原因だった。

ジェイは、畑の四隅もきちんと耕して種を植えることにこだわった。古くからのユダヤ教の戒律に従って、貧しい人々が落ち穂を拾えるように、収穫するときに四隅を残しておくためだ。最初の畑が上々のトウモロコシの収穫をあげはじめると、ジェイは麦を植える次の区画の準備にとりかかろうとした。だが、その頃にはモート・ロンドンは保安官に落ちつき、わざわざ雇われて仕事をしようという入植者はひとりも見つからなかった。中国人の日雇い人夫《クーリー》も、あえて鉄道敷き労働者をやめようとするご時世ではなかった。まんまと近場の町にたどり着いたとしても、石を投げられてしまうからだ。たまにアイルランド人や、めったにいないイタリア人が、イリノイとミシガンをむすぶ運河を掘る奴隷に近い労働からのがれて、ホールデンズ・クロッシングに迷いこんできたが、ローマカトリック教徒は大多数の住民から警戒のまなざしをむけられ、急《せ》きたてられるように去っていった。ジェイは、自分のトウモロコシの落ち穂拾いに貧しい人々を招いたのが縁で、ソーク族の何人かと顔見知りになっていた。そこで彼は最終的に、四頭の去勢牛と鉄の鋤《すき》を買い、プレーリーを耕すために二人の戦士、小さい角《リトルホーン》と石の犬《ストーンドッグ》を雇った。

インディアンたちは、大草原を削りとり、ひっくり返して本来のまっ黒な土壌をあらわにする奥義をこころえていた。彼らは働きながら、土を切り裂くことを地球に謝り、聖霊たちを鎮める歌を歌った。白人は深く耕しすぎだと、彼らにはわかっていた。浅く開墾するようにすき刃を入れると、耕された地面の下に残された大量の草の根は、実際にはより早く腐敗し、彼らは一日に一エーカーどころか、二エーカーと四分の一も開墾してのけた。そのうえ、リトルホーンもストーンドッグも疥癬にかからなかった。

驚嘆したジェイは、近隣のみんなに彼らの方式を教えようとしたが、喜んで耳を貸す者はひとりもいなかった。

「つまり、あの無知な野郎どもは、僕をよそ者だとみなしてるからなんだ。僕はサウスカロライナ生まれで、あいつらの何人かはヨーロッパで生まれているにもかかわらずな」と彼はロブ・Jに不満をぶちまけた。「奴《やつ》らは僕のことなんか信用してないんだ。あいつらはアイルランド人もユダヤ人も中国人もイタリア人も、誰かれなしに、アメリカに遅れてやってきた者たちすべてを嫌ってるんだ。フランス人とモルモン教徒も、宗教上の主義が気に入らないから嫌いだし、インディアンにいたっては、アメリカに早く来すぎてたから憎んでるんだ。いったいぜんたい、奴らは誰なら気に入るっていうんだ？」

ロブはニヤッと笑った。「簡単さ、ジェイ……彼らは自分たちだけが好きなんだよ！　まさに正確な時機にアメリカにやってきた自分たちだけが、正当な存在だと思ってるのさ」と彼は言った。

ホールデンズ・クロッシングでは、好かれることと受け入れられることとは別だった。ロブ・Jとジェイ・ガイガーは、彼らの専門職が必要とされたがゆえに、しぶしぶ受け入れられただけなのだ。彼らは、地域社会というキルトのなかで、浮いた布きれになってしまい、二つの家族はひきつづき親密に、お互いに支えあい鼓舞しあって暮らしていた。子供たちは、夜ベッドのなかで、父親たちが愛と情熱をこめて弦楽器で奏でる美しい音楽に耳を傾け、偉大な作曲家たちの音楽に親しんでいった。

シャーマンが五歳になった年の春、麻疹《はしか》がはやった。サラとロブを守っていた目に見えないよろいかぶとが消滅し、それとともに、二人を無傷のままでいさせてくれた幸運も消え去ってしまった。サラが病気を家に持ちかえり、本人もシャーマンも軽く麻疹にかかったが、風疹《ふうしん》にちょっとだけかかるのは運がいい、とロブ・Jは考えていた。経験上、一生のうち二度も風疹にかかった人物にお目にかかったことがなかったからだ。だがアレックスの症状はこれでもかと言うほどひどかった。母親と弟が熱っぽい程度なのに、彼は燃えるようにほてっていた。痒《かゆ》みが起こってくると、アレックスは身体をかきむしって血だらけになってしまい、ロブ・Jはしなびたキャベツの葉を身体にまいてやり、本人の安全のために手を縛った。

そのあと、猩紅熱《しょうこうねつ》が席巻した。ソーク族も猩紅熱にかかり、マクワ・イクワも彼らからうつされてしまった。サラは夫の助手として往診についていかれない憤りでいっぱいになりながら、家でインディアン女の看病をしなければならなかった。息子たち二人も病気にかかった。今回は、アレックスの症状の方が軽く、シャーマンは身体をほてらせ、嘔吐《おうと》し、耳が痛くて泣き叫んだ。さらに、壊滅的な発疹に襲われ、ところどころヘビのように皮膚がむけていた。

病気が自然に治ると、サラは家じゅうの戸を開けはなって、暖かな五月の空気をいれ、家族で休暇を楽しみましょうと宣言した。彼女はガチョウを焼いて、遠慮するガイガー一家を招待し、その晩は数週間ぶりに音楽が響きわたった。

ガイガー家の子供たちは、コール家の子供部屋の寝台の横にわらぶとんを敷いて寝かしつけられた。リリアン・ガイガーはそっと部屋に入っていき、一人一人子供を抱きしめてキスをした。ドアのところで立ちどまると、彼女はみんなにおやすみを言った。おやすみなさいと言うアレックスの声が返ってきた。残りの自分の子供たちの声も聞こえた。レイチェルにデイビーにハーム、そして小さいのでカビーと呼ばれているライオネル。彼女は一人だけ返事をしていないことに気づいた。「おやすみなさい、ロブ・J」と彼女は言った。だが返事はなく、少年はまるでもの思いにふけるように、まっすぐ前を見つめていた。

「シャーマン？　どうしたの？」しばらくして、それでも返事がないので、彼女は鋭く手をたたいた。五つの顔が彼女の方をむいたが、一人だけそのままだった。

もう一方の部屋では音楽家たち二人が、いちばんのお気に入りで、ウキウキさせてくれるモーツァルトの曲を合奏していた。ロブ・Jは、特に大好きな一節にかかったところで、リリアンがヴィオラの前にきて弓を手でおしとどめたのでビックリした。

「あなたの息子さん」と彼女は言った。「下の子は、耳がきこえないわ」

第二十五章　静かな子供

ロブ・Jはこれまでずっと、肉体的にも精神的にもダメージをもたらす病から人々を救うために奮闘していた。だが、患者が自分の愛する人間であることが、こんなにもつらいこととは思いもよらなかった。彼は治療する相手を一人残らず大事にしてきた。病気のせいでさもしくなっている人間だろうと、病気になる前からさもしかった人間だろうと、助けを求めて自分のもとへやってくるのだから。スコットランドで若かりし医者だったとき、自分の母親が衰えて死にゆこうとしている姿を目にした。それはこれまで、医者としての無力さかげんを思いしらされた最大の苦い経験だった。そしていま、強くて丸々とした、年齢よりは身体が大きいといっても、まだ幼い息子にふりかかった事態に、彼の心はヒリヒリと痛んだ。

シャーマンは、父親が手をたたいても、重たい本を床に落としても、目の前で怒鳴ってもボーッとしていた。

「な・に・か……き・こ・え・る・か？　む・す・こ・よ？」ロブはわめいて、自分の両耳を指さしてみせたが、少年はただ困惑したようにじっと見つめるばかりだった。シャーマンは完全に聞こえなくなってしまったのだ。

「よくなるの？」サラが夫にたずねた。

「たぶん」とロブは言ったが、彼の方がよくわかっているだけに、彼女よりも怖れをいだいていた。絶望的な状況だということを、彼女はただ感じるのみだった。

「あなたなら、治せるわ」彼女は彼に全幅の信頼をよせていた。かつて自分を助けてくれたみたいに、二人の子供も守ってくれるだろうと。

彼は治療の手だてもわからないまま、何でも試してみた。シャーマンの耳に温めた油をそそぎ、熱い湯で入浴させ、圧定布をはった。サラは神に祈り、ガイガー夫妻もエホバに祈ってくれた。マクワ・イクワは水太鼓を打ち鳴らし、マニトゥと聖霊たちに歌をささげた。だが、神も霊魂もふりむいてはくれなかった。

＊

はじめ、シャーマンは困惑しすぎて怯《おび》えるどころではなかったが、数時間もすると、べそをかいて泣き叫びはじめた。彼は頭をふって耳をかきむしった。耳がまたひどく痛みだしたのだとサラは思ったが、ロブはすぐにそうではないと感じた。前にもこれと同じ光景を目にしたことがあったからだ。

「僕たちには聞こえない雑音がするんだ。頭の中でね」

サラは青ざめた。「頭のなかに何かあるの？」

「いや、そうじゃない」これは耳鳴りと呼ばれている症状だと説明はできたものの、そうしたシャーマンにしか聞こえない音をひき起こしている原因が何なのかは彼にもわからなかった。

シャーマンは泣きやまなかった。父と母とマクワは、代わる代わる添い寝して抱きしめてやった。息子にはパチパチいう音や、リンリン鳴る音や、雷のような怒号や、しゅーしゅーいう音など、さまざまな騒音が聞こえていたことを、あとになってロブも知ることになった。その音たるや、大音響で、シャーマンはひっきりなしに怖がっていた。

耳の中の連打が消えたのは、それから三日後だった。シャーマンは心からホッとし、ふたたび戻ってきた静寂はむしろ心地よかったが、彼を愛する大人たちは青白い小さな顔に浮かんだ表情を絶望のしるしだと受けとって、胸を痛めた。

その夜、ロブはボストンにいるオリバー・ウェンデル・ホームズに、難聴の治療法についての助言を求める手紙を書いた。彼はまた、この状況をいかんともしがたい場合にそなえ、耳が聞こえない息子をどう育てたらよいか、有益な情報があったら送ってくれるようにも頼んだ。

＊

シャーマンをどう扱ったらよいのか、みんなは途方に暮れた。ロブ・Jが医者としての解決策をさがしまわる一方で、シャーマンをみる責任を引き受けてくれたのがアレックスだった。弟の身に起こったことに驚き、怯えてもいたが、アレックスはすばやく順応した。彼はシャーマンの手を握ってはなさなかった。兄が行くところ、弟ありだった。指が痛くなると、アレックスは反対側の手をつないだ。シャーマンはすぐに、ビガーの汗ばんで、たいていは汚れた手で握りしめられ、保護されることになれてきた。

アレックスはぴったり彼により添っていた。「おかわりが欲しいんだ」彼は食事中にそう言って、シャーマンの空になったボウルを母親にさしだして、ついでもらうこともしばしばだった。

サラは二人の息子を見守り、お互いに悪い影響を与えあっているのに気づいた。シャーマンがしゃべらなくなると、アレックスまで一緒にだんまりを決めこみ、お互いに視線を一心に固定して、一連のおおげさな身ぶりでシャーマンと意志疎通をはかるようになったのだ。

彼女は、自分が必死に警告して叫んでも聞こえないため、シャーマンがさまざまな恐ろしい運命に陥ってしまうという状況を想像して苦しんだ。そこで彼女は、息子たちを家の近くから離れさせないようにした。二人はたいくつして、地面に座ってナッツと小石でおもしろくもない遊びをしたり、棒で土に絵を描いたりした。シャーマンは自分の声が聞こえないせいで、小さな声で話しがちになり、みんなはもごもご口にしたことばをくり返させようとしたが、それも彼には聞こえなかった。そのうちに、彼はしゃべる変わりにフンフンうなるようになってしまった。アレックスは腹をたて、つい現実を忘れてしまうこともあった。「なんだって？」と彼は怒鳴った。「なんなんだよ、シャーマン！」それから耳が聞こえないことを思いだし、ふたたび身ぶりにもどるのだった。彼は身ぶりで何かを一生懸命に伝えようとして、シャーマンみたいにフンフンうなるありがたくない癖を身につけてしまった。息子たちが動物になってしまった気がして、サラはこのうなるような喉《のど》をならすような音に我慢がならなかった。

彼女もまた、望ましくない癖に陥ってしまった。どれくらい耳が聞こえないか試そうとして、たびたび子供たちの背後から近づいては、いきなり手をたたいたり、指を鳴らしたり、名前を呼んだりしてしまうのだ。だが家のなかでは、足音は振動となって床を伝わってしまい、シャーマンはすぐ彼女の方に顔をむけたし、ほぼ毎回、アレックスのしかめ面で彼女が妨害しにきたのを気づかれてしまうのだった。

彼女はこれまで、子供の面倒をみるよりも、機会があるごとにロブ・Jと往診にでることを選んでしまうような、あてにならない母親だった。医学こそが夫の生きがいであり、自分への愛情にもまさるものだと理解しているのと同じように、彼女の人生にとっていちばん大切な存在は夫だったのだ。それが正直なところだった。彼女はアレクサンダー・ブレッドソーや、ほかのどんな男にも感じたことがないほど、ロブ・J・コールに魅《ひ》きつけられていたのだ。いま息子の一人が危機に瀕《ひん》し、彼女は息子たちに全力で愛情をそそぎなおそうとしたが、遅すぎた。アレックスは弟をかたときも手放そうとせず、シャーマンはマクワ・イクワに依存するようになってしまっていた。

マクワは依存関係を思いとどまらせようとはしなかった。シャーマンを長時間へドノソテにおいておき、一挙手一投足を見守った。一度など、シャーマンが木にむかって小便をした場所に彼女が急いでやってきて、まるで聖人の遺物でも集めるみたいに、濡《ぬ》れた土をすくい集めて小さなコップに入れて持ち去るのをサラは目撃した。あの女は、自分の夫がいちばん価値をおいている時間をわがものにしようとする悪霊《スックブス》だと思った。そしていま、子供まで自分のものにしようとしているのだと。彼女はマクワが歌を歌い、野蛮な儀式をおこなって魔法をかけているのを知っていた。考えただけで身の毛がよだったが、あえて異議を唱えはしなかった。子供を救ってくれるのなら——それが誰だろうと、何だろうと——何でもいい。そんなわらにもすがる思いだっただけに、何日たってもその未開人の馬鹿げた行為で息子の症状がなにひとつ改善されないとわかると、やはり、真実の信仰はたった一つしかないのだという独善的な思いを強くせざるをえなかった。

夜、サラは自分が知っていた聾《ろうあ》啞者《しゃ》たちに思いをはせてさいなまれ、眠れずに横になった。特に、バージニアの村にいた精神薄弱で身なりもだらしなかった女性について思い出された。

彼女と友人たちは、その哀れな生き物がデブで耳が聞こえないことをはやしたてて、通りをついてまわったのだった。ベッシー。そう、彼女はベッシー・ターナーといった。彼女たちは、いくらぞっとするようなことばを怒鳴ってもへっちゃらなのに、肉体的な侮辱をくわえると、ベッシーがとたんに反応するので、おもしろがって棒きれや小石を投げつけていたのだ。シャーマンも残酷な子供たちに、通りではやしたてられるのではないかと彼女は心配になった。

＊

ゆっくりとだが、彼女にもロブが――あのロブでさえ！――シャーマンを助ける術《すべ》をもちあわせていないことがわかってきた。彼は毎朝のように往診にでかけ、ほかの人々の病気に夢中になっていた。なにも彼が自分の家族をないがしろにしていたわけではない。ただ、毎日毎日息子たちと留守番して、二人の苦闘を見せつけられているせいで、時々、彼女にはそんなふうに感じられたのだった。

ガイガー夫妻は力になろうと、両家族が以前よく楽しんだような晩を過ごそうと何回か誘ったが、ロブは断った。彼はもはやヴィオラ・ダ・ガンバさえも弾かなくなっていた。シャーマンには聞こえない音楽を奏でるなんて耐えられないのだろう、と彼女は思った。

彼女は農場での仕事に没頭した。オールデン・キンボールが小区画を二度鋤《す》きしてくれたので、彼女は野心的に野菜畑づくりに着手した。川岸と何マイルもさがしまわってレモン色のキスゲを見つけ、家の前の苗床に植えかえた。毛を刈る前に羊毛をきれいにするため、オールデンとムーンを手伝って、メーメー鳴いている羊たちを、小さなグループにわけて筏《いかだ》に追いこみ、まんなかまでつれていってつき落とし、岸まで泳いで帰らせた。春生まれの雄羊たちを去勢したあと、バケツいっぱいの睾丸《こうがん》を持ち帰る彼女を、オールデンが横目で見ていた。サラは、男の人の精巣もしわしわの皮膚の下でこんなふうになっているのかしら、といぶかりながら繊維質のおおいをむいた。それから、やわらかな小さい球を半分に切っていき、野生のたまねぎとスライスしたホコリタケと一緒に、ベーコンの脂で揚げた。分け前を持っていくと、オールデンはむしゃむしゃ頰張《ほおば》り、こいつぁ最高だと言って機嫌をなおした。

彼女は、ほぼ満ちたりて暮らしていた。ただ一点をのぞいて。

ある日、ロブ・Jは家に戻ると、トビアス・バーにシャーマンのことを相談してきたと告げた。

「近々、聾学校がジャクソンビルにできるそうなんだが、バーは詳しいことはなにも知らなかった。僕がそこに行ってずっと調べてきてもいいんだが……なにしろシャーマンはまだ小さいから」

「ジャクソンビルは百五十マイルもはなれてるわ。あの子にほとんど会えなくなってしまう」

バー医師は、耳が聞こえない子供の治療法にはうといと打ち明けてくれた、と彼は言った。実際、数年前に、彼は八歳の少女と六歳になるその弟の治療を断念したという。結局、子供たちは州の保護下におかれ、スプリングフィールドにあるイリノイ救護院に送られてしまったのだ。

「ロブ・J」と彼女は言った。開けはなった窓から、息子たちの喉を鳴らすようなうめき声が聞こえてきた。狂ったような音だった。そしてふいに、ベッシー・ターナーの虚《うつ》ろな瞳《ひとみ》がまざまざとよみがえった。「耳が聞こえない子を精神病の人たちと一緒に監禁するなんて……むごすぎるわ」例によって、おぞましい考えが彼女に寒気をおこさせた。「シャーマンは」と彼女はささやいた。「わたしが犯した罪のせいで罰せられているんじゃないかしら？」

ロブは彼女に腕をまわし、いつものように身体をひきよせた。

「違うよ」と彼は言い、長いこと彼女を抱きしめた。「ああ、サラ。二度とそんなこと考えちゃダメだ」だが、これからどうしたらいいのか、彼にもわからなかった。

＊

ある朝、二人の少年がリトルドッグとバードウーマンと一緒にヘドノソテの前に座って、ククワが煎《せん》じて薬を作るための柳の小枝の樹皮をむいていると、見なれないインディアンがやせこけた馬に乗って川沿いの森から姿をあらわした。めったに見かけないスー族で、もはや若くはなく、みすぼらしくボロを着て、馬と同じくらいやせこけていた。足は裸足《はだし》で汚れていた。鹿革のすね当てとふんどしをつけて、上半身にはショールのようにボロボロのバッファローの毛皮をかけて、ずり落ちないように、ボロ布を結びあわせたベルトをしめていた。長い白髪はよく手入れされておらず、後頭部を短く一本に三つ編みして、頭の両側はそれより長く二本三つ編みをし、細長いカワウソの毛皮で巻いてあった。

何年か前だったら、ソーク族はスー族を武器でむかえただろうが、いまではお互いに共通の敵に包囲されているのがわかっていたので、ことばの異なる大草原部族が用いる手信号で男があいさつしてくると、彼女も指であいさつを返した。

男はマセシボウィ沿いの森林のはずれを通って、ウィスコンシンをぬけてきたのだろう、と彼女は推測した。自分は争う気はなく、沈む太陽を追って、七つの部族の地へやってきた、と男は手話で告げた。彼は食べ物をこうた。

四人の子供たちは手話に魅了され、クスクス笑いながら小さな手で「食べる」を意味する手話をまねた。

彼はスー族なので、ただ単に何かをあげるわけにはいかなかった。そこでリスのシチュー一皿と大切りのコーンケーキ、そして道中で食べる乾燥した豆が入った小さな袋と、彼の編んだ縄とを交換した。シチューは冷めていたが、彼は馬を下りるとひもじそうにガツガツ食べた。

彼は水太鼓を目にすると、聖霊守なのかとたずねてきた。彼女がそうだと知らせると、落ち着かなさそうにした。彼らはお互いに名前を名のりあわなかった。男が食べ終わると、白人に殺されてしまうので羊を狩ってはいけないと彼女は警告してやった。男は、ふたたびやせこけた馬に乗って去っていった。

子供たちはまだ、指をつかった遊びに興じ、しきりに意味をなさない手信号を作っていた。だがアレックスだけは、ちゃんと「食べる」のサインを作っていた。マクワはコーンケーキをちぎって彼に与えると、ほかの子たちにも手信号のだしかたを教え、正しくできた者にはほうびにケーキをひとかじりさせてやった。この異部族間の言語は、ソーク族の子供が教わらなければならないことの一つだったので、さらに「柳」のサインを教えた。白人の兄弟は、単なる親切心から一緒にまぜてやっていたが、シャーマンの飲みこみが早いのがわかると、彼女に興奮するような考えがひらめき、ほかの子たちよりも彼に集中して教えた。

「食べる」と「柳」にくわえて、彼女は「少女」や「少年」、「洗う」、「ドレス」を示すサインも教えた。初日はこれくらいにしておこうと彼女は考え、子供たちが完璧《かんぺき》にサインをおぼえるまで、新しい遊びのように、くり返し同じ手信号を練習させた。

その日の午後、ロブ・Jが家にもどると、マクワが子供たちを送りとどけてきて、教えたことを実演させた。

ロブ・Jは耳の聞こえない息子を思いやり深く見守った。マクワの瞳は達成感できらめいていた。彼が二人をほめてやりマクワに礼を言うと、彼女はこれからも手信号を教えると請け負った。

「いったいぜんたい、何のためになるっていうの？」二人っきりになるとサラが苦々しげに彼にたずねた。「どうしてわたしたちの息子に、インディアン連中しか理解できない、手での会話をおぼえさせなければいけないの？」

「あれと似た聾者のための手話があるんだよ」とロブは親切に言った。「フランス人が発明したんだと思う。医学校にいた頃、耳が聞こえない人間が二人で、声のかわりに手を使って難なく話しあっているのを見たことがあるんだ。手話の本を注文してみんなで勉強したら、僕たちもシャーマンと話せるようになるかもしれない」

彼女は不承不承ながら、試してみる価値はあると賛成した。とりあえず、インディアンの手話を学ばせても子供の害にはならないだろうとロブ・Jは考えていた。

＊

オリバー・ウェンデル・ホームズから長い手紙がとどいた。彼は例のごとく徹底的にハーバード大学医学部の図書館で文献を調べあげ、ロブ・Jが詳細に記したシャーマンの症例について、その道の権威たちにたずねてまわったのだった。

シャーマンの症状が好転することはほぼ望めないと彼は言ってきた。「時々は」と彼は書いていた。「麻疹《はしか》や猩紅熱《しょうこうねつ》や髄膜炎といった病気のあと、突発的にまったく耳が聞こえなくなった患者に聴力がもどることもある。だがたいていは、重い感染症によって細胞が傷ついたり、傷痕がのこったりして、敏感で繊細な機能が破壊されてしまい、治療で回復させることはできないのだ。

きみは反射鏡をつかって両耳の外耳道を調べたとのことだが、手鏡でロウソクの光を耳のなかに集めるという発想には敬服した。きみが調べることができた部分よりも奥で損傷が起きていることは、ほぼまちがいない。解剖を通じて、きみもわたしも中耳と内耳のもろさと複雑さをよく知っている。幼いロバートの問題が鼓膜、耳小骨《じしょうこつ》、槌骨《つちこつ》、砧骨《きぬたこつ》、鐙骨《あぶみこつ》、あるいは蝸牛《かぎゅう》にあるのか、われわれには知る術《すべ》がないのだ。われわれが言えるのは、わが友よ、きみがこの手紙を読んでいる時点で息子さんの耳がまだ聞こえないとすれば、十中八九、これから残りの人生も耳が聞こえないままだろうということだ。

そうなった場合、問題となってくるのは、彼を育てる最良の方法を考えてやることだ」

ホームズは、聾唖《ろうあ》で盲目の二人の生徒に、手でアルファベットを描いて意思疎通することを教えることに取り組んだことのある、ボストンのサミュエル・G・ハウ医師に相談した。三年前、ハウ医師はヨーロッパを歴訪し、はっきりと遜色《そんしょく》なく話すことを教わっている耳の聞こえない子供たちを目にしたのだ。

「しかし、子供たちにしゃべることを教えている聾学校はアメリカにはないのだ」とホームズは記していた。「そのかわり、生徒たちはもれなく手話を指導されている。きみの息子が手話を教われば、ほかの聾者とだけは疎通がとれるようになるだろう。だが、話すことをおぼえ、唇を読んで相手の言っていることを理解できるようになれば、彼が一般社会で生きていかれない理由など見当たらないのだ。

したがって、ハウ医師は、息子さんを家においておき、君自身の手で教育をほどこすことを薦めている。わたしも同意見だ」

相談にのってくれた医師たちは、シャーマンが話さなくなったら、発声器官がおとろえて徐々にものが言えなくなっていくだろうとだけ教えてくれた。しかしホームズは一歩踏みこんで、もし完璧にことばをしゃべらせたいなら、コール一家は幼いロバートに一定の意味を持った手話や身ぶりを使ってはいけないし、彼の手話にも絶対に反応してはいけないと警告していた。

第二十六章　拘束

白い《カウツ》シャーマン《ワベスキオウ》が、子供たちに部族の手信号を教えるのをやめてくれと告げると、はじめのうちマクワ・イクワは理解できないようだった。だがロブ・Jは、どうして手信号がシャーマンのためにならないかを説明した。シャーマンはすでに十九個の手信号をおぼえていた。お腹がすいたことや、水が飲みたいことを知らせることも、寒い、熱い、病気、元気といった状態を示すことも、感謝や不満をあらわすことも、挨拶《あいさつ》したり別れを告げたり、大きさを説明したり、賢いとか愚かだとか批評したりすることもできた。ほかの子供たちにとって、インディアンの手信号はあたらしい遊びの一種にすぎなかった。だが、わけがわからないままに意思疎通を絶たれてしまったシャーマンにとっては、世の中との接点を回復する手段だったのだ。

彼は手信号でのおしゃべりをやめなかった。

ロブ・Jは、まわりの者たちにも手話の会話にくわわることを禁じたが、みんな子供だったので、シャーマンがサッとサインを送ると、時には衝動的に反応してしまった。

何度かこうした手話のやりとりを目撃したロブ・Jは、サラが包帯用にまいておいたやわらかい細布をほどき、シャーマンの手首を縛って、ベルトにむすびつけた。

シャーマンは泣き叫んだ。

「あなたは息子を……動物みたいに扱うのね」とサラがぽつりと言った。

「もう取りかえしがつかなくなっているかもしれないんだ。これが最後のチャンスかもしれないんだよ」ロブは慰めるように妻の手をつつんだ。だが、いくら懇願されても彼の決意は変わらず、息子は小さな囚人みたいに、両手をくくりつけられたままにされた。

＊

アレックスは、麻疹でものすごく痒《かゆ》い発疹《はっしん》がでたとき、ひっ掻《か》かないようにロブ・Jに手を縛られたことを思い出した。彼は自分の身体が血だらけになっていたことは忘れてしまい、痒いのに掻けなかったジレンマと、縛られたときの恐怖心だけをおぼえていた。そこで納屋で手鎌を見つけてくると、弟を縛っているひもを切ってやった。

ロブ・Jは彼を家に閉じこめた。しかしアレックスは反抗し、台所の包丁を持って外へ出ていき、またもやシャーマンの拘束をといて、弟の手をとって連れ去ってしまった。

正午になって二人がいないことに気づき、農場にいるみんなが仕事をすべてやめて捜索にくわわり、少年たちの一人にしか聞こえない名前を呼びながら、森のなかや大草原の牧草地や川ぞいへと広がっていった。川のことを口にだす者は一人としていなかった。だが、その年の春にノーヴーからカヌーでやってきた二人のフランス人が、増水した川で転覆し溺死《できし》していたので、誰の頭にも川の脅威がよぎっていた。

少年たちの消息は遅々として知れなかったが、夕方にむけて日射しが弱まってきた頃、ジェイ・ガイガーの乗った馬がコールの敷地にやってきた。鞍《くら》の前にシャーマンを、うしろにはアレックスを乗せていた。自分のトウモロコシ畑のまんなかで見つけたと彼はロブ・Jに言った。畝のあいだの地面に座りこんで、手をしっかり握りあって、ただもう大声で泣いていたのだという。

「雑草をチェックしに行っていなかったら、いまごろ二人はまだそこに座っていただろうね」とジェイは言った。

ロブ・Jは、息子たちが涙にぬれた顔を洗ってもらい、食事を食べ終わるまで待った。それからアレックスをつれて、川ぞいの小道に散歩にでかけた。さざ波が岸辺の石をサラサラと洗い流していた。水は空よりも暗く、夜の到来を告げていた。はるか上流では、ツバメたちが舞いあがっては、時には地面すれすれまで急降下をくりかえした。アオサギが目的をもった定期船のように、水面をきって進んでいた。

「どうしてお前をここにつれてきたか、わかるかい？」

「ぶつため」

「一度だって、ひっぱたいたりしたことがあったかい？　そんなことしやしないよ。そうじゃなくて、お前に相談したいことがあったんだ」

少年は、たたかれることより相談されることの方がましなのかどうか判断しかねて、警戒するように彼を見つめた。

「なんのことを？」

「交換するって、どういう意味だかわかるかい？」

アレックスはうなずいた。「知ってるよ。物を交換したこと、たくさんあるもの」

「ねえ、僕はお前と意見を交換したいんだ。弟のことについてね。シャーマンはお前みたいな兄さんがいてしあわせ者だよ、面倒をよくみてくれるんだからね。お母さんも僕も……僕たちはお前をほこりに思ってるんだ。感謝してるんだよ」

「……彼への仕打ちはひどいよ、パパ、手を縛ったりなんかして」

「アレックス、これ以上お前が手信号をやりとりしたら、彼はしゃべる必要がなくなってしまうんだ。そうしたら、あっというまにしゃべり方を忘れて、二度と彼の声を聞くことができなくなってしまうんだ。二度とだよ。信じてくれるかい？」

少年は不安でいっぱいになって、目を大きく見開いた。

「むすんだ手はそのままにしておいて欲しいんだ。それから、絶対に彼と手信号をやりとりしないこと。彼に話しかけるときは、最初に自分の口を指さして、彼の注目をそこにあつめておいて、それからゆっくりはっきりと喋るんだ。くり返し同じことを言うんだ、そうすると彼が唇を読むようになるからね」ロブ・Jは彼を見つめた。「わかってくれるかい、アレックス？彼に話すことを教えるのを手伝ってくれるかい？」

アレックスはうなずいた。ロブ・Jは彼を胸にひきよせて抱きしめた。肥料をまいたトウモロコシ畑で、汗まみれになって泣きながら一日じゅう座っていた十歳の男の子の臭いがした。家に帰るとすぐに、ロブ・Jは風呂《ふろ》の水を運ぶのを一緒に手伝ってやった。

「愛してるよ、アレックス」

「僕もだよ、パパ」とアレックスはささやいた。

＊

全員に同じ通達がだされた。

まずシャーマンの注意をひく。自分の唇を指さす。ゆっくりはっきりと彼に話す。彼の耳にではなく目にむかってしゃべる。

朝、起きるとすぐにロブ・Jはシャーマンの手を縛った。食事のときには、食べられるようにアレックスがひもをといてやり、終わったらまた結わえるのだった。アレックスは、ほかの子供たちが手信号をしないように見はった。

シャーマンの目つきは苦しみを増していき、残りの者たちは心を閉ざされたようで、胸がしめつけられた。彼には事態がのみこめず、ちっともしゃべろうとはしなかった。

＊

もしロブ・Jが、誰かほかの人間が自分の息子の手を縛っていると耳にしたら、全力をあげてその子を助けようとしただろう。残忍な行為は彼の性格とあいいれなかった。シャーマンの受難がほかの家族にも影響をもたらした。彼は診察カバンを持って治療に出かけることに、唯一の逃げ場を見つけた。

農場の外の世界は、コール一家の苦悩などどこ吹く風でまわっていた。その夏ホールデンズ・クロッシングでは、新しく三家族が芝土の家を板張りの木造家屋に建てかえていた。校舎を建てて教師を雇おうという気運が高まり、ロブ・Jとジェイソン・ガイガーはともにその案を強力に支持した。二人とも自分の子供を家で教育しており、緊急の場合はお互いが代わりをつとめあったりしていたが、子供たちはきっちりした学校に通わせたほうが良いだろうと意見が一致していたのだ。

ロブ・Jが薬局に立ちよると、ジェイは知らせたいことがあってうずうずしている様子だった。リリアンのバブコック製ピアノを取りよせたのだと彼はだしぬけに言った。コロンバスで木枠につめられ、千マイル以上も筏《いかだ》や川船で運ばれてきたのだ。

「サイオト川からオハイオ川までくだり、オハイオ川からミシシッピ川へ、そしてべらぼうに大きいミシシッピ川をのぼって、ロックアイランドのグレートサザン運輸会社の桟橋についたんだ。あとは僕の荷馬車と牛たちを待つのみさ！」

＊

うち捨てられたモルモン教徒の町ノーヴーにいる友人が病気なので診てくれないか、とオールデン・キンボールがロブに頼んできた。

オールデンは道案内として一緒についてきた。彼らは馬ともども自費で平底船に乗って、楽に川を下っていった。ノーヴーはさびれた、幽霊のでそうな町で、川の大きな彎曲部《わんきょく》に碁盤の目のように広い通りが配置され、端正なしっかりした家が建ちならび、中央にはソロモン王が建てたかのような大寺院が石の廃墟《はいきょ》と化していた。末日聖徒たちがユタ州に移っていくとき、首脳部と関係をたった謀反人や老人といった、ひと握りのモルモン教徒だけが、いまだにここに住んでいるのだとオールデンは言った。気ままな思索家たちを魅《ひ》きつけるような場所で、町の一画にはみずからをイカリア人と称する小さなフランス人移民団が土地を借りて、共同生活を送っていた。オールデンは鞍の上でふんぞりかえって見下しながら、フランス人街をまっぐぬけて、小ぎれいな路地に面した、風雨にさらされた赤レンガの家にロブをつれていった。

オールデンが玄関をノックすると、中年の女性がニコリともせず扉をあけ、うなずいて招きいれた。オールデンがビダモン夫人だと紹介したときも、彼女はロブ・Jにただうなずいただけだった。居間には人がたくさん座ったり立ったりしていたが、ビダモン夫人はかまわず二階にロブを案内した。そこには麻疹《はしか》にかかった十六歳くらいのむっつりした少年が寝ていた。重症ではなかった。ロブは母親に粉にしたカラシナの種をあたえ、風呂にまぜて少年を湯につからせる方法を指示し、お茶として飲む乾燥したニワトコの花をひと袋渡した。

「そんなことはないと思いますが」と彼は言った。「もし耳に感染症がでたら、すぐに僕を呼んでください」

彼女は先に下へおりていき、居間に集まった人々に安心させることばをかけたに違いない。ロブ・Jが玄関まで歩いていくと、彼らは手に手に贈り物を持って待っていたのだ。ハチミツひと瓶に、砂糖漬けの壷《つぼ》が三つ、それにワインが一本。それからガヤガヤと礼のことばを口にした。家の外にでると、彼は両腕をいっぱいにしてつっ立ったまま、困惑してオールデンを見た。

「少年を治療してくれたんで感謝してるんでさぁ」とオールデンは言った。「ビダモン夫人ね、彼女はここの宗教の開祖、末日聖徒の預言者ジョゼフ・スミスの未亡人なんだ。みんな、若せがれも預言者だと信じてるんですよ」

馬で立ち去りながら、オールデンはノーヴーの町をしみじみと眺めてため息をついた。

「ここは住むのにゃぁもってこいの場所だ。ジョゼフ・スミスが自分のつっつき棒をズボンのなかでおとなしくさせてられなかったから、全部だいなしになっちまったんだ。スミスと彼が考えた一夫多妻のおかげでね。霊的妻たちなんて呼んでたが、霊もへったくれもあったもんじゃねえ、単に好き者だっただけさ」

聖徒たちはオハイオ州からもミズーリ州からも追いだされ、最終的にはイリノイ州からも追われたのをロブ・Jは知っていた。彼らが一夫多妻だという噂《うわさ》がながれ、地元住民たちの激昂《げっこう》をかったからだ。彼は、オールデンの過去について詮索《せんさく》したことは一度もなかったが、つい我慢しきれなくなってしまった。

「きみにも奥さんが一人以上いたのかい？」

「三人ね。教会と絶縁しちまったんで、ほかの聖徒たちに分配されたんでさぁ。チビたちも一緒にね」

ロブは何人子供がいたのかはあえて聞かなかったが、悪魔に舌をあやつられるように、もう一つだけ質問をした。

「それって、わずらわしかったかい？」

オールデンはしばし考えこんでから、吐きすてるように言った。

「いろんな変化が楽しめて、たしかにおもしれぇもんです、それは否定しませんよ。でもたくさんいない方が、平和なもんです」と彼は言った。

＊

その週、ロブは若き預言者から年老いた下院議員まで治療した。ワシントンからイリノイにもどってくる途中で発作をおこした、合衆国下院議員サミュエル・T・シングルトンを診察するため、ロックアイランドに呼びよせられたのだ。

シングルトンの家に入っていくと、トーマス・ベッカーマンが帰るところだった。トビアス・バーも下院議員シングルトンを診察したんだ、とベッカーマンは彼に告げた。

「彼はよほどたくさん診察結果が必要なんだろうよ」とベッカーマンは不機嫌そうに言った。

それはサミュエル・シングルトンの不安の大きさを物語っていたが、ロブ・Jは診察してみて、彼が怖れるのももっともだと思った。シングルトンは七十九歳の背の低い男で、頭がほとんどハゲあがり、肉がたるんで巨大な太鼓腹がつきでていた。ロブ・Jは、ゴボゴボ、ガラガラ、プップッと苦しそうにうつ彼の心臓の鼓動に耳をかたむけた。

年老いた男の手をとり、黒衣の騎士の瞳《ひとみ》をのぞきこんだ。

シングルトンの助手でスティーブン・ヒュームという名の男と、秘書のビリー・ロジャーズがベッドの足元に腰かけていた。

「われわれは一年中ワシントンにいたので、議員は演説もしなければならんし、地盤のてこ入れもせねばならないんですよ。議員はひどく多忙なんです、先生」とヒュームは、まるでシングルトンの具合が悪いのはロブ・Jの責任であるかのように、非難がましく言った。ヒュームはスコットランド系の名前だが、ロブ・Jは彼に親近感を感じはしなかった。

「ベッドで静養なさい」と彼はシングルトンに無愛想に言った。「演説や地盤のことなど忘れて、軽い食生活を心がけ、アルコールを控え目に」

ロジャーズがにらみつけた。「ほかの二人の先生はそんなことは言っていなかった。バー先生は、ワシントンからの旅のあとなら誰でも疲れきっていて当然だと言っていた。それから、もうひとりのお仲間、あなたと同じ町のベッカーマン先生。彼もバー先生と同意見で、下院議員に必要なのは家庭料理と大草原の空気だと言っていた」

「われわれは、あなたたち同業者を何人か呼びよせるのが得策だと思ったんですよ」とヒュームは言った。「意見が食い違った場合のためにね。そのとおりになったようですな。そしてほかの先生たちはあなたと意見が異なっている。二対一ですな」

「民主主義ですか。しかし、これは選挙じゃないんです」ロブ・Jはシングルトンの方にむきなおった。「命をながらえるために、わたしの助言にしたがってくれることを願いますよ」

年老いた、冷たい瞳は楽しんでいるようだった。「きみは州議会議員ホールデンの友人だったな。わたしの記憶が正しければ、いくつかの投機で彼のビジネスパートナーでもある」

ヒュームが高笑いした。「ニックは下院議員に引退して欲しくてたまらんらしい」

「僕は医者です。政治なんかどうだっていいんです。だいたい、僕を呼んだのはあなたなんですよ、下院議員」

シングルトンはうなずき、ほかの二人の男たちの方へチラッと視線を送って指令を発した。ビリー・ロジャーズがロブを部屋の外へ案内した。彼はシングルトンの危機的状況を説きつけようとしたが、秘書らしい事務的なうなずきと、政治家然とした慇懃《いんぎん》な礼のことばを返されただけだった。ロジャーズは厩舎《きゅうしゃ》の少年にチップをやるみたいに、診察料を支払うと、あれよというまにロブを正面玄関の外に送りだしてしまった。

数時間後、ヴィッキーに乗ってホールデンズ・クロッシングの目抜き通りを進んでいたロブは、ニック・ホールデンの諜報網《ちょうほうもう》がはりめぐらされているのを目の当たりにした。ニックはハスキンスの店のポーチで、椅子《いす》を後方に傾け、片足を横木にのせて待ちかまえていた。ロブ・Jを見つけると、彼は馬をつなぐようにと手招きした。

ニックは即、彼を店の奥の部屋につれていき、興奮を隠そうともせずに言った。

「それで?」

「それでって、何が？」

「わかってるんだぜ。たったいま、サミュエル・シングルトンを診てきたんだろ」

「患者のことは患者としか話さないことにしてるんだ。愛する家族という場合もあるけどね。きみ、シングルトンの親戚《しんせき》かなんかだったかい？」

ホールデンは微笑《ほほえ》んだ。

「彼のことが大好きなんでね」

「好きぐらいじゃだめだな、ニック」

「じらすなよ、ロブ・J。ひとつだけ教えてくれりゃいいんだ。奴《やつ》は引退するか？」

「そんなに知りたければ、本人に聞くんだね」

「くそっ！」ホールデンは苦々しげに言った。

ロブ・Jは餌《えさ》をつけたネズミ獲りを用心深く避けながら貯蔵室をあとにした。革の馬具や腐りかけている種イモの臭気とともに、ニックの憤った声がうしろから迫ってきた。

「貴様の困った点はな、コール、誰が本当の友だちかわからんほど愚かだってことだ！」

ハスキンスは店じまいするときにチーズをしまい込んだり、クラッカー樽《たる》にカバーをしたり、そういうことに注意すべきだな、ネズミは夜のあいだに食料品を荒らしまわるんだろうから、と彼は店の正面からでていきながら思案した。どっちみち、大草原にこんなに近い場所じゃあ、ネズミの防ぎようはないが。

四日後、サミュエル・T・シングルトンは、ロックアイランドの行政官二人とダヴェンポートの行政官三人と会合の席につき、ミシシッピ川の両町にまたがる鉄橋の建設を予定している

『シカゴ・ロックアイランド間鉄道』の税金の所在について説明していた。彼は通行権についての審議中に、憤激したような小さなため息をつくと、その場にくずれ落ちてしまった。トビアス医師が呼ばれて大広間に到着した頃には、サミュエル・シングルトンが死んだことは近隣全体に知れわたっていた。

知事は一週間後に彼の後継者を指名することになった。ニック・ホールデンは指名を絡めとろうと、葬儀が終わるといちもくさんにスプリングフィールドに向かった。ロブは彼がごり押しする様がまざまざと目に浮かび、まちがいなくニックのかつての飲み友だち、あのケンタッキー生まれの副知事が手をまわすだろうと思った。だが、どうやらシングルトン側の組織にも独自の飲み友だちがいたらしく、結局、知事はシングルトンの補佐官だったスティーブン・ヒュームを、十八ヶ月の任期が残っている職に任命した。

「ニックはトンビにあぶらげをさらわれてしまったな」とジェイ・ガイガーが感想を述べた。「これから任期が終わるまでに、ヒュームは地盤を固めてしまうだろう。次の選挙には現職として出馬するから、ニックに勝ち目はほとんどないな」

ロブ・Jは、そんなことはどうでもよかった。彼は自分の家庭のなかで起こっていることに心を奪われていたのだ。

二週間が過ぎて、彼は息子の手を縛るのをやめた。シャーマンはもう手信号をしようとはしなかったが、しゃべりもしなかった。幼い少年の瞳には、何か死んだようなどんよりとした陰が漂っていた。みんなは彼をいっぱい抱きしめたが、少年はつかのま力づけられるだけだった。ロブはわが子を見つめ、自己疑念と無力感にさいなまれた。

その間にも、まわりの人々は彼の治療法に絶対まちがいはないと信じているかのように、指示にしたがっていた。シャーマンに話しかけるときには、彼が唇を読むのを促すべく、はじめに自分たちの口元を指さして注意をひいておいてから、ゆっくりはっきりと明瞭《めいりよう》に話した。

問題打破への新しい取り組み方法を考えだしたのは、マクワ・イクワだった。彼女は、インディアン少女のための福音教会学校で、自分やほかのソーク族の少女たちが迅速かつ効果的に英語を身につけさせられた方法をロブに教えたのだ。彼女たちは食事のときに、英語で頼まないかぎり何もとってもらえなかったのだ。

そのことをロブが相談すると、サラは怒りを爆発させた。

「奴隷みたいに身体を縛りつけただけじゃたりず、今度はあの子を飢えさせようっていうの！」

だが、ほかに試すべき道がほとんど見あたらず、ロブはわらにもすがる思いになってきていた。彼はアレックスに時間をかけて真剣に話をして協力をとりつけ、妻には特別なごちそうを作るように頼んだ。シャーマンは甘酸っぱい味つけに目がなかったので、サラはゆでだんご入りのチキンシチューと、デザートに熱々のルバーブのパイを用意した。

その晩、家族そろってテーブルにつくと、彼女が最初の品を運んできた。これまでと何ら変わらない風景だった。ロブが湯気をたてているボウルの蓋《ふた》をあけると、よだれのでそうなチキンとだんごと野菜の香りがテーブルに漂った。

彼はまずサラによそい、次にアレックスによそった。それから手をふってシャーマンの注意をひき、自分の口を指さした。

「チキン」と彼は言って、ボウルを持ち上げた。「ゆでだんご」

シャーマンは黙ったまま彼を見つめていた。

ロブ・Jは自分の皿に食べ物をよそって、腰をおろした。

シャーマンは両親と兄がせっせと食べるのを見て、イラだたしそうにうなりながら自分の空の皿を持ちあげた。

ロブは自分の口元を指してボウルを持ちあげて。

「チキン」

シャーマンは自分の皿をつきだした。

「チキン」とロブ・Jはくり返した。息子が黙ったままでいると、彼はボウルをおろしてふたたび食べはじめた。

シャーマンはすすり泣きをはじめた。彼は母親を見つめたが、彼女は心を鬼にして自分の分を食べ終えたところだった。彼女は自分の口元を指さしてから、ロブに皿をさしだした。

「チキンをお願い」と彼女が言うと、彼は食べ物をよそった。

アレックスもおかわりを頼んで入れてもらった。シャーマンは、この新しい攻撃、食事を剝《はく》奪《だつ》されるという新しい脅威に顔をゆがめ、座ったまま悲嘆に身ぶるいしていた。

チキンとゆでだんごが食べつくされると、皿がかたづけられて、サラがオーブンからだしたばかりの熱々のデザートと、ミルクを水さしに入れて持ってきた。サラは古いバージニア風レシピで作ったルバーブパイに満足気だった。たっぷりかけたメープルシロップが、生地の中身のお楽しみをかすかに予感させるように、ルバーブの汁とパイの上でカラメル状にブクブク泡立っていた。

「パイ」とロブが言うと、サラとアレックスにそのことばをくり返させた。

「パイ」と彼はシャーマンに言った。

だが、うまくいかなかった。彼の心ははり裂けそうだった。これ以上、自分の息子を飢えさすのが忍びなかった。彼は自分に言い聞かせた。子供を死なせるよりは口をきかない方がましだと。

彼は陰鬱《いんうつ》な表情で自分の分を切りわけた。

「パイ！」

それは憤激のわめき声、世の中のあらゆる不公平への反撃だった。その声は、ここしばらく耳にしていなかった。なつかしくかわいい声だった。それでもなお、叫んだのがアレックスではないことを確かめようと、彼はちょっとのあいだ馬鹿みたいに座ったままだった。

「パイ！　パイ！　パイ！」シャーマンは叫んだ。「パ・イ！」

幼い少年は怒りと欲求不満で身体をふるわせた。シャーマンの顔は涙でびしょびしょだった。

彼は鼻をふこうとする母親から身をよじって逃げた。いまは細かい点などどうでもいい、とロブ・Jは思った。「お願い」と「ありがとう」もあとで言えるようになるだろう。ロブは自分の口を指さした。

「そうだよ」彼は息子にそう言うと、うなずきながら巨大なひと切れを切りわけていった。

「そうだよ、シャーマン！　パイだ」

第二十七章　政治力学

ジェイ・ガイガーの農場の南に位置するひらたくて草の生い茂った区画は、オーガスト・ルンドという名前のスウェーデン人移民が政府から買いとっていた。ルンドは三年間ぶあつい芝土を開墾しつづけたが、四年目の春に若い奥さんがコレラにかかってあっというまに死んでしまった。奥さんを失ったことで、彼にとってその場所は忌まわしいものとなり、心にぽっかり穴があいてしまった。ジェイは彼の牛を、ロブ・Jは馬具といくつかの工具を買ったが、ルンドがどれだけその土地から逃れたがっているか知っていたので、二人とも多めに支払いをしてやった。彼はスウェーデンに帰っていき、彼が新しく開墾した畑は二年間、見捨てられた女性のように、吹きさらしのまま放っておかれ、かつての姿にもどろうともがいていた。そのうちに、地所はスプリングフィールドの土地仲介業者によって売られ、数ヶ月後に荷馬車を二台つらねたキャラバンが、ここに住む男一人と女五人を運んできた。

彼らがポン引きとその娼婦《しょうふ》たちだったなら、ホールデンズ・クロッシングにこれほどの興奮は巻き起こさなかっただろう。彼らはローマカトリック教会アシジの聖フランチェスカ修道会の司祭と修道女たちで、学校をひらいて若い子供たちをカトリックにとりこみにやってきたという噂《うわさ》が、ロックアイランド郡じゅうに広まった。ホールデンズ・クロッシングには学校と新教の教会の両方が必要だったが、どちらの計画も延々と話しあいがつづきそうな気配が濃厚だった。しかし、フランシスコ会修道士たちの登場で、みんなはがぜん刺激された。農家の居間を借りての何回かの『親睦《しんぼく》の夕べ』のあとで、教会建設のための資金を集める建設委員会がもうけられた。だがサラは閉口して言った。

「みんな簡単に意見がまとまらないんですもの、まるでつまらない口げんかをしている子供たちみたいだわ。経済的に、ただの丸太小屋でいいっていう人もいれば、木造建築や、レンガや、石造りがいいっていう人たちもいるし」彼女自身は、鐘楼や、尖塔《せんとう》や、ステンドガラスの窓がある石造りに賛成だった。つまり本物の教会だ。夏から秋をへて冬のあいだずっと議論がつづいたが、三月になると、町の住民は学校の校舎の資金もださなければならないという現実に直面し、建設委員会は下見板は張らずに上から下まで板ばりにして、白く塗った簡素な木造の教会にすることに決めた。建物の論争も、所属宗派についての冷ややかな議論の前では色あせてみえた。しかし、ホールデンズ・クロッシングには、ほかのどの宗派よりもバプテスト派信徒が多かったので、けっきょくは多数派が勝った。委員会はロックアイランドにあるファーストバプテスト教会の信徒会に連絡をとり、新しい姉妹教会をたちあげるための助言と、わずかばかりの元手を援助してもらった。

募金がつのられると、ニック・ホールデンは五百ドルという大金を寄付して、みんなの度胆をぬいた。

「ニックが下院議員に当選するには、慈善募金くらいじゃだめだろうね」とロブ・Jはジェイに言った。「ヒュームは熱心に働きかけて、民主党の指名を確保してしまったからね」

どうやらホールデンも同じことを考えたらしく、すぐに彼が民主党員と縁を切ったことは周知の事実となった。ホイッグ党に支援を求めるだろうと見る向きもあったが、彼はアメリカ党の党員になったとみずから宣言した。

「アメリカ党か、初耳だな」とジェイは言った。

ロブは、ボストンのいたる場所で目にした反アイルランド人の訓話や記事を思い出しながら、ジェイに教えてやった。「アメリカ生まれの白人を賛美して、カトリック教徒や外国生まれの人間を排斥することにくみする政党だよ」

「ニックは激情や恐怖のもとを見つけては、そこにつけこむんだな」とジェイは言った。「このあいだの晩なんか、雑貨店のポーチで、マクワたちの小さなソーク族の集団が、まるでブラックホークの一団であるかのようにみんなに警告していたよ。何人かは完全にふるえあがっていた。用心しないと流血の惨事がおきて、農夫たちが喉《のど》をかき切られるぞって言われてね」彼は顔をしかめた。「われらがニック。たいした政治家だよ」

＊

ある日、スコットランドにいる弟のハーバートから手紙がとどいた。八ヶ月前に、ロブが自分の家族や仕事や農場のことを書いてだした手紙への返信だった。ロブは手紙で、ホールデンズ・クロッシングでの自分の暮らしぶりをまざまざと描写し、ハーバートにも故郷にいる家族たちの消息を知らせてくれるよう頼んだのだ。スコットランドを逃げだすとき、ロブは母親の命がいくばくもないのを知っていたので、予期していたこととはいえ、弟の手紙は恐ろしい情報を伝えてきた。母親は彼がたってから三ヶ月後に亡くなり、キルマーノックにある教会の苔《こけ》むした「新規墓地」の父のとなりに埋葬された、とハーバートは記していた。彼らの父親の弟、ラナルドも次の年に亡くなってしまっていた。

ハーバートは、羊の群れを増やし、崖《がけ》のふもとから引きずってきた石で新しい納屋を建てたと書いてきた。だが、書き方はきわめて慎重だった。自分が地所をうまく管理していることはロブに知らせたいが、懐具合についてふれるのは注意深く避けているという感じだ。自分がスコットランドに帰ってくるのではと怖れていたに違いない、とロブは察した。もともと地所は長男としての生得権でロブ・Jのものだったのだ。スコットランドを発つ前夜、ロブが署名して所有地をゆずりわたすと、羊の飼育が猛烈に好きだったハーバートはぼうっとしていたものだ。

ハーバートはまた、『キルマーノック子羊品評会』の審査員をつとめるジョン・ブルームとその妻、旧姓がエルサ・マクラーキンの娘、アリス・ブルームと結婚したことも書いてあった。ロブはアリス・ブルームをおぼろげにしかおぼえていなかった。ネズミ色の髪をしたやせっぽっちの女の子で、歯が長かったので笑うときにいつも片手で口元をかくしていた。彼女とハーバートのあいだには三人子供があり、すべて女の子だが、アリスはまた妊娠しているので今回は男の子を期待しているとのことだった。農場を大きくしているので働き手が必要だったからだ。

「政治情勢はしずまってきていますが、兄さんは戻ってきますか？」

心配と不安からハーバートの字がふるえていたので、この質問への緊張のほどをロブは感じとった。彼はすぐに弟の不安をうち消す手紙をしたためた。自分はスコットランドに戻るつもりはなく、健康で金銭的に心配のない隠居生活にはいったら、いつかたずねるかもしれないと彼は書いた。彼は義理の妹と姪《めい》たちによろしくと伝え、ハーバートの成功ぶりをほめてやった。コール家の農場が適切な所有者に渡ったことはあきらかだよ、と彼は書いた。

手紙を書き終えると、彼は川沿いの小道を、ジェイの土地との境をしるすために積んだ石のところまで歩いていった。自分はここを離れることはないだろう、と彼にはわかっていた。彼はイリノイにすっかり心をとらえられてしまったのだ。ブリザードや破壊的なトルネード、それに高くなったり低くなったり、激しい極みの気温にもかかわらずだ。いや、あるいは、それだからこそかもしれない。ほかにもたくさん理由があった。

ここにあるコール家の農場は、肥沃《ひよく》な黒土も深く、水も豊富で、草も豊かで、キルマーノックの地所よりもいい土地だった。すでにこの地に責任を感じてもいた。その匂《にお》いと音が身体に染みついていたし、レモンの香りがする暑い夏の朝、背の高い草たちが風に揺れてささやく声や、雪深い冬がきびしく冷たく抱擁するさまがなにより好きだった。ここここそ、彼の土地なのだ。

　　　　＊

二日後、医学協会の会合に出席するためロックアイランドに行ったとき、彼は裁判所によって帰化を申請する書類に記入した。

裁判所事務官のロジャー・マリーは申請書をこむずかしそうにチェックした。

「市民権をえるまではですね、三年かかりますよ、先生」

ロブ・Jはうなずいた。

「待ちますよ。どこにも行くあてはないし」と彼は言った。

トム・ベッカーマンが酒を飲めば飲むほど、ホールデンズ・クロッシングの医療業務はかたより、ロブ・Jに負担がかかってきた。彼はベッカーマンのアルコール中毒を呪《のろ》い、三人目の医者が町に引っ越してくることを願った。サミュエル・シングルトンに本当はどれだけ加減が悪いかを警告したのはコール先生だけだった、とスティーブン・ヒュームやビリー・ロジャーズがあちこちで言いふらしたことで、ロブの問題はさらに増えてしまった。サミュエルがコール先生の言うことを聞いてさえいれば、今日も生きてここにいただろう、と彼らはふれまわったのだ。ロブ・Jの伝説はふくれあがり、新しい患者たちが彼をさがし求めてくるようになった。

彼はサラと息子たちと過ごす時間までつぶして一生懸命働いた。シャーマンには目をみはった。それはまるで、邪魔され危険にさらされてきた植物が、反動でドッと勢いよく成長し、緑の巻きひげをあらゆる場所にのばしていくかのようだった。彼は見ている前でぐんぐん伸びていった。サラやアレックス、ソーク族、オールデンたち、コール家の敷地で暮らす者たちはみな——実際、シャーマンが沈黙をやぶったことでがぜんホッとして、ほとんど病的とも言っていいくらい——根気よく誠実に読唇術を訓練してやり、いったんしゃべりだした少年は、話して話して話しまくった。彼は耳が聞こえなくなる一年前に読むことをおぼえていたが、いままでは読む本も足りなくなってきていた。

サラはできる範囲で息子たちを教えたが、田舎の小学校を終えただけの彼女にはおのずと限界があった。ロブ・Jは二人にラテン語と数学を教えこんだ。アレックスも健闘はしていた。彼は聡明で勉強にもはげんだ。しかし、目を見はる飲みこみの早さを見せたのはシャーマンだった。息子の持って生まれた知性を認めると、ロブの心のなかで何かがうずいた。

「あの子はたいした医者になっただろうに。僕にはわかるんだ」ある暑い日の午後、彼はガイガー家のわきの日陰に腰をおろし、ショウガ水を飲みながら残念そうにジェイに言った。コール家の人間は、自分の息子が医者になるのは当然という気持ちがすりこまれているのだ、と彼はジェイに告白した。

ジェイは同情するようにうなずいた。

「まあ、アレックスもいるじゃないか。あの子は前途有望だろう」

ロブ・Jは頭をふった。

「ままならんもんだよ。耳が聞こえないから医者には絶対になれないシャーマンの方が、僕の往診にしきりについてきたがり、大人になったら何にでもなれるアレックスの方はといえば、オールデン・キンボールの影のように、農場じゅうをついてまわってるんだから。彼は僕のすることより、フェンスの柱を打ちこんだり、厄介な子羊の睾丸《こうがん》を切りとる雇い人に一目おいてるんだ」

ジェイはニヤッと笑った。

「あの子たちの年の頃には、きみだってそうだったんじゃないか？　まあ、兄弟で力をあわせて農場をやっていくかもしれん。二人ともいい子たちだ」

家のなかでは、リリアンがモーツァルトのピアノ協奏曲第二十三番を練習していた。彼女は指づかいにとても熱心で、最終的にしっくりくる音色と色調になるまで、くり返し何度も同じフレーズを弾き、聞かされる方はつらかった。だが、満足がいった彼女が音を奏でだすと、美しい音楽になっていた。バブコック製ピアノは機能は完全のまま手元にとどいたが、うっすらとこすった長い跡が一本つき、何がぶつかったのか、油をひいたなめらかなクルミ材の脚の一本には深い傷がついていた。リリアンはそれを見て涙を流したが、夫は「僕たちがどんな思いをしてここまで旅してきたか、孫たちに思い起こしてもらえるように」ひっかき傷は直さないでおこうと言った。

＊

ホールデンズ・クロッシングのファースト教会の開所は遅ればせながら六月末に遅れ、祝賀会も七月四日にずれこんだ。下院議員のスティーブ・ヒュームと、ヒュームの職をねらうニック・ホールデンという両者が、開所式であいさつをした。ヒュームはリラックスして余裕を感じさせたが、ニックははるか後方を追いかけているという自覚から死に物狂いになっているようにロブ・Jは思った。

祝日のあとの日曜日から、延々と続く、訪問説教師たちによる安息日の礼拝がはじまった。サラは不安を感じているとロブ・Jに心情を吐露した。彼女は、『大いなる目覚め』で非嫡出子を生んだ女性に天罰がくだるよう大声で祈った、あのバプテスト派の説教師のことを思いだしていたのだ。彼女はロブ・Jとの結婚をとりしきってくれたメソジスト派の聖職者アーサー・ジョンソンのような、おだやかな牧師を望んでいたが、牧師は信徒全員で選ぶことになっているのだ。こうして、夏のあいだずっと、あらゆるタイプの説教師がホールデンズ・クロッシングにやってきた。ロブも妻のお供で何回か礼拝に出席したが、大部分はノータッチだった。八月になると、エルウッド・R・パターソンなる人物が、九月二日、土曜日、午後七時に教会で「キリスト教世界をおびやかす潮流」と題した講演と、翌日曜日の朝の礼拝と説教をしにやってくるという印刷チラシが、雑貨店の外にはりだされた。

　その土曜の朝、ひとりの男がロブ・Jの診療室にあらわれた。彼は、丸太にはさんでしまったチャールズ・ハスキンスの右手中指をロブが治療するあいだ、せまい待合室で根気強く待っていた。雑貨店主の息子で二十歳になるチャールズはきこりで、自分の不注意から事故をおこしてしまったことに腹をたて、痛がってはいたが、威勢のいい口達者で、陽気な冗談をとばしていた。

「ねえ、先生。これで俺《おれ》、結婚できなくなっちまうのかなぁ？」

「その指はこれまでどおり使えるようになるよ、最終的にはね」とロブはそっけなく言った。「爪《つめ》はとれてしまうが、また生えてくる。さあ、行った、行った。包帯をかえるから三日後にまた来なさい」

　彼はまだニヤつきながら、待合室の男を呼びいれると、彼はエルウッド・パターソンだと名のった。あの訪問説教師だ、とロブはすぐにわかった。チラシに書いてあった名前をおぼえていたのだ。ロブはおそらく四十歳くらいのその男に目を走らせた。太りすぎだが背筋はぴんと伸び、大きな尊大そうな顔をして、黒い髪を長く切りそろえ、血色はよく、鼻と頰《ほお》には小さいが目立つ青い静脈が浮きでていた。

　パターソン氏はできもので弱っていると言った。上半身の服をぬぐと、治った部分の点々とした色素沈着《しん》の上に、たくさんのはれものが口をあけて点在していた。膿胞《のうほう》性の発疹《はっしん》やかさぶたになって芯がてきた水疱《すいほう》、そしてぷよぷよにはれた腫瘍《しゅよう》などだ。

ロブは同情をこめて男を見つめた。

「病気をもってるのはご存知ですか?」

「梅毒だと言われました。あなたは特別な医者だと酒場の誰かが言うのを耳にしたので、どうにかしてもらえるんじゃないかと思ったんですよ」

三年前、スプリングフィールドの娼婦《しょうふ》にオーラルセックスをしてもらったあと、陰部にひどい潰瘍《かいよう》があらわれ、睾丸の裏がはれてしまったのだ、と彼はロブに言った。「わたしは彼女に会いにもどって、それ以上は誰にも性病を移さないようにさせたのです」

数ヶ月後、彼は熱にみまわれて身体じゅうに銅色のはれものができ、関節と頭がひどく痛くなったが、すべての症状がひとりでに消えたので、よくなったと思ったのだ。だが、やがてこうしたはれものや塊が出現したのだった。

ロブはカルテに彼の名前を書き、そのとなりに第三期梅毒と記した。

「どちらのご出身ですか?」

「……シカゴです」その間合いの長さで、ロブ・Jは彼が嘘《うそ》をついているとにらんだが、別にかまわなかった。

「治療法はありません、パターソンさん」

「そうですか……これからわたしはどうなるんです?」

真実を隠しても彼のためにはならないだろう。

「心臓に感染すれば死にます。脳にくれば精神錯乱を起こし、骨や関節に入った場合は肢体が不自由になるでしょう。しかし、こうした恐ろしい事態はまったく起きないこともよくあるんです。症状が消えて二度ともどってこないこともあります。あなたは、その幸運な一人だと願い信じることです」

パターソンは顔をしかめた。

「これまでのところ、服を着ていればはれものは誰にも見えませんが、顔と首にでないようにする薬か何かをもらえませんか？　公衆の前にたつ仕事だもので」

「軟膏《なんこう》をいくらかおだしできますが、この種のはれものに効くかどうかはわかりませんよ」とロブが親切に言うと、パターソン氏はうなずいて、自分のシャツに手をのばした。

＊

次の朝、ボロボロのズボンをはいた裸足《はだし》の少年が夜明けとともにラバでやってきて、こう言った。おねげえだ、おっかあの気分が悪いのなんの、先生いっしょに来てくんな。彼はマルコム・ハワード。数ヶ月前にルイジアナ州からやってきて、六マイル下流の低地に入植したばかりの家族のいちばん上の息子だった。ロブはヴィッキーに鞍《くら》をのせて、でこぼこ道をラバについていったが、たどりついたのは、寄りそうように建っているニワトリ小屋にわずかに毛を生やしたような小屋だった。なかに入ると、モリー・ハワードのベッドのまわりを、夫のジュリアンと子供たちがとりまいていた。夫人はマラリアの激痛に襲われていたが、重症ではなかったので、元気づけのことばと大量のキニーネで、患者と家族の心配をやわらげてやった。

ジュリアンは支払いをする素振りをまったく見せず、ロブ・Jも要求しなかった。この家族がほとんど金を持っていないのはあきらかだったからだ。ハワードは外まで見送りについてくると、合衆国上院議員スティーブン・A・ダグラスによる最近の議会決定について話をむけてきた。ダグラスは、西部に新しく二つの準州を設置するというカンザス－ネブラスカ法を国会に強引に通したばかりだった。ダグラスの議案は、その地域で奴隷制度をとるかどうかは準州の議会に決定をゆだねさせるよう要求しており、その部分に対し、北部の世論は猛反発していた。

「あいつら北部野郎どもに、黒んぼの何がわかるってんです？　イリノイ州もビシッとして奴隷が持てるように、俺ら農夫仲間で小さな集まりを組織しようって計画してんだ。先生も興味あんでしょ？　奴《やつ》ら黒い肌した人間は、白人の畑で働くためにいるんだ。ここらで赤いニグロに働かせてんのは先生んとこだけだ」

「彼らはソーク族で、奴隷なんかじゃない。賃金とひきかえに働いてるんだ。僕は奴隷制度は信奉していないんでね」

二人はお互いにじっと見た。ハワードはまっ赤になっていた。彼は黙りこくっていたが、ロブの根性をたたきなおしたい気持ちを抑えていたに違いない。なにしろ、この生意気な医者はタダで診てくれたのだから。ロブの方は、立ち去れてせいせいしていた。

彼はキニーネをもう少しおくと、即刻、家に戻っていった。だがついてみるとグス・シュローダーがあわてふためきながら待っていた。アルマが牛舎を掃除中に、うっかり彼らがすごく自慢にしている大きなぶちの雄牛と壁のあいだに入りこんでしまったのだ。牛が彼女を軽くこづいてひき倒したところへ、グスがちょうど納屋に入っていった。

「そしたら、あんちくしょうが動きやがらないんだ！　女房を踏んづけて角をふりおろすんで、わしは乾草用熊手をとってきて、つついて引きはなしたよ。あいつはそんなに痛くないと言っとるけど、アルマのことだからねえ」

そこで、まだ朝食もとらないまま、彼はシュローダーの農場へ向かった。アルマは青ざめてふるえていたが大丈夫だった。左脇《わき》の五番目と六番目の肋骨をおすと、彼女がたじろいだので、バンデージをしないで治すのは無理だと彼は思った。目の前で服を脱がせるのは彼女を辱めることだとわかっていたので、グスに馬の様子を見てきてくれるよう頼んで、夫に屈辱的な姿を見られないですむようにしてやった。彼は青筋がたったただらりとした胸を本人の手で持ちあげてもらい、ひっきりなしに羊や小麦や自分の妻と子供の話をしながら、できるだけ太った白い肌に触れないようにして包帯をまいた。すべてすむと、彼女はどうにか笑顔をつくって、ホットに飲み物を作りに台所へはいっていった。それから三人は座ってコーヒーを飲んだ。

エルウッド・パターソンの土曜日の「講演」は、むかつくほど退屈なニック・ホールデンとアメリカ党への応援演説だったとグスは語った。

「ニックが彼を手配したのはみえみえだったよ」

『キリスト教世界をおびやかす潮流』とは、パターソンによれば、カトリック教徒たちの合衆国への移民のことなのだ。シュローダー夫妻は、その朝はじめて教会に行くのをすっぽかしてしまったという。アルマもグスも、ともにカトリックではなくルター派信徒だったが、講演を聞いてパターソンには嫌気がさしてしまったのだ。彼は、外国生まれの人間たち――つまりシュローダー夫妻のことだ――は、アメリカ人労働者たちのパンを盗んでいると言い、市民として帰化するための待機時間を、三年から二十一年にかえるべきだと主張したのだ。

ロブ・Jは顔をしかめた。

「そんなに長く待たされたくないなぁ」と彼は言った。三人ともまだ仕事が残っていたので、彼はアルマにコーヒーの礼を言うと、五マイル上流にあるジョン・アッシュ・ギルバートの入植地へと出発した。ギルバートの年老いた義父フレッチャー・ホワイトが、ひどい風邪で床に伏していたのだ。ホワイトは八十三歳の頑強なおっさんだった。以前にも風雨にさらされて気管支炎を起こしたことがあり、ロブ・Jはまたなるだろうと確信していた。彼は温かな飲み物で老人の喉《のど》をうるおし、息をしやすくするためにやかんで蒸気をたてつづけるようにフレッチャーの娘スージーに言ってあった。ロブ・Jは必要以上にたびたび彼をチェックしにおとずれていた。年寄りの患者はほとんどいないので、特に大切にしていたからだ。開拓者は強い若者が多く、西へ旅立つときに年寄りをおいてきてしまうものだし、ここまで旅をしおおせた老人も珍しかった。

フレッチャーはずいぶん良くなっていた。スージー・ギルバートは揚げたウズラとポテトパンケーキを昼食にふるまい、すぐ近所のベーカー家によってみてくれないかと彼に頼んだ。その息子の一人が、切開が必要なほど足のつまさきをとがめてしまったのだ。ドニー・ベーカーは十九歳で、ひどい感染症からくる激しい痛みと、熱もあるほど悪い状態だった。右の足の裏が半分ほど黒ずんでいた。ロブは指を二本切断して、足を切開し、ガーゼのつめものをしたが、足が助かるかどうかは大いに疑わしかった。足を切断したくらいではこの種の感染症を止められなかったケースを、数多く見てきたからだ。

彼が家路についたのは午後も遅くなってからだった。半分ほどきたところで、背後から大声で呼ぶ声が聞こえたので、彼はヴィッキーをとめ、モート・ロンドンの茶色い去勢馬が追いつくのを待った。

「これは保安官」

「先生、実は……」モートは帽子を脱ぐと、ブンブンうるさいハエをじれったそうにたたき落とした。「ひでえことになっちまって。検屍官《けんしかん》がいるんじゃないかと思うんですよ」

ロブ・Jもいじいじしていた。スージー・ギルバートのポテトパンケーキが胃にもたれていた。カルヴァン・ベーカーが一週間はやく彼にひとこと言ってくれていたら、息子のドニー・ベーカーの足の指も難なく治療できただろうに。今となっては大変なことになり、ことによると悲劇に終わるかもしれないのだ。自分の患者のうち何人が、知らせてこないまま危険な状態に陥っているのだろうか、と彼は心配になり、日が暮れる前に少なくともそのうちの三人は様子を見に行っておこうと決めた。

「ベッカーマンに頼むんだね」と彼は言った。「僕は今日は手があかないんだ」

保安官は両手で帽子のつばをそりかえした。

「そのぉ。あなたが自分でなさりたいと思いますよ、コール先生」

「僕の患者かい？」彼は思いあたる名前を考えはじめた。

「あのソーク族の女性です」

ロブ・Jは彼を見つめた。

「あなたのところで働いてた、インディアン女ですよ」とロンドンは言った。

第二十八章　逮捕

ムーンだ、と彼は自分に言いきかせた。なにも彼女が嫌いとか軽く見ているとかで、ムーンなら犠牲になってもいいと思ったわけではなかった。だが、自分のところで働いているソーク族女性は二人しかおらず、ムーンでないとすれば残るは考えたくない人物しかいないのだ。

だが「あなたの治療を手伝ってた方です」とモート・ロンドンは言った。「刺し殺されてます。たくさん刺されてね。それをやった奴は、その前に彼女をさんざん殴りつけてる。服が引き裂かれてるし、強姦《ごうかん》されたんだと思います」

数分のあいだ二人は無言で進んだ。

「やったのは数人組かも。彼女が見つかった開拓地に、めちゃくちゃたくさん蹄《ひづめ》のあとがあるんですよ」それから彼は黙り、彼らはただ馬を進めた。

農場につくと、マクワはすでに納屋に運びこまれていた。外では、診察室と納屋のあいだに小さな集団がたむろしていた。サラ、アレックス、シャーマン、ジェイ・ガイガー、ムーンとカムズシンギングとその子供たち。インディアンたちは口にだして嘆いてはいなかったが、その瞳《ひとみ》に彼らの悲嘆とむなしさ、人生は悪いところだという実感が如実にあらわれていた。サラが静かに涙を流していたので、ロブ・Jはそばに行ってキスをした。

ジェイ・ガイガーがみんなから離れた場所にロブをひっぱっていった。

「僕が彼女を見つけたんだ」彼は虫でも追いはらおうとするみたいに頭をふった。「リリアンから桃の砂糖漬けをサラにとどけるよう頼まれて、きみのところへ馬で行く途中だったんだ。気づくとシャーマンが木の下で寝ているのが見えて」

そのことばにロブ・Jは衝撃を受けた。

「シャーマンがそこにいたのか？　あの子はマクワを見たのか？」

「いや、見てない。サラによれば、マクワは今朝、川沿いの森でハーブをつみにあの子をつれていったらしい、時々してたようにね。彼が疲れてしまったので、彼女は涼しい木陰で昼寝をさせておいたんだ。きみもわかってるとおり、騒音も怒鳴り声も叫び声も、シャーマンの眠りを妨げないからね。僕は彼を見て、一人でそこにきているはずはないと思って、彼を寝かせたままにしておいて、あの開拓地に少し馬を乗りいれてみた。そこで見つけたんだ……。彼女は見るに忍びない状態だったんだ、ロブ。気持ちを落ちつかせるのに数分かかったよ。僕はもどってあの子を起こした。でも、あの子は何も見ていないからね。ここまで一緒に乗せてきて、それからロンドンを呼びに走ったんだ」

「きみには、いつもうちの息子たちを家につれ帰ってもらってるみたいだな」

ジェイはじっと彼を見つめた。

「きみは大丈夫なのか？」

ロブはうなずいた。

どちらかと言えば、ジェイの方が青ざめてつらそうだった。彼は顔をゆがめた。

「しなければいけない仕事があるんだろう。ソーク族は彼女をきれいにして埋葬したがるだろうから」

「しばらく誰も近づけないでくれ」とロブ・Jは言い、それから一人で納屋に入っていき、後ろ手に扉を閉めた。

＊

彼女にはシーツがかけられていた。彼女を運び入れたのは、ジェイでもソーク族でもなく、たぶんロンドンの数人の保安官代理たちだろう。丸太か死んだインディアンかといった具合に、何かまったく価値のない無生命の物体みたいに、横むけにして、ぞんざいに解剖台の上に放り落とされていた。シーツをとってはじめに目にはいってきたのは、彼女の後頭部と裸の背中、臀部《でんぶ》、そして脚だった。

青黒い鉛色を見て、彼女があおむけで死んだことがわかった。背中やぺしゃんこにひしゃげた臀部が、毛細血管の鬱血《うっけつ》で紫になっているのだ。だが、暴行をくわえられた割れ目部分は赤味をおび、乾燥した白いよごれが出血で緋色《ひいろ》に染まっていた。

彼は静かに彼女をあおむけにした。

彼女の頰《ほお》には、森の地面に押しつけられたときに小枝でできたひっかき傷がいくつもあった。

ロブ・Jは女性の後方にとても感じやすかった。彼の妻は早くからそれに気づいていて、彼にそうやって身をまかせるのを好んだ。枕《まくら》に目をおしつけ、胸をシーツでつぶし、ほっそり優美なアーチ型の足をひらき、黄金のフリースをきらめかせ、ピンクがかったまっ白なわれた洋梨型の半月をふりたてるのだった。苦しい体位だが、彼女は彼の性的な興奮で自分の欲望にも火がつけられるため、たびたびその姿勢をとった。性交とは単なる生殖の手段ではなく、愛の表現だとロブ・Jは思っていたので、性的な器としてたった一つの孔《あな》だけにはこだわらなかった。だが医者として、乱暴に虐辱されると肛門《こうもん》の括約筋が弾力性を失ってしまう可能性があることを知っていたので、サラと愛を交わすとき、おのずと危害を加えないような動き方を選んだ。

どこかの誰かは、マクワに対してそうした思いやりなどまったく示さなかったのだ。

彼女は実年齢よりもずっと若い、労働でみがきあげた身体をしていた。何年も前に、彼とマクワはお互いの肉体的な魅力にひかれつつも、つねに注意深く欲望をくい止めていた。だが、その身体を思い浮かべ、彼女と愛を交わしたらどんなだろうと想像したことも幾度となくあったのだ。もうすでに死後の腐敗がはじまっていた。彼女の腹部はふくれ、胸は細胞の崩壊によってぺしゃんこになっていた。かなり筋肉が硬直していたので、まだ可能なうちに両脚をまっすぐにのばしてやった。彼女の陰毛は血にまみれて、黒いスチールウールみたいになっていた。彼女は生きていなくてしあわせだったのかもしれない。もはや魔力を失ってしまっただろうから。

「ろくでなしぃーっ！　汚ねえ野郎どもがぁ！」

自分がマクワ・イクワと二人きりなのを知っている外の連中に叫び声が聞こえてしまうかもしれないと気づき、彼は涙をぬぐった。彼女の上半身は打撲傷と傷だらけで、下唇はぐちゃぐちゃにつぶされていた。おそらく大きな握《にぎ》り拳《こぶし》でやられたのだろう。

診察台の横の床には、保安官が集めてきた遺留品がおかれていた。やぶられ血染めになった彼女の服（サラがあげた古いギンガムチェックの服だ）。バスケットに半分以上つんであった、ミントやコショウソウや、ブラックベリーらしき何かの木の葉。そして鹿革の靴がひとつ。靴が片方だけ？　彼はもう片方をさがしたが見つからなかった。彼女の角ばった茶色い足は裸足《はだし》だった。使いこんだ硬い足で、古い骨折のあとで左の人さし指がゆがんでいた。彼は彼女の裸足を見るたびに、どうしてその指を折ってしまったのかいぶかったが、一度も聞かずじまいだった。

彼女の顔を見つめると、そこには親友の顔があった。目はあいていたが硝子体《ガラスたい》は力を失って乾いてしまい、もっとも生気のない箇所になっていた。彼はすばやく目を閉じさせ、両まぶたにペニー硬貨をのせたが、それでもまだ彼女に凝視されている気がした。亡くなって、彼女の鼻はますます不器量に主張していた。老いた彼女はきれいではなかっただろうが、彼女の顔にはすでに大いなる威厳がそなわっていた。彼はお祈りする子供みたいに、身ぶるいするほど両手の指をがっちり組みあわせた。

「ごめんよ、マクワ・イクワ」彼女に聞こえているなどと幻想を抱いたりはしなかったが、話しかけることで気持ちが慰められた。彼はペンとインクと紙をとってきて、彼女の胸のルーン文字のような浮き彫りを写した。それらは重要なものだと感じとったからだ。誰か理解できる者がいるのか彼にはわからなかった。彼女はまだまだ時間があると思っていたので、ソーク族の聖霊守としてあとを継がせる人間を訓練していなかったのだ。彼女はムーンとカムズシンギングの子供の一人が適当な弟子になることを期待していたのではないか、そう彼は推測した。

彼はすばやく、これまでどおりの顔に彼女をスケッチした。

彼女だけでなく彼にも、何かとんでもなくひどいことが起きてしまったのだ。医学生兼死刑執行人が彼の友人、ラナークのアンドリュー・ジェロールドの無惨な首を空中にかかげる夢をいつまでも見続けるように、この死のことも夢に見ることになるだろう。彼には友情がなんたるか、それ以上に愛がなんたるか、完全にわかってはいなかったが、どうしたものか、このインディアンの女性とは真の友人だったのだ。彼女の死は彼の胸にぽっかり穴をあけてしまった。この瞬間、彼は非暴力という自分の誓いのことなど忘れていた。こんなことをした奴《やっ》らが日の前にあらわれたら、虫けらのように握りつぶしてやっただろう。

時はこくこくと過ぎていった。彼は臭気をふせぐため、鼻と口をバンダナでおおった。メスを手に取ると、すばやく切りこみをいれ、肩から肩へと大きくU字型に切り開き、それから胸のあいだからヘソまで一文字に切り下げて、無情なY字に身体を三等分した。彼の指は不安定な心模様をうつしだし、まったく感覚がなかった。生きている患者を切開しているのでなくてよかった。三枚の皮膚弁をはいで裏がえすまでは、その薄気味悪い死体はマクワそのものだった。しかし、胸骨をはずすために肋骨《ろっこつ》カッターに手をのばすと、彼は意識を別の次元に押しやり、特定の任務のこと以外はすべての雑念をはらって、なれた手つきで自分がしなければいけないことにとりかかった。

殺害報告書

被験者：マクワ・イクワ
住所：イリノイ州ホールデンズ・クロッシング、コール羊牧場

職業：ロバート・J・コール医師の診察所、助手
年齢：推定二十九歳
身長：一・七五二メートル
体重：およそ六十三キログラム
詳細情況：
被験者、ソーク族の女性の遺体は、一八五一年九月二日の午後なかごろ、通りがかりの人物によってコール羊牧場の森林部で発見された。十一個の刺し傷が、頸部《けいぶ》から胸骨にかけて、胸部剣状突起のほぼ二センチメートル下まで不規則に走っている。傷の幅は〇・九四七から〇・九五二センチメートル。とがった道具、おそらく三角形をして、三面とも刃が鋭く研いである、金属の刃によって作られた傷だと思われる。
被験者は処女で、強姦《ごうかん》されている。処女膜の残りは無孔であったことを示唆し、膜組織は厚く柔軟性を欠いていた。おそらく強姦者（たち）はペニスでの挿入が達成できず、破瓜《はか》はザラザラしているか、もしくはギザギザした小さな突起がある、なまくらな道具でおこなわれたと思われ、会陰部と大陰唇の深いひっかき傷や、小陰唇と膣《ちつ》前庭のやぶれやえぐれを含め、外陰部にそうとうな損傷をあたえている。この血なまぐさい凌辱《りょうじょく》の前もしくは後に、被験者はうつぶせにされている。両腿《もも》にある打撲傷は、彼女が肛門性交をされるあいだ、動かないよう押さえつけられていたことを示唆し、暴行者たちが少なくとも二人だったことを示している。肛門性交による傷害は肛門管の伸びと破損に見られる。大量の精液が直腸に残存《ざ》しており、いちじるしい出血が下行結腸に見られる。顔や身体じゅう、いたる場所にある挫

傷《しょう》は、被験者がおそらくは男たちの拳で徹底的にたたきのめされたことをうかがわせる。
被験者が暴行に抵抗した証拠もある。右手の第二、第三、第四指の爪《つめ》の下に、皮膚の破片とおそらくは髭《ひげ》だと思われる毛が二本はさまっていた。
突き刺しは第三肋骨をこなごなに砕くほどの力でおこなわれ、くり返し胸骨をつらぬいている。左肺は二度、右肺は三度つらぬかれており、胸膜が引き裂かれ、肺内部の組織がずたずたに切り裂かれている。肺は両方ともすぐに崩壊したと思われる。突き刺しは三回、心臓にたっしており、そのうち二度は右心房の部分に、それぞれ〇・八八七センチメートルと〇・七九九センチメートルの幅の傷を残している。右心室にある三つ目の傷は、幅が〇・八〇三センチメートル。ずたずたに切り裂かれた心臓からでた血液が、大量に腹腔《ふくこう》にたまっていた。
主要器官の状態は、外傷をのぞけば良好。重さは心臓が二六三グラム、脳が一・四三キログラム、肝臓が一・六二キログラム、脾臓《ひぞう》が一九九グラム。
解剖結果：
未知の者による、単独あるいは共犯による婦女暴行殺人
(署名) イリノイ州ロックアイランド郡準検屍官《けんしかん》
医学博士ロバート・ジャドソン・コール
ロブはその夜、遅くまで寝ずに、郡書記に提出する報告書とモート・ロンドンにわたす写し

を作成した。朝になると、ソーク族たちが農場にやってきて、ヘドノソテに近い海を見晴らす絶壁に、マクワ・イクワを葬った。ロブがサラに相談せずにその地を提供したのだ。

それを知らされると彼女は怒った。

「わたしたちの土地にですって？　いったいぜんたい何を考えてるのよ。墓は永遠に残るのよ。彼女、ずっとここにいることになるじゃないの。わたしたち、一生、彼女につきまとわれるのよ！」と彼女は声をあらげた。

「口をつつしみなさい」ロブ・Jが静かに言うと、彼女は彼から離れてでていった。

ムーンはマクワの身体を洗って、鹿革のシャーマンの服を着せた。オールデンは松材の棺桶《かんおけ》を作ろうと申しでたが、いちばん上等な毛布にただつつんで埋葬するのが自分たちのやり方だとムーンは言った。そこでオールデンは、かわりに墓穴を掘るカムズシンギングを手伝った。ムーンは二人に朝早くから穴を掘らせた。墓を早朝に掘り、午後早くに埋葬するのが作法なのだ、と彼女は言った。ムーンはまた、マクワの足は西をむかせるように指示し、ソーク族のキャンプから雌のバッファローの尻尾《しっぽ》を持ってこさせて墓に入れた。こうして、マクワ・イクワが生者の国と黄泉《よみ》の『西の国』とをへだてている泡だつ川を、無事に渡れるよう助けるのだと、彼女はロブ・Jに説明した。

葬式は簡素なものだった。インディアンたちとコール一家、それにジェイ・ガイガーが墓を囲んだ。ロブ・Jは誰かが式をはじめるのを待ったが、とりしきる者は誰もいなかった。なにしろシャーマンがいないのだ。ソーク族が自分の方をじっと見るので、ロブは狼狽《ろうばい》した。彼女がキリスト教徒だったなら、彼は自分が信じてもいないことを、弱々しくでも口にできただろうが、状況が状況だけに、彼は完全に不適任だった。だが、どこからともなく、ことばが浮かんできた。

彼女は光り輝く玉座に座るように、はしけに乗り、
水のうえで燃えさかり、船尾は黄金色に照り返す、
帆は紫に燃え、あまりの芳しさに、
風が恋わずらう、銀のオールは、
フルートの音を響かせて水をかき、
水はわれさきにと、はしけをおし進める、
まるでそのストロークに魅せられたかのように、
彼女の前には、すべての賛辞がむなしく響く

ジェイ・ガイガーは、気でもふれたのかとロブを凝視した。おいおい、クレオパトラか？だが自分にとっては、彼女は一種のうす暗い荘厳さ、気高く神々しい輝き、特別な美をそなえた存在だったのだとロブは実感していた。彼女はクレオパトラよりもすぐれていた。クレオパトラは、自己犠牲や、誠実さ、そしてハープのことなど何ひとつ知らなかったのだから。彼女みたいな人間には二度と会えないだろう。詩人ジョン・ダンは、なつかしき黒騎士に投げつけることばも、ロブに与えてくれた。

死よおごるなかれ、そなたを全能で恐ろしい者と呼ぶものがいても、
決してそうではないのだから、
なんじをそう考えし者のうちに、なんじは存在するのみ、
あわれな死よ、なんじは死ぬこともならず、わたしを殺すことさえできぬのだ

ロブのことばがすっかり終わったとわかると、ジェイは咳《せ》き払いをしてヘブライ語とおぼしき短い文章をつぶやいた。その瞬間、サラもイエスを登場させはしまいかとロブは心配したが、彼女はやはり恥ずかしがりやだった。ソーク族は祈りの詠唱をいくつかマクワから教わっていたので、彼らはふぞろいながらも一緒にそのひとつを口ずさんだ。

トゥティライェ　ケウィタモネ　イノキ、
トゥティライェ　ケウィタモネ　イノキイイ、
メマコテシタ、
キママトメガ、
ケテナガヨセ。

それは、マクワがよくシャーマンに歌ってきかせた歌だった。シャーマンは歌ってはいなかったが、ことばにあわせて唇を動かしていた。歌が終わると、葬式も終わった。それでおしまいだった。

＊

式のあと、彼は事件が起こった森の開拓地に行った。蹄《ひづめ》のあとだらけだった。ソーク族に足跡を追跡できる者はいないか、とロブはムーンにたずねたが、腕がいいのは死んでしまったというのが彼女の答えだった。いずれにせよ、ロンドンの配下の者たちがたくさん出入りしたあとだったので、地面の足跡は馬と人に踏みつぶされまくっていた。ロブ・Jにはさがし物があった。彼は茂みのなかで棒を見つけた。そこに投げ飛ばされていたのだ。一見、ほかの棒となんら変わりがなかったが、一方のはじが赤茶けていた。彼女のもう片方の靴は、開拓地の反対側の森に投げこまれていた。よほどいい腕をした誰かだ。ほかには何も見つけられず、その二つを布でつつむと保安官事務所に向かった。

モート・ロンドンは何も言わずに書類と証拠品を受けとった。彼は冷ややかでいささか無愛想だったが、おそらく自分たちが捜索をおこなったときに、部下が棒と靴を見落としてしまったからだろう。ロブ・Jは長居しなかった。

保安官事務所の隣りの雑貨店のポーチのところで、彼はジュリアン・ハワードに呼びとめられた。

「あんたに渡すもんがあんだ」とハワードは言った。彼がポケットをかきまわすと、大きな硬貨がぶつかりあうズシリとした音がした。ハワードは彼に一ドル銀貨をさしだした。

「急ぐ必要はないですよ、ハワードさん」

だがハワードは硬貨を押しつけてきた。

「借りは作らねえ」と彼が悪意をこめて言うので、ロブは残してきた薬をふくめると五十セントたりないとはあえて言わずに、硬貨を受けとった。ハワードは無礼にもすぐにきびすを返した。

「奥さんの具合はどうです？」とロブはたずねた。

「ぜんぜんよくなった。あんたは必要ねえ」

ロブにとってはグッドニュースだった。わざわざ遠くまで大変な思いをして往診にいかなくてすんだのだから。その代わり、シュローダーの農場に行ってみると、アルマは早々と秋の大掃除にとりかかっていた。肋骨《ろっこつ》が折れていなかったことは確かだ。次にドニー・ベーカーを診に行くと、少年はまだ熱っぽく、炎症を起こした足は何とも言えない状態だった。ロブにできることは、包帯をかえて、痛み止めにアヘンチンキを少しあたえることぐらいだった。

それ以降、不快で憂鬱《ゆううつ》な朝はさらに下り坂になっていった。最後の往診先はギルバートの家だったが、フレッチャー・ホワイトは最悪の状態におちいっていた。目つきはうつろで、何も見えていないらしく、咳きこんでやせた老体をねじ曲げ、ひと息ひと息が苦しげだった。

「よくなってたんですよ」とスージー・ギルバートがボソッと言った。

子だくさんで、際限のない雑用をかかえたスージーが、蒸気をたてるのと温かな飲み物をだすのを、すぐにやめてしまったことぐらい、ロブ・Jにはわかっていた。ロブは彼女をののしって揺さぶってやりたかった。だがフレッチャーの手をとってみると、この老人の余命はほとんど残っていないことがわかり、せめて、自分が怠ったせいで父親を殺してしまったと、スージーに罪悪感を植えつけてやりたくなった。フレッチャーを楽にしてやるため、彼はマクワの強力な強壮薬をおいてきた。彼女の強壮薬が底をついてきていることにロブは気づいた。彼女が煎《せん》じるのを何回となく見たことがあったし、いくつかの薬草成分でできたはずだ。これからは自分で作れるようにしなければいけない。

　午後は診療室での診察を予定していたので農場にもどってみると、大混乱になっていた。サラは顔面蒼白《そうはく》になり、マクワの死にも涙を見せなかったムーンが泣き叫び、子供たちはみな恐怖におびえていた。ローブ・Jの留守中に、モート・ロンドンと正保安官代理のフリッツ・グラハム、そして時おり臨時で保安官代理をつとめているオットー・プフェルシクがやってきて、カムズシンギングにライフルをつきつけた。それからモートが逮捕を宣言すると、カムズシンギングをうしろ手に縛りあげて縄をかけ、つながれた雄牛のように、彼をひったてていってしまったのだ。

第二十九章　イリノイ最後のインディアンたち

「きみはまちがっている、モート」とロブ・Jは言った。

モートは気まずそうだったが、頭を横にふった。

「いいや。われわれは、あのデカイ野郎がいちばんあやしいと思ってる」

ロブ・Jがほんの数時間前に保安官事務所に来たときには、ロンドンは彼の農場にでむいて雇い人のひとりを逮捕するつもりだとはひとことも言っていなかった。何か変だ。カムズシンギングにふりかかった災難は、はっきりした原因が見当たらない病気に似ていた。「われわれ」ということばがひっかかった。「われわれ」とは誰のことか、ロブにもわかった。そして真相が読めた。ニック・ホールデンがマクワの死を政治的に利用しようと企んでいるのだ。だがロブは自分の怒りを慎重におさえた。

「ひどいまちがいだよ、モート」

「彼女が見つかったあの開拓地で、大きいインディアンを見たって目撃者がいるんです、事件のすぐ前にね」

驚くにはたりんな、とロブ・Jは思った。カムズシンギングは彼の雇い人だし、川沿いの森は彼の農場の一部なのだから。

「僕が保釈保証人になるよ」

「保釈金が決まってないんで、ロックアイランドから巡回裁判判事がやってくるのを待たねばなりません」

「どれくらいかかる？」

ロンドンは肩をすくめた。

「イギリスから取りいれて良かった物のひとつが、正当な手続きなしで権利や自由を剝奪《はくだつ》してはいけないという『法の適正な過程』法だ。ここでもそう願いたいね」

「インディアンのために巡回判事をいそがせるわけにはいきません。五日か六日か。まあ一週間かそこらでしょ」

「カムズシンギングに会わせてくれ」

ロンドンは立ちあがって、保安官事務所に隣接する監房が二つある留置場に案内した。保安官代理たちが、監房にはさまれたうす暗い通路で、ライフルを膝《ひざ》にのせて腰をおろしていた。フリッツ・グラハムは楽しんでいる風だったが、オットー・プフェルシクは、製粉所にかえって粉をひいていたほうがましだと思っているようだった。監房のひとつは空で、もうひとつの監房にカムズシンギングが入れられていた。

「縄をほどいてやってくれ」とロブ・Jは不快そうに言った。

ロンドンは躊躇《ちゅうちょ》した。彼らは囚人に近づくのを怖れているのだ、とロブ・Jは気づいた。カムズシンギングは、なぜだか右目の上に（銃身でなぐられて？）ひどい打撲傷をこうむっていた。彼の大きさそのものが、脅威を与えているのだ。

「僕をなかに入れてくれ。自分で縄をほどいてやるから」

ロンドンが監房の鍵《かぎ》をあけると、ロブ・Jは一人でなかに入っていった。

「プヤワネガワ」と彼は正式な名前で呼びかけながら、カムズシンギングの肩に手をおいた。

カムズシンギングの背後にまわると、縄の結び目をとこうとしたが、恐ろしくきつく結んであった。

「何か切るものがいる」と彼はロンドンに言った。「ナイフを貸してくれ」

「持ってねえ」

「僕の診察カバンのなかにハサミがある」

「武器になるなぁ」とロンドンはぶつぶつ言いつつも、グラハムにハサミをとってこさせたので、ロブ・Jは縄を切ることができた。彼はカムズシンギングの手首を両手でこすってやり、瞳《ひとみ》をのぞきこみながら、耳の聞こえない自分の息子に語りかけるときのように話した。

「カウソ　ワベスキオウはプヤワネガワを助ける。僕たちはケエソクイ、ロングヘアーズという同じハーフの兄弟なんだから」

彼は格子の向こうで聞き耳をたてている白人たちの、ひやかし半分の軽蔑《けいべつ》した視線を無視した。自分が言ったことのどれくらいをカムズシンギングが理解してくれたかは、さだかではなかった。ソーク族の瞳は暗くむっつりしていたが、ロブ・Jがさぐっていくと、ある変化が見えた。特定できない何かが急激にわきおこってきたのだ。それは憤激のようでもあり、わずかな希望の復活のようでもあった。

その日の午後、彼はムーンを夫のところへつれて行った。彼女はロンドンが質問することを夫に翻訳した。

カムズシンギングは尋問にとまどっているようだった。

その朝、開拓地に行ったことはすぐに認めた。冬にそなえて森にはいる時期だ、と彼は賃金とひきかえに自分を働かせている男の方を見つめながら言った。彼はサトウカエデの木をさがし、春がきたらシロップがとれるように、場所を記憶に焼きつけてまわっていたのだ。

亡くなった女性と同じ共同住宅に住んでいただろう、とロンドンは述べた。

はい。

彼女とセックスしたことがあるか？

ムーンは翻訳するのをとまどった。ロブ・Jはロンドンを睨《にら》みつけたが、彼女の腕にさわってうなずき、その質問を夫にたずねさせた。カムズシンギングは怒りは見せず、すぐに答えた。

いいえ、一度も。

尋問が終わると、ロブ・Jはロンドンについて彼の事務所にもどった。

「この男を逮捕した理由を聞かせてもらえるか？」

「言ったでしょ。女性が殺されるすぐ前に、あの開拓地で彼を見た目撃者がいるんですよ」

「目撃者って誰なんだい？」

「……ジュリアン・ハワード」

ジュリアン・ハワードが自分の土地で何をしてたっていうんだ、とロブは自問した。彼はハワードが往診の精算をしたときの、一ドル銀貨のチャリンという音を思い出した。

「買収して証言させたんだな」と彼は自分の目で見たかのようにきっぱりと言った。

「いいや、とんでもない」とロンドンは言って顔を赤らめたが、根っからの悪党ではなかったので、義憤にかられたふりが板についていなかった。

きみは高潔な人間で、ただ本分を果たすだけのことだ、とジュリアンをさんざんおだてあげて罪悪感をとっぱらっておいて、ごほうびをだしたのは実際にはニックだろう。

「カムズシンギングは自分がいるべき場所にいただけじゃないか。僕の所有地で働いているんだから。それならマクワが殺された土地を所有している僕や、彼女を見つけたジェイ・ガイガーを逮捕したっておかしくないはずだ」

「あのインディアンがやってないんなら、公正な裁判であきらかになるでしょう。だいいち彼はあの女と一緒に暮らし……」

「彼女は彼のシャーマンだったんだ。いわば自分にとっての聖職者だ。同じ共同住宅に暮らすということは、姉と弟のように、彼らのあいだでセックスは禁じられているということでもある」

「人は自分の牧師だって殺すしね。そういうことなら、姉とだってセックスする奴《やつ》もいるからね」

ロブ・Jはうんざりして立ち去りかけたが、ふりむいた。

「ことの真相を話すのはまだ遅くないんだよ、モート。保安官の仕事にしがみつかなくても、きみなら生きていかれるさ。きみは本当に善良な男だと思う。だが、いったんこういうことをしてしまったら、何度だって平気でくり返すようになってしまうよ」

それはまちがいだった。モートはニック・ホールデンの子飼いだと町全体に知れわたっているからこそ、生きていられるのだ。彼の庇護《ひご》にあるかぎり、誰もたてつかないのだから。

「あんたが検屍《けんし》報告書って言ってる、あのうそっぱちの紙切れ読ませてもらいましたよ、コール先生。判事や六人の善良な白人男性の陪審たちに、あの女が処女だったと信じさせるのは、大変なこったろうね。いい年したかわいいインディアン女で、そのうえこの郡にいる誰もが、あんたの女だったって知ってるんだ。説教たれるなんて、たいした神経だよ。さ、とっととここからでてってくれ。何かよほどの公用でもないかぎり、二度と敷居をまたがんでくれ」

＊

カムズシンギングがおびえている、とムーンが言った。

「みんなは彼を傷つけたりはしないよ」とロブ・Jは言った。

彼は傷つけられることなど怖れてはいない、と彼女は言った。

「彼は白人がときどき人間を縛り首にするのを知ってるんです。絞め殺されたソーク族は、泡だつ川を渡れないから、永久に西の国に入れないんです」

「誰もカムズシンギングを縛り首になんかできやしない」とロブ・Jは怒りっぽく言った。

「彼が何かをしたという証拠はひとつもないんだ。これは政治的な問題なんだ。数日もすれば、釈放されるさ」

だが彼女の恐怖は彼にも感染した。ホールデンズ・クロッシングにいる弁護士は、ニック・ホールデンただ一人なのだ。ロックアイランドには何人か弁護士がいたが、ロブ・Jは誰も個人的に知らなかった。次の朝、彼は急を要する患者だけを治療すると、郡庁所在地へ乗りこんだ。下院議員スティーブン・ヒュームの待合室には、ふだんロブ自身の待合室にいるよりも、さらにたくさんの人々が待っていて、自分の番がくるまで九十分近く待たされた。

ヒュームは熱心に耳を傾けた。

「どうしてわたしのところへ来たんです？」と最後に彼はたずねた。

「あなたは次の改選に立候補していますが、その対抗馬がニック・ホールデンだからです。僕には考えおよばない理由から、ニックはソーク族全般、そして特にカムズシンギングに最大限の災難をもたらそうとしているんです」

ヒュームはため息をついた。

「ニックは荒っぽい連中とかかわりあっているので、わたしも彼の立候補は心中おだやかではないんですよ。アメリカ党はアメリカ生まれの労働者に、移民やカトリック教徒にたいする憎しみや怖れを吹きこんでるんでね。彼らはあらゆる町に秘密の支部をつくっていて、玄関にあけたのぞき穴で確かめて党員以外は立ちいらせないんです。どんな活動をしているのか、どの党員にたずねても、自分は何も知らない《ノー・ナッシング》と答えるよう教育されているので、ノーナッシング党とも呼ばれてます。彼らは外国生まれの人間たちに対して、暴力を助長したり行使したりして、政治的に国中を席巻しているんです。情けない話ですよ。移民もどっと流入してきてはいますが、現時点ではイリノイ州の人口の七十パーセントは生粋のアメリカ人で、残りの三十パーセントは、大部分が市民ではないので投票権を持っていない。去年、ノーナッシング党はニューヨークの知事選であわや勝ちそうになり、立法府議員には四十九人も選ばれているんです。ノーナッシング党－ホイッグ党同盟は、ペンシルバニア州とデラウエア州であっさりと選挙に勝ち、激戦のすえシンシナティもノーナッシング党の手に落ちてしまいました」

「しかし、どうしてニックはソーク族を狙《ねら》ってるんです？　彼らは外国生まれなんかじゃないのに！」

ヒュームは顔をしかめた。

「彼は政治的な鼻が非常にきくらしいですな。このあたりの白人たちがインディアンに大虐殺され、自分たちもたくさん大虐殺をおこなっていたのは、ほんの十九年前のことです。ブラックホークの戦いでは、多くの人々が死んでます。十九年なんてあっというまですよ。当時インディアンの襲撃で生き残った少年たちや、インディアンにおびえたたくさんの人間が有権者となり、いまだにインディアンを憎み怖れているんです。そこで、わが善良なる対抗馬は炎をたきつけようってわけです。このあいだの夜、彼はロックアイランドでウイスキーを大盤振る舞いしてから、インディアンとの戦いの話を蒸しかえしたんです。頭皮剝《は》ぎや真偽の疑わしい悪行まで、ひとつ残らずあげつらってね。それから、イリノイ州で最後に残った血に飢えたインディアンたちが、あなたの町ではぬくぬくと大事にされていると話をむけ、自分が合衆国下院議員に当選したあかつきには、本来いるべきカンザス州の居留地に彼らを帰らせると公約したんです」

「ソーク族を助けるために、行動をおこしてもらえますか？」

「行動を？」ヒュームはため息をついた。「コール先生、わたしは政治家です。インディアンは投票できませんから、彼らを個人的あるいは集団的に優遇するという、はっきりした立場をとるつもりはありません。しかし、政治的問題として見たとき、対立候補がわたしの席を勝ちとるためにその件を利用しようとしている以上、阻止できればわたしに有利になります。

この地域の巡回裁判所の判事は、ダニエル・P・アラン判事とエドウィン・ジョーダン判事です。ジョーダン判事は意地が悪いところがあり、ホイッグ党員ですが、ダン・アランはとても優秀な判事で、さらによいことに民主党員なのです。彼とは長年一緒に働いている仲ですから、彼がこの件を審理することになれば、あなたの友だちのソーク族を証拠もないのに有罪にしてニックの当選をあとおししようという、あの連中のお祭り騒ぎにはさせないでしょう。担当するのが彼なのかジョーダンになるのか、知る術はありませんが、アランだったら、彼はまさに公正そのものの判決をくだすでしょう。

インディアンの弁護を買ってでる弁護士は一人もいません。それが現実です。ここでいちばんの弁護士は、ジョン・カークランドという若い男です。ちょっとごり押しすれば大丈夫かどうか、彼と会ってみましょう」

「感謝します、下院議員」

「まあ、お礼は投票でお願いしますよ」

「僕も三十パーセントの一人なんです。帰化を申請中ですが、三年の待機期間が……」

「それなら、その次の改選にはまにあうでしょう」とヒュームは実際的に言った。彼は握手しながらニヤッと笑った。「さしあたり、友だちにどうぞ口ぞえを」

＊

町は死んだインディアンのことで、そうそう長く持ちきりになってはいなかった。ホールデンズ・クロッシング・アカデミーの開校企画のほうがずっと興味を集めていたのだ。町に住む誰もが、自分の子供たちが通いやすいように、学校建築用地として小さな区画を寄付したがっていたが、施設は町の中心地に建てるべきだと意見がまとまり、最終的に町会議でニック・ホールデンから三エーカーの寄贈を受けることになった。ニックは大満足だった。その敷地は、当初彼が描いたホールデンズ・クロッシングの『空想地図』で学校と示されていた、まさにその場所だったからだ。

教室がひとつだけの丸太小屋の校舎が共同作業で建てられた。いったん建築がはじまると、学校プロジェクトは火がついた。代用の割材の床にするかわりに、ちゃんとした板張りの床材を曳《ひ》くべく、男たちは六マイルも丸太をひきずってきた。一方の壁にみんなで一緒につかえる長い机を作りつけた。その前に長いベンチもおき、生徒たちは物を書くときは壁をむいて座り、先生に復唱するときはクルリと向きをかえればいいようにした。鉄の四角い薪《まき》ストーブを教室のまんなかに設置した。学校は毎年収穫のあとにはじまり、十二週間を一学期とする三学期制とし、教師には一学期につき十九ドルの給料にくわえ、下宿とまかないをつけることに決まった。学校教師は読み方、書き方、数学を教える資格をもっており、地理か文法か歴史のどれかについても見識があること、と州法で規定されていた。給料は安いのに責任は重い仕事であるため、志願者はそんなには集まらなかった。けっきょく町は鍛冶屋《かじや》ポール・ウィリアムズのいとこマーシャル・バイヤーズを雇うことにした。

バイヤーズ先生はビックリ眼で細身の二十一歳の青年だった。イリノイに来る前にはインディアナ州で教えていたので、別々の生徒の家に一週間ずつ泊まり歩く「家庭訪問」のうまみを心得ていた。自分は豚とジャガイモより子羊とニンジンの方が好きなので、羊牧場にやっかいになれてうれしい、と彼はサラに言った。

「ほかはどこに行っても、でてくる肉料理といえば豚とジャガイモばっかりですからね」と彼は言った。

ロブ・Jはニヤッと笑って言った。「じゃあ、ガイガー家は気にいりますよ」

ロブ・Jはこの教師を好かなかった。バイヤーズ先生がムーンやサラをちらっと盗み見る目つきには、どこかいやらしさが漂っていたし、まるで珍奇な怪物かなにかのようにシャーマンのことをジロジロ見たからだ。

「アレクサンダーに学校で会えるのを楽しみにしていますよ」とバイヤーズ先生は言った。

「シャーマンも学校を楽しみにしていますよ」とロブ・Jはおだやかに言った。

「え、まさかそれは無理でしょう。坊やはふつうにしゃべれませんし、ことばが聞こえないのに学校でなにかを勉強できるとでも?」

「あの子は唇を読みます。勉強に支障はありませんよ、バイヤーズ先生」

バイヤーズ先生は眉《まゆ》をひそめた。さらに反論したそうな様子だったが、ロブ・Jの表情をチラッと見ると考えをかえた。

「いかにも、コール先生」と彼はかたくるしく言った。「そのとおりです」

*

次の朝、朝食前にオールデン・キンボールが裏口のドアをたたいた。彼は朝早く飼料店に行って仕入れた情報を、しゃべりたくてうずうずしていたのだ。

「まぬけなインディアンどもが! 奴《やつ》らとうとうやりゃがった」と彼は言った。「昨日の夜、酔っぱらって、あのカトリックの尼さんたちの納屋を全焼させちまったんですぜ」

ムーンはロブからそれを聞くと、すぐに否定した。

「わたしは昨夜、ソーク族のキャンプにいたのです。カムズシンギングのことを友だちと相談していました。オールデンが言ったことは嘘《うそ》です」

「きみが帰ったあとに飲みはじめたのかもしれない」

「いいえ。デマです」彼女の口調は落ちついていたが、早くもふるえる手でエプロンをはずしていた。「みんなに確かめてきます」

ロブはため息をついた。カトリック教徒たちに会いに行った方がいいだろう、と彼は考えた。

＊

彼女たちが「いまいましい茶色いゴキブリども」と呼ばれているのをロブは耳にしていたが、その姿を見て理由がよくわかった。秋にはまだ暑すぎるだろうと思われる茶色い毛織物の修道服を着ていたのだ。夏のさかりには、責め苦だったに違いない。そのうち四人が、オーガスト・ルンドと奥さんが若い希望のかぎりを注いで建てた、スウェーデン風のよくできた納屋の残骸《ざんがい》のところで働いていた。彼女たちは、まだ一角から煙がたっている黒こげの焼け跡から、せめて救えるものを探しだそうとしているようだった。

「おはようございます」と彼は呼びかけた。

彼女たちは彼が近づいてくるのに気づいていなかったらしく、動きやすいようにベルトにたくしあげてあった長い修道服のすそを急いでおろし、すすけた生白くたくましい脚を隠した。

「わたしはコール医師です」と彼は馬をおりながら言った。「ちょっと離れたところに住んでいます」

彼女たちが何も言わず凝視したままなので、ことばがわからないのかもしれないと彼はふと思った。

「責任者の方とお話できますか？」

「修道院長ですね」とひとりが言ったが、その声はかろうじてささやき声より大きい程度だった。

彼女は小さな身ぶりをして家に向かい、ロブはあとをついていった。家の横に建っているさしかけ屋根の小屋の近くで、黒衣の老人が霜で枯れた野菜畑を鋤《すき》で掘りかえしていた。老人はロブにはまったく興味を示さなかった。修道女は二度ほど、その声とみあった小さな音でドアをノックした。

「お入りなさい」

茶色い修道服が先にたって入り、膝《ひざ》をまげてちょこんとお辞儀をした。

「こちらの紳士がおみえです、院長さま。ご近所のお医者さまです」ささやき声の修道女はそう言うと、またちょこんと膝をまげてでていった。

修道院長は小さなテーブルをはさんで木の椅子《いす》に座っていた。ベールの向こうの顔は大きく、鼻も幅広で存在感があり、サラの瞳《ひとみ》よりも薄い、透きとおるようなブルーの目をしていた。だがいぶかしげで、美しいというより挑戦的な光を放っていた。

彼は自己紹介すると、火事はお気の毒でしたと告げた。

「わたしたちにお手伝いできることはありますか？」

「主が助けてくださいますから」彼女の英語は教養高かったが、ドイツなまりだと彼は思った。もっとも、シュローダーのなまりとは違ったので、ドイツでも別の地方の出身なのだろう。

「どうぞおかけください」と彼女は言って、部屋のなかで唯一快適そうな、玉座のように大きくて贅沢《ぜいたく》に革をはった椅子をさし示した。

「荷馬車でわざわざここまで運んできたんですか？」

「はい。司教さまがいらしたときに、礼にかなった場所に座っていただけるように」と彼女は大まじめで言った。輩《やから》は夜の聖務のときにやってきたと彼女は言った。修道院の人間は礼拝にいそしんでいたので、はじめの物をわる乱暴な音は聞こえなかったが、すぐに煙の臭いがしたのだった。

「インディアンたちの仕業だと聞いていますが」

「インディアンと言っても、ボストン茶会事件に出席したのと同じ種類のね」と彼女は無味乾燥に言った。

「本当ですか？」

　彼女はおかしさをまじえずに微笑《ほほえ》んだ。

「酔っぱらった白人の男たちでした。酔っぱらいの白人特有の悪態を吐きちらしていました」

「ここにはアメリカ党の支部があるんです」

　彼女はうなずいた。

「ノーナッシング党ですね。十年前、わたくしは生まれ故郷のヴェルテンベルクから、フィラデルフィアのフランシスコ会居留地域に着いたばかりでした。ノーナッシング党員たちは暴挙でわたくしをむかえてくれました。二つの教会が襲撃され、十二人のカトリック教徒が殴り殺され、たくさんのカトリック教徒の家が焼きうちされました。彼らだけがアメリカ人ではないと気づくまで、しばらくかかりました」

彼はうなずいた。オーガスト・ルンドの芝土の家の二部屋のうち一室が、簡素な共同寝室として使われているのに彼は気づいた。もとは穀物倉だったが、いまでは片隅にわら布団がつまれていた。部屋には彼女の机と椅子、それに司教の椅子のほかは、大きくて堂々とした細長いテーブルと真新しい木のベンチしかなかったので、ロブは大工の腕前についてコメントした。

「あなたがたの司祭が作られたんですか？」

彼女は微笑んで立ちあがった。

「ラッセル神父は礼拝堂づき司祭です。シスターのメアリー・ピーター・セレスタインがわたくしどもの大工なのです。礼拝堂をご覧になります？」

ロブは彼女のあとについて、かつてはルンド夫妻が寝食をともにし、愛を交わし、グレタ・ルンドが亡くなった部屋に入っていった。なかは白くのろが塗られていた。壁を背に木製の祭壇があり、その正面にはひざまずくための祈禱《きとう》椅子があった。祭壇の上の十字架の前には、赤いガラスに入った大きな聖櫃《せいひつ》ロウソクが、小さなロウソクに囲まれるようにして立っていた。石膏《せっこう》像が四体、性別ごとにわけておかれていた。右側にあるのは聖母像だと彼にもわかった。マリアさまの隣は自分たちの女子修道院をつくった聖クレアで、祭壇の反対側にあるのが聖フランシスコと聖ヨセフだと修道院長は言った。

「あなたがたは学校を開く計画だと聞いていますが」

「それはまちがって伝わっています」

彼は微笑んだ。「それに、あなたがたは子供たちをカトリックにひきこもうとしているとも」

「まあ、それはあたらずとも遠からずですね」と彼女はまじめくさって言った。「わたくしたちはつねに、子供だろうと女性だろうと男性だろうと、キリストを通して魂が救われんことを願っていますから。友好関係をたもち、地域にカトリック教徒を増やすことにはげんでいます。でも、わたくしたちの修道院は、学校ではなく看護を使命としています」

「看護！　それで、どこで看護をするんです？」

「ああ」と彼女は残念そうに言った。「お金がないのです。ここに病院を建てるんですか？」聖母教会はこの地所を買い、わたくしたちを送ってくれました。ここからは自分たちでなんとかしなければなりません。でも、必ず主がなんとかしてくださいます」

彼はそこまで楽観視できなかった。

「患者に必要となったら、あなたがたに看護を頼めますか？」

「患者の家に行ってですか？　いいえ、それはなりません」と彼女はきびしく言った。

礼拝堂にいるのが落ちつかず、彼は部屋をあとにしようとした。

「あなたご自身はカトリックではないようですわね、コール先生」

彼は頭をふった。そして、ふいにある考えがひらめいた。

「ソーク族を助けるために、必要となったら、納屋を燃やしたのは白人の男たちだったと証言してくれますか？」

「もちろん」と彼女は冷静に言った。「それがたったひとつの真実なのですから。違いますか？」

ここの修道女たちは始終、彼女を恐れながら暮らしているに違いないと彼は思った。「ありがとうございます、ええと……」彼はとまどった。どうしても、この横柄な女性にお辞儀をして『院長さま』と呼びたくなかったのだ。「お名前は、マザー?」

「マザー＝ミリアム・フェロシアです」

彼は学生時代ラテン語を専攻し、キケロと、同時代のカエサルの『ガリア戦記』を奴隷のようにせっせと翻訳させられたので、その名前が『勇敢なマリア』という意味だとわかる程度の語学力は持ちあわせていた。しかし以後この女性のことは――もちろん、自分の心のなかでだけだが――『残忍なミリアム』と呼ぶことにした。

＊

彼は、はるばるロックアイランドまでスティーブン・ヒュームに会いに出かけたが、その甲斐《かい》はあった。下院議員はよい知らせを持っていた。裁判はダニエル・P・アランが審理することになったのだ。証拠がないので、アラン判事はカムズシンギングを保釈しても問題ないと判断した。

「しかし重罪なので、保釈金は二百ドル以下にはできないのです。身元引受人が必要なら、ロックフォードかスプリングフィールドに行くことです」

「僕が保釈金をだします。カムズシンギングは僕のところからは逃げませんから」とロブ・Jは言った。

「よろしい。若きカークランドも弁護をひきうけましたよ。この状況下では、あなたは留置場に近よらない方が得策です。カークランド弁護士が二時間後にあなたの銀行で落ちあうことにしましょう。ホールデンズ・クロッシングの銀行ですね?」

「そうです」

「ロックアイランド郡あてに銀行為替《かわせ》手形を振り出して、サインをしてから、カークランドに渡し、あとは彼にまかせましょう」ヒュームはニヤッと笑った。「この件は数週間で審理に入ります。ダン・アランとジョン・カークランドがいれば、ニックがこれ以上この件に首をつっこんできても、大馬鹿者を演じることは確実ですよ」

彼はおめでとうと言わんばかりに、がっちりと握手してきた。

ロブ・Jは家にもどると荷馬車に馬をつないだ。身元引き受けの場には、ムーンもいるべきだと思ったからだ。彼女は、マクワの物だった何の変哲もない家着にボンネットをかぶり、背筋をのばして荷馬車のなかに座ったが、いつもよりさらに無口で、緊張しているのは一目瞭《りょう》然《ぜん》だった。彼は銀行の前に馬をつなぐと彼女を荷馬車に残し、銀行で為替をきって、ジョン・カークランドに手渡した。カークランドはまじめな男で、ムーンに紹介すると礼儀正しく挨拶《あいさつ》をかえしたが、温かみは感じられなかった。

弁護士が立ち去ると、ロブ・Jは荷馬車に乗りこんでムーンの横に腰かけた。馬をその場につないだまま、二人は座ってモート・ロンドンの事務所の扉を透かし見た。九月にしては日射しがまぶしかった。

彼らは、気が遠くなるくらい待たされている気がした。するとムーンが彼の腕に触れた。扉があいてカムズシンギングが身体をかがめて、くぐりでてきたのだ。カークランドがすぐあとからでてきた。

二人はすぐにムーンとロブ・Jを見つけ、そちらに歩きはじめた。カムズシンギングは自由になれた喜びからか、あるいは本能的にそこから逃げだしたかったからなのか、思わず走りだした。だが、ほんの二、三歩、軽やかに跳躍したとき、上空からドンという音が聞こえ、右へぬけていき、通りの反対側の別の屋根の上からもさらに二発の銃声が響いた。

狩人プヤワネガワなら、指導者で、棒球の英雄なら、巨木のように威厳をとどろかせて倒れるはずだった。だが彼は、ほかの男と同じようにぎこちなく崩れ落ち、土に顔をうずめた。

ロブ・Jはすぐに彼のもとへと荷馬車を飛びだしたが、ムーンは動くことさえできなかった。彼はカムズシンギングのところへたどり着くと、身体をひっくりかえし、ムーンが悟っていたことを目のあたりにした。弾丸一発が、うなじのどまんなかを貫いていた。残りの二発は、心臓をねらって確実に殺そうと、一インチとはなれずに胸に命中していた。

カークランドは二人のところまでやってきたが、どうしようもない恐怖に立ちつくしていた。ロンドンとホールデンが遅ればせながら保安官事務所からでてきた。モートはことの次第をカークランドから聞いてから、大声で指令を発し、まず通りの一方の屋根を調べさせ、それから反対側も調べさせた。屋根には人っ子ひとりいないのがわかっても、本気で驚いている者など誰もいないようだった。

ロブ・Jはカムズシンギングの隣に膝《ひざ》をついたままだったが、立ちあがるとニックとむきあった。ホールデンは青ざめてはいたものの、何がきてもへっちゃらという感じで、ゆったり構えていた。不条理な話だが、ロブはあらためて彼の男っぽさに感心させられた。ロブ・Jは、ホルスターに携帯している彼のリボルバーに目をとめた。危険を考慮して、細心の注意をはらってことばを選ばなければいけなかったが、それでも言っておかなければならなかった。

「二度ときみとはかかわりたくない。死んだってごめんだ」と彼は言った。

＊

カムズシンギングを羊牧場の納屋につれかえると、ロブ・Jは彼の家族だけにしてやった。日暮れに、家で食事をさせようとムーンや子供たちを呼びに行くと、彼らの姿も、カムズシンギングの遺体も消えていた。その晩遅く、ジェイ・ガイガーはコール家の荷馬車と馬が自分の納屋の正面の柱にゆわえられているのを見つけ、羊牧場までとどけてきた。自分の農場からも、リトルホーンとストーンドッグが姿を消してしまった、と彼は言った。ムーンと子供たちは戻ってこなかった。その夜、ロブ・Jは眠れずに、カムズシンギングはたぶん川沿いの森のどこか、墓標のない土のなかに眠っているだろうと考え続けた。いまではほかの誰かのものになってしまった、かつてはソーク族の土地に。

膨大な備蓄をしたニック・ホールデンの納屋が夜のうちに全焼してしまったというニュースは、翌日の午前なかば、ジェイがふたたびやってきて教えてくれるまで、ロブ・Jは知らなかった。

「まちがいない、今回はソーク族だよ。全員消えてしまったんだから。ニックは家に燃え移らないように、ほぼ一晩じゅう炎と戦いながら、民兵と合衆国陸軍を出動させると誓っていたそうだ。もう四十人からの男たちをひきつれて、全速力であとを追ってるよ。考えられるかぎり、およそおそまつなインディアン討伐隊さ。モート・ロンドンに、ベッカーマン先生に、ジュリアン・ハワード、フリッツ・グラハム、ネルソンの酒場の常連たち。この郡の大酒食らいの半数だよ。おまけに、みんながみんな、ブラックホークを追跡してる気になってるんだ。まちがって仲間の足を撃ちあわなけりゃ儲《もう》けものだろう」

その日の午後、ロブ・Jは馬でソーク族のキャンプに行ってみた。その場所は、彼らが永久にもどってこないことを告げていた。ヘドノソテの戸口からバッファローの毛皮が取りはずされ、歯がぬけたみたいにポッカリ隙間《すきま》があいていた。キャンプ生活を象徴するガラクタが地面に散らばっていた。彼はブリキの缶を一個ひろいあげた。ズタズタになった蓋《ふた》は、ナイフか銃剣でこじあけられたことを物語っていた。なかにはベタベタしたジョージア州産の桃が入っていたことがラベルでわかった。彼はソーク族に便所を掘るありがたみを見いださせることがとうとうできなかったが、今しも、キャンプの周辺から吹きこむ風に流されて、人間の排泄《はいせつ》物のかすかな臭いが鼻にとどき、彼らが去ってしまったという感傷に水をさした。それは、この場所から貴重な何かが消え失せてしまい、呪文《じゅもん》でも政治的かけひきでも、二度と取りもどせないことを思い知らせる最後っ屁《ぺ》だった。

＊

ニック・ホールデンと一派は四日間ソーク族を追ったが、近づくことすらできなかった。インディアンたちはミシシッピ川沿いの森林地を北に向かって進んでいた。彼らは死んでしまった民たちにくらべれば荒野にたけてはいなかったが、いちばんダメな者でさえ白人よりはましだった。彼らは急にあともどりしたり蛇行したりして、にせの足跡をつけて白人たちを煙にまいた。

男たちはウィスコンシン州に深くはいりこむまで、執拗《しつよう》に追跡をつづけた。手ぶらでもどって大勝利をあげたと告げるよりは、多少なりとも頭皮や耳といった戦利品があった方がよかったからだ。彼らはプレーリー・ドゥ・シエンで小休止した時ウイスキーをしこたま飲み、フリッツ・グラハムが騎兵と喧嘩沙汰《けんかざた》をおこして留置所に入れられてしまったが、ニックがたしてやった。同じ職業のよしみで越境してきている保安官代理にお目こぼしを、と保安官を説得したのだ。帰ってくると、三十八人の使徒たちは、ニック・ホールデンはインディアンの脅威からこの州を救ったとってもいい奴《やつ》だから投票しよう、と福音を広めて歩いた。

その年の秋はおだやかで、早い時期に霜で害虫が絶滅してしまったため、夏よりしのぎやすかった。夜は冷えこみ、川沿いの木が美しく色づいたが、日中は温暖で気持ちがいい、金色に輝く豊かなひとときだった。十月になると、教会はジョセフ・ヒルズ・パーキンズ師を説教師に選んだ。彼は給料にくわえて牧師館を要求していたので、収穫が終わると小さな丸太の家が建てられ、牧師が妻のエリザベスと引っ越してきた。二人には子供がいなかった。サラは歓迎委員会のメンバーとして忙しく過ごした。

ロブ・Jは川沿いで枯れてしまった百合を見つけ、マクワの墓の足もとに根を植えた。墓石をたてる習慣はソーク族にはなかったが、彼はオールデンに頼んで腐らないハリエンジュの板を削ってもらった。彼女のことを英語で記すのはしっくりこない気がした。そこで、彼女の場所だとはっきりわかるように、彼女が身体につけていたルーン文字に似た印をオールデンに彫らせた。彼は一度、マクワとカムズシンギングの死を捜査するように働きかけるため、モート・ロンドンと不本意ながら協議したが、ロンドンは彼女を殺した犯人が、おそらくほかのインディアンに撃ち殺されたものと確信していると答えた。

十一月、合衆国じゅうの二十一歳以上の男性市民が投票にでかけた。全国的に、労働者たちが移民との仕事の奪いあいに反旗をひるがえした。ロードアイランド州、コネチカット州、ニューハンプシャー州、マサチューセッツ州、そしてケンタッキー州でノーナッシング党の知事が選ばれた。ノーナッシング党の議会議員は八州で当選し、ウィスコンシン州では、ノーナッシング党が州の移民管理局廃止を推進する共和党弁護士たちの当選をあとおしした。テキサス州、テネシー州、カリフォルニア州、メリーランド州も制し、大半の南部の州に強力にはびこった。

イリノイ州ではシカゴと南部地域で絶対多数を獲得し、ロックアイランド郡では、インディアン討伐者ニコラス・ホールデンが百八十三票を集め、現職の合衆国下院議員スティーブン・ヒュームは議席を失った。そして、ホールデンは選挙が終わると同時に、選挙区民の代表としてワシントンDCにおもむいたのだった。

《第四部》　耳の聞こえない少年

一八五一年、十月十二日

第三十章　授　業

鉄道はシカゴが起点だった。新しくやってきたドイツ、アイルランド、北欧からの移民たちが、光り輝くレールを平地の上に押し進めていく仕事に従事し、最終的にミシシッピ川の東岸、ロックアイランドにたどり着いた。時を同じくして、対岸ではミズーリ鉄道会社が、ダヴェンポートからカウンシルブラフスまでアイオワ州を横切る鉄道を建設中で、大河に鉄橋をかけて二つの鉄道をむすぶために、ミシシッピ川鉄橋会社が設立された。

あるのどかな夕暮れのすぐあと、流れる川の神秘的な奥底で、うごめく無数の水生幼虫がトビケラに姿をかえた。トンボに似た虫たちは、四枚の銀色の羽で川からヒラヒラ舞いあがり、びっしり集まって押しあいながら、きらめく雪片のブリザードとなってダヴェンポートに降りそそいだ。虫は窓をおおいかくし、人間や動物の目といわず耳、口にまで飛びこんだ。屋外にでなければならない者にとって、このうえなく厄介なしろものだった。

トビケラはたった一夜しか生きられない。その短い猛攻撃は、年に一度か二度おこる現象で、ミシシッピ沿いに住む者たちは平然とやりすごすのだった。夜明けには虫たちは死んで侵略は終わった。午前八時、秋の淡い日射しのなかで、四人の男が水辺のベンチに座り、作業員たちが虫の死骸《しがい》をはきよせてシャベルで荷車に積んでは川に投げこむのを、タバコをふかしながら眺めていた。やがて馬に乗ったもう一人の男が別の馬を四頭ひいてやってくると、男たちはベンチから腰をあげて馬に乗った。

木曜の朝。給料日だった。セカンドストリートにある『シカゴ・ロックアイランド鉄道』の事務所では、支払い主任と二人の事務員が新しい陸橋を建設している連中の賃金をまとめていた。

八時十九分、五人の男たちが事務所に乗りつけた。四人が馬をおりてなかに入っていき、一人が馬と残った。彼らは覆面をしておらず、全員が武装していることをのぞいて、ごくふつうの農夫に見えた。彼らが自分たちの目的をおだやかに礼儀正しく申し立てると、事務員の一人が愚かにも近くの棚からピストルをとろうとし、たった一発で頭をしとめられて、トビケラのように殺された。それ以上抵抗する者はおらず、四人の強盗は冷静に総額一一〇六・三七ドルの賃金を汚れた麻袋のなかに入れて立ち去った。支払い主任はのちに、命令を発していた強盗は、川向こうのホールデンズ・クロッシングの南の方で、何年か土地を耕していたことがある、フランク・モスビーという男だと当局に証言した。

＊

サラはまが悪かった。その週の日曜日の朝、彼女は教会でパーキンス師が礼拝者たちに告白をつのるのを待っていた。そして、勇気をふりしぼると、立ちあがって前に進みでた。彼女は、若くして未亡人となったとき、聖なる婚姻の絆《きずな》にむすばれずして交わり、子供を産んでしまったと低い声で牧師と会衆に語った。イエスキリストの浄化の恩寵《おんちょう》をたまわり、自分の罪からまぬがれたくて、こうして会衆の面前で告白したのだと。

　彼女は語り終えると、蒼白《そうはく》な顔をあげて、パーキンス師のあふれんばかりに見開かれた目を見つめた。

「主をたたえよ」と彼はささやくように言った。彼は細長い指で彼女の頭をつかんで押しつけ、ひざまずかせた。「神よ！」と彼はいかめしく祈った。「この善き女性の罪を許したまえ。この者は今日あなたの家で自ら打ち明け、魂から緋色《ひいろ》を洗い流し、バラのように白く、最初に降る雪のごとく純粋になったのですから」

　会衆のざわめきが歓喜の声や突発的な叫びへとふくれあがった。

「神をたたえよ！」

「アーメン！」

「ハレルヤ！」

「アーメン、アーメン」

　サラは実際に自分の魂が軽くなるのを感じた。パーキンス師につきたてられた五本の指を通じて、主のお力が身体に満ちあふれ、サラはまさにこの瞬間、天にものぼる気持ちだった。

　会衆は興奮のるつぼと化した。鉄道事務所の強盗事件で、無法者の首謀者がフランク・モスビーだと断定されたことを知らない者などいなかった。しかも、その亡くなった弟ウィルがサラ・コールに長男を産ませたという噂《うわさ》は、かねてから広くささやかれていたことなのだ。教会にいた人々は告白の劇的状況にすっかり心をうばわれていた。あとでまことしやかに友人やご近所にひそひそふれまわる類の、さまざまな淫《みだ》らな光景を想像しながら、サラ・コールの顔や身体をなめまわすように見つめていた。

最後にパーキンス師がサラを信徒席にもどすと、あちらこちらから熱心に手がさしだされ、たくさんの声が歓《よろこ》びと祝福の声をざわめかせた。何年もこがれてきた夢が現実となった実感が、だんだんと彼女のなかで高まってきた。神は善い方であり、彼女はキリスト教徒たちの寛容の精神によってあらたな希望をあたえられ、愛と奉仕が支配する世界に受け入れられたという証《あかし》なのだ。それは彼女の人生のなかでもっとも幸福な瞬間だった。

＊

翌朝、学校《アカデミー》が開校し、初日をむかえた。シャーマンは大きさがまちまちの十八人の子供たちと仲間になれたことがうれしくて、建物と家具のま新らしい木のキリッとした香りや、自分の石板と石筆、そして『マガフィーのエクレティック読本　第四巻』という自分の教科書にうきうきした。教科書は、もっと新しい『マガフィーのエクレティック読本　第五巻』を購入したロックアイランドの学校から、ホールデンズ・クロッシング・アカデミーが買い受けたもので、使い古されていた。そうこうするうちに、彼はすぐに困難にとりかこまれてしまった。

バイヤーズ先生は生徒たちを年齢別に四つのグループにわけ、アルファベット順に席につかせたので、シャーマンは長い共同机のはじっこになり、遠くはなれたアレックスは何も手伝ってやれなくなってしまったのだ。おまけに先生は神経質そうに早口でしゃべるので、シャーマンは唇を読むのに苦労した。生徒たちは石板に自分の家の絵を描き、自分の名前と年齢、父親の名前と職業を書くように指示された。初日の生徒たちは意気ごんで机にむかい、せっせと書くことにいそしんだ。

何か変だとシャーマンが最初に気づいたのは、木の指示棒で肩をたたかれたときだった。

バイヤーズ先生は作業をやめて自分の方を向くようにクラスに指示したが、全員従ったのに、耳が聞こえない少年だけそのままだったのだ。シャーマンがぎょっとして向きをかえると、ほかの子供たちが彼のことを笑っていた。

「あてられたら、石板に書いたことばを大きな声で読んで、描いた絵をクラスのみんなに見せましょう。きみからはじめよう」指示棒がふたたび彼をたたいた。

シャーマンはいくつかことばをつっかえながら読みあげた。絵を見せて発表を終えると、バイヤーズ先生は教室の反対の端にいるレイチェル・ガイガーにあてた。シャーマンは自分の席でできるだけ前にかがんでみたが、彼女の顔は見えず、唇を読むこともできなかった。彼は手をあげた。

「なんですか？」

「お願いです」と彼は言って、母親にきびしく教えこまれたとおりを先生に伝えた。「ここからではみんなの顔が見えません。正面に立ってはいけませんか？」

マーシャル・バイヤーズは前任地で生徒たちの規律の悪さに悩まされ、時にはあまりのひどさに教室に入るのが気がすすまないくらいだった。新しい学校は心機一転のチャンスなので、彼は若き野蛮人たちの手綱をしっかりと引きしめておくつもりだった。そのひとつが席を管理することだった。アルファベット順、年齢別の小さな四つのグループわけ、各々、自分の場所にしっかり座らせるのだ。

生徒たちが発言するときに、この少年を正面に立たせてみんなの口をじっと見つめさせるのはよくないと思った。だいいち自分の背後でおかしな顔をしてみせてみんなを笑わせたり、質の悪いイタズラをするかもしれない。

「いいえ、いけません」

午前中はほとんど、シャーマンは何がおきているのか理解できないまま、ただ座っていた。昼食時になると、子供たちは外にでて鬼ごっこをした。彼も一緒に楽しんでいたが、やがて学校一大きな少年ルーカス・ステッビンスが、アレックスを鬼にするときに強くぶって、地面にひっくりかえしてしまった。アレックスはよろよろ立ちあがると、拳《こぶし》をにぎりしめた。ステッビンスは彼に迫ってきた。

「やるか、このクソったれ？　お前なんかと遊んでやるか。私生児のくせに。父ちゃんが言ってたぞ」

「私生児ってなに？」デイビー・ガイガーがたずねた。

「知らねえのか？」とルーク・ステッビンスは言った。「こいつの父ちゃんじゃない誰か、ウィル・モスビーって名のたいした無法者の悪党が、ナニをコール奥さんの穴につっこんだってことさ」

アレックスが大きな少年に体当たりしていったが、鼻に刺すような一撃をくらい、鼻血をしたたらせながら地面に倒れてしまった。シャーマンは兄をさいなんでいる相手に向かって突進したが、やはり両方の横っ面をしこたま殴られ、ほかの子供たちの何人かはルークにすっかり怖れをなして逃げ去った。

「やめなさいよ。怪我《けが》をさせる気?」とレイチェル・ガイガーが叫んで、にらみつけた。

十二歳にしてすでに胸がふくらんでいる彼女に眩惑《げんわく》されているルークは、ふだんなら彼女の言うことを聞くのだが、今回ばかりはニヤッと笑っただけだった。

「こいつはもう耳が聞こえないんだ。これ以上、耳が傷むことなんてないさ。デクノボウたちのおかしなしゃべり方ったらないぜ」彼はうれしそうにそう言うと、最後の強打をおみまいして歩き去った。シャーマンが嫌がらなければ、レイチェルは彼を抱きしめて慰めてやりたかった。彼とアレックスはいまになって戦慄《せんりつ》が走り、学校の友だちが見守る前で、地面に座りこんで泣いていた。

昼食のあとは音楽の時間だった。本の勉強から解放されて、歌ったり、賛美歌や聖歌の歌詞をおぼえたりする人気の授業だった。音楽の授業のあいだ、バイヤーズ先生は耳の聞こえない少年に、薪《まき》ストーブの横の手桶《ておけ》にはいっている昨日の灰を捨て、薪をいれる箱をいっぱいにするように言いつけた。シャーマンは学校なんて大嫌いだと思った。

＊

教会でのサラの告白には敬服したという話をロブ・Jにして聞かせたのは、すっかり彼も承知しているとばかり思いこんでいたアルマ・シュローダーだった。ことの次第を知ると、彼はサラと口論になった。彼は彼女の苦悩も、いまやそれから解放されたことも手にとるようにわかってはいたが、苦しかったからだろうと何だろうと、人生の一身上の問題をことこまかに他人にしゃべるなんて、唖然《あぜん》としたし、理解に苦しんだのだ。

「他人じゃありません」と彼女は彼のことばを訂正した。「告解をわかちあってくれた、神の恩寵《おんちょう》をうけた信者仲間、キリストの姉妹たちだわ」パーキンス師は、この春に洗礼を受けたい人はみな告解をしなければならないとおっしゃったの、と彼女は説明した。彼女にとっては明々白々のことなので、ロブ・Jの誤解には閉口した。

息子たちが喧嘩《けんか》をした様子で学校からもどってくると、ロブ・Jは、少なくとも彼女の神の恩寵をうけた信者仲間やキリストの姉妹たちの何人かは、教会で聞いた告解をほかの人間たちともわかちあったのだろうとにらんだ。息子たちは自分たちのアザのことについて固く口を閉ざしていた。ロブは折りにつけ、子供たちには敬意をはらって、愛情をこめて母親のことを話すようにしていたので、彼らの前で母親のことを論ずるわけにはいかなかった。だが、喧嘩のことについては話をした。

「頭にきたからって、誰かを攻撃しても何の解決にもならないんだよ。物事はすぐに手のとどかないところへ発展し、死を招くことさえあるんだ。殺人を正当化することは絶対にできないんだ」

少年たちは困惑した。彼らは校庭での素手の殴りあいについて話しているだけで、人殺し云々《うんぬん》についてではなかったからだ。「向こうが最初にたたいてきても、たたきかえしちゃいけないの、パパ？」とシャーマンがたずねた。

ロブ・Jは賛同してうなずいた。

「そこが問題なんだ。でも、お前たちは拳ではなく頭をつかわなければいけないよ」

オールデン・キンボールは偶然それを立ち聞きし、しばらくして兄弟を見つけだすと、憎しみをこめて吐き捨てるように言った。「チェッ！　チェッ！　お前さんたちのパパは生きてるなかでいちばん賢いお方だが、まちがうこともあるさ。いいか、誰かがたたいてきたら、そんな野郎はたたきのめしちまうんだ。でなきゃ、いつまでもやられっぱなしだぞ」

「ルークはすごくデカいんだ、オールデン」とシャーマンは兄の考えを代弁して言った。

「ルーク？　あの愚鈍なステッビンスのガキか？」とオールデンは言い、二人がみじめったらしくうなずくと、つばを吐いた。

「オレァは若かった頃、縁日のボクサーしてたんだ。どういうもんかわかっか？」

「腕っ節がつよい人？」とアレックスが言った。

「腕っ節が強いか！　そんな生やさしいもんじゃねえ。縁日でボクシングをしてたんだ。カーニバルとかそういうのでな。五十セントだした奴らと三分間戦って、俺《おれ》がやられたら、そいつらが三ドルもらえるんだ。その三ドルめあてに、腕に自信がある奴《やつ》らがうじゃうじゃ挑んできたと思わんか、え？」

「オールデンはたくさんお金を稼いだの？」とアレックスがきいた。

　オールデンの顔がくもった。

「いんや。マネージャーがいて、奴はたんまり儲《もう》けてた。オレァ夏と冬、二年間そいつをやってたが、とうとうやられちまった。マネージャーは俺を倒した男に三ドルはらって、かわりにそいつを雇っちまったんだ」彼は二人を見すえた。「要はだ、お前さんたちが教えてほしいんなら、戦い方を教えてやれるってことよ」

　幼い二つの顔が彼をじっと見あげると、頭をコクリとさせた。

「首ふりはやめてくれ。ハイって口で言えんのか？」オールデンは怒りっぽく言った。「いいいましい羊が二頭いるみてえじゃねえか」

＊

「ちょっとだけ怖がるのは、いいことなんだ」と彼は二人に言った。「血がわきあがるからな。だが恐がりすぎちゃ、なんもできんで負けちまう。怒りすぎでもダメだ。頭に血がのぼると、腕のふりが大きくなりすぎて、身体が開いてうたれる隙《すき》を作っちまうんさ」

シャーマンとアレックスは照れくさそうに歯を見せたが、左手を目の高さにあげて頭を守り、右手で胴体を守る方法をやって見せるオールデンは大まじめだった。彼は拳のにぎり方にはこだわり、指を丸めこんでしっかりと握り、相手を石で殴りつけるみたいに関節を固くしておくようにと力説した。

「戦いには四つの打法しかねえ」とオールデンは言った。「左ジャブ、左フック、右クロス、右ストレートだ。ジャブはヘビみてぇに噛《か》みつく。ほんのちょっと刺す程度で、相手をそんなには傷つけねえ。ただ平衡を失わせて、身体を開かせといてもっと強烈なのをしかけるためなんだ。左フックは遠くにはとどかんが、効果は抜群だ。左をむいて体重を右足にかけ、力いっぱい頭にくらわせる。右クロスはな、今と反対側に体重をかけて手首をすばやく回転させて炸《さく》裂《れっ》させるんだ、こんな風にな。俺のお気に入りは胴体への右ストレートだ。俺は『突き』って呼んでる。左にひくく構えて、左足に体重をかけ、腕全体を槍《やり》のようにして、右の拳を相手の腹にねじこむんだ」

彼は混乱しないように、一度にひとつずつパンチを教えた。最初の日は二時間、ジャブを宙にくりださせ、筋肉のリズムになれさせて、パンチをくりだすときの違和感をとりのぞいた。

次の日の午後、彼らは邪魔がはいる怖れのほとんどないオールデンの小屋の裏にある小さな開拓地にいき、それを毎日くりかえした。それぞれのパンチを何度も何度もくりかえし練習させられてから、いよいよ二人で対戦させてもらえるようになった。アレックスは三歳半上だったが、シャーマンはすごく大きかったので、一年かそこらしか違わないみたいに見えた。二人とも遠慮が先立った。とうとうオールデンは自分が交互に対戦するから、本当の喧嘩みたいに強く殴ってこいとけしかけた。驚いたことに、彼は身体をよじったり横すべりしてパンチをかわしたり、前腕でブロックしたり、拳で受け流したりした。

「わかったか、お前さんたちに教えてることは、たいそうな秘密なんかじゃねえんだ。ほかの奴らもパンチをくりだせるようになる。だから、防御することをおぼえとくんだ」

顎《あご》は胸骨でしっかりガードできるように下にさげておけ、と彼は強調した。彼は両腕でクリンチして相手の動きを妨害する方法も見せてくれた。どんなことがあってもルークにはクリンチしないようにとアレックスに注意した。

「あれだけデケエんだ、離れてないと地面に組みふせられちまうからな」

アレックスがあんな大きな少年を打ち負かす勝算は低いが、今後、二人には手だしする気をおこさせないくらいにはルークをこらしめられるだろう、とオールデンは秘《ひそ》かに考えていた。彼はなにもコール家の少年たちを縁日のボクサーにしたてる気はなかった。自分のことを守れるようになってほしかっただけなので、子供たちの素手の喧嘩に十分まにあう基礎しか教えなかった。足の使い方も教えようとはしなかった。何年もあとで、彼はシャーマンに言ったものだった。自分だって、もし足の使い方をちょっとでも知っていたら、三ドルまきあげられたためのボクサーにも負けてなかったに違いないと。

＊

アレックスはルークに挑戦する準備はもうできたと思ったが、オールデンは、そのときが来たら自分が教えてやるが、今はまだダメだと言った。こうしてシャーマンとアレックスは、毎日学校に行くたびに休み時間に嫌な思いをさせられるのだった。ルークはコール兄弟をおもちゃにすることになれてしまっていた。彼は意のままに二人をこづいて侮辱し、『デクノボウ』と『私生児』という呼び方しかしなかった。鬼ごっこをすれば邪険にたたき、レスリングをとれば顔を地面に押しつけた。

シャーマンにとっては、アカデミーでの問題はルークだけではなかった。授業中に何が言われているのか、少ししか見ることができず、最初から絶望的なほど遅れをとってしまったのだ。マーシャル・バイヤーズはそれを見てほくそ笑んだ。耳の聞こえない子供はふつうの学校にはむかないことを少年の父親を説得しそこねた彼は、慎重な態度をとっておいて、この問題がまた浮上する機会にむけて、証拠を集めておくことにしたのだ。彼はロバート・J・コールの落第点を入念に表にし、成績とは無関係なよぶんな勉強を課すために、定期的に居のこりをさせた。

時々、バイヤーズ先生はレイチェル・ガイガーも居のこらせたので、シャーマンは不思議だった。レイチェルは学校でいちばん頭のいい生徒だと目されていたからだ。そうした折りには、二人はえっちらおっちら一緒に歩いて帰った。そうしたある日の午後、その年はじめての雪が降りだした、どんよりした空の下を歩いていると、彼女は突然わっと泣きだしてシャーマンをとまどわせた。

彼はただ狼狽《うろた》えて彼女を見つめるしかなかった。

彼女は泣きやむと、唇が読めるように彼の方をむいた。

「あのバイヤーズ先生よ！　すきをねらっては……ぴったりくっついて立つの。それでいつもわたしに触るのよ」

「触るって？」

「ここよ」と彼女は言うと、自分の青いコートの胸の前に手をおいた。シャーマンは、自分にはとうてい考えもおよばないそうした打ち明け話に、途方に暮れて適切な反応ができなかった。

「僕たち、どうすればいいんだろう？」と彼は、彼女のことだけでなく自分自身のことも心配して言った。

「わからないわ。わからない」困ったことに、レイチェルはまたすすり泣きはじめてしまった。

「殺すしかないな」と彼はおだやかに断言した。

そのことばに彼女は耳をそばだて、泣くのをやめた。

「馬鹿げてるわ」

「いいや、僕は本気さ」

雪が激しくなってきて、彼女の帽子と髪に降りつもった。彼女の黒く密集した睫毛《まつげ》はまだ涙をしばたかせていたが、その茶色い瞳《ひとみ》は不思議そうにしていた。大きな雪のひとひらが、ちょうど彼の母親の白さとマクワの浅黒さの中間の色をした、彼よりも黒いなめらかな頬《ほお》のうえで溶けた。

「わたしのために？」

彼は公平に考えようとしてみた。バイヤーズ先生を亡きものにすれば彼自身も助かるが、彼女と先生の問題の方が比重は重かった。そこで彼は確信を持ってうなずいた。彼女の微笑《ほほえ》みは、あらたな意味でシャーマンをしあわせな気分にさせてくれた。

彼女はおごそかに自分の胸を触った。バイヤーズ先生には触れさせないと自ら宣言した、まさにその場所だった。

「あなたとはずっと、心からの友だちよ」と彼女は言うと、彼もそのとおりだと感じた。ふたたび歩きはじめると、ミトンをした少女の手が自分の手にのびてきたので驚いた。彼女の青いミトンと同じように、彼の赤いミトンも彼女の母親が編んでくれたものだった。彼女の母親は、コール家の人々の誕生日にはいつもミトンを編んでくれるのだ。毛糸を通じて、彼女の手のぬくもりがビックリするほど伝わってきて、腕のまんなかへんまで熱くなった。だがやがて、彼女はふたたび立ちどまって彼を見つめた。

「どうやって……あの……殺《や》るの？」

彼はしばし寒空の下で思案し、やがて自分の父親が数えきれないくらい口にするのを耳にしたうまい表現を思いついた。

「それには並々ならぬ検討が必要ですな」と彼は言った。

第三十一章　学校時代

ロブ・Jは医学協会の会合を楽しんでいた。教育的な内容のこともあったが、たいていは似たような状況を経験し、同業者として話が通じあう男たちの、和気あいあいとした集まりの晩だった。十一月の会合では、郡北部で開業している若きジュリアス・バートンがヘビの咬《か》み傷について報告したあと、これまでに自分が治療した一種珍妙な動物たちの咬み傷についての思い出話を披露した。なかには、女性がてっぷりした臀部《でんぶ》を血がでるほどの力で咬まれたという症例もあった。

「彼女の夫が言うには、咬んだのは犬だそうなんですが、おかげでめったにない特別な症例になりましたよ。なにしろ咬み傷からみて、夫婦が飼ってる犬は人間の歯をしてたんですから！」

トム・ベッカーマンも負けじと、猫のしわざかどうかはなはだあやしいが、睾丸《こうがん》をひっかかれたという猫好きの話を持ちだした。トビアス・バーもその種のことはめずらしくはないと言った。ほんの数ヶ月前に、彼は顔に傷をおった男を治療したというのだ。

「彼も猫にひっかかれたと言っていたが、そうだとしたら、その猫は爪《つめ》が三本しかなく、おまけに幅が広くて、人間の子猫ちゃんみたいな爪をしていたことになるんだよ」バー医師はそう言って笑いをとった。

彼はすぐに別の逸話にうつったので、顔にひっかき傷のある患者を診たのは正確にはいつだったかおぼえているかとロブ・Jが話に割りこむと、わずらわしそうだった。

「いや」と彼は言うと、さっさと自分の話にもどった。

会合のあと、ロブ・Jはバー医師をつかまえた。

「トビアス、顔をひっかかれたあの患者だけど。彼を治療したのは九月三日の日曜日じゃなかったかい？」

「正確にはわからないな。記録をつけてないのでね」バー医師は、ロブがもっと科学的な治療をおこなっていることを承知していたので、記録をとっていないことについて保身的なことばを口にした。「とるにたらない細かいことまで、いちいち記録しておく必要はないからね、そうだろう、な？　特にこの手の、よそから来た巡回説教師みたいな、ただの通りすがりの患者はね。二度と彼にはあわないだろうし、いわんや治療する可能性は低い」

「説教師だって？　名前はおぼえているかい？」

バー医師は額にしわをよせて、懸命に思い出そうとしたが、頭を横にふった。

「パターソンじゃないかな、もしかして」とロブ・Jは言った。「エルウッド・R・パターソン？」

バー医師は目をみひらいてみせた。

バー医師の記憶によれば、患者は正確な住所を言わなかったという。「確かスプリングフィールドから来たと言っていたが」

「僕にはシカゴから来たと言ってたよ」

「梅毒のことできみのところへ？」

「第三期だった」

「そう、第三期梅毒だった」とバー医師は言った。「顔の手当をしてやったあと、彼はそのことについても聞いてきた。最小の出費で最大限のことを要求するタイプの男だな。もし足にうおのめがあったら、せっかくだからとってくれと言ってただろうよ。梅毒には軟膏《なんこう》をだしておいたが」

「実は僕も」とロブ・Jが言い、二人は顔を見あわせて微笑んだ。

バー医師は悩んでいるみたいだった。「奴《やつ》が料金を踏み倒して逃げたんだな、そうだろう？それで彼をさがしているのだろう？」

「いいや。きみが彼を診察した同じ日に、僕は殺された女性の検屍《けんし》をしたんだが、彼女は複数の男に強姦《ごうかん》されていてね。おそらくそのうちの一人をひっかいたらしく、三本の指の爪の下に皮膚がはさまっていたんだ」

バー医師はフーッとうなった。

「男が二人、診療所の外で彼を待っていたのをおぼえている。馬をおりて玄関前の階段に座っていた。一人は大柄で、脂肪がたくさんついた、冬眠前のクマのような体つきをしていた。もう一人はやせぎすで若かった。頬のちょうど目の下あたりにぶどう酒様血管腫《しゅ》があったな。右目の下だったと思う。名前も聞かなかったし、ほかにはあまり思い出せない」

医学協会会長でもあるバーは職業上のねたみを持ちやすい人物で、時にもったいぶったところもあったが、ロブ・Jは彼が嫌いではなかった。ロブはトビアス・バーに礼を言って帰っていった。

＊

最後に顔をあわせたときよりも、モート・ロンドンはおだやかになったようだった。ニック・ホールデンがワシントンに行ってしまい心細かったのかもしれないし、一介の役人の自分がやっきになって彼の口を封じこめるなんて割があわないと悟ったのかもしれない。保安官はロブ・Jの話に耳を傾け、エルウッド・パターソンほか二名の外見的特徴をメモし、あたってみるとそつなく約束した。自分がロンドンの事務所からでていくやいなや、メモはくずかご行きだなとロブは直観した。モートを怒らせるか、まるくおさめるか二つに一つだったが、ロブは彼を怒らせる方を選んだ。

彼は自分自身で調査に乗りだすことにした。教会の司牧協会の会長は、不動産と保険代理業をいとなむキャロル・ウィルケンソンで、教会がパーキンス師を専任説教師に任命する以前の臨時説教師全員の手配をおこなったのも彼だった。ウィルケンソンは優秀なビジネスマンで、すべてをきちんとファイルしてあった。

「これですな」と彼は言って、折りたたんだビラを取りだした。「保険代理店の会合でゲールズバーグに行ったときにもらってきたんです」

そのビラには、ミシシッピ川渓谷地域への神の御心を伝える臨時説教師をキリスト教教会に派遣するとあり、教会側には費用がかからず、説教師にかかる全出費はシカゴ、パーマーアベニュー二八二番地のスターズアンドストライプス宗教協会が負担すると記したあった。

「手紙で説教の予定が入っていない日曜日の日付を知らせると、九月三日にエルウッド・パターソンが説教をしに来ると向こうから連絡がありました。あとは向こうが全部やってくれたんですよ」

彼は、パターソンの説教が概して評判がよくなかったことを承知していた。

「説教の大部分がカトリックに対する警告でしたから」と彼は微笑《ほほえ》んだ。「正直言って、そのこと自体は誰も気にかけやしませんでした。しかし彼がさらに、ほかの国からミシシッピ渓谷にやってきた人間のことまであげつらって、生粋のアメリカ人から仕事を盗みとっていると言うにおよんで、ここで生まれていない人たちは、もうカンカンでしたよ」

彼はパターソンの転送先を知らなかった。

「彼にもどってきてほしいなんて誰も考えやしませんでしたから。熱心に会衆同士を仲たがいさせようとする説教師など、これからというわたしたち新しい教会にはご遠慮願いたい存在ですからね」

酒場の店主アイク・ネルソンは、エルウッド・パターソンをおぼえていた。

「奴ら、土曜の夜遅くやってきたんだ。酒癖が悪くてね、あのパターソンってのが。つれの二人も同じようなもんだった。気前はよかったが、それ以上に迷惑なのなんの。ハンクってデカいのが、外へ行って娼婦《しょうふ》を見つけてこいって俺《おれ》にわめき続けてたが、すぐに酒がまわって女のことなんて忘れちまった」

「苗字《みょうじ》はなんて言った、そのハンクっていうのの？」

「おかしな名前さ。スニーズじゃなくて……咳《せき》じゃなくて……コフだ！　そうハンク・コフだ。もう一人の小さなやせぎすの若いのはレンって呼ばれてた。レニーとも言ってたな。そいつの苗字は聞いたおぼえがない。顔にこんな紫色の痣《あざ》があって、脚をひきずって歩いてた。片方の脚が短いみてえにな」

トビアス・バーはそんなことは言っていなかったが、男が歩くところを見なかったからだろうとロブは思った。

「どっちの脚をひきずってた？」と彼が言うと、酒場の店主はただ不思議そうに凝視した。

「彼はこんな風に歩いていた？」ロブはそう言って、右脚をかばうようにして歩いてみせた。

「それとも、こんなだった？」今度は左をかばって歩いた。

「脚をひきずるって言っても、奴のはほとんどわからないくらいだったから、どっち側かまではわからんな。俺が知ってるのは、あいつら全員そうとうなうわばみだってことだけだ。パターソンはぶあつい札束をカウンターにポンとおいて、どんどん酒をつがせ、俺にも勝手にやるように言ったよ。閉店するんで、モート・ロンドンとフリッツ・グラハムを呼びにやって札束から数ドルつかませて、三人をアンナ・ワイリーの下宿屋に送りとどけてベッドに放りこませたんだ。でも翌日の教会では、パターソンは望むべくもなく冷静で高潔だったって聞いたよ」

アイクはにこやかに笑った。「まさに俺好みの説教師だよ！」

＊

クリスマスの八日前、アレックス・コールは戦いの許可をオールデンから受けて学校にやってきた。

休み時間に、シャーマンは兄が校庭を横切っていくのを見守った。ビガーの脚がふるえていたので、彼はハラハラした。

アレックスは男の子たちの集団といるルーク・ステッビンスの方へ、まっすぐに歩いていった。彼らは雪かきしていない場所で、やわらかな雪めがけて走り幅跳びをして遊んでいた。アレックスに幸運の光がさしていた。なぜなら、賞讃《しょうさん》に値しない距離しか跳べなかったものの、ルークはすでに二回もドタバタ走ってジャンプして疲れていたし、身軽になろうと重たい牛革のジャケットを脱いでいたからだ。彼がジャケットを着たままでパンチしたら、拳《こぶし》で木をたたくようなものだっただろう。

ルークは、てっきりアレックスが幅跳び遊びにくわわりたがっているものと思い、ちょっといじめて楽しんでやろうと待ち構えた。だがアレックスはつかつか近づいてくると、ニヤニヤ顔めがけて右手をくりだした。

それはまちがった、不器用な喧嘩《けんか》のしかけかただった。オールデンは注意深く指示しておいたのだ。最初の不意打ちは腹にしろと。うまくいけばルークの息をつまらせられるからだ。だが、恐怖でそんなことはアレックスの頭からふっとんでいた。パンチはルークの下唇を裂いたが、彼は猛然とアレックスに向かってきた。ルークの猛チャージは二ヶ月前にアレックスを恐怖で凍りつかせたのと同じ光景だったが、彼はオールデンがかかってくるのになれていたので、ひょいと横によけた。ルークがそのまま脇《わき》を通り過ぎるとき、彼はすでに傷ついた口に鋭く左ジャブをおみまいした。それから、デカい少年がブレーキをかけてとまり、体勢をととのえる前に、アレックスは同じ場所にさらに二本ジャブを決めた。

最初のパンチとともにシャーマンが声援を送りはじめると、すぐに校庭中から生徒たちが喧嘩の方へ走って集まってきた。アレックスの二番目の大きなあやまちは、シャーマンの声の方をチラリと向いたことだ。ルークの大きな拳が右目のすぐ下に決まり、彼はよろめいて地面に倒れた。だがオールデンはよく教えこんでいた。アレックスは倒されてもなお、すぐに立ちあがってルークと向きあい、ルークはまたもや遠慮なく突進してきた。

アレックスは顔がしびれ、右目はすぐにはれあがって閉じてしまったが、驚いたことに脚はぜんぜんぐらついていなかった。彼は機知を総動員し、毎日のトレーニングで身体でおぼえた手順をよみがえらせた。左目は大丈夫だったので、オールデンに教わったとおりの場所、ルークの胸の右に視線を固定した。相手が身体をどちらに回転させるか、どちらの手をくりだそうとしているかわかるようにだ。だが、ふりまわしてくるパンチを一度ブロックしただけで、腕全体がしびれてしまった。ルークの力は強すぎるのだ。アレックスはへとへとになっていたが、ひょいとよけたりジグザグに身体をゆらしたりして、もう一度受けたらまたノックダウンされてしまうだろうルークのパンチをかわしながら、自分の左手をさっと打ちこんで、ルークの口と顔をさいなんだ。戦いの口火をきった、最初の力強い一撃でルークの前歯は一本ぐらぐらになっていたが、トントンとたえまなくくりだされるジャブが仕上げをしてくれた。ルークが猛烈ないきおいで頭をふって雪の上に歯を吐きだしたので、シャーマンは畏《おそ》れをなした。

アレックスは左手のジャブで追いうちをかけ、ぎこちない右クロスをピシッとルークの鼻に決めて、さらに血を流させた。ルークはうろたえて両手で顔をおさえた。

「突きだ、ビガー!」とシャーマンが叫んだ。「突きだよ!」アレックスは弟の声を耳にすると、あらんばかりの力をふりしぼって右手をルークの腹にめりこませ、ルークは身体を折ってあえいだ。戦いはここまでだった。ながめていた生徒たちはすでに、先生の雷が落ちる前にちりぢりになっていた。アレックスは鋼《はがね》のような指で耳をねじあげられた。気づくと、突如あらわれたバイヤーズ先生が二人を上からにらみつけていた。休み時間は終わりだ、と先生は宣言した。

校舎に入ると、ルークとアレックスの二人は非常に悪い手本として、『世界に平和を』という大きな標識の下に立たされ、ほかの生徒たちの前にさらされた。

「わたしの学校で二度と喧嘩は許さない」とバイヤーズ先生は冷徹に言った。

彼はふだん指示棒として使っている枝を手にとり、両方の手のひらにくっきりと五本の筋が残るほど強くおしおきをした。ルークはおいおい泣いた。アレックスも懲罰されると下唇をふるわせた。はれあがった目は古いナスの色にかわり、右手は喧嘩で指の関節がすりむけ、バイヤーズ先生のムチうちで手のひらが赤くはれ、裏も表も激痛が走っていた。だがシャーマンと視線をあわせると、兄弟は達成感で胸がいっぱいになった。

授業が終わると、校舎からでて帰りはじめた子供たちは、笑い声をあげ賞讃の質問をなげかけながらアレックスをとりまいた。ルーク・ステッビンスはまだ茫然自失《ぼうぜんじしつ》のまま、むっつりと一人ぼっちで歩いていた。シャーマン・コールが自分の方へ走ってくると、ルークは突発的に今度は弟が仕返しにきたと思い、左手は拳にして、右手はほとんどやめてくれと懇願するみたいにして、両手をかかげた。

シャーマンはていねいに、しかし毅然《きぜん》とした口調で彼に話しかけた。

「これからは、兄のことはアレクサンダー、僕のことはロバートって呼んで」

＊

ロブ・Jはスターズアンドストライプス宗教協会に、宗教上の質問があってエルウッド・パターソン師と連絡をとりたいので住所を知らせてくれるよう手紙を送った。

返事が返ってくるとしても数週間はかかる。そのあいだ、自分が抱いている疑惑や調べあげたことは誰にもふせておくことにした。しかしある晩、ガイガー夫妻と「アイネ・クライネ・ナハトムジーク」を演奏し終わり、サラとリリアンが台所でお茶を入れてパウンドケーキを切りながらおしゃべりしているとき、ロブ・Jはジェイに秘密をうちあけた。

「この顔にひっかき傷がある説教師が見つかったら、どうすればいいと思う？　モート・ロンドンはあえて彼を法の前にひきずりだしたりしないことはわかってるんだ」

「それなら、騒ぎたててスプリングフィールドの注目をあつめることだ」とジェイは言った。

「それでも州当局が助けてくれないなら、ワシントンに訴えるしかない」

「死んだインディアン女性ひとりのために、わざわざ尽力しようなんて権力者はいないさ」

「その場合はだ」とジェイは言った。「もし有罪だという証拠があるのなら、僕たちで、銃の使い方をこころえた正義心の強い男たちを何人かあつめるしかないな」

「そんなことする気か？」

ジェイはびっくりして彼を見つめた。「当たり前さ。きみはしないのか？」

ロブは非暴力を誓っていることをジェイに教えた。

「僕にはそういう良心の呵責《かしゃく》はないな。悪い奴《やつ》らにおびやかされたら、迷うことなくやりかえすね」

「きみたちの聖書には『汝《なんじ》、殺すなかれ』と書いてあるじゃないか」

「ハン！　こうも書いてあるさ、『目には目を、歯には歯を』。さらに『人を打って死なせた者は、必ず死刑に処せられる』ともね」

「『右の頰《ほお》を打つ者あらば、左の頰もさしだせ』」

「それは僕の聖書にはない」とガイガーが言った。

「ああ、ジェイ、そこなんだよ問題は。あまりにもたくさん聖書がありすぎて、そのどれもが、われこそは真実の鍵《かぎ》をにぎっていると主張してるんだ」

ガイガーは同情するみたいに微笑《ほほえ》んだ。「ロブ・J、僕はきみに自由思想家であることを思いとどまらせるつもりは毛頭ないんだ。でも、最後にひとつだけ言っておこう。『主を畏れることが知恵のはじまりである』」

そこで女性陣がお茶を運んできたので、話題がかわった。

それ以来、ロブ・Jはたびたび自分の友が言ったことばを思い出した。時には憤慨をおぼえながら。ジェイには簡単なことだろう。日に何度か房のついた礼拝用のショールにくるまって、安心感につつまれ、過去と未来を神に保証してもらえるのだ。しかも、すべてが規定されているのだ。これこれは許されており、これこれは禁じられていると、はっきりと方向づけがされている。ジェイはエホバと人とのあいだの律法を信じているので、ただ古代の勅令とイリノイ州議会の制定法を守っていればいい。だがロブ・Jの黙示は科学、つまり気楽さも慰めも少ない信仰なのだ。真実がその神性であり、裏づけがその恩寵《おんちょう》であり、疑いがその典礼だ。ほかの宗教と同じくらいたくさん謎《なぞ》をかかえているうえ、取りかえしのつかない危険や恐ろしい絶壁、あるいは底なしの落とし穴に続くかもしれない、もうろうとしたたくさんの道にとり囲まれている。いと高き力が、暗くぼんやりした行く手を光で照らしてくれることなどなく、安全へと続く小道を選べるかどうか、自分の貧弱な判断力だけが頼りなのだ。

＊

一八五二年が明けて四日目、季節にふさわしい極寒の日にふたたび暴力が校舎を襲った。

きびしい寒さのその朝、レイチェルは学校に遅刻してきた。彼女はやってくると、いつものようにシャーマンに微笑みかけておはようと口を動かすこともなく、黙ったままそっと自分の席に座った。彼女の父親があとから教室に入ってきたので、彼はびっくりした。ジェイソン・ガイガーは教壇につかつかと歩みよると、バイヤーズ先生をじっと見つめた。

「これは、ガイガーさん。ご機嫌よう。何かご用ですか?」

ジェイ・ガイガーは机においてあったバイヤーズ先生の指示棒を拾いあげると、教師の顔を横ざまに殴りつけた。

バイヤーズ先生は椅子《いす》をひっくりかえして、飛びあがるようにして立ちあがった。彼は頭ひとつ分ジェイより背が高かったが、体格は十人並みだった。背の低い太った男が背が高くて若い男を相手に、その教師本人のものである棒を手にして襲いかかり、何度も腕をふりおろす姿、そしてその時のバイヤーズ先生の信じられないという顔つきは、のちのち滑稽《こっけい》な出来事として思い出されることになるのだが、その朝、ジェイ・ガイガーを笑う者はひとりとしていなかった。生徒たちは息をのみ、硬直して座っていた。バイヤーズ先生以上に事態が飲みこめていなかったのだ。それはアレックスとルークの喧嘩よりも信じがたい光景だった。シャーマンはレイチェルの方ばかり見ていたが、その表情は困惑でくもり、かぎりなく蒼白《そうはく》になっていた。彼女はまわりでおこっているすべてのことに対して、彼のように耳を閉ざし、何も見まいとしているのだろうと感じた。

「何をするんだ！」バイヤーズ先生は腕をかかげて顔を守ろうとしたが、今度は肋骨《ろっこつ》に棒の尖《せん》端《たん》が襲いかかり、金切り声をはりあげた。彼は威嚇するようにジェイの方へ踏みだした。「この大馬鹿野郎が！　イカれたチビのユダヤ人め！」

しかしジェイは教師をたたき続け、じりじりとドアまで後退させていった。バイヤーズ先生はドアをぴしゃりと閉めて逃げだした。ジェイはバイヤーズ先生のコートをとってドアから雪の上に放り投げると、息をあらげながらもどってきて教壇の椅子に腰をおろした。

「今日の授業はおしまいだ」彼は最後にそう言うと、レイチェルを自分の馬に乗せて帰っていった。息子たちはあとに残し、コール家の兄弟と歩いて帰らせた。

外は本当に寒かった。シャーマンはマフラーを二枚した。一枚は頭と顎《あご》のまわりに、もう一枚は口と鼻のまわりにまきつけたが、それでも息をするたびに鼻の穴がしばらく凍った。

家につくと、アレックスは学校での出来事を母親に知らせようと走って家のなかに入っていったが、シャーマンは家をとおりすぎて川の方へ向かった。川にはった氷は寒さでヒビが入り、美しい音をたてているに違いなかった。マクワの雪でおおわれたヘドノソテからほど遠くない大きなハコヤナギも、まるで雷が落ちたみたいに、寒さで裂け目ができていた。

レイチェルがジェイに話してくれてよかったと彼は思った。これでバイヤーズ先生を殺す必要もなくなり、自分も縛り首にされずにすんでホッとしていた。だが、どうしてもひっかかることがあった。必要とあらば戦ってもいいとオールデンは考え、ジェイも娘を守るためなら戦うのもやむなしと判断したのに、自分の父親は何をこだわっているのだろう？

第三十二章　夜間診療

　マーシャル・バイヤーズがホールデンズ・クロッシングを逃げだして数時間後、新しい教師を見つけるために雇用委員が任命された。まず、ポール・ウィリアムズが指名された。彼のいとこバイヤーズが腐ったリンゴだとわかったからといって、誰もこの鍛冶屋《かじや》を責めてはいないことを示すためだった。同じように、バイヤーズを追いはらうという正しい行動をとってくれたことへのみんなの信任の気持ちを示すために、ジェイソン・ガイガーも任命された。キャロル・ウィルケンソンも選ばれたのは幸運だった。この生命保険外交員はつい最近、ロックアイランドの店主ジョン・メレディスが自分の父親にかけていた少額の保険金を支払ったばかりだったが、そのときメレディスは、姪《めい》のドロシー・バーナムがわざわざ教職をやめて晩年の父を看護してくれたのでとても助かった、とキャロルに話していたのだ。彼はドロシー・バーナムと面接し、その親切そうな表情と、彼女が二十代後半のオールドミスで、結婚して学校をやめる心配もほとんどないことが気に入った。ポール・ウィリアムズは、すぐに誰かを雇ってしまえば、みんなもいまいましい自分のいとこマーシャルのことを早く忘れてくれるだろうと、一も二もなく賛成した。ジェイも、彼女の教育に対する落ちついた自信と、教師が天職であることを示す人柄の温かさにひかれた。女性だということで、彼らは一学期につきバイヤーズよりも一・五〇ドル少ない一七・五〇ドルで彼女を雇った。

バイヤーズが学校から逃亡して八日後、ミス・バーナムが先生になった。バイヤーズが考えた席順は、子供たちがなれていたのでかえないことにした。彼女はこれまで二つの学校で教えたことがあった。一校はブルーム村のここよりも規模の小さな学校で、もう一校はシカゴにある大きな学校だった。これまでに遭遇したことのある身障者の子供は足が不自由な子だけだったので、自分の担当に耳の聞こえない少年がいることに、彼女はとても興味をもった。

幼いロバート・コールとはじめて会話をかわしたとき、彼が自分の唇を読めると知って彼女は好奇心をそそられた。彼の席からではほかの子供たちの言っていることがほとんど見えないことに気づくまで、ほぼ半日かかってしまい、彼女は自責の念にかられた。教室には見学者のための椅子が一脚あったので、バーナム先生はベンチに向かって正面のはじっこに椅子をおいてシャーマンを座らせ、彼女の唇とクラスメートの唇の両方が見えるようにしてやった。

音楽の時間になると、シャーマンにもうひとつ大きな変化がおこった。いつもどおりにストーブの灰を捨てて薪《たきぎ》をとってくる仕事にとりかかろうとすると、バーナム先生がやめさせて、席にもどらせたのだ。

ドロシー・バーナムは小さな丸いピッチパイプで音をだして、子供たちに音程をあたえてから、「わたしたちの、がっこうは、とっても、たのしい、ところ、です!」と音階をあげながら歌い、「わたしたちは、ここで、かんがえることを、まなんで、おおきく、なります!」と音階をさげながら歌うように指導した。最初の歌のまんなかへんで、耳の聞こえない少年に授業を受けさせるのは、かえってかわいそうだったことがはっきりした。幼いコールはただ座って眺めるだけなので、すぐにたいくつで目がどんよりくもってしまい、このままでは辛抱できないだろうと彼女は思った。彼には、振動が伝わって音のリズムが「聞こえる」楽器をあたえなければ、と彼女は考えた。太鼓なんかどうだろう? だが太鼓の騒音は、ほかの子供たちの歌をかきけしてしまうだろう。

彼女はこの問題をよく検討し、それからハスキンスの雑貨店に行って葉巻の箱をゆずってもらってくると、少年たちが水にはじいて遊ぶのに使うような、赤いビー玉を六つ入れた。箱をふるとビー玉の音が大きすぎたので、いらなくなったスリップを切って柔らかな青い布を箱の内側にはりつけると、満足のいく結果がえられた。

翌朝の音楽の時間、彼女はシャーマンに箱をにぎらせ、生徒たちが歌う『アメリカ』にあわせて拍子をとってゆらしてやった。彼は理解し、先生の唇をよみながら箱をふって拍子をとった。彼は歌うことこそできなかったが、リズムと拍子をうまくとり、クラスメートたちの歌う歌詞にあわせて口を動かすようになり、ほかの生徒たちもすぐに、カタカタと鳴る「ロバートの箱」のやわらかい音になれた。シャーマンはこの葉巻の箱が大のお気に入りだった。ラベルには豊かな胸をシフォンの布でかくした黒髪の美女の絵と、Panatellas de la Jardines de la Reina という文字が書かれ、ニューヨーク市ゴットリーブ・タバコ輸入会社と社名が刻印されていた。箱をかぐと、ヒマラヤスギの強い香りと、かすかなキューバ産のタバコの葉の臭いがした。

バーナム先生はすぐに、男の子たち全員がかわりばんこで学校に早く来て、灰を捨て薪を運びこむようにした。当時のシャーマンは考えもしなかったが、ドロシー・バーナムが不安定な幼い胸中にやる気をおこさせたおかげで、彼の人生は劇的に変わることになったのだった。

＊

寒さきびしい三月のはじめ、まだプレーリーが火打ち石のように凍っている頃、患者たちが毎朝のようにロブ・Jの待合室につめかけた。診察時間がおわると、彼はできるだけたくさん往診しようとがんばった。数週間もすると道がぬかるんでしまい、移動するのがすごく大変になるからだ。シャーマンの学校がないときは、一緒に往診についてくることを許した。そうすれば、馬の面倒を彼にまかせて、すぐに患者を診に家に入っていかれるからだ。

鉛のように重苦しいある日の午後遅く、彼らは胸膜炎にかかったフレディー・ウォールの往診を終えて、川沿いの道をたどっていた。これから、冬のあいだずっと体調をくずしていたアン・フレージャーの様子を見にいくべきか、明日にすべきか、ロブ・Jが悩んでいるそのときだった。馬に乗った三人組の男たちが森のなかからあらわれた。彼らはコール親子と同じように、服をたくさん着こみ、寒さを防ぐために首に布をまいていたが、武器を身につけていることをロブ・Jは見逃さなかった。二人は分厚いコートの上にしめたベルトに銃をぶらさげ、もう一人は鞍《くら》の前にとりつけたホルスターに銃を携えていた。

「あんた医者さんだろ」

ロブ・Jはうなずいた。

「誰だねきみたちは？」

「すごい悪くて診てもらいたいダチがいるんだ。ちょっとした事故さ」

「どんな事故かね？　骨が折れていそうか？」

「いや。う〜ん、よくわかんねえが、撃たれたんだな。ここんとこを」と男は言って、左腕の肩のふきんをたたいて見せた。

「血はたくさんでてるのか？」

「いや」

「わかった、一緒に行こう。だがまず息子を家においてきてからだ」

「いや」と男はふたたび言ったので、ロブ・Jは彼を見つめた。「あんたがどこに住んでんのか知ってんだ。町の向こうだろ。ダチのとこまで行くにゃ、こっちの方向に馬でずいぶんかかるんだ」

「どれくらいかかるのかね？」

「ほぼ一時間」

ロブ・Jはため息をつくと「案内してくれ」と言った。

男が先にたった。残りの二人はロブ・Jがあとについていくのを見とどけてから、囲いこむようにして、かなりうしろから馬を進めていることに彼は気づいた。

＊

はじめのうち、彼らが北西に馬を向けているのはロブ・Jにもわかっていた。猟犬に追われているキツネのように、時々、ルートをはずれて引き返したりジグザグに進んでいるようだった。その戦略は功を奏し、彼はすぐに頭が混乱してどこにいるのかわからなくなってしまった。三十分くらいで、川とプレーリーのあいだにそびえる木が生い茂った丘陵地帯にでた。丘のあいだは泥沼で、いまは凍っているので通ることができたが、雪解けの時期がきたら堅固なぬかるみの堀になることだろう。

先頭の男がとまった。

「目かくしさせてもらうぜ」

ロブ・Jはさからうほど愚かではなかった。

「ちょっと待ってくれ」そう言うと、彼はふりかえってシャーマンに顔をむけた。「目をおおわれてしまうが、怖がることはないからな」と彼は言い、シャーマンがうなずくと安心した。ロブ・Jを目かくししたバンダナは、きれいとは言いがたく、シャーマンのはましであってくれと祈った。他人の汗や乾いた鼻水を息子の肌に触れさせるなんて、ぞっとしたからだ。

彼らはロブ・Jの馬に引き手をつけてひっぱっていった。長い時間かけて丘陵をぬって進んだ気がしたが、目かくしをされていたので、実際よりも時間がゆっくり経過して感じられたのだろう。ようやく馬が坂を登りはじめる感触がし、やがて足並みがとまった。目かくしが取りはずされると、大きな木々に隠れるようにして建てられた、小屋というよりもバラックに近い小さな建物の前にいた。日射しが弱まってきていたので、すぐに目がなれて、見ると息子がまばたきしていた。

「大丈夫か、シャーマン？」

「平気だよ、パパ」

その顔つきには見おぼえがあった。シャーマンはそうとう怖いのに悟られまいとしているのだ。馬から飛びおり、しびれた足の血の循環をよくしてから、バラックに入っていくとき、シャーマンの瞳《ひとみ》が恐怖だけでなく好奇心でキラリと輝くのには、ロブ・Jも半分愉快な気がしたが、同時に、なんとかして息子を残してきて、まきぞえにしないですむ方法がなかったものかと、自分に対して無性に腹がたった。

＊

なかでは、暖炉で石炭がまっ赤に燃え、空気は暖かかったが換気が悪かった。家具はひとつもおかれていなかった。太った男が鞍によりかかるようにして床に寝そべっており、暖炉の光で、頭がハゲていて、たいていの男の場合は頭に生えているような太くてまっ黒な毛が顔にたくさん生えているのがシャーマンにも見えた。床にしわくちゃになった毛布が放りだしてあって、ほかの男たちがどこで寝たか一目瞭然《りょうぜん》だった。

「ずいぶん遅かったじゃねぇか」と太った男は言った。彼は黒いジャグを手にしていて、ひと口飲み干すと咳《せ》きこんだ。

「なんも手間どっちゃいねえ」と先頭の馬に乗ってきた男が不機嫌そうに言いかえした。顔をおおっていたスカーフをとると、男はまっ白なちょび髭《ひげ》をはやし、ほかの男たちより年とって見えることにシャーマンは気づいた。男はシャーマンの肩を手で押した。

「座れ」と彼は犬にでも命令するように言った。シャーマンは暖炉からほど遠くない場所にしゃがんだが、そこからだと傷を負った男の口も父親の口もよく見えるので、彼としては満足だった。

年上のその男はホルスターから銃をぬくと、シャーマンにつきつけた。

「ダチを本気で治すこったな、先生よぉ」

シャーマンはものすごく怯《おび》えていた。なにしろ銃身の先端の穴が、まばたきしない丸い目みたいにまっすぐ自分をにらみつけているのだ。

「誰かが銃をチラつかせているあいだは、何もする気はない」と彼の父は床の男に言った。

太った男は考えているようだった。

「おまえら、でてけ」と彼は男に告げた。

「でていく前に」とシャーマンの父親は「薪《たきぎ》をくべてもっと火をおこして、湯をわかしてくれ。ほかにランプはあるか？」

「ランタンなら」と年とった男が言った。

「持ってきて」シャーマンの父親は太った男の額に手をおいた。そして男のシャツのボタンをはずして前をはだけた。「いつこんなことに？」

「昨日の朝だ」男は半分閉じたまぶたの下からシャーマンのことを見た。「あんたの息子だな」

「下の子だ」

「耳の聞こえない方か」

「……わたしの家族について何がしか知ってるらしいな……」

男はうなずいた。

「上のガキは俺《おれ》の弟ウィルの忘れ形見だって言う奴《やつ》もいる。ウィリーに似て、もういっちょまえの腕白《わんぱく》小僧だってな。俺が誰かわかるかい？」

「いいことを教えてやろう」父親が一、二インチ前かがみになって、相手の男の目を見すえるのをシャーマンは見た。「彼らは二人ともわたしの息子だ。きみがわたしの上の息子のことを言っているのなら、あの子はこのわ・た・し・の長男だ。これから先も息子には近よらないことだ、これまでどおりにな」

床の上の男は微笑《ほほえ》んだ。「ほお、どうして俺が名のりでちゃいかん?」

「いちばんの理由は、あの子が人並みの人生をおくるチャンスをことごとくそなえた、元気で素直な男の子だからだ。もし彼がきみの弟の子だったとしたら、なおさら、いま自分がおかれているような姿には絶対させたくはないはずだ。狩りだされた手負いの動物みたいに、悪臭が漂う豚小屋みたいなちっぽけな隠れ家で、ほこりにまみれて転がってるようなことにはな」

二人は長いことじっとにらみあっていた。それから男が身体を動かして顔をしかめ、シャーマンの父親は彼の治療にとりかかった。彼はジャグをとりあげ、男のシャツをぬがせた。

「貫通してないな」

「うう、ろくでもねえもんが入ってんだ、言わなかったか? 探るときめちゃくちゃ痛いんだろ。もうひと口かふた口、飲ませてくれんか?」

「ダメだ。きみには眠らせる物をあたえる」

男はねめつけた。「眠るわけにゃいかねえ。そんなことしたら、こっちは手も足もでねえんだ、あんたのしたい放題になっちまわ」

「きみの判断にまかせる」シャーマンの父親はそう言うとジャグをかえし、湯が沸くのを待つあいだ男に飲ませておいた。それから診察カバンから取りだした茶色い石鹸《せっけん》と清潔な布で、傷口の周辺を洗ったが、シャーマンには傷口ははっきりとは見えなかった。コール医師が細い鋼《はがね》の探針を手にとって銃痕《じゅうこん》にさしいれると、太った男は身体を硬直させて口を開き、大きくてまっ赤な舌をあらんかぎり遠くへつきだした。

「……もうちょっとで骨にとどきそうなところにあるが、骨折はしてない。あたったときに弾丸の勢いがほとんどなくなっていたに違いない」

「ラッキーな銃撃さ」と男は言った。「あの野郎、かなり離れてやがったからな」彼の髭は汗でもつれ、肌は土色になっていた。

シャーマンの父親はカバンから異物用鉗子《かんし》を取りだした。

「弾を取りだすのにこれを使う。探針よりずっと太いから、痛みもかなりになるが、まあ、わたしにまかせなさい」と彼はあっさりそう言った。

患者が頭をねじってしまったので、シャーマンには彼が何を言っているのか見えなかったが、ウイスキーよりも効くものを頼んだに違いない。彼の父親は円錐《えんすい》形のエーテルの吸い口をカバンから取りだすと、シャーマンを手招きした。彼はこれまでに何回かエーテルを投与するのを見たことがあったが、手伝ったことはなかった。彼は父親がエーテルをたらすあいだ、太った男の口と鼻に円錐を注意深くあてた。弾丸の穴はシャーマンが想像していたよりも大きく、ふちが紫色になっていた。エーテルが効いてくると、父親はとても慎重に、一度に少しずつ鉗子を動かしていった。まっ赤なしずくが穴のふちに盛りあがってあふれだし、男の腕を流れ落ちたが、鉗子を引き抜くと、鉛の銃弾がしっかりはさまっていた。

父親は弾をゆすいできれいにすると、男が意識を回復したときに見えるよう、毛布の上に落とした。

父親が寒い外にいる仲間を呼びにいくと、男たちは屋根の上で凍らせてあった白い豆を壷《つぼ》に入れて持ってきた。彼らは火でそれを溶かすと、シャーマンと父親にもわけてくれた。なかにウサギだと思われる何かの小片がまざっていて、糖蜜《とうみつ》を入れたらもっとおいしいのにとシャーマンは思ったが、腹が減っていたのでガツガツ食べた。

夕食のあと、父親はさらに湯を沸かして、患者の全身をきれいに洗いはじめた。ほかの男たちははじめ、いぶかしげに眺めていたが、やがて退屈してしまった。彼らは横になると、一人また一人といつのまにか寝てしまったが、シャーマンは目を覚まして起きていた。そのうち、患者がひどく吐くのが見えた。

「ウイスキーとエーテルは相性が悪いんだ」と彼の父親は言った。「おまえは寝なさい。僕が介抱するから」

シャーマンはそうすることにした。父親にゆすぶられて起こされたときには、壁の割れ目からうす墨色の明かりがさしこんできていた。彼は外套《がいとう》を着るように言われた。太った男は横たわったまま彼らを眺めていた。

「二、三週間はかなり傷むだろう」と彼の父親は言った。「モルヒネをおいていく。量はたりないが、これしか持ってきてないんでね。いちばん重要なのは清潔に保つということだ。壊疽《えそ》がはじまったらわたしを呼びにきなさい、すぐにここに来るから」

男は鼻を鳴らした。「けっ、あんたがもどってくる頃にゃ、俺たちゃとっくにここからおさらばしてるぜ」

「なら、もし困ったことになったら連絡をくれ。どこにでも行くから」

男はうなずいた。

「しっかり礼をしな」と男が白髭に言うと、彼は包みから札束を取りだして手渡した。シャーマンの父親は二枚だけ引きぬくと、残りは毛布の上に落とした。

「夜間往診が一ドル五十セント、エーテル代が五十セントだ」彼は立ち去りかけて、ふりむいた。「きみたち、エルウッド・パターソンっていう名の男について何か知らないか？　時々、ハンク・コフという男とレニーという若い男と一緒に旅してる？」

彼らは目を点にして見つめかえした。床の男が頭をふった。シャーマンの父親はうなずくと、匂《にお》うものは木々の香りだけの外へでていった。

＊

今回は先導する男だけが一緒にきた。男は二人が馬に乗るのを待って、ふたたびネッカナーフで目かくしをした。ロブ・Jは息子の息づかいが速くなるのを耳にし、シャーマンが唇を見られるうちにしゃべっておけばよかったと後悔した。

彼は耳を一生懸命に働かせた。彼らの馬はひっぱられていたので、前方に蹄《ひづめ》の音が聞こえた。うしろからは蹄の音は聞こえてこなかった。それでも、彼らの誰かが道で待ちぶせすることくらい簡単だろう。男はただ、馬をやりすごして上体をかがめ、目かくしした頭から数インチの場所に銃をかまえ、引き金を引けばいいのだ。

長い道のりだった。最終的にとまったとき、彼は弾丸が飛んでくるなら今だろうと思った。だが、二人の目かくしは取りはずされた。

「このまままっすぐ行きな、わかったな？　やがてあんたが知ってる場所にでる」

ロブ・Jは目をぱちくりさせながら、もう自分がいる場所がわかっているとは告げずに、うなずいた。彼らはガンマンと別々の方向に馬を走らせた。

ロブ・Jはようやく低林で馬をとめ、息をついて脚をのばした。

「シャーマン」と彼は言った。「昨日のことだが、僕とあの撃たれた男の会話を見ていたかい？」

少年は彼を見つめながらうなずいた。

「話していた内容がわかったかい？」

少年はふたたびうなずいた。

ロブ・Jは息子の言うことを信じた。「ねえ、どうしてあんな話が理解できたのかな？　誰かが何か言っていたのかい……その」彼は『ママのこと』とは言えなかった。「……兄さんのことを？」

「学校の男の子たち何人かが……」

ロブ・Jはため息をついた。こんな幼い顔なのに、老人のように達観した目をしているんだな、と彼は思った。「いいかい、シャーマン、そこでだ。われわれがああした人間と過ごしたことや、あの撃たれた男を治療したこと、それから特に彼と僕がしゃべったこと、こうしたことは二人の秘密にしておくべきだと思うんだ。おまえと僕のね。兄さんやママに言ったら、二人を傷つけて不安にさせてしまうからね」

「はい、パパ」

彼らはまた馬に乗った。暖かなそよ風が吹きはじめていた。ついに春の雪解けがやってきたのだ、と彼は思った。一日二日で小川も流れはじめるだろう。しばらくして、彼はシャーマンの抑揚のない声にギクッとさせられた。

「僕、パパみたいになりたいんだ。いいお医者さんになるんだ」

ロブ・Jの瞳《ひとみ》はチクチクした。鞍《くら》の上でシャーマンの顔も見えず、凍えて空腹なうえに疲れている息子に対して、おまえは耳が聞こえないから、あきらめなければならない夢もあるのだと説明するわけにはいかなかった。彼は長い腕をうしろに伸ばして、もっと近くに息子をひきよせた。シャーマンの額が背中に押しつけられるのを感じると、彼は自分を責めさいなむのをやめ、しばらくは、皿いっぱいのファッジを喉《のど》につめやしないかと心配する飢えた男のように、ちびちびとうたた寝しながら、馬がとぼとぼと家に連れ帰ってくれるにまかせた。

第三十三章　予　感

宗教協会
イリノイ州
一八五二年五月十八日

ホールデンズ・クロッシング
医学博士ロバート・J・コール殿

コール先生へ：

エルウッド・パターソン師の消息と住所に関するご照会のお手紙を拝見いたしました。残念ながら、わたくしどもはこの件に関してお役にたてません。

ご存知のように、わたくしどもの協会は、イリノイ州におられる誠実な生粋の労働者階級の方々に神のキリスト教者へのお告げをお伝えすることで、教会とイリノイ州のアメリカ人労働者のかたがたの両方にお力をお貸ししております。昨年、パターソン氏は協会に連絡を下さり、すすんで聖職者を志願し、あなたがたの地域社会とそのすばらしい協会をたずねるにいたりました。しかしそのあと、氏はシカゴから転居され、所在についてはわたくしどもにもまったく情報がございません。

そうした情報を入手いたしましたら、必ずお知らせしますのでご安心ください。それまでのあいだ、もしわたくしどもの仲間の優秀な神の聖職者の助けが必要と思われる問題をかかえておられるのなら、あるいは神学上の問題でしたらわたくしが個人的に助力いたしますので、遠慮なくご連絡ください。

神とともに

（署名）
スターズアンドストライプス宗教協会理事
名誉神学博士オリバー・G・プレスコット

返信は多かれ少なかれ、ロブ・Jが予測していたとおりだった。彼はふたたび腰かけて、マクワ・イクワ殺害の事実にもとづいたくわしい報告を手紙のかたちで書いた。手紙のなかで、ホールデン・クロッシングに三人のよそものがやってきていたことを報告した。さらに、検屍《けんし》解剖でマクワの三本の爪《つめ》の下から人間の皮膚のサンプルを採取したこと、そして殺人のあった午後に、バー医師が三本の深いひっかき傷を負ったエルウッド・R・パターソン師を治療したことを記した。

彼は同一の手紙を、スプリングフィールドにいるイリノイ州知事と、ワシントンの二人の上院議員に発送した。それから進まない気分をおして、ニック・ホールデンの正式な名前を書いて、下院議員にも写しを送った。彼はその地位をいかして、パターソンと二人の仲間の居場所をつきとめて、ベアウーマンの死と関わりがあるのかどうか調査してもらいたいと権力者たらに頼んだ。

＊

六月の医学協会の会合には、ミズーリ州ハンニバルから訪れているネイスミスという医者がゲストとして参加した。本会合の前の懇親会で彼は、ミズーリ州である奴隷が自由民になることを要求しておこした訴訟について触れた。

「ブラックホークの戦いがおきる前、ジョン・エマーソン医師がここイリノイ州にあるフォートアームストロングに軍医として配属されましてね。彼はドレッド・スコットという名の黒人男をつれていて、政府がもとのインディアンの土地を入植地として開発すると、当時はスティーブンソンと呼ばれていた今のロックアイランドの一区画を手に入れたんです。黒人奴隷は主人を手伝って、その土地にバラックを建てて数年間暮らしたのです。

ドレッド・スコットはエマーソンの転属でウィスコンシン州に移り、それから一緒にミズーリ州に戻ってきたんですが、そこで軍医が亡くなってしまいました。黒人は未亡人に金をはらって、自分と妻と二人の娘たちの自由を買いとろうとしましたが、エマーソン夫人は彼女なりの理由があって拒否した。するとたちまち、このあつかましい黒いならず者は、自由になる権利を求めて裁判所に申したてたんです。自分は何年もイリノイ州とウィスコンシン州で自由民として暮らしていたと主張してね」

トム・ベッカーマンが馬鹿笑いした。「訴訟する黒んぼとはね！」

「しかし」とジュリアス・バートンが言った。「わたしは彼にも一理あると思う。イリノイ州とウィスコンシン州では奴隷制度は違法だからね」

ネイスミス医師は微笑《ほほえ》みをたやさなかった。「ああ、しかしもともと彼も奴隷州、ミズーリ州で売買されて、またそこに戻ったわけですから」

トビアス・バーは思うところあるようだった。「奴隷問題について、あなたはどう思います、コール先生?」

「僕は」とロブ・Jはゆっくりと言った。「ちゃんと世話をして十分な餌《えさ》と水をあたえるのなら、人が動物を所有するのは問題ないと思います。しかし人間がほかの人間を所有するのは問題があると思います」

ネイスミス医師は穏便にすませようと最善をつくした。「みなさんがたが裁判所の検事や陪審ではなく、医学仲間でよかったですよ」

バーはあきらかに、不愉快な議論は避けたいという顔つきでうなずいた。「ミズーリ州では今年はコレラが流行しましたか、ネイスミス先生?」

「コレラはそれほどではありませんでしたが、冷たい疫病とよばれるものが多発しました」とネイスミス医師は言った。彼はこの病気の病因について説明しはじめ、残りの会合は薬物学についての討論に費やされた。

＊

ロブ・Jは午後、アシジの聖フランシスコ女子修道院の前をとおりすぎることが何度かあったが、ある日、ふと何気なく馬を修道院の小道にむけた。

今回は彼が近づいてくるのがずいぶん前からわかったらしく、若い修道女が急ぎ足で菜園から建物のなかに入っていった。マザー＝ミリアム・フェロシアはおだやかに微笑みながら彼に司教さまの椅子《いす》をすすめた。

「コーヒーがありますのよ」と彼女は、いつもあるわけではないことを匂《にお》わせて言った。「一杯いかがですか？」

彼は彼女たちの食糧を食いつくしたくなかったが、彼女の表情には、ありがたくいただきますと言わざるをえない雰囲気が漂っていた。コーヒーは熱いブラックで、彼女たちの宗教みたいに、とても強くて古くさい味がした。

「ミルクはありませんの」とマザー＝ミリアム・フェロシアは機嫌よく言った。「神さまはまだ牛をさずけてくださいませんので」

修道院の暮らしはお変わりありませんか、と彼がたずねると、彼女はなぜか硬い口調で、おかげさまでみんなとても順調に暮らしております、と答えた。

「あなたがたの修道院にお金をもたらす方法があるんですが」

「どなたかがお金の話をしてくださるときは、よく耳を傾けるのが賢明ですわね」と彼女はおだやかに言った。

「あなたがたの目的は看護なのに、その場がありませんよね。僕は看護を必要とする患者たちを診察しています。そのうち何人かは支払い能力もあります」

だが、最初にこの話題をだしたときよりましな反応はえられなかった。修道院長は顔をしかめた。

「わたくしたち修道女は、慈善事業をおこなうためにいるのです」

「患者のなかには支払いができない人たちもいます。その人たちを看護すれば、あなたたちは足しにすれば慈善をほどこすことになります。支払いができる人たちについては、彼らを看護して修道院の足しにすればいい」

「主がわたくしたちに病院をおあたえくだされば、そこで看護をするつもりです」

彼はじれったくなった。

「あなたのところの修道女に、患者の家での看護を認めない理由を教えていただけますか？」

「いいえ。理解していただけないでしょうから」

「言ってみてください」

だが彼女はただ冷ややかに嫌な顔をした。勇猛なマリアだ。

ロブ・Jはため息をつき、苦いコーヒーをズズッとすすった。

「もうひとつ問題があるんですが」彼はこれまでに収集した事実と、エルウッド・パターソンの所在をつきとめようと懸命になっていることについて話した。「この男について、もしやあなたが何かご存知ないかと思いましてね」

「パターソン氏は知りませんが、スターズアンドストライプス宗教協会のことは存じておりますよ。アメリカ党を支援している秘密結社をうしろだてにもつ、反カトリック組織です。星条旗至高宗教団とも呼ばれています」

「どうしてこの星条旗……なんとか、についてご存知なんですか？」

「星条旗至高宗教団です。略してSSSB」彼女は彼を鋭く見つめた。「母なる教会は広大な組織です。したがって情報網もしっかりはりめぐらされています。わたくしどもは仕返しをよしとしませんが、次の攻撃がどの方角からきそうか把握していないというのは、愚かなことですから」

「あなたの教会なら、このパターソンを見つける手助けをしていただけそうですが」

「どうやら、あなたにとってよほど重要なことのようですわね」

「彼がわたしの友人を殺したと確信しているんです。他人の命を奪った彼を放っておくわけにはいきません」

「神の手にゆだねることはできませんか？」と彼女は静かにたずねた。

「できません」

彼女はため息をついた。「見つかる確率は低いと思いますよ。何かを照会しても、時には果てしない教会の情報網のなかで、埋もれてしまうことがあるのです。何かをたずねても、二度と答がもどってこないこともよくありますから。でも、やってみましょう」

女子修道院をあとにすると、彼はダニエル・レイナーの農場に行って彼の曲がった背中を治そうとしたが残念ながら失敗におわり、そのあとレスター・シェッドの山羊《やぎ》牧場に向かった。シェッドは胸の炎症で死にかけており、修道女たちの看護がいかに必要かを示すかっこうの見本だった。ロブ・Jが冬から春にかけて、できるかぎりレスターを診にいき、シェッド夫人も懸命に看病したことが功を奏し、彼は快方へと向かったのだった。

もう往診の必要はないだろうとロブ・Jが伝えると、シェッドはホッとした様子だったが、治療費について心配そうに切りだしてきた。

「ひょっとして乳がよくでる雌ヤギはいませんか？」とロブ・Jはたずねたが、自分でも何を言っているのやら耳を疑ってしまった。

「まだ乳はでませんが。ちょっとしたのがいます。乳を搾れるまでもうちょっとですかね。二、三ヶ月したら仲間のひとりに試験的にみてもらおうと思ってたんです。五ヶ月もしたら、たっぷり乳がでますよ！」

ロブ・Jは嫌がるヤギを縄で馬のうしろにつなぎ、修道院までひいていった。

マザー＝ミリアムは相応に礼を言ったが、それでも、これから七ヶ月後に彼が訪れたとき、クリーム入りのコーヒーをだそうかどうか、きびしく見きわめようとしているようだった。まるで彼が、自分勝手な望みを達成するために贈り物をよこしたと責めんばかりに。

だが、ロブは彼女の瞳《ひとみ》が輝くのがわかった。微笑《ほほえ》んだ彼女の表情には、いつもの強くて人を寄せつけない雰囲気に、温かさと気軽さがくわわっていた。こうして彼は、今日はいい一口だったと安心して家に戻っていくことができたのだった。

＊

ドロシー・バーナムは、幼いロバート・コールほど熱心で知的な生徒にであったことはなかった。彼女は最初、バイヤーズがつけていた成績簿の彼の名前の横に、悪い成績がならんでいるのを見つけて困惑したが、すぐに怒りにかわった。少年は特にすぐれた理解力をそなえているのに、ひどい扱いを受けてきたことがはっきりしたからだ。

耳の聞こえない生徒を教えるのはまったくの未経験だったが、彼女はどんな機会でも喜んで受けてたつ教師だった。

次にコール家に二週間滞在する番がめぐってきたとき、彼女はコール医師と内密に話をする絶好の機会を待った。

「ロバートの話し方のことなのですが」と彼女は言った。そのうなずき方を見て、医師が本気で彼女の言うことに耳を貸そうとしているのがわかった。「彼がはっきりとことばをしゃべれて幸運でしたわ。でも、ご存知のように、ほかにも問題があります」

ロブはふたたびうなずいた。

「話し方が無表情で単調なんですね。わたしも抑揚をつけさせようとしてみたのですが……」

彼は頭をふった。

「彼が一本調子で話すのは、人の音声がどんなだったか、どんな風にあがったりさがったりするか、だんだん忘れてきているからだと思います。それを思いださせることは可能だと思います」と彼女は言った。

＊

二日後、リリアン・ガイガーの許しをえて、先生は放課後にシャーマンをガイガー家につれていった。彼をピアノの横にたたせると、木の枠に手のひらをあてさせて、低音の鍵盤をできるかぎり強くたたいた。そのあとも、振動が共鳴板から外枠を通じて少年の手に伝わるように、鍵盤を押しつづけた。彼女は彼を見ながら言った。「わたしたちの！」彼女は手のひらを上にして、自分の右手をピアノの上にかかげつづけた。

彼女は次の鍵盤をたたいた。「がっこうは！」今度は右手をわずかにあげた。

次の鍵盤。「とっても！」彼女は手を前よりさらに高くあげた。

彼女はシャーマンが授業でなれている合唱「わたしたちの、がっこうは、とっても、たのしい、ところ、です！」の発音のしかたを音と対応させながら、ひとつひとつ上昇音階を弾いてす！」という下降する音階にうつった。

　彼女はその音階をくり返しくり返し弾いて、手に伝わる振動の違いに徹底的になれさせて、段階的にあがったりさがったりする、それぞれの音をしっかり感じとらせようとした。

　そうしておいてから、いつも学校でするように黙って口を動かすのではなく、音階にあわせて大きな声をだして歌うように指示した。結果は音楽とはほど遠い惨憺《さんたん》たるものだったが、バーナム先生には音楽的かどうかは関係なかった。シャーマンに少しでも声の高低の調節をさせたかったのだ。何度も挑戦させると、死に物狂いでポンプのように宙をきる彼女の手に反応して、彼の声が本当にあがった。しかし一音分よりも多くあがりすぎたので、教師が目の前で親指と人さし指をせばめてみせると、シャーマンはきょとんとして立ちすくんだ。

　こんな風に、彼女が強引におどすように歌わせるので、シャーマンはすっかり嫌になってしまった。バーナム先生の左手はピアノの上を行進し、鍵盤をたたいて執拗《しつよう》にあがったりさがったりの音階をくり返した。右手は一音ごとにちょっとずつあげていき、くだりも同じようにした。シャーマンは愛校歌を声を嗄《か》らせて何度も歌わせられ、時々、顔が不機嫌になり、二度ほど目に涙をためたが、バーナム先生はいっこうに気にしていないようだった。

　ついに先生がピアノを弾くのをやめた。彼女は腕を広げて若きロバート・コールをひきよせると、長いあいだ抱きしめ、頭のうしろのふさふさの髪の毛を二度ほど撫《な》でて腕を放した。「明日も学校のあとにしますからね」

　「家にお帰りなさい」と彼女は言ったが、彼が立ち去ろうとすると呼びとめた。「明日も学校のあとにしますからね」

彼は顔をくもらせた。「はい、バーナム先生」と彼は言った。彼の声には抑揚がなかったが、彼女はめげなかった。彼が帰っていくと、バーナム先生はふたたび鍵盤と向きあい、もう一度音階を弾いた。

「大丈夫」と彼女は言った。

＊

その年の春は駆け足ですぎてしまった。心地よい温暖な時期がわずかにあったかと思うと、うっとうしい暑さが毛布のように大草原をおおった。六月中旬の、熱くて乾ききったある金曜の朝、ロブ・Jはロックアイランドの中央通りで、農夫から穀物商に転身したクエーカー教徒のジョージ・クライバーンに呼びとめられた。

「先生、ちょっとよろしいですか？」とクライバーンは礼儀正しく言った。二人はどちらともなく無言のまま、ギラギラ照りかえす日射しを避けて、ほとんど官能的ともいえるひんやりしたヒッコリーの木陰に移動した。

「あなたは奴隷にされている人間に同情的だとうかがいましたが」

ロブ・Jはこの発言にとまどった。この穀物商とは単なる顔見知りにすぎなかったからだ。ジョージ・クライバーンは抜け目はないが公平な、優秀な商売人だという評判だった。

「僕の個人的な意見には誰も興味はないでしょう。誰がそんなことを言ったんです？」

「バー先生です」

彼は医学協会の会合での、みんなとネイスミス医師との会話を思い出した。クライバーンが内々の話であることを示すために目くばせしてきた。

「わたしたちの州は奴隷制を禁じていますが、イリノイ州法務官たちはほかの州の人間が奴隷を所有する権利は認めているんです。そのため、南部の州から逃げてきた奴隷たちは逮捕されて主人のもとに送りかえされてしまうのですよ。ひどい扱いを受けましてね。わたしはこの目で見てきたんですが、スプリングフィールドの大きな家に小さな独房がびっしり作られていて、重い鉄の手かせ足かせが壁に取りつけられているんです。

わたしたち何人かは……奴隷制は邪悪だと、同じ思いを抱いている人間で、自由を求めて逃げてきた人たちを支援しているんです。あなたを神の行いにお招きします」

ロブ・Jはクライバーンがもっと何か続きをしゃべるものと待っていたが、ようやくある種の申し出を受けたことに気づいた。

「支援ですか……どうやって？」

「彼らがどこからやってきて、ここからどこへ行くのかは知りません。ただ、彼らはわたしたちのところへつれてこられて、月のない夜につれていかれるのです。あなたに準備していただくのは、男ひとりに十分な大きさの安全な隠れ場所。地下貯蔵室とか、木の割れ目とか、地面に掘った穴とかそういったものと、三、四日分の食糧だけです」

考えるまでもなかった。ロブ・Jは頭を横にふった。「悪いけれど」

それでもクライバーンは驚くでもなく憤慨するでもなく、なぜかなつかしい表情を浮かべていた。「この話は内密に願えますか？」

「ええ。ええ、もちろんですよ」

クライバーンはホッと息をついてうなずいた。

「神があなたとあられますように」と彼は言うと、覚悟を決めたように、木陰から灼熱《しゃくねつ》の暑さへとでていった。

二日後、ガイガー一家が日曜の夕食に招かれてコール家にやってきた。コール家の少年たちは、彼らがやってくるのがうれしかった。夕食が豪華になるからだ。はじめのうち、ガイガー一家が食事をともにするたびに、戒律を守るためだと焼いた肉を断る彼らにサラは憤慨していたが、だんだんと理解するようになって、埋め合わせをするようになった。彼らが食事をしにくるときには、肉の入っていないスープや、プディングや野菜、デザートの品数を増やすようにしたのだ。

ジェイは、ドレッド・スコットの裁判についての記事が掲載されているロックアイランドのウィークリー・ガーディアン紙をたずさえてきていて、この奴隷には十中八九、勝ち目はないと感想を述べた。

「ルイジアナにいたときには、みんな奴隷を持ってたって、マルコム・ハワードが言ってたよ」とアレックスが言うと、彼の母は微笑《ほほえ》んだ。

「みんながみんなじゃないのよ」と彼女は不快そうに言った。「マルコム・ハワードのお父さんが奴隷やそういったものを持っていたなんて、あやしいものだわ」

「ママのお父さんはバージニアで奴隷を持っていたの？」とシャーマンがきいた。

「ママの父さんは小さな製材所をやっていて」とサラは言った。「奴隷を三人持っていたの。でも景気が悪くなって奴隷と製材所を売らなければいけなくなって、自分の父親のところで働くようになったの。大きな農場で、四十人以上の奴隷を使っていたわ」

わね」

「バージニアにいる僕のパパの家族はどうだったの？」とアレックスがきいた。

「最初の主人の家族はお店をやっていたけれど」とサラは言った。「奴隷は使っていなかったわね」

「でも、どうして奴隷になりたがる人がいるの？」とシャーマンがたずねた。

「なりたくてなってるわけじゃないんだよ」ロブ・Jは息子に言った。「彼らはただ、悪い状況にからめとられた、運の悪い、かわいそうな人たちなんだ」

ジェイはわき水で喉《のど》をうるおすと、口をすぼめた。「いいかい、シャーマン、南部ではそれが二百年間おこなわれてきた、ごくあたりまえのことなんだ。黒人を解放すべきだと書き散らす急進派たちもいるがね。でも、サウスカロライナのような州が全員を解放してしまったら、彼らはどうやって生きていけばいいのかな？　ね、彼らは白人のために働き、白人は彼らの面倒をみてやっているんだ。数年前のことだけれど、リリアンのいとこユダ・ベンジャミンは、ルイジアナのサトウキビ農園で百四十人以上の奴隷を使っていたんだよ。彼はみんなの面倒を本当によくみていた。チャールストンにいるわたしの父親は、黒人の女中を二人使ってるけれど、わたしが生まれたときからいたんだ。父はこの二人をとても大切にしているから、追っぱらっても逃げてはいかないだろうと思うよ」

「そのとおり」とサラが言った。ロブ・Jは口を開きかけたが、閉じてレイチェルにエンドウ豆とニンジンをよそってやった。サラは台所に入っていくと、リリアン・ガイガーのレシピで焼いた巨大なポテトプディングをかかえてもどってきた。ジェイは満腹だったのでうめき声をあげたが、どちらにしても皿をさしだした。

ガイガー夫妻は子供たちをつれて家に戻るとき、一緒にきてリリアンと三重奏をしようとジェイがしきりにロブ・Jを誘ったが、彼は疲れているからと断った。

本当のところ、孤立した感じがしてむしゃくしゃしていたのだ。彼は気分をしずめるために、そよ風にあたりながら川のほうへブラブラ歩いていった。マクワの墓の雑草が目についたので、猛然と草をひっこぬいて根こそぎにした。

彼はどうしてジョージ・クライバーンの表情をなつかしく感じたのかがわかった。あれは、英国政府に対するビラを書いてくれるように頼まれて、ロブ・Jが一度は断ったとき、アンドリュー・ジェロールドの顔に浮かんでいたのと同じ表情だったのだ。二人の男の顔は、いりまじった感情に支配されていた。それは、運命に対するあきらめであり、強情なまでの強さであり、同時に、ロブの人格と沈黙の前に、自らをさらけだしてしまった心もとなさだったのだ。

第三十四章　帰　還

ある日、朝靄《あさもや》が重たい蒸気のように川にたれこめ、細長い森林地にへばりつくなかを、ジャーマンは家からでてくると屋外便所を無視して、ゆっくりと小便をしようともっと大きな流れに向かった。燃えるようなオレンジ色の円盤が靄の上に顔をだし、空の裾《すそ》をぼうっと染めていた。世界は新鮮で清々《すがすが》しく、彼の目にうつる川と森は、耳のなかで永久に続く平和とまさに表裏一体だった。今日、魚釣りをするんなら早くからした方がいいな、と彼は思った。

少年は川に背をむけた。彼と家との中間に墓があった。そのとき、霧の裂け目のむこうに人影が見え、彼は信じられない思いと、抗しがたいほどに湧《わ》きあがる、甘酸っぱいうれしさと、神への感謝の気持ちとのあいだで揺れた。《聖霊よ、わたしは今日もあなたを呼ぶ。聖霊よ、わたしはあなたとことばをかわす》

「マクワ！」彼は喜びいさんで叫ぶと、足を踏みだした。

「シャーマン？」

彼女のもとにたどり着くと、だがそれはマクワではなかった。

「ムーンなの？」彼女があんまりひどい様子なので、彼は確信が持てなかった。

ムーンの背後には、ほかに二人の人物が見えた。二人とも男だ。一人は彼の知らないインディアンで、もう一人はジェイ・ガイガーのところで働いていたストーンドッグだった。ストーンドッグは上半身裸で鹿革のパンツをはき、見知らぬインディアンは、ホームスパンのズボンにボロボロのシャツを着ていた。男たちはモカシンをはいていたが、ムーンは白人の男の作業ブーツをはき、古くて汚れた青いドレスを着ていた。右肩のところがやぶれていた。男たちが何かを運んでいるのがわかった。布にまいたチーズ、スモークハム、生の羊の脚。彼らは肉類貯蔵小屋に押しいったのだと彼は気づいた。

「ウイスキーをもらってくるか？」ストーンドッグがそう言って、家の方に走りだそうとすると、ムーンがソーク語で鋭く何か言いかえして崩れ落ちた。

「ムーン、大丈夫かい？」とシャーマンはきいた。

「シャーマン。こんなに大きくなって」彼女は驚いたように彼を見つめていた。

彼はムーンの方にひざまずいた。「どこに行ってたの？　ほかのみんなも一緒なの？」

「いいえ……みんなはカンザスよ。居留地にね。子供たちはそこにおいてきたの、でも……」

彼女は目を閉じた。

「父さんを呼んでくる」と彼が言うと、まぶたがまた開いた。

「本当にひどい目にあわされたわ、シャーマン」と彼女はささやいた。彼女は彼の手をわしづかみにして、しっかりと握りしめた。

シャーマンは彼女の身体から何かが自分の心のなかに忍びこんでくるのを感じた。また耳が聞こえるようになったみたいに、雷鳴がとどろき、彼女の身に何がおころうとしているのかがわかった――なぜか、わかったのだ！　手がチクチクした。口をひらいたが叫び声をあげることもできず、彼女に警告することすらできなかった。彼はまったく新しい種類の恐怖で凍りついてしまった。耳が聞こえなくなったときよりも猛烈で、これまでの人生で経験したどんな恐怖よりもはるかにまさっていた。

最後にようやく、手をひきはがすことができた。

シャーマンは決死の覚悟で、家に向かって逃げだした。

「パパ！」と彼は叫んだ。

＊

ロブ・Jは急患で起こされることにはなれていたが、病的に興奮した息子に起こされるのにはなれていなかった。シャーマンは、ムーンが戻ってきて死にかけている、と口走り続けた。息子の言っていることを理解し、質問ができるようにしっかり自分たちの口を見るようにと説得するのに数分かかった。両親は、ムーンが実際に戻ってきていて、ひどく具合が悪い状態で川の近くの地面に横たわっているとわかると、急いで家からでていった。

靄は急激に消えつつあった。視界はずっとよくなっていて、そこには誰もいないことが彼らにもはっきりわかった。両親は何度もくわしくシャーマンに質問をした。だが彼は、ムーンとストーンドッグと別のソーク族がいたんだと言うばかりだった。彼らがどんな服装をしていたか、何を言ったか、どんな様子だったか、同じことばをくり返した。

インディアンたちが運んでいった物を耳にすると、サラはすっとんで行ったが、肉類貯蔵小屋が荒らされて、骨身をけずって手に入れた食糧のなにがしかがなくなっていたので、怒って戻ってきた。

「ロバート・コールくん」と彼女はぷりぷりして言った。「何かのイタズラのつもりで自分で食べ物をとって、それからソーク族が帰ってきたなんて作り話をでっちあげたのね？」

ロブ・Jはムーンの名前を呼びながら、川岸から下流まで歩いてみたが、返事はかえってこなかった。

シャーマンは手に負えないくらい泣きじゃくっていた。「ムーンが死んじゃうよ、パパ」

「ねえ、どうしてそんなことわかるんだい？」

「ムーンが僕の手を握ったんだ、そしたら……」少年は身ぶるいした。

ロブ・Jは息子をじっと見つめるとため息をついた。彼はうなずいた。シャーマンのそばへよると、腕をまわしてギュッと力強く抱きしめてやった。

「怖がることはないんだよ。ムーンの身に起きることは、おまえのせいじゃないんだ。よくわかってもらえるよう、あとでゆっくり話をして説明してあげるからね。でも、まずは彼女をさがすのが先決だ」と彼は言った。

＊

彼は馬で捜索した。午前中いっぱい川岸にそった森の深い外べりを探しまわった。もし自分が逃亡してどこかに隠れるなら、森を選ぶだろうからだ。最初はウィスコンシンに向かって北の方へ馬を進め、それから引き返して南を進んだ。かたときも休まずムーンの名前を呼んだが、やはり誰も叫び返してはこなかった。

インディアンたちは捜索中の彼のすぐ近くにいたかもしれない。三人は付近の下生えに身を隠し、ことによると何回もロブ・Jをやり過ごしたかもしれないのだ。午後に入ると、彼は逃亡を企てたソーク族の考えは自分にはわからないと認めざるをえなかった。なにしろ、自分は逃亡するソーク族になったことがないのだから。もしかすると、すぐに川から離れてしまったのかもしれない。夏の終わりで高く伸びた大草原の草が、三人の動きをすっぽり隠してくれるだろうし、作物が大人の男性の背より高く成長しているトウモロコシ畑なら、完璧《かんぺき》に姿を隠してしまえる。

ついにあきらめて家に戻ると、シャーマンは父親の捜索が実を結ばなかったと知って、落胆をかくせなかった。

彼は息子と二人っきりで川岸の木の下に腰をおろし、はるか昔から、コール一族の者に授けられる『贈り物』について話してやった。

「全員がもらうわけじゃないんだ。時にはひと世代とぶこともある。僕の父親も持っていたけれど、弟や叔父《おじ》は持っていなかった。まだ本当に若いころに、コール家の何人かが授かるんだよ」

「パパも持ってるの？」

「持ってるよ」

「パパはいくつだったの、その贈り物を……」

「授けられたのは、いまのおまえの年よりも五年近くたってからだった」

「それって、いったい何なの？」と少年はか細い声で言った。

「それが、シャーマン……僕にもよくわからないんだよ。ただ、魔法とか、そんなんじゃないのは確かだ。見たり聞いたり嗅《か》いだりするのと一緒で、ある種の感覚だと思う。僕たちのなかには、ある人物の手を握って、その人が死ぬかどうかわかる人間がいるけれど、それは身体のいろいろな場所を触って脈をとることができるのと同じ、研ぎすまされた感受性のひとつにすぎないと思うんだ。医者だったら……」彼は肩をすくめた。「もし医者だったなら、時には便利に使える手段ではあるけれどね」

シャーマンはふるえるようにしてうなずいた。

「僕がお医者さんになったとき、役に立つことになるんだね」

贈り物について理解できる子なら、ほかの事柄に向きあえる分別はあるだろう、とロブ・Jは判断した。

「おまえは医者にはなれないんだよ、シャーマン」と彼はやさしく言った。「医者は耳が聞こえないとだめなんだ。僕も毎日、耳で音を聞きながら患者を治療しているんだよ。胸の音や、息づかい、声の質感を聞きわけるんだ。医者は助けを呼ぶ声も聞こえないといけないしね。医者には五感のすべてがそなわっている必要があるんだ」

彼は見あげる息子の視線にたえられなかった。

「じゃあ、僕は大人になったら何になるの？」

「ここはすばらしい農場だ。ビガーと一緒に農場をやったらいい」とロブ・Jが言うと、少年は頭をふった。

「そうか、じゃあ、実業家でもいいじゃないか、お店をやったりして。バーナム先生はおまえは今まで教えたなかで、いちばん賢い生徒だとおっしゃっていたぞ。学校で教えるというのもいいんじゃないか」

「いやだ、先生になんかなりたくない」

「シャーマン、おまえはまだほんの子供だ。先のことを決めるまでには、まだ何年もある。それまでは、よく気を配って、それぞれの人たちがどんな職業についているか研究しておくんだ。生計をたてるにはたくさんの道があるんだから、なんだって選べるんだぞ」

「ひとつをぬかしてね」とシャーマンは言った。

ロブ・Jは、本当は実現不可能だとわかっているのに、よけいな希望を抱かせて、不必要に息子の胸の痛みを広げたくはなかった。

「そう、ひとつはぬかしてだ」と彼はきっぱりと言った。

＊

人生の不公平さに対する怒りだけが残る、後味の悪い一日だった。彼は息子の輝ける善良な夢をうち砕きたくなどなかった。それはまるで、生きることを愛してやまない誰かに、どうせ長期の計画をたてても無駄ですよと教えてやるくらいひどい仕打ちだ。

彼は農場をぶらぶらさまよった。川の近くには邪悪な蚊がうようよいて、木陰まで彼に競争をしかけてきたが、まんまとやられてしまった。

ムーンにはもう二度と会えないとわかっていた。できれば別れを言いたかったし、カムズシンギングが埋葬されている場所も聞いておいて、二人をきちんと葬ってやりたかった。だが、いまごろはムーンもまた、墓標のない墓に捨ておかれてしまっているだろう。犬の糞《ふん》を埋めるみたいにして。

そのことを考えると彼は荒涼とした気分になり、罪の意識にさいなまれた。自分も自分の農場も、彼らを追いつめた元凶の一部なのだから。かつてソーク族には豊かな畑があり、ちゃんと誰のものかわかるように墓に印をつけた死者の村だってあったのだ。

本当にひどい目にあわされたわ、と彼女はシャーマンに言ったという。アメリカにはすばらしい憲法があった。彼はじっくりと読んだことがあった。そこに保障されている自由は、ピンクから黄褐色がかった肌の人間だけに適用されるにすぎないのだと彼は悟った。それより黒い肌をした人間は、毛皮や羽をまとった獣と一緒というわけだ。

とりとめもなく歩きまわりながら、彼は何かを探しつづけていた。それが何なのかはじめは本人にすらわからなかったが、自分がしようとしていることをはっきり認識すると、気分がすごく晴れたとまではいかなくても、ちょっとはましになった。彼が見つけたかったのは、オールデンや息子たちや、あるいは密猟者に偶然発見されないような場所だった。大いに気がひけたが、ほかの家族には秘密にしておかなければならないので、家のなかはまず無理だ。診察室は人がまったくいなくなることもあるが、診療時間には患者たちで混みあってしまう。納屋も人の出入りが激しい。まてよ……。

納屋の裏手には、搾乳所に窓もなにもない壁をむけて細長い小屋が建っていた。ロブ・Jの小屋だ。薬剤や強壮薬、その他の医薬品をたくわえておく場所だった。つるしたハーブや、棚いっぱいの瓶と壷《つぼ》にくわえ、ここには木製のテーブルと予備の排液皿が備えつけてあった。検《けん》屍《し》解剖を頼まれたときに、頑丈な扉と強力な鍵《かぎ》のついたこの小屋で解剖をおこなうからだ。

小屋のせまい北側の壁は、納屋本体の北の壁みたいに棟木が組みこまれていた。壁の一部は岩礁の上に建っていたが床は土だった。

翌日は診療室が混みあったうえ往診も多かったので疲れ切ってしまったが、その次の朝は診療をはなれることができた。幸運な日だった。シャーマンとオールデンの二人は、遠い地区で柵《さく》の修繕と、差し掛け屋根の餌場《えさば》の建築にかかっており、サラは教会での事業に参加していた。ムーンが去ってからサラが雇ったパートタイムのお手伝い、ケイト・ストライカーだけが家に残っていたが、ケイトは彼の邪魔をするようなことはなかった。

彼はほかのみんながでて行くやいなや、つるはしとシャベルを持ちこんで、すぐに仕事にとりかかった。激しい肉体労働はひさかたぶりだったので、ゆっくりと土を掘っていった。農場の大半のほかの土壌と同じように、土には石がまざっていて重かったが、力が強い彼は難なく土をほぐしていった。時々、掘った土をシャベルで二輪手押し車にのせ、納屋からずいぶん離れた小さな溝まで転がしていった。数日かけて穴を掘らなければいけないだろうと見こんでいたのだが、午後早くにはすでに岩礁にぶつかってしまった。岩壁が北側からつきでていたのだ。おかげで穴は片側が深さ三フィートで、もう片側が深さ五フィート、幅は五フィートという変則的な形になってしまい、食べ物などの必需品を入れたら、横になって隠れるのが精一杯の空間しかできなかった。だが、これでも役に立つだろうとロブ・Jは考えた。彼は穴の口に一インチの厚みのある厚板を垂直に敷きつめた。一年近く外につみあげてあったので、納屋のほかの部分と同じくらい古びて見えた。厚板の何枚かを音をたてずに簡単に取りはずすことができるように、石キリで目立たないようにいくつか釘穴《くぎあな》をあけ、穴にぴったりの大きさの釘に油をひいておいた。

彼は慎重をきして、二輪手押し車を森のなかに隠すと、腐葉土を掘り返し、土を捨てた溝の上に広げて新しい土だとわからないようにカモフラージュした。

そして次の朝、彼はロックアイランドにでかけると、ジョージ・クライバーンと手短に、しかし重大な会話をかわしたのだった。

第三十五章　秘密の部屋

　その年の秋、シャーマンの世界が変化しはじめた。聴覚を失ったときのような電光石火の急展開ではなかったが、ゆっくりじりじりと複雑に地軸がねじれていった。アレックスはマル・ハワードと仲良しになり、シャーマンはたいていゲラゲラ笑って騒いでばかりいる二人にとり残されてしまった。ロブ・Jとサラは二人の友人関係に眉《まゆ》をひそめていた。マルの母親モリー・ハワードは、かん高い声でこごとばかり言っているだらしない女性で、夫のジュリアンも無精なうえに、隠しもった赤さびの浮いた蒸留器でトウモロコシのマッシュから密造酒を作っていた。けっこうな数の地域の住民が買いにくるような、人の出入りが激しくてむさくるしいハワードの小屋で、両親は自分たちの息子を遊ばせたくなかったのだ。

　悪い予感はハロウィンの日に的中した。アレックスとマルは、マルが前もって失敬しておいた父親の酒を盗み飲みし、すっかり酔っぱらって屋外便所をひっくりかえして歩いたのだ。便所のなかにいたアルマ・シュローダーが叫びながら這《は》いだし、その声を聞きつけたグス・シュローダーがバッファロー銃を片手に飛びだしてきて、ようやくこの浮かれ騒ぎに終止符がうたれたが、そのときには、すでに町の半分の便所がひっくりかえされていた。

　この事件で、アレックスと両親はニコリともせずに何度も話しあいをし、シャーマンは早く終わってほしいと心から念じた。なにしろ、最初の会話からあとは、唇を読むのについていくのにれないくらいのありさまだったのだ。少年たちと、父親たち、それに保安官ロンドンをまじえた話しあいは、もっと不愉快だった。

ジュリアン・ハワードはつばを吐きだすと「ハロウィンでちっとばかりはしゃぎすぎた、若いもんの悪ふざけにすぎん」と言った。

ロブ・Jは、もしホールデンズ・クロッシングに星条旗至高宗教団があれば、絶対に団員確実だと思われるハワードへの悪感情はまじえずに、善後策を講じようとつとめた。息子たちは殺人者でも凶悪犯でもないという点ではハワードと同意見だったが、人間の消化機能を大切にとりあつかう仕事柄、屋外便所を破壊したりすることも糞尿《ふんにょう》に関することならなんでもかんでもおかしがる風潮にはくみしなかった。ロンドン保安官はどちらの父親のことも嫌っていたので、鬼の首でもとってやろうと、住民たちからたくさんの苦情を集めて乗りこんできたことくらいはわかっていた。そこでロブ・Jは、アレックスとマルに責任をとらせようと提案した。ひっくりかえした屋外便所のうち三つは、粉々になるか、もしくはバラバラになってしまっていた。二つはなかみがあふれだして、同じ穴の上にのっからなくなってしまった。償いとして、少年たちに穴を掘って便所を修復させるのだ。新しい木材が必要なら、ロブ・Jがたてかえ、シャーマンとマルは彼の農場で働いて少しずつ借りを返せばいい。そしてもし、彼らが約束をはたさなかったら、そのときはロンドン保安官に煮るなり焼くなり好きにしてもらえばいいと。

モート・ロンドンは、その計画にいちゃもんはつけられず、しぶしぶ承認した。ジュリアン・ハワードは、自分の息子とコール少年がふだんの家での雑用をしなくなるわけではないとわかってから、ようやく賛成した。アレックスもマルも拒絶できるような立場にはなく、次の一ヶ月は便所修理のエキスパートになって働いた。冬が深まって地面が凍ってしまう前にまず穴を掘っておき、それから寒さで手を凍えさせながら大工仕事にいそしんだ。腕前は確かで、「彼ら」の便所はハンフリー家の裏手にあるのをのぞいて、何年も長持ちした。ハンフリーの便所は、一八六三年の夏の竜巻で家と納屋もろともぺしゃんこにされ、ついでにアービングとレティ・ハンフリーの命も奪われてしまったのだった。

アレックスは性欲がおさえられない年になった。ある夜、彼はシャーマンと一緒に使っている寝室にもどってくると、オイルランプを近づけて、大満足した様子で「やってきた」と告げた。

「やったって何を？」とシャーマンが眠たい目をしばたかせながら兄を見て言った。

「わかるだろ。やったんだよ。パティー・ドラッカーと」

シャーマンは飛び起きた。「ウソだ。でたらめ言うなよ、ビガー」

「いいや、パティー・ドラッカーとしたんだ。彼女の家でね。家族は伯父《おじ》さんのところへ行ってて留守だったのさ」

シャーマンは信じられないと同時に、自分もしてみたくてうずうずして、感きわまって兄を見つめた。「本当にしたんなら、どんな感じだったか言える？」

アレックスはおつにすまして話しかけた。「毛とかいろんなものを通りこしてナニを押しいれると、暖かくて気持ちいいんだ。すごく暖かくて気持ちいいんだぞ。するとなんだかカァッと興奮しちゃって、あんまりうれしいんで前後に身体をゆさぶっちまうんだ。雄羊が雌羊にやってるみたいに、前に後にな」

「女の子も前後に動くの？」

「いいや」とアレックスは言った。「女はすごく満足して横たわって、こっちの動きに身をまかせるんだ」

「それからどうなるの？」

「うん、目玉がひっくりかえって、精液が弾丸みたいに息子から発射されるんだ」

「ウオッ、弾丸みたいに！　女の子は怪我《けが》しないの？」

「しないさ、馬鹿だな、弾丸みたいに速いって言ってるんだ。弾丸みたいに硬いわけじゃない。自分の手でするときみたいなもんさ。とにかく、それでほとんどおしまいだな」

シャーマンは自分が遭遇したことのない、そうした詳細をめいっぱい聞かされて、本当だと納得した。「それってつまり、パティー・ドラッカーと結婚するっていうこと？」

「違うよ！」とアレックスが言った。

「ほんとに？」とシャーマンは心配そうに言った。パティー・ドラッカーはすでに、しまりのない顔をした母親と同じくらいの背格好で、ロバみたいな笑い方をするのだ。

「ガキにはわかんないんだよな」アレックスはブツブツ言うと、うるさそうにムッとして、会話をきりあげようとランプを吹き消した。

シャーマンは暗がりのなかに横たわったまま、同じくらい興奮と困惑をおぼえながら、アレックスの言っていたことを思い起こした。目がひっくりかえる件はいただけなかった。ルーク・ステッビンスは、自慰行為をすると目がつぶれてしまうんだと言ってたっけ。彼は耳が聞こえないだけで十分だった。これ以上、ほかの感覚まで失いたくはなかったが、時すでに遅しで、もう目が見えなくなりかけているかもしれないと思った。そこで次の朝になると、彼は心底不安そうに歩きまわって、いろんな物に近づいたり離れたりして視力を試してみた。

＊

ビガーが彼と過ごす時間が少なくなればなるほど、シャーマンはたくさん本を読むようになった。すぐに読む本がなくなってしまうと、彼は餓鬼のように本を要求した。ガイガー夫妻は蔵書をたくさん持っていたので、彼に貸してくれた。誕生日とクリスマスに欲しがるのも本だった。それは孤独な寒さに負けないよう、炎をたきつける燃料のようなものだった。バーナム先生も、こんな読書家は見たことがないと口にするほどだった。

彼女はシャーマンの話し方を向上させるために容赦なく教えた。学校がお休みのあいだも、コール家にただで下宿させてもらって教え続けた。ロブ・Jは自分の息子のために努力してくれる彼女に責任をもって報いたが、彼女は個人的な利益のためにシャーマンを指導しているわけではなかった。彼にちゃんとしゃべらせることが、彼女自身の目標になっていたのだ。彼の手をピアノにのせての反復練習が延々と続けられた。彼がはじめから振動の違いに敏感に反応したので、彼女はよい感触を持っていたが、ほどなくして彼は彼女が弾いた音がどの音かすぐに特定できるようになった。

シャーマンの語彙《ごい》は読書によって増えていったが、ほかの人の声を聞いて正確な音を学べないので、発音には問題があった。たとえば彼は「教会」を「きょ・うかい」と発音した。それは強調する場所がわからないからだ、と彼女は気づいた。彼女はゴムのボールを使ってその問題をわからせようとした。やわらかく弾ませたときは普通のことばの強さ、きつく弾ませたときは音を強く発音することを示そうとしたのだ。それをわからせるだけでも時間がかかってしまった。普通にボールを弾ませることだけでも、彼には非常にむずかしいことだったのだ。バーナム先生は床にぶつかるボールの音で、いつボールがもどってくるか受けとる準備ができるが、シャーマンはそうした事前の察知はできないのだ。そこで、どれくらいの強さで投げたら、ボールが床にとどいてもどってくるのか、正確な時間を記憶しておいてボールを受けとることをおぼえなければならなかった。

彼が弾むボールとことばの強調の関係をいったん把握すると、彼女は石板とチョークにことばを書いて、それから普通の語勢のうえに小さなボールを、強調する部分のうえに大きなボールを書いて、何度も何度も反復練習させた。

＊

きょう・かい。おはよう・ございます。かい・が。パー・ティー。

ロブ・Jもシャーマンに投げ物《ジャグリング》を教えてこの試みに協力した。アレックスとマル・ハワードもたいてい一緒に教わった。時々ロブがみんなを楽しませるためにジャグリングをするのを見たことがあったので、彼らは喜んで興味を持ったが、技を身につけるのはむずかしかった。それでも彼は子供たちを励ましつづけた。

「キルマーノックでは、コール家の子供たちは全員ジャグリングを教わるんだ。古くからの家族の伝統だ。みんなにできるんだから、おまえたちだってできるさ」と彼は言ったが、そのとおりだった。しかし、三人のうちでハワード少年がいちばんのジャグラーだとわかると、ロブはがっかりした。彼はすぐに四個の球をあつかえるようになったのだ。シャーマンもいい線につけていたが、アレックスは根気強く練習をつづけ、ようやく三個の球を落ちついて宙高くあげられるようになった。目的は軽業師を養成することではなく、シャーマンに変化するリズムを体感させるためだったが、どうやらうまくいったようだった。

ある日の午後、少年と一緒にリリアン・ガイガーのピアノに向かっていたバーナム先生は、ピアノの上におかれた彼の手をとって自分の喉にあてた。

「わたしがしゃべると」と彼女は言った。「喉頭《こうとう》の腱《けん》がふるえるでしょ。ピアノのワイヤーみたいにね。ふるえているのがわかる？　別々のことばによってどう変化するかわかる？」

彼は恍惚《こうこつ》としてうなずき、二人は微笑《ほほえ》みあった。

「ああ、シャーマン」ドロシー・バーナムはそう言いながら、喉元から彼の手をとって両手でつつんだ。「なんてすばらしい進歩なんでしょう！　でも、学校がはじまってわたしがかかりきりになれなくなっても、絶え間ない反復練習が必要だわ。誰か手伝ってくれる人がいないかしら？」

父親は治療で忙しいとシャーマンは思った。母親は教会の仕事をしているし、耳が聞こえないことについて、あまり関わりたがっていない気がした。彼にはわけがわからなかったが推測はしなかった。それからアレックス。彼はしょっちゅう家の仕事をさぼってマルと姿を消していた。

ドロシーはため息まじりに言った。「誰かあなたの訓練に定期的につきあってくれる人はいないものかしら？」

「喜んでひきうけます」すぐにそういう声がした。声はピアノに背を向けておかれている大きなばす織りの袖椅子《そでいす》から聞こえ、レイチェル・ガイガーがひょいっと立ちあがって近づいてきたので、ドロシーはびっくりした。

この子はいつも、こうして見えない場所に座って、自分たちの反復練習や訓練に耳を傾けていたのかしら、と彼女は思った。

「わたしにやらせてください、バーナム先生」レイチェルはなぜだか勢いこんで言った。

シャーマンは喜んでいるようだった。

ドロシーはレイチェルに微笑むと、手をぎゅっと握りしめた。

「ああ、あなたならきっと立派にやってくれるわ」と彼女は言った。

＊

ロブ・Jがマクワの死について書き送った手紙には、誰からもうんともすんとも言ってこなかった。ある夜、彼は焦燥感を紙にぶつけ、なんとか重い腰をあげさせようと、前よりも語気を強めて手紙を書いた。

「……政府の代議士や法律が、こんなにも簡単に強姦《ごうかん》や殺人といった犯罪を見すごすということであれば、イリノイ州ならびにアメリカ合衆国そのものが、真の文明国家であるのか、それとも男たちが罪に問われることなくもっとも下等な野獣のようにふるまうことが許された場所なのか、疑わざるをえません」

彼はこれだけ強い調子で書けば何か結果がもたらされるかもしれないと願いながら、前と同じ権力者たちに手紙を発送した。

誰も自分に連絡をよこしやしない、とロブは不機嫌になって考えた。あれだけ熱狂的な勢いで小屋にかくれ部屋を掘ったのに、いくら待ってもジョージ・クライバーンからはまったく音《おと》沙汰《さた》がなかった。はじめの数日から数週間のうちは、どうやって連絡がくるのかとあれこれ考えて時間を過ごしていたが、それからどうして無視されたままなのだろうといぶかりはじめた。彼は秘密の部屋のことを心から追いはらい、いつものように短くなっていく日のなかで、もっぱら、ガンたちが長いV字になって青空を南へと切れこんでいく光景を眺めたり、水が冷たくなり川が結晶のような音をたてるのに耳を澄ませて過ごすようにした。ある朝、彼が村に入っていくと、キャロル・ウィルケンソンが雑貨店のポーチの椅子から腰をあげ、首のうなだれた小さな白黒の馬からおりようとしているロブ・Jのところへ悠然と歩いてきた。

「新しい馬ですか、先生？」

「試しているところですよ。うちのヴィッキーは今やほとんど目が見えなくて。放牧地まで子供たちを乗せていく分には大丈夫なんですが……。この娘はトム・ベッカーマンの馬なんです」彼は首を横にふった。この白黒ぶちの馬は五歳だとベッカーマン医師は言っていたが、下の門歯の減りかたから見て、その二倍の年はいっていると思った。しかも虫やもの陰にことごとくいちいちビックリするのだ。

「牝馬《めすうま》がお好きですか？」

「そうともかぎりませんが、わたしのお金で手に入るくらいの牡馬なら、牝馬の方が手堅いですからね」

「まさにおっしゃるとおり。まさに……そういえば昨日、ばったりジョージ・クライバーンに会ったんですが、なんでも新しい本を何冊か買ったそうです。あなたもご覧になりたいのではないかと伝えてくれと言われましてね」

それは合図だったので、ロブはちょっと驚いた。

「ありがとうキャロルさん。ジョージはすばらしい蔵書を持っていますからね」彼は落ち着いた声であってくれと願いながら、そう言った。

「ええ、そのとおりですね」ウィルケンソンは手をあげて別れの挨拶《あいさつ》をした。「そうだ、あなたが馬を探しているという話、みんなに広めておきますよ」

「感謝します」とロブ・Jは言った。

＊

夕食のあと、彼は月がでていないのをはっきり確かめるために空を見あげた。午後のあいだずっと、分厚くうっとうしい雲がかすめとおっていた。空気は二日にわたって洗われて洗濯物のような匂《にお》いがして、朝方には雨になることが確実だった。

彼は早く床に入り数時間でも寝ようとしたが、医者の習性でほんの少しうたた寝をしただけで一時には目を覚まして警戒に入った。二時になるずいぶん前に、彼はサラの温もりから身体をひきはなした。下着姿のままベッドを離れると、暗い寝室のなかで静かに着物を集めて階下におりていった。サラはいついかなる時間でも、ロブが患者を診にいくのになれていたので、平然と眠っていた。

彼のブーツは玄関ホールにかかったコートの下においてあった。納屋に行くと、コール家の私道が公道とまじわる場所まで乗っていくだけだったので、クイーン・ヴィクトリアに鞍《くら》をのせた。ヴィッキーは道をとてもよくおぼえていて、目が見えなくても大丈夫だったからだ。神経質になりすぎて早くたどり着きすぎてしまい、十分ほど馬の首を撫《な》でてやったりしながら待っていると、小雨がふりはじめた。彼は聞き耳をたてたが空耳ばかりだった。しかしついに空耳ではない、キシキシカチャカチャいう馬具の音と、荷役馬の重たい蹄《ひづめ》の音が聞こえてきた。しばらくすると、干し草をいっぱい積んだ荷馬車が姿をあらわした。

「もし、あなたですか?」とジョージ・クライバーンがおだやかに言った。

ロブ・Jはいまにも、人違いだと言いたい衝動と闘いながら、クライバーンが干し草をかきまわして二人目の人物をひっぱりだすのを見ていた。クライバーンは元奴隷に事前に指示しておいたらしく、男は無言のままヴィッキーの鞍のうしろをつかんで、ロブ・Jの背後に飛び乗った。

「神がともにあらんことを」クライバーンは機嫌良くそう言うと、手綱をピシッといわせて荷馬車をだした。

ここに来るまでに——たぶん何回も——、その黒人は失禁したらしかった。ロブの経験豊富な鼻は、尿がおそらく数日前には乾いていることを嗅《か》ぎわけたが、背後のアンモニア臭から身体を少し前にずらした。家をとおりすぎると、なかはまっ暗だった。彼は男をすぐに地下壕《ごう》に入れて、馬の世話をし、暖かい自分のベッドにすべりこんでしまおうと思った。だがいったん小屋にはいると、手順はもっとこみ入ったことになった。

ランプに火をともすと、三十歳から四十歳とおぼしき黒人の姿が見えた。追いつめられた動物のようなおびえた用心深い目つきに、大きな鼻をして、梳《くしけ》ずっていない髪は黒い羊の毛みたいだった。頑丈な靴に、まあまあのシャツ、そしてボロボロで残っている生地の方が少ないような穴だらけのズボンをはいていた。

ロブ・Jは彼の名前や、どこから逃げてきたのかたずねたかったが、クライバーンに注意されていた。質問は御法度です、ルール違反ですからと。彼は厚板をもちあげると、穴のなかに入れてある物を説明した。自然の要求をもよおしたときのための蓋《ふた》つきの容器、ぬぐうための新聞、飲み水が入ったジャグ、クラッカーの袋。黒人は何も言わず、ちょっととまどってから穴に入った。ロブは厚板を元どおりにした。

冷えたストーブに水の入った容器がのっていた。ロブ・Jはかがんで火を点《つ》けた。納屋の釘《くぎ》に、長すぎて大きすぎる自分の着古したズボンと、かつては赤かったがいまではホコリで灰色になっている吊革《つりかわ》を見つけた。オールデンがズボン吊りと呼んでいるサスペンダーだ。裾《すそ》をまきあげたズボンでは、走らなければいけないとき危険なので、彼は手術用のハサミで両脚部分を八インチほど切った。馬の世話をし終わる頃には、ストーブの上の水が温まっていたので、彼はふたたび厚板をもちあげると、お湯とボロ切れと石鹸《せっけん》、それにズボンを穴に運んで厚板をおろした。それからストーブを調節して、ランプを吹き消した。

彼は立ち去る前に躊躇《ちゅうちょ》した。

「おやすみ」と彼は厚板にむかって声をかけた。

男が身体を洗っているらしく、巣穴にいるクマのような、カサカサという音が聞こえていた。

「ありがとうごぜえます」最後に、誰かが教会でしゃべっているみたいな、しゃがれたささやき声が返ってきた。

＊

宿屋の最初の客だ、とロブ・Jは思った。彼は七十三時間滞在した。ジョージ・クライバーンは、例によってくつろいだ雰囲気で機嫌良く挨拶をし、ほとんど改まった席にいるかのように礼儀正しいものごしで、夜半に彼を拾って連れ去っていった。まっ暗だったので、ロブ・Jは細かいところまで見たわけではないが、このクエーカー教徒はハゲた頭に残った髪の毛をきっちりとなでつけ、ピンク色の下あごは昼間のようにしっかりと髭《ひげ》を剃《そ》ってあったに違いない。

およそ一週間後、ロブ・Jは自分とクライバーン、それにバー医師とキャロル・ウィルソンの全員が、個人の財産を盗む片棒をかついだ罪で捕まるかもしれないと怯《おび》えた。逃亡した奴隷をモート・ロンドンが逮捕したと耳にしたからだ。だが、その男は「彼の」黒人ではなく、ルイジアナ州から逃げてきて誰にも気づかれず、救いの手をさしのべられることもなく、一人で川のはしけに身をかくしていた男だと判明した。

モート・ロンドンにとってはよい一週間だった。奴隷を返還した謝礼金を受けとってから数日後、ニック・ホールデンが長年の忠誠に報いて、ロックアイランドの合衆国執行官代理に指名してくれたのだ。ロンドンはすぐに保安官の職を辞し、彼の推薦で、アンダーソン市長は次の選挙まで、たったひとりの保安官代理フリッツ・グラハムに事務所をまかせることにした。ロブ・Jはグラハムをいけ好かなく思っていたが、偶然に出会ったとき、この新しい臨時保安官は即座に、自分はモート・ロンドンとの確執をひきずるつもりはないということを態度で示した。

「またぜひ積極的に検屍官《けんしかん》として協力をお願いしますよ、先生。本当に活発にね」

「喜んでひきうけますよ」とロブ・Jは言った。そのことばは真実だった。彼は、解剖をすることによって手術技術に磨きをかける機会がなくなって、本当に困っていたのだ。

これに勇気づけられて、彼はマクワ殺害の件を再調査してくれないかとグラハムに頼まずにはいられなかった。しかし、信じられないといった慎重な視線を感じ、答は聞く前にわかってしまった。それでもフリッツはとりあえず「わたしにできることならなんでもしますよ、任せてください」と約束してみせた。

＊

クイーン・ヴィクトリアの目は厚ぼったく濁ってしまい、この年老いたおとなしい牝馬《めすうま》はもはや何も見えなくなってしまった。もっと若かったら、白濁部を切除する手術をしてやっただろうが、働く力もなくなってしまった彼女に、あえて痛い思いをさせる理由が見あたらなかった。かといって、安楽死させもしなかった。彼女は牧草地に放牧されて十分満足しているようにみえたからだ。そこにいれば、遅かれ早かれ農場にいる誰かが足をとめ、リンゴやニンジンをくれるのだ。

彼がでかけるときに乗る馬を手に入れる必要があった。もう一頭の牝馬ベスは、ヴィッキーよりも年なので、こちらも早晩いれかえなければならず、ロブはひき続きお眼鏡にかなう馬がいないかと目を光らせた。彼はいわば習慣の奴隷なので、新しい馬を信頼する気になれなかったが、とうとう十一月にシュローダーから一般乗馬むけの馬を買った。若くも年でもない小ぶりな鹿毛の牝馬で、期待はずれだったとしても損をしたとは思わないくらい安かった。シュローダーは馬をトルードと呼んでいたが、彼もサラも名前を変える必要は感じなかった。彼はアルマとグスが自分に悪い馬を売りつけるはずがないと信じながらも、どうせガッカリするんだろうなと思いながら、ちょっとだけ馬に乗ってみた。

ある清々《すがすが》しい午後、彼はトルードに乗って往診にでて、町から町の外までくまなく歩きまわった。トルードはヴィッキーやベスよりも小柄で、鞍の下の身体も骨張っているようだったが、よく反応し、かといって神経質でもなかった。晩早く、夕暮れのなかを家にもどってきた頃には、彼女は十分役に立ってくれるという手応《てごた》えをもち、時間をかけて身体をこすってやってから、水と餌《えさ》をやった。

シュローダー夫妻は馬にドイツ語でしか話しかけていなかった。今日は一日中、英語で語りかけていたのだが、ロブ・Jはいま、脇腹《わきばら》を軽くたたくとニッと笑いかけた。「Gute Nacht, meine gnadige Leibhen」と彼は知っているありったけのドイツ語を並べたてた。

彼はランタンを手に納屋をあとにしかけたが、扉にさしかかったところで大きな銃声がとどろいた。彼は一瞬とまどい、ライフルの発射音に似た何かほかの音だと信じたくて、あたりを見まわした。だが、くぐもったパシッという音とほぼ同時にガチンとぶつかる音がして、彼の頭から八インチとはなれていないヒッコリー材の扉の横木に弾丸の銀色のあとがついた。

彼は我にもどると、納屋のなかに飛びのいてランタンの火を吹き消した。

家の裏戸が開いてバタンと閉まり、ひたひたと走ってくる足音が聞こえた。

「パパ？　大丈夫なの？」とアレックスが呼びかけた。

「うん。家にもどってなさい」

「どうし……」

「早く！」

足音がもどっていき、扉が開いてまたバタンと閉まった。うす暗がりを透かし見ながら、彼は自分がふるえていることに気づいた。三頭の馬は落ちつかなさそうに、馬房のなかで動きまわり、ヴィッキーがいなないた。時が止まったようだった。

「コール先生？」オールデンの声が近づいてきた。「あんたが撃ちなすったのかい？」

「いや、誰かが納屋めがけて撃ってきたんだ。もう少しでやられるところだった」

「そこにいなせえ」とオールデンは歯切れよく呼びかけた。

ロブ・Jは雇い人が機転をきかせたのに気づいた。自分の小屋から銃をとってくるには時間がかかりすぎるので、コール家にある狩猟用ライフルをとりに行ったのだ。ロブは彼の足音と、「あっしですよ」という警告の声、それから扉が開いて閉まる音を耳にした。

……そしてまた扉が開いた。オールデンが歩き去っていく音がして、それから何も聞こえなくなった。おそらく七分かそこらだったが、一世紀が過ぎたみたいに感じた。すると足音が納屋の方にもどってきた。

「見てきたかぎりじゃ誰もいませんや、コール先生。よっく見たんですがね。どこらへんが撃たれたんです？」

ロブ・Jが銀色のすじがついた横木を指さすと、オールデンはつま先立ちして弾の跡に触った。二人ともランタンをつけて、見てみようとはしなかった。

「いったいぜんたい？」オールデンはふるえ声で言った。顔は青白く暗がりに反射していた。

「ずうずうしくも、あんたの土地で密猟してやがったんだ。こんな家の近くで、しかも日もでてねえってのに。その馬鹿野郎を見つけたらボコボコにしてやる！」

「暴力はだめだよ。きみがここにいてくれて心強かった」とロブ・Jは言うと、彼の肩に触れた。二人は一緒に家にもどっていくと、家族をなだめ、今にも事故になりそうだったことは伏せておいた。ロブ・Jはオールデンにブランデーを注いで、自分も相手をした。めったにないことだった。

サラは彼の好物の、グリーンペパーと若いズッキーニに、スパイスをきかせた挽肉《ひきにく》をつめてジャガイモとニンジンと一緒に煮た夕飯を作っていた。彼は妻の料理の腕前をほめ、もりもり食べた。しかし、食後はポーチの椅子《いす》で一人になった。

あれは猟師なんかじゃない、と彼にはわかっていた。不用心にあんなに家の近くで、しかも日が暮れてほとんど視界がないのに猟などするわけがない。

この事件は隠れ部屋と関連があるかもしれないと考えたが、答はノーだった。逃亡してきた奴隷を助けているから懲らしめてやれというのなら、次の黒人がやってくるのを待つだろう。そうすれば、愚かなコール医師を逮捕して黒人奴隷をとらえた賞金も手に入り、一石二鳥なのだから。

それでもなお、自分に何かから手をひかせようと、誰かが警告の意味をこめて撃ったに違いないと思えて仕方がなかった。

月が高かった。明るい闇夜《やみよ》。猟師たちをつき動かすような夜ではない。ロブは座ったまま、風に激しくゆれる木々から月の光がさしこみ、飛びはねるような陰を地面に描くのをじっと見つめながら、少なくとも手紙の返事は受けとったと感じていた。

第三十六章　最初のユダヤ人

　レイチェルは『贖いの日《ヨムキプル》』のことは怖れていたが、『過ぎ越しの祭《ペサク》』は大好きだった。この八日間におよぶペサクは、ほかの人たちが贖《あがな》いの日をクリスマスとして祝う分を補ってあまりあった。過ぎ越しの祭のあいだ、ガイガー一家は自分の家で過ごすのだが、そこはまるで暖かな光あふれる天国のようだった。音楽と歌と遊びに興じ、そして最終的にはハッピーエンドで終わる聖書の物語にハラハラしながら耳を傾け、『セデルの晩餐《ばんさん》』で特別な食べ物を味わう祭日なのだ。シカゴから船で送られてきたマッツォーと呼ばれる種なしパンに、母親が焼いたたくさんのスポンジケーキ。それはそれは背が高くてふんわりと軽いので、子供の彼女は、よぉく見はっていてごらん、そうしたらケーキが浮かんでどっかに行っちゃうのが見られるよと父親に言われて、真に受けたものだった。

　対照的に、ヨムキプルと新年祭ローシュハッシャナのときには、家族は秋から荷造りをはじめ、何週間もかけて計画をねって準備万端にととのえたうえで、荷馬車でほぼ一日かけてゲールズバーグまで行き、そこから汽車でイリノイ川の波止場にむかって、さらに汽船でイリノイ川をくだってピオリアまで行くのだ。ピオリアにはユダヤ人社会と教会堂《シナゴグ》があった。彼らがピオリアに滞在するのは、一年のうち大祭日と呼ばれるこの二週間だけだったが、教会堂の会衆の準会員になっていて、自分たちの席も用意されていた。大祭日のあいだ、ガイガー一家がいつもやっかいになるのは、ユダヤ教会の重鎮で織物商をいとなむモリス・ゴールドヴァッサーの家だった。ゴールドヴァッサー氏にまつわるものは、彼の身体つきや、家族、家もふくめ、すべて大きくて広々としていた。彼は、ほかのユダヤ人が神を礼拝できるように助けることは戒律にかなった善行ミッヴァであり、もてなすことと引きかえにガイガー一家から金銭をもらったりしたら、自分は神の祝福を剝奪《はくだつ》されてしまうと言いはって、ジェイソンからびた一文受けとろうとしなかった。そこでリリアンとジェイソンは毎年、せめてもの感謝の気持ちをあらわそうと、適当な贈り物を考えるのに何週間も頭を悩ませた。

レイチェルは毎年秋の出鼻をくじくような、仰々しい騒ぎすべてが大嫌いだった。準備期間、心を悩ませる贈り物選び、消耗しきってしまう旅。そのあとには二週間も他人の家で生活しなければいけない試練、つらくてめまいがしそうなヨムキプルの二十四時間の断食が待っているのだ。

彼女の両親にとっては、ピオリアへの訪問は自分たちのユダヤ人らしさを取りもどす貴重な機会だった。二人はユダヤ人社会でひっぱりだこだった。リリアンのいとこ、ユダ・ベンジャミンがルイジアナ州から初のユダヤ人として合衆国上院議員に選出されていたので、誰もが彼のことをガイガー夫妻と話したがったからだ。二人はシナゴグにかかさず顔をだした。リリアンはみんなと料理のレシピを交換しあったり、噂話《うわさばなし》に花を咲かせ、ジェイはお近づきの印にシュナップスを一、二杯ひっかけて、葉巻をくゆらしながら、男たちと政治について語りあった。彼はホールデンズ・クロッシングの良さについて熱弁をふるったが、ほかのユダヤ人に少しでも興味を持ってもらい、最終的には十人の男性からなる礼拝単位ミニヤンが作れるくらい人を集めて、正式なグループ礼拝がしたいのだと包みかくさずに言った。ほかの男たちは温かな理解を示してくれた。みんなのなかで、生粋のアメリカ人はジェイと、ロードアイランド州ニューポート生まれのラルフ・サイカスだけで、残りは外国からやってきた人々だったからだ。先駆者の大変さが骨身にしみてわかっていたのだ。どんな場所であっても、はじめてのユダヤ人として住みつくのはきびしいものだ、と男たちは口をそろえた。

ゴールドヴァッサーにはポッチャリした娘が二人いた。レイチェルより一歳年上のローズと、三歳上のクララだった。レイチェルが幼い少女だった頃は、ゴールドヴァッサー家の少女たちと一緒におママゴトをして遊んだものだった。レイチェルが十二の年に、クララは帽子製造人のハロルド・グリーンと結婚し、夫婦はクララの両親と一緒に暮らしていた。その年、大祭日にゴールドヴァッサー家にやってくると、何かが変わっていた。クララはもうおママゴトをしなくなっていた。おママゴトを卒業して、本物の『既婚女性』になっていたのだ。彼女はおだやかに、しかし子供あつかいしたような口調で妹とレイチェルに話しかけ、かいがいしく夫の世話を焼いていた。そのうえ、一家の主婦がとりしきる習わしの安息日のロウソクを囲んでの祈りも任されていた。だが、大きな家で少女たち三人だけになったある夜、ローズの部屋でぶどう酒を飲んでいるうちに、十五歳のクララ・ゴールドヴァッサー・グリーンは主婦の立場をすっかり忘れてしまった。彼女はレイチェルと妹に、結婚とはどういうものかを赤裸々に話しはじめた。彼女は成人婦人会のもっとも神聖な秘密をあばき、ユダヤ人男性の生理的機能と嗜《し》好《こう》について、妹たちにこってりとことこまかに論じた。

ローズもレイチェルもペニスを見たことはあった。しかし、それは赤ちゃんを湯につかわせたとき、赤ん坊の弟や年下の従兄弟についていた、ちっちゃなものだった。やわらかでピンク色をした付属物で、先端は割礼されてなめらかな肉が露出し、おしっこができるように穴がひとつあいていた。

しかしクララは、目を閉じてぶどう酒をぐいっと飲みほしながら、ユダヤ人の赤ん坊と男との違いを淫《みだ》らに概説した。それから、コップの外にたれた最後のしずくを舌で舐《な》めとると、ユダヤ人の男が妻と寝たときに、かわいくて害にならないソレが変化する様と、そのあとに起こる出来事について描写してみせた。

誰も恐怖で叫んだりはしなかったが、ローズは枕《まくら》をとると両手で自分の顔に押し当てた。

「それって、たまに起こるの？」と彼女はくぐもった声でたずねた。

しょっちゅうよ、とクララは断言した。それに安息日と宗教的な祭日には神さまに祝福されると信じられているので、まちがいなく起きると。「もちろん、生理のときはのぞいてね」

レイチェルは生理のことなら知っていた。母親が教えてくれた唯一の秘密だ。彼女はまだなっていなかったので、姉妹たちとは実感を共有できなかったが、それよりもほかのことで心を悩ませてしまった。常識的に考えて、どうやって大きさが変わるのかという問題だ。そして不安を生じさせるような図形が頭をよぎってしまった。彼女は無意識に膝《ひざ》のあたりを手でおさえた。

「まさか」と彼女は蒼白《そうはく》になって言った。「そんなことできっこないわ」

夫のハロルドはコーシャ《浄化》した新鮮なバターを使うこともあるのよ、とクララは小馬鹿にしたように二人に告げた。

ローズ・ゴールドヴァッサーは枕から顔をはなして目を見開いた。その顔は思いがけない事実をつかんで、いきいきと輝いていた。

「だから、いつもすぐにバターがなくなっちゃうのね？」

その後の日々は、レイチェルにとって特にやっかいだった。彼女とローズは、クララの打ち明け話を恐ろしいことと受けとるかおかしなことと受けとるか、選択をまかされていたが、自己防衛のために笑い話にすることにした。朝食と昼食にはたいてい乳製品がでたが、彼女たちは視線があったとたんに、たがはずれたみたいに吹きだして笑い転げてしまい、みんなの不興をかって何度かテーブルから追いだされた。夕食のときには、男性もまじえて二つの家族が顔をあわせた。しかしハロルド・グリーンとテーブルをはさんで二つ隣に座る彼女は、どうしてもバターを塗りたくった彼の姿が浮かんでしまい、彼の方をまともに見て会話することなどできなかった。

＊

翌年、ピオリアを訪れると、もうクララもローズも両親の家にいなくなっていて、レイチェルはがっかりした。クララとハロルドは男の赤ちゃんの親となり、川沿いの絶壁に建てた小さな家に引っ越していた。二人は実家にやってきたが、クララは息子にかかりきりで、レイチェルにはほとんど見向きもしなかった。ローズは六月にサミュエル・ビールフィールドという名の男性と結婚し、一緒にセントルイスに行ってしまっていた。

その年の贖いの日《ヨムキプル》、レイチェルが両親とともにシナゴグの外に立っていると、ベンジャミン・シェーンベルグという名の年輩の男性が近づいてきた。シェーンベルグ氏はビーバーのフエルトでできたシルクハットをかぶり、ひだをとった白い綿のシャツに細い蝶《ちょう》ネクタイをしていた。彼は製薬商売の景気についてジェイと話したあと、レイチェルに学校のことや、どれくらい母親の家事を手伝っているかといったことを愛想よくたずねはじめた。

リリアン・ガイガーは老人に微笑み、得体の知れない頭のふりかたをした。「まだ早すぎますわ」と彼女が言うと、シェーンベルグ氏も微笑《ほほえ》みかえしてうなずき、儀礼上ふたことみこと話をして立ち去った。

その晩、レイチェルは母親とゴールドヴァッサー夫人の会話をとぎれとぎれに立ち聞きし、どうやらベンジャミン・シェーンベルグはシャーチャンと呼ばれる結婚周旋人だとわかった。事実、クララとローズの縁組みを取りもったのもシェーンベルグ氏だったのだ。彼女はとんでもない恐怖をおぼえたが、母親があの結婚周旋人に言っていたことばを思いだしてホッとした。両親もよくわかっているように、自分は結婚するにはまだ幼すぎると彼女は自分に言いきかせた。ローズ・ゴールドヴァッサー・ビールフィールドが、自分より八ヶ月しか年上ではないことは棚にあげて。

*

その秋、ピオリアで過ごした二週間もふくめて、レイチェルの身体つきは変化していった。彼女の胸はふくらみはじめたとたんに、大人の女性のように大きくなってしまった。細い身体とつりあわず、支える下着が必要になり、筋肉痛と背中の痛みにもなれなければならなかった。バイヤーズ先生に触られて、おぞましい毎日を余儀なくされ、それを父親が元どおりにしてくれた頃のことだ。レイチェルは母親の姿見に自分を映しては、まっすぐでまっ黒な髪をして、肩幅がせまく、首は長すぎで胸は大きすぎ、流行《はや》らない黄ばんだ肌に、牛みたいな平凡な茶色い目をした、こんな女の子を望む男なんていないに決まっていると胸をなでおろした。

それからふと、こんな女の子を受け入れるような男は、本人も醜くて、馬鹿で、すごく貧乏に違いないと思い、毎日、その考えたくもない未来に向かって近づいていっているのだと悟った。彼女は、男に生まれたことで与えられている特権の数々に気づきもせず、のうのうと暮らしている弟たちに腹がたち、意地悪く接した。彼らは、好きなだけ温かい庇護《ひご》を受けて両親の家で暮らせるし、制限など一切なく学校に行って学べるのだ。

彼女の月経は遅かった。母親は時々それとなく彼女に質問し、まだこないかと心配しているようだった。やがてある日の午後、台所で野イチゴのジャムを作る手伝いをしていると、何の前ぶれもなく下腹部痛が襲い、レイチェルは身体を九の字にまげた。母親に言われて見てみると血がでていた。心臓が早鐘のようにうったが、予期せぬ事態ではなかったし、どこか一人っきりで出かけているときに起こったわけでもなく、そばにいた母親が、なだめるように話しかけ、どうしたらいいのか教えてくれた。すべて滞りなく進んでいた。母親が頰《ほお》にキスして、これであなたも一人前の女性ですよと告げるまでは。

レイチェルは泣きだしてしまった。彼女はいつまでも泣きやまず、何時間も涙を流し続け、誰の手にもおえなかった。ジェイ・ガイガーは娘の部屋に入っていくと、彼女が幼かった頃のように、ベッドに寝ている彼女の横に添い寝した。

彼は娘の頭をなでながら、どうしたのかたずねた。娘が肩をふるわせるので彼は胸がはり裂けそうになり、何度もくり返したずねた。

ついに彼女はか細い声で言った。「パパ、わたし結婚なんてしたくない。パパと離れたくない。この家からも」

ジェイは娘の頬にキスすると妻と話しに行った。リリアンは弱り切ってしまった。多くの少女たちが十三歳で結婚していたので、甘やかして馬鹿馬鹿しい恐怖心にひたらせておくより、ユダヤ人同士の良縁をととのえてやる方が娘のためになるだろうと考えていた。だが夫は、リリアンが自分と結婚したときには十六歳の誕生日を過ぎていて、もはや幼い少女ではなかったことを指摘した。母親にとってよかったことなら、娘にとってもよいはずだ。娘にはもっと大人になって、結婚を前向きに考えられるようになる時間が必要なのだと。

こうしてレイチェルには長い執行猶予がついた。彼女の人生は一度によみがえった。彼女は生まれながらの学生なので、ひきつづき教育を受ければうるところも大きいだろうとバーナム先生が父親に報告してきたので、両親はあてにしていたように一日じゅう家事をさせたり農場をみさせたりするかわりに、彼女を学校に通わせておこうと決めた。そして二人は、レイチェルの喜びようと、瞳《ひとみ》にもどったいきいきとした輝きに、すっかり満足したのだった。

彼女には天性の優しさがあったが、自らがみじめな思いをしてからというもの、不幸な状況にからめとられた人たちに特に心を動かされるようになった。彼女は血のつながった親類みたいに、ずっとコール一家の近くで育ってきた。シャーマンがヨチヨチ歩きの赤ちゃんだった頃、一度、彼女のベッドに寝かされていておねしょをしてしまったことがあった。その時、決まりの悪そうな彼を慰め、はやし立てるほかの子供たちから守ってやったのはレイチェルだった。彼が病気で聴力を失ったとき、彼女の心はかき乱された。人生というのは一寸先は闇《やみ》だと思い知らされた、はじめての出来事だったからだ。彼女は、何もしてやれないもどかしさを抱えながらシャーマンの苦闘を見守り、彼が実の弟であるかのように、ひとつひとつ前進していく姿を誇らしくうれしく感じた。彼女自身も成長していく一方で、シャーマンは小さな少年から大きな若者に成長し、やすやすと兄のアレックスを追い抜いていった。彼は大きくなるのが早すぎて、成長期のはじめの頃は、まるで大きくなりかけの子犬みたいに、ぎくしゃくつまずいて歩いたものだった。

彼女は何度となく、袖椅子《そでいす》に座ったまま誰にも見つかることなく、シャーマンの勇気とねばり強さに目を見はり、教師としてのドロシー・バーナムの手腕に魅せられながら耳を傾けていた。そして、彼を手伝ってくれる人物はいないものかとバーナム先生が口にしたとき、チャンスとばかり、とっさに返事をかえしたのだった。コール夫妻はすすんでシャーマンの練習につきあってくれようとする彼女に感謝し、彼女の家族も高潔な行いだと喜んでくれた。しかし彼女がシャーマンの手助けをしたかったのは、ひとつには彼が大切な友だちだからであり、かつて幼い少年が、彼女に危害をくわえている男を殺してやると本当に親身になって言ってくれたからなのだった。

＊

発音矯正の基本は、退屈さを度外視して何時間も練習をつみかさねることだった。バーナム先生には決して逆らわなかったシャーマンも、レイチェルのことは甘くみて、たちまち反旗をひるがえした。

「今日はもういいよ。疲れちゃったから」バーナム先生が一緒についてシャーマンの反復練習を六回したあと、二度目に二人っきりで練習をしていると、彼はそう言った。「だめよ、シャーマン」とレイチェルはきっぱり言った。「まだ終わってないわ」
だが彼は逃げてしまった。
二度目に同じことが起きたとき、彼女は怒りを爆発させたが、彼に鼻で笑われてしまい、すっかり遊び友だちの気分にもどって悪態をついてしまった。しかし、次の日またもや同じことが起きると、彼女が涙を浮かべたのでシャーマンも思いとどまった。
「もう一度やればいいんだろ」と彼はしぶしぶ言った。
彼女はホッとしたが、二度と涙で彼をつなぎとめるようなことはしなかった。厳格な態度よりもずっと彼を増長させてしまうと感じたからだ。しばらくすると、長い時間練習することが暗黙の了解となった。数ヶ月してシャーマンの能力が向上すると、彼女はバーナム先生の練習法に手をくわえ、二人はさらに先に進んでいった。
彼らは同じ文章でも、どのことばを強調するかで意味あいが変わってくることを、長い時間をかけて練習した。
The CHILD is sick.（その子は病気です）
The child IS sick.（その子は確かに病気です）
The child is SICK.（その子にはむかつく）
時々、レイチェルは彼の手をギュッと握って強調する部分を教えてくれたので、彼はそれを楽しんだ。彼は手で振動を感じて音をあてるピアノの練習が嫌いになってしまっていた。母親がそれをお座敷芸か何かのように考え、たびたび彼に演じさせたからだ。しかしレイチェルはピアノでの練習を続け、違ったキーで音階を弾いても、そのわずかな違いさえ彼が看破してみせたので喜んだ。

彼はピアノの音を感じる段階から、まわりの世界の振動を聞き分ける段階にゆっくりと進んでいった。やがて、音が聞こえないのに、誰かがドアをノックする音を感じとり、近くにいる耳の聞こえる人たちが気づかなくても、誰かが階段をのぼってくる足音を感じることができるようになった。

ある日、ドロシー・バーナムがしたように、レイチェルは彼の大きな手をとって自分の喉《のど》にあてがった。最初、彼女は大きな声で彼に話しかけ、それから声の調子をだんだん弱め、ささやき声に落とした。

「違いがわかる?」

彼女の肉体は暖かくとてもなめらかで、きめ細やかでありながら、強い弾力性をそなえていた。シャーマンは筋肉と腱《けん》の動きを感じた。バーナム先生のもっと太くて短い首を触ったときとは違い、彼女の脈が早鐘のように速くなっていくのを手で感じ、優雅な白鳥が、パタパタ羽ばたく小鳩に変わっていく姿を思い浮かべた。

彼は彼女に微笑みかけた。「わかるよ」

第三十七章　水の足跡

ほかにロブ・Jを狙撃《そげき》する人間はあらわれなかった。納屋での事件が、マクワの死を調査するように圧力をかけるのはよせという警告だったのなら、引き金をひいた人物は、脅しが効いたと信ずるにいたったのかもしれない。彼はそれ以上うつ手が見つからなかったので、ほかには何の動きも見せなかったのだ。結局、下院議員ニック・ホールデンとイリノイ州知事からは、ていねいな手紙がとどいた。返事をよこしたのは彼らだけだったが、それはあたりさわりない断りの文面だった。彼は落ちこんだが、当面の問題に取りくむことにした。

当初、地下部屋でのもてなしのお呼びがかかることは、ほとんどまれだったが、奴隷たちが逃げるのを助けて何年かたった頃から、ぽつりぽつりとした動きがスムーズに流れるようになり、新しい入居者たちがとぎれることなく頻繁に秘密の部屋にやってくるようになっていた。

世間では黒人に対する論争が高まっていた。自由の身を申し立てたドレッド・スコットはミズーリ州下級裁判所では勝訴したが、州最高裁判所がひきつづき奴隷の身分のままとの判断をくだしたので、奴隷廃止論者の弁護団は合衆国最高裁判所に上告していた。その間にも、著述家や説教師たちが口をきわめて弾劾し、ジャーナリストや政治家たちも奴隷制賛成と反対の両方の立場にわかれ、痛烈に非難合戦をくりひろげた。フリッツ・グラハムが任期五年の保安官に選出されてから、まずはじめに行ったのは、「黒んぼ狩りの猟犬」の群れを買いいれたことだった。報償金が割のいい副収入になったからだ。逃亡者を所有者のもとにもどした人間への報償金は高くなっていき、脱走した奴隷をかくまった者への刑罰はどんどんきびしくなっていった。捕まったらどうなるのだろうとロブ・Jは怯《おび》えつづけたが、あまり考えないようにしていた。

ジョージ・クライバーンはばったり会っても、まるで夜の暗がりという別の機会に顔を会わせたことなどないかのように、眠気をさそうような律儀なあいさつをしてきた。だが副産物もあった。クライバーンは大量の蔵書を持っていたので、その多さに乗じて、ロブ・Jはシャーマンのために、そして時には自分で読むために定期的に本を借りられたのだ。この穀物商の蔵書は、主に哲学と宗教に重きがおかれ、科学関係はあまりなく、持ち主の人となりそのものだとロブ・Jは思った。

黒人密輸業者になっておよそ一年たった頃、クライバーンはクエーカー教徒の集会にさそいをかけてきたが、彼が断るとおずおずと事態を受けいれた。「あなたの役に立つだろうと思ったのですが。あなたは主の仕事をなさっていますから」

自分は神の仕事ではなく、人の仕事をしているつもりだと口からでかかったが、声高に主張することでもないと思い、彼はただ微笑《ほほえ》んで頭をふった。

彼は自分のしていることが、まちがいなく大きな鎖のちっぽけなひとつの輪にすぎないと気づいていたが、残り全体のシステムについては何もわからなかった。彼とバー医師は、この医師の推薦によって彼が違法行為に足をふみいれたという事実を口にしあうことは決してなかった。彼が内々に接触するのは、クライバーンとキャロル・ウィルケンソンだけで、彼からクライバーンが「おもしろい本を手にいれた」と告げられるというパターンだった。逃亡者たちは彼の元を去ったあと、ウィスコンシンをぬけて北のカナダにつれていかれるに違いないとロブ・Jはにらんでいた。おそらくスペリオル湖を船で渡るのだ。自分が計画を練る立場だったら、そういう逃亡経路を選ぶはずだ。

クライバーンは時々、女性をつれてくることもあったが、大部分の逃亡者は男だった。みな多種多様な、くず繊維でできたボロボロの服を着ていた。なかには本当に黒い肌をした者たちがおり、まさに熟れたプラムのつやつやした紫、あるいは焼いた骨の漆黒や、カラスの羽の濃厚な黒さと形容するのがぴったりだった。ほかの者たちの肌色は、迫害者たちの青白さがまざって薄まっており、カフェオレからトーストしたパンの色まで多岐にわたっていた。大部分は、がっしりとした筋骨隆々の大きな男たちだったが、なかに一人、金属フレームの眼鏡をかけた、ほとんど白人みたいな細身の若い男がいた。自分はルイジアナ州にあるシュリーブ・ランディングという場所の、農園主と女中の奴隷とのあいだにできた息子だと彼は言った。彼は字が読めたので、ロブ・Jがロウソクとマッチ、それにロックアイランドの新聞のバックナンバーを渡すと喜んでいた。

ロブ・Jは逃亡者たちの肉体的な問題を治療してやる時間がなくて、医者としてジレンマにおちいっていた。その薄い肌色をした黒人の眼鏡は度が強すぎると彼は見てとった。若者が去って数週間後、ロブ・Jはこれならましだという眼鏡を見つけ、次にロックアイランドに行ったとき、何とかして眼鏡をとどけられないものかとクライバーンにきいた。しかし、クライバーンは眼鏡をじっと見て頭を横にふった。

「もっと分別をもっていただかないと、コール先生」と彼は言い、ごきげんようとも言わずに立ち去った。

別の機会に、肌がとても黒くて大きな男が秘密の部屋に滞在した。三日間いたので、彼が神経過敏になり、腹部に不快感をかかえていることにロブが気づく時間は十分にあった。男は時々、顔色が灰色で病気っぽかったし、食欲も一定していなかった。サナダムシがいるに違いないとロブは判断し、男に特効薬が入った瓶を渡したが、目的地につくまでは決して飲まないように言った。「そうしないと旅をする力がでなくなって、おまけに下痢の痕跡《こんせき》を残し、この国のありとあらゆる保安官が嗅《か》ぎつけてしまうからね！」

ロブは生涯、一人一人のことが脳裏から離れなかった。彼は、彼らの恐怖と心持ちにすぐに共鳴したが、それは自身もかつては逃亡者だったからだけではなかった。彼の心配の種は、もっぱら自分の家族と彼らの窮状のことだった。ソーク族の苦悩を目の当たりにしてきたからだ。

彼はずっと前から、彼らに質問してはいけないというクライバーンの指示をやぶっていた。おしゃべりな者もいれば、口を硬く閉ざす者もいたが、少なくとも名前ぐらいは聞きだそうとつとめた。眼鏡をかけた若者はネロという名前だったが、大部分の名前はユダヤ教とキリスト教に共通する名前だった。モーゼズ、アブラハム、アイザック、アーロン、ピーター、ポール、ジョセフ。何度も何度も同じ名前を聞かされ、インディアン少女のためのキリスト教学校でも聖書からとった名前をつけていたというマクワの話を思いだした。

彼は安全が許すかぎり、口数が多い黒人たちと話して過ごした。ケンタッキーから来たある男は、前にも脱走して捕まったことがあり、背中のムチ打ちの傷痕を見せてくれた。テネシーから来た別の男は、主人にひどいあつかいを受けたことはないと言った。それならなぜ逃げたのかとロブ・Jがたずねると、男は答を探そうとするみたいに、唇をすぼめて目を細めた。

「ヨベルの年まで待てなかっただ」と彼は言った。

＊

ロブはヨベルの年についてジェイにたずねた。古代パレスチナでは、聖書の教えにしたがって、七年ごとに農耕地を休めて力をよみがえらせていた。この安息の年を七回くり返した五十年目がヨベルの年として宣言され、奴隷たちは贈り物つきで解放されたのだ。

ヨベルの年は終生にわたって人間を隷属させるよりはましだが、たいていの場合、五十年の奴隷期間は一生より長くなってしまうので、実際には親切でもなんでもないとロブ・Jは指摘した。

彼とジェイは、とっくの昔にお互いの深い溝に気づいていたので、慎重に意見を交換しあった。

「南部の州に奴隷がどれくらいいるか知っているか？　四百万人だ。白人二人につき一人の割合だよ。彼らを解放してみろ、北部の大勢の奴隷解放主義者たちに食べ物を供給している農場や農園が閉鎖においこまれてしまうんだ。それに、この四百万人の黒人はどうする？　彼らはどうやって暮らしていくんだ？　彼らに何になれっていうんだい？」

「最終的にはみんなと同じように暮らせるようになるさ。何がしかの教育を受ければ、何にだってなれるじゃないか。たとえば薬剤師にもね」と彼は言わずにはいられなかった。

ジェイは頭をふった。

「きみは何もわかっていない。南部は奴隷制があってこそ成りたっているんだ。だからこそ、奴隷制をとっていない州でも逃亡者を助けることは犯罪とされているんだ」

ジェイのことばは神経を逆なでした。

「犯罪なんて言えた義理か！　アフリカ人奴隷の売買は一八〇八年に非合法化されているんだ。それなのにアフリカ人はまだ、鎖をつきつけられて船につめこまれ、あらゆる南部の州に運ばれて競売されているんだぞ」

「きみが言っているのは国の法律だろう。おのおのの州も独自の法を制定している。それら州法も有効だよ」

ロブ・Jは鼻を鳴らし、会話はそれでうち切られた。

＊

彼とジェイは、ほかのすべての事柄についてはお互いに支えあい、親しい間柄のままだったが、奴隷問題が見えないバリアとなってしまい、二人とも悔やんだ。ロブは心静かに友人と話しあうことに価値をおく人間だったので、いつしかその界隈《かいわい》に行ったときには、必ず聖フランシスコ修道院の引きこみ道にトルードを向けるようになった。

マザー＝ミリアム・フェロシアといつ友人になったのか、彼には特定しかねていた。サラは彼にとって肉や飲み物と同じくらい重要な、肉体的な情熱を満たしてはくれたが、自分の夫とよりも牧師と話すことに時間をさいていた。ロブはマクワとの関係を通じて、性別を越えて女性と親しくすることが可能なことを知っていた。彼はいまそれを、自分より十五歳も年上で、修道服のフードにふちどられた力強い顔にいかめしい瞳《ひとみ》をたたえた、この聖フランシスコ修道院の尼僧とのあいだに実証してみせたのだった。

その年の春まで、彼女と顔をあわせることはほとんどなかった。この年は、雨が降ってばかりの、奇妙で温暖な冬だった。気づかないうちに地下水面が上昇し、水の流れや小川が突如として渡れない状態になり、三月になる頃には、町は二本の川にはさまれた立地の代償を払わされることになってしまった。すでに「五七年の大洪水」となっていたからだ。ロブは川がコール家の地所まで岸をこえて流れでてくるのを見守った。川の水は内陸へと渦巻き、マクワのリウナ小屋と婦人小屋を洗い流してしまった。ヘドノソテは、彼女が如才なく小山に建てていたので命拾いした。コール家も洪水が達する地点より高い場所にあったので助かった。だが水がひいた直後から、悪性の熱病にかかった患者に往診を頼まれ、ついでまた一人、また一人と病人が増えていった。

サラは看護婦として懸命につとめたが、すぐに彼女にもロブにもトム・ベッカーマンにも、手におえなくなってしまった。ところがある朝、ロブがハスケルの農場に行ってみると、熱っぽいベン・ハスケルはすでに二人の聖フランシスコ会修道女に、スポンジで身体をふいてもらって元気づけられていた。『茶色いゴキブリたち』は全員、外にでて看護をおこなっていた。彼女たちが申し分のない看護婦であることが、彼にはすぐにわかって頼もしかった。彼女たちはどこで出会っても二人組だった。修道院長でさえ相棒と一緒に看護をしていた。訓練中の新米でもあるまいにとロブが異議を申したてると、ミリアム・フェロシアは冷ややかな口調で猛然と反論し、聞く耳をもたなかった。

ひょっとすると背信と肉体的な過ちをおかさないようにお互いに見はるため、二人組で働いているかもしれないと彼は思った。数日後の晩、一日のしめくくりに修道院でコーヒーを飲みながら、院長は自分のところの修道女たちをプロテスタント教徒の家に一人きりにするのを怖れているのではないか、と質問をぶつけてみた。彼はどうしても解せないと白状した。「あなたがたの信仰心はそんなに弱いんですか？」

「わたくしたちの信仰心はゆるぎません！　ただ、わたくしたちも人並みに暖かさと安らぎに弱いのです。わたくしたちが選んだのは棘《いばら》の道です。誘惑の呪《のろ》いでそれ以上苦しみたくはないのです」

彼は理解し、ミリアム・フェロシアの示した条件で修道女たちを喜んで受けいれることにした。そして彼女たちの看護は状況を大いに好転させた。

修道院長は例によって彼を揶揄《やゆ》した。

「ほかに診療カバンをお持ちじゃありませんの、コール先生？　そのみすぼらしい羽飾りのついた使い古しの革のカバンのほかに？」

「これはわたしのメーショメ、ソーク族の魔よけの包みなんですよ。ひもはイゼー布でできてて、これをつけていると銃弾にも傷つけられないんです」

彼女は仰天して彼を見つめた。

「救世主イエスキリストのことは信仰せず、ソーク族インディアンの異教のお守りは信じるのですか？」

「でも、これって効くんですよ」彼は納屋の外から銃撃された件を話した。

「本当に用心しないと」と彼女は強く諭しながら、彼にコーヒーをついだ。彼が寄付した雌ヤギは二度子供を産み、そのうち二頭は雄だった。ミリアム・フェロシアはチーズ工場を夢に描き、首尾よく雄の一頭を三頭の雌と交換した。だが、ロブ・Ｊがいつ修道院にやってきても、コーヒーにはミルクは入っていなかった。雌ヤギはことごとく、いつも妊娠しているか授乳しているからしいのだ。尼さんたちみたいにミルクなしで飲んでいるうちに、彼はいつしかブラックコーヒーが好きになっていた。

　彼らの会話は陰気になった。教会への照会でもエルウッド・パターソンの身元はわからなかったと聞いて彼はがっかりした。彼はある計画を温めていたので、それを明かした。

「星条旗至高宗教団《ＳＳＳＢ》に人を送りこめれば、彼らの悪だくみを事前に察知して防げるんじゃないでしょうか？」

「でも、どうやって？」

　彼もその点はよくよく考えてみた。とことん信用できてロブ・Ｊと親しい生粋のアメリカ人でなければならないが、ジェイ・ガイガーでは無理だった。ＳＳＳＢはユダヤ人を受けつけないだろうからだ。

「わたしの雇い人がいます。オールデン・キンボールと言って、バーモント生まれでとても好人物なんですよ」

　彼女は不安そうに頭をふった。「好人物だからまずいのです。そうした計画では彼を、そしてあなた自身をも、犠牲にしなければならないかもしれませんからね。なにしろ極度に危険な男たちなのですよ」

　彼は彼女のことばの賢明さに向きあわざるをえなかった。そして、オールデンが年をとってきているという事実にも。まだ衰えを見せてはいなかったが、老けこんできていたのだ。

彼はがぶがぶコーヒーを飲んだ。

「辛抱が大事ですよ」と彼女は優しく言った。「もう一度、照会してみますから、そのあいだはお待ちなさい」

彼女がカップを片づけたので、そろそろ司教の椅子《いす》から腰をあげる時間だとわかった。彼女は夜の礼拝の準備があるのだ。彼は羽つきの銃弾よけを取りにいくと、メーションメに向けられた彼女の挑戦的な視線に思わず微笑《ほほえ》みをもらした。

「ごちそうさまでした、修道院長さま」と彼は言った。

第三十八章　音楽が聞こえる

ホールデンズ・クロッシングにおける教育パターンは、読むことが少しと簡単な計算ができて、まがりなりにも文字を書けるようにさせるため、子供たちを半年か一年アカデミーに通わせて教育を受けさせるというものだった。こうして学校教育が終わり、子供たちは一人前の農夫としての暮らしに入っていくのだ。アレックスは十六歳になると、学校はもう十分だと言った。高等教育の学資ならだしてやるとロブ・Jは言ったが、彼は羊牧場でオールデンと働くことを選び、シャーマンとレイチェルは最年長の生徒としてアカデミーに残った。

シャーマンは勉強を続けることを望み、レイチェルは整然とした日々の流れに感謝して身をまかせ、命綱にしがみつくかのように変わることのない生活ぶりを維持していた。ドロシー・バーナムは、そのうちの一人の生徒に巡りあえただけでも、教師冥利《みょうり》につきると感じていたので、二人を宝物のようにあつかい、自分の知識を惜しみなく彼らにそそぎ、常に能力をのばしてやろうとつとめた。少女はシャーマンより三つ上で、履修レベルも進んでいたが、バーナム先生はすぐに二人をひとつの学級として教えはじめた。二人が一緒に勉強して多くの時間をすごすのは当然のなりゆきだった。

学業が終わると、レイチェルはただちにシャーマンの話し方の訓練にとりかかった。一ヶ月に二度、二人はバーナム先生をまじえ、シャーマンが先生の前でおさらいをしてみせた。バーナム先生は時々、練習を変えたり新しくするよう指示した。彼女は彼の進歩を喜び、レイチェル・ガイガーが実にみごとに彼をきたえたこともうれしかった。

友情が熟してくると、レイチェルもシャーマンも、心のうちを少しだけ相手にのぞかせることがあった。レイチェルは、ユダヤ教の大祭日に毎年ピオリアに行くのが嫌でたまらないと告げ、彼は彼で、母親が自分を冷淡にあしらう苦悶《くもん》を言葉少なに明かし、彼女の母性愛を刺激した(「僕にとって母親はむしろマクワだったんだ。母もそれに気づいていてつらいんだろうけど、どうしようもない事実なんだ」)。コール夫人が息子のことを、絶対シャーマンとは呼ばないことにレイチェルは気づいていた。サラは彼をロバートと呼ぶのだ――学校でバーナム先生が呼ぶみたいに堅苦しく。単にインディアンのことばが嫌いなだけだろうか、とレイチェルはいぶかった。ソーク族が永久にいなくなってくれてせいせいした、とサラが自分の母親に言うのを聞いたことがあったからだ。

シャーマンとレイチェルはいつどこででも、声の練習にはげんだ。オールデンの平底船を漕《こ》ぎながら、釣りをして川岸に座りながら、クレソンを摘みながら、プレーリーを歩いてわたりながら、ガイガー家の南部式のベランダでリリアンに言いつかった果物や野菜の皮をむきながら。そして週に何回かはリリアンのピアノに向かった。彼は彼女の頭や背中に触れて声の音調を知ることができたが、彼女が話すあいだ、そのなめらかで温かい喉《のど》に手をおいておくのが特に好きだった。指がふるえているのを悟られてしまうかもしれないなと彼は思った。

「きみの声を思いだせたらなぁ」

「音楽はおぼえている?」

「よくはおぼえてないんだけど……去年、クリスマスの次の日に音楽を聞いたよ」

彼女は困惑して彼を見つめた。

「夢のなかでだよ」

「夢で音楽を聞いたっていうの？」

彼はうなずいた。

「目の前に見えるのは男性の足元だけ。僕の父親のにまちがいないと思う。時々、みんなが楽器を弾いているときに床で寝かされたのをおぼえてるかい？　あれなんだ。きみの両親の姿は見えなくて、バイオリンとピアノの音だけが聞こえてた。何を弾いていたのかは思いだせないけれど、ただおぼえてるんだ……音楽だったってね！」

彼女はなかなか声がだせなかった。

「モーツァルトが好きだから、この曲じゃないかしら」と彼女は言って、ピアノで何かを弾いた。

だがしばらくして彼は頭をふった。

「僕にとってはこれは単なる振動にすぎない。でもあれは本当の音楽だったんだ。あれ以来、なんとかしてもう一度同じ夢を見ようとしてるんだけど、ダメなんだ」

彼女の瞳《ひとみ》がキラリと光り、驚いたことにかがんで彼の口にキスをした。彼もキスをかえし、何か新しい、別の種類の音楽みたいだと思った。どういうわけか彼女の胸に手をおき、キスをやめてもまだそのままにしていた。すぐに手をひっこめていれば、何も問題はなかっただろう。だが、音符の振動のように、彼女の胸がキュッと引きしまっていき、わずかに揺れるのが伝わってきたので、彼は思わず手を握りしめてしまったのだ。彼女は手をあげて彼の口元をぶんなぐった。

二発目は右目の下に決まった。彼は物も言えず、拳《こぶし》を防ぐこともしなかった。その気になれば彼女は彼を殺せただろうが、もう一回だけたたいてやめた。彼女は野良仕事をして大きくなったので力も強いうえ、拳でなぐりかかったので、彼の上唇は裂け、鼻血がしたたり落ちた。飛ぶように逃げていく彼女が、しゃくりあげて泣いているのがわかった。

彼は玄関ホールまであとを追っていった。家に誰もいなくて幸運だった。

「レイチェル」彼は一度だけ呼びかけたが、彼女が返事をしたのか知るよしもなく、二階まではついていかなかった。

彼は家をでると、ハンカチで鼻血をぬぐいながら羊農場の方へ歩いていった。家に近づいてくると、納屋からでてくるオールデンと鉢合わせになった。

「これはこれは嘆きの天使。誰にやられたね？」

「……喧嘩したんだ」

「そんなこたぁわかっとる。ホッとしたね。コール家の息子で男気があんのはアレックスだけかと思いはじめとったところさ。で、相手の悪党はどうなった？」

「最悪だね。これよりもっとひどいよ」

「ほお。そうでなきゃな」オールデンは機嫌よくそう言うと、去っていった。

夕食のとき、シャーマンは喧嘩《けんか》について長々と小言をくらうはめになってしまった。

朝になると、年下の子供たちは彼の喧嘩傷を尊敬のまなざしで見つめたが、バーナム先生はあからさまに無視した。日中、彼とレイチェルはほとんど口をきかなかったが、驚いたことに、学校が終わるといつものように彼女が外で待っていた。二人は黙りこくったまま、歩いて帰っていった。

「お父さんに僕が触ったことを言った？」

「まさか！」と彼女は鋭い口調で言った。

「よかった。お父さんにムチでぶたれたくないもの」と彼は言ったが、本心だった。話すためには必然的に顔を見なければならず、彼女の顔がまっ赤になるのがわかったが、同時に笑っていたのでどぎまぎした。

「ああ、シャーマン！　かわいそうな顔になっちゃって。本当にごめんなさいね」と彼女は言って彼の手をギュッと握った。

「僕も悪かったよ」と彼は言ったが、何について謝っているのかは本人にも判然としなかった。

レイチェルの家につくと、彼女の母親がジンジャーケーキをだしてくれた。食べ終わると、テーブルをはさんで向かいあい、それぞれ宿題をかたづけた。それからふたたび居間にもどって、ピアノのベンチに一緒に座ったが、彼は近づきすぎないように注意した。怖れていたように、前の日の出来事は何かを変えてしまっていたが、悪い感じはしなかった。ひとつのコップをわけあったときのような、二人だけの秘密が温かくたれ込めていた。

＊

法律文書がとどき、ロブ・Jは帰化の手続きのため、西暦一八五七年の六月二十一日にロックアイランドの裁判所に呼びだされた。

よく晴れて暖かい日だったが、裁判席のダニエル・P・アラン判事がハエを嫌がったので、法廷の窓は閉め切られていた。こみ入った手続きではないので、アラン判事が誓約にとりかかるまでは、ロブ・Jもすぐにここからでて行かれるものと思いこんでいた。

「さて、それでは。あなたはこれより、外国でのすべての肩書きと他国への忠誠を放棄すると誓いますか?」

「誓います」とロブ・Jは言った。

「そして、憲法を支持して遵守し、アメリカ合衆国のために兵役につくことを誓いますか?」

「ええと、いいえ、判事。誓いません」とロブ・Jはきっぱりと言った。

それまでぼんやり手順を踏んでいたアラン判事は、びっくりして凝視した。

「わたしは殺人にはくみしません、判事。ですから絶対に戦争には加担しません」

アラン判事は不愉快そうだった。裁判席の机についていた書記のロジャー・マリーが咳《せき》払いした。

「裁判官、法によればこうした事例においては、帰化志願者は、自分が信仰によって武装を許されていない良心的兵役拒否者であることを証明しなければなりません。つまり、闘わない集団だと一般的に認知されているクエーカー教などのグループに属している必要があります」

「そんな法律ぐらいワシもよく知っておる」判事は、そんなにあからさまにみんなの前で言わなくても、そっと耳打ちすることぐらいできんのかと激怒した様子で、マリーにとげとげしく言った。彼は眼鏡のうしろからロブを透かし見た。「クエーカー教徒ですかな、コール先生?」

「いいえ、判事」

「ふうむ、ではいったいぜんたい何なんです？」

「わたしは、いかなる宗教も信仰していません」とロブ・Jが言うと、判事は面目をつぶされた様子をみせた。

「判事、裁判席におじゃましてもよろしいですか？」と誰かが法廷のうしろから声をかけた。見ると、それはスティーブン・ヒュームだった。ニック・ホールデンに下院議員の席を奪われて以来、鉄道関係の弁護士をしているのだ。アラン判事は彼を手招きした。

「これはこれは下院議員」

「判事」とヒュームは微笑《ほほえ》みながら言った。「コール医師に申し開きが必要ですか？　イリノイ州でももっとも高名な紳士の一人であり、医者として昼夜をとわず人々につくしている人物に？　彼のことばは金のように純粋だと誰もが知っています。信念にもとづき、闘うことはできないと彼が言うのなら、道理をわきまえた人間にとってそれ以上の証拠はありますまい」

アラン判事は、目の前にいる政治に通じた弁護士が、自分のことを道理をわきまえない人間呼ばわりしたのかどうか判然とせず、顔をしかめたが、ここはロジャー・マリーをねめつけておくのが無難だと判断した。

「帰化手続きをつづけます」と彼は言った。そしてそれ以上はトラブルもなく、ロブ・Jは晴れてアメリカ市民となった。

ホールデンズ・クロッシングに馬で帰る途中、たったいま放棄してきた故国スコットランドに対する、ちょっとだけ奇妙な後悔の念にかられたが、アメリカ人になれて良い気分だった。だが、この国には抱えきれない問題が山積していた。合衆国最高裁判所は、これを最後にドレッド・スコットは奴隷であるとの判決をくだしたばかりだった。議会は領土から奴隷制を排除する法的権限がない、というのがその理由だった。はじめのうち南部人たちは大喜びだったが、またもや怒り狂うことになった。共和党指導者たちが裁判所の決定は拘束力がないとして受け入れない方針を打ちだしたからだ。

ロブ・Jも同感だったが、妻と上の息子は熱烈な南部支持者になっていた。彼はたくさんの脱走した奴隷を秘密の部屋からカナダに逃がしていたので、立て続けにお呼びがかかることもあった。ある日アレックスが、昨夜、羊農場から一マイルばかりはなれた道でジョージ・クライバーンに会ったとロブに告げた。

「干し草をつんだ荷馬車に乗ってたんだよ、朝の三時にだよ！　ねえ、どう思う？」

「おまえさんも勤勉なクエーカー教徒をみならって、早起きして一生懸命働かねばいかんということだな。ところで、朝の三時に帰ってくるなんて、何をしてたんだ？」とロブ・Jが言うと、アレックスは遅くまで酒を飲んでマル・ハワードと女あさりしていたことがバレないように、話題をかえようと必死になり、二度とジョージ・クライバーンの奇妙な逸話を口にしなかった。

別の日の夜中、ロブ・Jが小屋に南京錠をかけているところに、オールデンが通りかかった。「ろくでなしのジュースが切れちまって、眠れなくてね。納屋にこっそり隠しといたのを思いだしたんでさぁ」彼はジャグを持ちあげて、すすめるしぐさをした。ロブ・Jはめったに酒を飲まなかったし、アルコールが『贈り物』を弱らせてしまうこともわかっていたが、オールデンと一杯やることにした。ジャグのコルク栓をぬいてグッと飲みくだすと、彼は咳きこんだ。

オールデンはニヤッと笑った。

ロブはオールデンを小屋から遠ざけたかった。扉のむこう側の地下壕《ごう》には、喘息《ぜんそく》でわずかにゼイゼイと呼吸する中年の黒人が入っていた。時おり、喘《あえ》ぐような音が大きくなり、自分としゃべっているオールデンの耳にとどいたのではと気が気ではなかった。オールデンはどこにも行こうとしなかった。彼はしゃがみこんで、ジャグの柄に指をさしこみ、肘《ひじ》を上にゆすりあげてはちょうどいい塩梅《あんばい》で薄めていない酒を口に流しこんで、元チャンピオンの飲みっぷりを見せつけていた。

「最近、眠れないのかい？」

オールデンは肩をすくめた。

「たいていは、仕事で疲れてバタンキューですわ。そうでないときは、ちょっとひっかけりゃ眠っちまいます」

オールデンはカムズシンギングが死んで以来、めっきりやつれていた。

「農場の仕事を手伝う人間がいるだろう」とロブ・Jは言った。おそらく二十回目は同じことを言っただろう。

「雇われて働きたがる、優秀な白人を見つけるのは大変でさぁ。黒んぼとは働きたくねえし」とオールデンが言ったので、小屋のなかに聞こえたのではあるまいかとロブ・Jはいぶかった。

「それに、いまじゃアレックスが一緒だしね。彼は本当によくやってくれてっから」

「ホントかい？」

オールデンは身震いするようにしてすっくと立ちあがった。ろくでなしのジュースを切らす前に、たんまりと飲んでいたに違いない。

「ちぇっ」と彼はゆっくりと言った。「先生、あんたかわいそうなあいつらを全然認めてやってないんだよな」

＊

夏も終わりに近づいたある日、名前もわからない中年の中国人がホールデンズ・クロッシングに流れついた。ネルソンの酒場に入るのを断られた彼は、ペニー・デービスという名の売春婦にウイスキーを買いに行かせ、彼女のバラックにしけこんだ。だが翌朝、彼女のベッドで死んでいたのだ。グラハム保安官は、中国人を相手にした身体を白人男性に売りつけるような売春婦など自分の町にいてほしくないと公言し、個人的に手をまわしてペニー・デービスをホールデンズ・クロッシングから追っ払った。それから遺体を荷馬車のうしろにつんで、最寄りの検屍官《けんしかん》のところへとどけた。

その日の午後、ロブ・Jが自分の小屋に近づいていくと、シャーマンが待っていた。

「東洋人は見たことないんだ」

「何かで死んでしまってるんだ。わかっているだろうね、シャーマン」

「はい、パパ」

ロブ・Jはうなずくと小屋の鍵《かぎ》をあけた。

彼は遺体をおおっていたシーツをとると、たたんで古い木の椅子《いす》においた。息子は青ざめていたが冷静で、テーブルのうえの人物を一心に観察していた。小さな中国人で、やせているが筋骨はたくましく、目は閉じられていた。肌は青白い白人と赤味がかったインディアンの中間の色をしていた。足の爪《つめ》は角質化して黄色く、伸び放題だった。そうしたものを息子が見ていると思うと、ロブは動揺した。

「さて、仕事にかからねばならん、シャーマン」

「見ていていい？」

「本当に大丈夫だね？」

「はい、パパ」

　ロブはメスをとって胸を切り開いた。オリバー・ウェンデル・ホームズは解剖を手ほどきするとき、大げさにふるまったものだったが、ロブのやり方はもっと単純だった。男の身体の内側は、猟のえものをさばくときよりもひどい臭いがするぞと彼は警告し、口で息をするようシャーマンにアドバイスした。それから、冷たくなった細胞体はもはや人格をもつ人間ではないと注意した。

「この男に命をあたえていたもの、それを魂と呼ぶ人たちもいるが、それが彼の身体から抜け去ってしまったんだ」

　シャーマンの顔は青白かったが目は敏捷《びんしょう》に反応していた。

「その部分は天国に行くの？」

「どこに行くか、わたしにもわからないんだよ」とロブは優しく言った。彼は内臓器官を計りながら、シャーマンに重さを記録させて手伝わせた。

「わたしの恩師ウィリアム・ファーガソンは、魂は家から人がいなくなるように身体をはなれるのだと常々言っていた。だからわれわれは、かつてそこに住んでいた人間に敬意をはらって、注意深く尊厳をもってあつかうようにとね。これが心臓だ、そしてこれが彼を殺した原因だよ」彼は器官を取りだし、筋肉壁からふくれでた、どす黒い細胞組織の輪を見られるように、シャーマンの手に渡した。

「どうしてこんなことが起きたの、パパ?」

「わからないな、シャーマン」

彼は内臓器官をもとにもどして切開部を閉じた。お互いに手や足を洗い終わった頃には、シャーマンの顔にもとの色がもどっていた。

ロブ・Jは息子がとどこおりなく手伝ったことに感銘を受けていた。

「考えていたんだが」と彼は言った。「時々、ここで一緒に勉強してみるか?」

「うん、パパ!」とシャーマンは言って顔を輝かせた。

「そうやって勉強して、科学で学位をとったらどうかと思ったんだよ。そうすれば、大学で教えて生計をたてることもできるかもしれない。そうなりたくはないかい?」

シャーマンは彼をまじまじと見つめた。父親の質問を考慮しているうちに、ふたたび苦しげな顔つきにもどってしまった。ついに彼は肩をすくめた。

「それもいいかも」と彼は言った。

(下巻につづく)

千年《せんねん》医《い》師《し》物語《ものがたり》II

シャーマンの教《おし》え（上）

ノア・ゴードン

竹内《たけうち》さなみ＝訳

角川文庫 12181

平成十三年十一月二十五日　初版発行

発行者――角川歴彦

発行所――株式会社角川書店

東京都千代田区富士見二―十三―三

電話　編集部（〇三）三二三八―八五五五

営業部（〇三）三二三八―八五二一

〒一〇二―八一七七

振替〇〇一三〇―九―一九五二〇八

印刷・製本――e―Bookマニュファクチュアリング

装幀者――杉浦康平

落丁・乱丁本はご面倒でも小社営業部受注センター読者係にお送りください。送料は小社負担でお取り替えいたします。

定価はカバーに明記してあります。

Printed in Japan

コ 13-3　ISBN4-04-288103-3　C0197

角川文庫発刊に際して

角川源義

第二次世界大戦の敗北は、軍事力の敗北であった以上に、私たちの若い文化力の敗退であった。私たちの文化が戦争に対して如何に無力であり、単なるあだ花に過ぎなかったかを、私たちは身を以て体験し痛感した。西洋近代文化の摂取にとって、明治以後八十年の歳月は決して短かすぎたとは言えない。にもかかわらず、近代文化の伝統を確立し、自由な批判と柔軟な良識に富む文化層として自らを形成することに私たちは失敗して来た。そしてこれは、各層への文化の普及滲透を任務とする出版人の責任でもあった。

一九四五年以来、私たちは再び振出しに戻り、第一歩から踏み出すことを余儀なくされた。これは大きな不幸ではあるが、反面、これまでの混沌・未熟・歪曲の中にあった我が国の文化に秩序と確たる基礎を齎らすためには絶好の機会でもある。角川書店は、このような祖国の文化的危機にあたり、微力をも顧みず再建の礎石たるべき抱負と決意とをもって出発したが、ここに創立以来の念願を果すべく角川文庫を発刊する。これまで刊行されたあらゆる全集叢書文庫類の長所と短所とを検討し、古今東西の不朽の典籍を、良心的編集のもとに、廉価に、そして書架にふさわしい美本として、多くのひとびとに提供しようとする。しかし私たちは徒らに百科全書的な知識のジレッタントを作ることを目的とせず、あくまで祖国の文化に秩序と再建への道を示し、この文庫を角川書店の栄ある事業として、今後永久に継続発展せしめ、学芸と教養との殿堂として大成せんことを期したい。多くの読書子の愛情ある忠言と支持とによって、この希望と抱負とを完遂せしめられんことを願う。

一九四九年五月三日